FA-307

Hunter Pigion

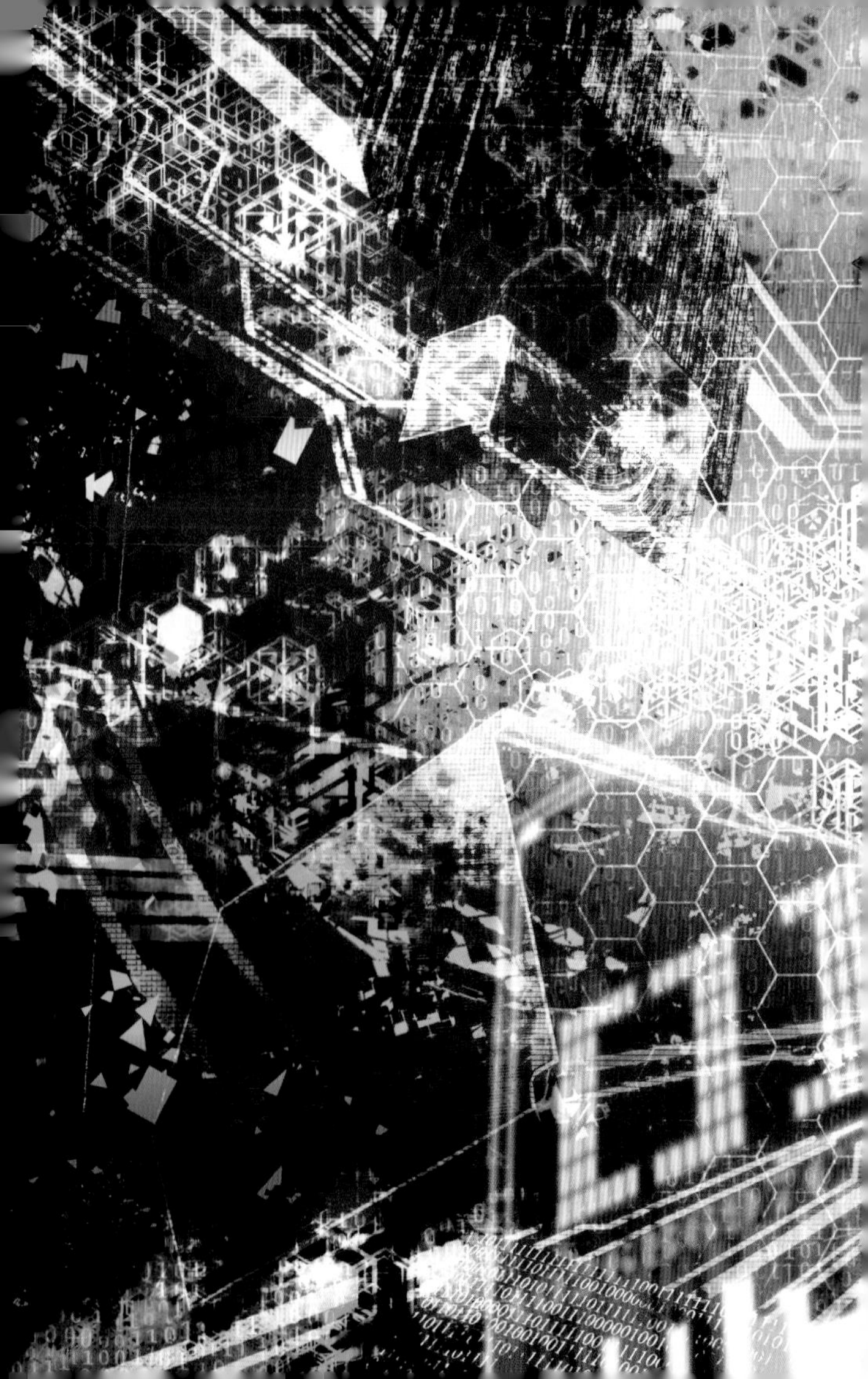

破滅の星〈下〉

三枝零一
reiichi saegusa

illustration 純珪一
keiichi sumi

contents

カバー・口絵・本文イラスト◎純 珪一
デザイン原案◎km.ⓒ
デザイン◎AFTERGLOW Inc.

たとえ星の光が潰(つい)えるとも、祈(いの)ることを止めない
あらゆる善意が滅(ほろ)び去る日が来たとしても、歩みを止めることは無い
その手を高く空に掲(かか)げ、命の限り明日を謳(うた)え
希望の種はいつも、絶望の闇(やみ)の底に、ひそやかに芽吹(めぶ)く

第九章　そして煉獄を歩く　～Into the dusk～

束の間止んでいた吹雪が、激しさを増した。

兵士達は立体映像の操作盤を繰る手を止め、防寒着の裾をかき合わせた。

無数の建築機械が生み出す轟音が闇の雪原に絶え間なく響く。古めかしい油圧制御のアームが重さ数トンの強化コンクリートのブロックを次々に積み上げ、かつてシティ・ベルリンと呼ばれた廃墟の中央に新たな建造物を生み出していく。

高さ三百メートル、直径五百メートルほどの、円錐形の灰色の建造物。

鋭くそびえる山のような建造物の頂上には深い穴が穿たれ、天から真っ直ぐに伸びた巨大な「塔」が垂直に突き立っている。

ベルリンの崩壊と共に出現した直径百メートル、高さ二十キロの金属質な白色の構造体。

「塔」は出現から一ヶ月以上を経た今も変わらず、かつてのシティの中心に突き立ち続けている。一方の先端を空を覆う雲に接触させ、もう一方を地表すれすれの位置に浮遊させたまま、

「塔」は情報制御による重力の書き換えによって自身を支え、鉛直の姿勢を維持している。

それを取り巻くように築かれた強化コンクリートの建造物は、さながら「塔」を支える台座か、あるいは「塔」という秘蹟を奉る神殿。

兵士達は時折視線を頭上に向け、遙か彼方にあるはずの「塔」の先端、肉眼では到底見はるかすことの出来ない闇空の向こうに目を凝らした。

「塔」を中心にして展開されていた高密度のノイズは時間と共に範囲を縮小し、二十日以上の時間をかけて最終的に直径一キロの円柱形の領域で安定した。この数値は空を覆う雲が表面から発しているノイズの影響範囲と一致し、「塔は雲の一部である」という仮説を裏付けるデータと考えられた。

「塔」に対するアクセスを行うための施設は、「塔」に可能な限り近い場所に、「塔」を取り囲むように建造する必要があった。もちろん、周囲に広がるノイズは情報制御を、つまり演算機関を動力とする通常の機械の動作を阻害する。各国の自治軍はバッテリーや内燃機関で駆動する骨董品のような機材をかき集め、敵の攻撃を警戒しながらの建築作業は困難を極めた。

が、その長かった作業も、間もなく終わりを迎える。

今は亡きマサチューセッツの指導者、ウェイン・リンドバーグ上院議長が提言した「人類側からの雲除去システムの起動」。そのための施設が完成に近づいた今、塔を取り巻くノイズは魔法士の情報制御を遮る結界として機能していた。

施設の内部は巨大な実験場となっており、各国の自治軍が運び込んだ膨大な数の演算装置が設定を終えてすでに稼働状態にある。全ての装置は互いに接続されて一つの巨大な回路を形成し、雲除去システムの稼働に本来必要となる「魔法士二千人のI－ブレインの並列接続によるクラスター」の代替物として機能する。

研究者達はウェイン議長の残した理論を手がかりに実験を行い、システムの具体的な形を見出した。塔に接続した端末からノイズのパターンを読み取り、そのパターンにリアルタイムで同期することで雲の内部にまで情報の側から回路を通す。ノイズに同調することで塔に接続した状態でもある程度の情報制御が可能となり、システムは今や、自分の動作に必要な電力を自分自身で生み出していた。

幾つかの実証実験と多くの失敗が繰り返され、最終的に南極衛星内の雲除去システムにアクセスが可能なことが確認された。

システムの全容は巨大で、遠隔のアクセスでは到底全てを把握しきれるものでは無かったが、研究者達は苦闘の末にシステムを稼働させるための一連のコードを特定した。

最大の懸念は衛星内にいる賢人会議の代表、あの少女が地上からのアクセスを遮断してしまうことだったが、この懸念は杞憂に終わった。回線を辿って衛星から何度か逆ハッキングらしきアクセスが行われたがいずれも有効な攻撃とは言えず、敵側からそれ以上の抵抗が無いことから、少女にとっても雲除去システムは意のままに出来ないものであることが確認された。

人類と魔法士、いずれの側がシステムを起動し、相手を消し去るか。

戦いの趨勢は、今やその一点に集約されていた。

ベルリンを構成していた膨大な量の瓦礫は一部は分解されて施設の材料として再利用されたが、残りは撤去されることもなく打ち捨てられた。倒壊した高層建築の上に、鮮血に濡れた街路の上に、雪は絶え間なく降り積もり、あらゆる物を灰色に塗り潰していった。崩壊に巻き込まれて地下に取り残された二千四百万の亡骸は荼毘に付されることもなく、存在自体を無視された。兵士達はシェルターの入り口を土砂で埋め立て、その上に防衛部隊のための兵舎を設営した。

うずたかく積み上げられた瓦礫の向こうで見渡す限りの視界を遮るのは、山脈の峰のように、あるいは卵の殻のように砕けたまま取り残されたシティの外壁の巨大な残骸。

その光景に、多くの兵士は「この世の終わり」という言葉を思った。

ロンドン、モスクワ、シンガポール、ニューデリー。世界に残った四つのシティは、施設の防衛のために持てる全戦力の大部分を投入した。集められた兵士の半数はベルリンでの戦いの際にシティに留め置かれた無傷の新兵で、半数は実際に賢人会議と交戦した古参兵の生き残りだった。「世界を覆う雲を全ての魔法士もろとも消し去る」という作戦の全容はすでに全ての市民、いや、地球上の全人類の知るところとなっており、兵士達も当然目の前の「塔」と、それを取り巻く形で自分達が作り上げた巨大な建造物の役割を知っていた。

疑念の言葉を口にする者はいなかった。

が、多くの兵士の士気は先だっての戦いに比べていくらか低いものだった。

作戦を成功させるためには賢人会議ともう一度決戦し、魔法士の数を現在の半分以下にまで減らさなければならない。敵の戦力、純粋に魔法士だけで構成された軍隊の恐ろしさを兵士達はすでに身をもって知っていた。

あれともう一度戦い、撃滅する。本当にそんなことが可能なのか。自分達は本当に勝てるのか。

いや、仮に勝ったとして、その後は。

自分達は本当に、世界中の全ての魔法士を滅ぼし尽くすことが出来るのか。

確かに多くの魔法士は賢人会議に身を投じ人類と戦う道を選んだ。だが、全てではない。たとえわずかであっても、世界にはまだ人類の側に立って戦おうとする魔法士がいる。彼らを見捨ててI－ブレインを持たない者たちだけの世界を取り戻すことは本当に許されるのか。

そんな言葉を呑み込み、兵士達はただ銃を構えた。

感傷を抱く余地はもはや無く、自分達が滅びるか相手が滅びるか、道は二つに一つしか無い

――そのことは、全ての兵士が理解していた。

西暦二一九九年十一月三十日。

人類は反撃の準備を着実に整え、戦局は新たな段階に進もうとしていた。

＊

立体映像で描かれた巨大な塔が、仮想の円卓の上に浮かんだ。

正確な縮尺で描かれた塔の先端を会議室の天井付近に見上げ、ルジュナは無意識に一つ喉を鳴らした。

膝の上に両手を組んで息を吐き、円卓を囲む面々に視線を巡らせる。ロンドン、シンガポール、モスクワ。三つのシティの指導者はそれぞれに押し黙ったまま、目の前にそびえる半透明の「塔」と、その根元に建造された円錐形の巨大な構造物を見つめている。

ほんの一ヶ月前、ベルリンでの作戦が始まる直前まで、円卓にはあと二人分の席が用意されていた。

ベルリンとマサチューセッツ、二つのシティの指導者は滅び行く街と運命を共にし、市民の代表たる自らの使命に殉じた。

『……ともかく、喜ぶべきなのだろうな』

ぽつりと、シンガポールのリー首相。

軍服姿の禿頭の男は眉間に深いしわを寄せたまま、

『これで我々は賢人会議に対抗するための武器と、奴らを滅ぼすに足る大義名分、何より人類の未来を繋ぐ可能性を手にした。……五分の戦局に戻った、と言えるかは分からんがな』

男が塔の根元付近を指で広げるような動作をすると、立体映像の地表が拡大される。打ち捨てられたままの大量の瓦礫を背景に、動き回る防衛部隊の兵士の姿が映し出される。

ノイズも揺らぎも無い、リアルタイムの鮮明な画像。

「塔」の研究の副産物として生み出された新たな通信システムは、順調に稼働している。

ベルリンでの作戦においてシティ間の通信に利用した地下の秘匿回線は、作戦終了後十日を待たずに賢人会議に残らず発見され、根こそぎ破壊されてしまった。すでに各国自治軍による「塔」周辺のシステムの建造は始まっていたが、今後の作戦のためにシティ連合は代替となる通信手段を早急に確保する必要があった。

そのために生み出されたのが、「塔」を基点に雲内部の情報構造を通信経路として利用する新たなシステム。

円卓の上に映し出される映像はもちろん、ルジュナの目の前で行われているこの遠隔会議自体が、雲を介して四つのシティの司令部を接続することで成立している。

開発の過程で得られた様々なデータから、賢人会議も同様に南極衛星と地上との通信にこの雲内部の回線を利用していることが判明した。残念ながら通信内容を傍受することは出来なかったが、敵側の回線が雲のノイズ状況に左右されるごく不安定な物であることが確認された。

通信技術という点では、人類の側に一日の長がある。

全てのシティと各国自治軍の艦艇を常時接続する回線が得られたことは、現状における数少ない明るい材料の一つと言えた。

『残念ながら、喜んでいる猶予はありませんわ』ロンドンのサリー首相が指先で円卓を叩き

『雲除去システムへのアクセスは可能となりましたが、我々はまだシステムを起動するための条件を満たしていない。「地球上における魔法士の総数を現在の半分以下にまで減らす」。これが成されない限り、あの塔も我々の構築したシステムもただの飾りに過ぎません』

ウェイン議長が死の間際に示唆したその条件については、研究者達の手で詳細な検証が成され、事実であることがすでに確認されている。雲除去システムの機能を反転させて魔法士達を消し去るにあたっては、彼らのI―ブレインが持つ情報防壁の存在それ自体が致命的なノイズになる。賢人会議がシステムを起動するために地球上の通常人を二千万人以下に減らさなければならないのと同様、こちらも魔法士の総数をおよそ千人以下にまで削らなければならない。

賢人会議がシステムを起動すれば、生き残った通常人も残らず分解され、I―ブレインを持たない「旧い人類」は絶滅する。

逆に、こちらがシステムを起動すれば、生き残った魔法士も一人残らず分解され、I―ブレインを持つ「新しい人類」が絶滅する。

ベルリンでの戦いで生じた賢人会議側の死者は正確に一九五名。それ以前の戦いでシティ連合が実質的に魔法士達に損害を与えられていなかったことを考えれば画期的な数字だが、最終

的な目的には到底足りない。しかも、その代償に失われたのはベルリンの住民二千四百万と各国の将兵五十万の命。今のシティ連合には新たな作戦行動を起こす余力は無く、賢人会議にさらなる打撃を加える方法など見当もつかない。

だが、時の流れは待ってはくれない。

人類側の雲除去システムを確実に防衛し、賢人会議の攻撃を迎撃することで敵の数を少しずつ削ぐ——そんな悠長な方法を許さないところまでシティの状況は追い詰められている。

「……みなさまから提供いただいた各シティの生産状況を元に、人類全体としての今後の資源収支を試算しました」ルジュナは用意しておいた立体映像の資料を円卓の上に示し「二ヶ月、それが限界です。二ヶ月を過ぎれば食糧と生活物資の備蓄が尽きる。現在は兵器生産に利用しているプラントを一つ残らず生活インフラに転用せざるを得なくなります」

元々、シティの近隣の住民に加えてベルリンからの難民を受け入れた段階でシティの生産状況は限界を超えていた。そのままでも、半年後には備蓄品の倉庫が空になる計算だった。それがベルリン跡地に新たに大規模なシステムを建造し、さらにマサチューセッツ跡地に取り残された難民のために物資を供出したことで状況が悪化した。

いずれも必要な措置であったとはいえ、代償は大きい。

このまま行けば二ヶ月後にはあらゆる生産計画が破綻する。戦闘によって破損した飛行艦艇の修復どころか、兵士が消費した弾薬の補給さえ不可能になる。

『こうなると、マサチューセッツを守ったのは悪手であったな』

『だが見捨てるわけにもいかぬ』腕組みして唸るモスクワのセルゲイ元帥にリン・リー首相が言葉を返し『単なる人道上の問題では無い。賢人会議が人類の殲滅を目的とするこの状況で、全ての人間は互いにとっての盾だ。難民三千万、切り捨てるのは容易くとも、後で取り返せる物では無いぞ』

そう反論するリン・リーの表情はしかし苦悩に満ち、言葉にも心なしか覇気が無い。セルゲイ元帥もさらに抗弁することはせず、隣席のサリー首相も無言で自分の手のひらを見つめる。ルジュナにも分かっている。リン・リー自身を含め、この場の全員が本当は理解している。

今の人類に、新たに生じた三千万の難民を救う術は無い。

このままマサチューセッツを維持し続ける限り、自分達に戦力増強の余力は無く、反撃の機会は永久に巡ってこない。

『策が必要ですわ』サリー首相が立体映像の円卓の向こうで鷹揚に顔を上げ『賢人会議をもう一度表舞台に引きずり出し、これを撃滅する。魔法士達の総数を我々のシステムが稼働可能となる数にまで減少させる。それ以外に現状を打開する術はありません』

『言うは易し、だな』セルゲイ元帥が腕組みしたまま深く息を吐き『我々の通信網を破壊して以降、魔法士達は地下に潜ったまま動きを見せん。奴らもまたベルリンでの戦いで負傷した者たちの回復に時間を要しているのだとすれば、生半な餌では釣れぬぞ』

もちろんシティ連合も無策ではない。布石はすでに打たれている。雲除去システムを起動するために地球上の魔法士の総数を減らさなければならないという事実を、シティ連合は市民に対しても賢人会議に対しても公表していない。

現状でこちらがシステムを起動できないという事実を魔法士達は知らない。

自分達がいつ滅ぼされるかもしれない危機的状況にある、と彼らが誤解しているなら、あるいは賢人会議の側から動きを見せる可能性もある。

だが……

「ベルリン跡地のシステムがほぼ完成していることは、賢人会議もすでに察知しているはずです」ルジュナは円卓を囲む三人に順に視線を巡らせ「にもかかわらず、我々はいまだ何の行動も起こしていない。その時点で『システムの起動に何らかの条件が必要なのではないか』という程度のことは彼らも察しているはずです」

セルゲイ元帥とリー首相がうなずき、問うような視線をサリー首相に向ける。

と、シティ・ロンドンの指導者である女は優雅に微笑し、

『ですので、魔法士どもにわかりやすい理由を提供しましょう』円卓の上に浮かぶ立体映像の塔を指さし『偽の情報を流す、というのはいかがでしょう。我々がシステムをいまだに起動していないのはエネルギー供給の問題であると。その解決のために、シティ連合はひそかにマサチューセッツのファクトリーシステムの復旧作業を進めていると。作業は間もなく完了し、そ

こからのエネルギー供給をもって雲除去システムの起動準備が整うと』

とっさに理解が追いつかない。

眉をひそめるルジュナに、サリー首相は微笑したまま首を傾げ、

『そう難しい話ではありません。……賢人会議が三千万の難民を放置しているのは、その気になればいつでも滅ぼすことが出来るからです。シティの機能が復活し、ましてそれが自分達の滅亡に直結するとなれば連中は動かざるを得ない。魔法士どもをマサチューセッツ跡地の内部に引き入れ、殲滅します』

『それこそ、言うは易くだ』リン・リー首相が椅子から腰を浮かし『我々にはマサチューセッツを防衛するだけの余剰の戦力は無く、シティ本国やベルリン跡地の兵を動かすことも出来ん。いや、仮に強引に兵を動かしたところで、守るべき三千万の難民を抱えて不利な戦いを強いられるのは我々の方だ』

円卓の向かいのセルゲイ元帥が大きくうなずき、ルジュナも内心で同意する。全てのシティは先日の戦いで失った戦力の補充もままならない状況からさらに「塔」の防衛に兵員を供出し、自国の防衛戦力さえ十分とは言いがたい。ニューデリーを含めた全てのシティはマサチューセッツにも幾らかの戦力を派遣しているが、その数は賢人会議の攻撃に対抗できるものでは到底無く、兵士達には「有事の際は可能な限りの難民を救出して撤退せよ」という命令が与えられている。

仮に賢人会議の主力を引きずり出すことが出来たとして、彼らを殲滅するには「塔」とシティ本国を完全に捨てて全ての戦力をマサチューセッツに集結させなければならない。

そんな物は作戦とは呼べない。単なる無謀だ。

『皆様の懸念はもっともです』が、サリー首相はあくまでも優雅な微笑を崩すこと無く『ですが、ご心配には及びません。今回の作戦、私どもは一人の兵士も失う必要が無いのですから』

白いレースの手袋に包まれた指が椅子の肘掛けをなぞると、円卓の上の立体映像が変化する。塔全体のサイズが縮小し、より広域に、広い空間の全体を描き出すように――

塔の頂上のさらに上、空を覆う雲を表すもや状の映像が会議室の天井からゆっくりと降下する。

そのさらに上、雲海の表面をゆったりと漂う、南極衛星とも北極衛星とも異なる巨大な物体がその場の全員の前に大写しになる。

『これは……』とセルゲイ元帥。

『皆様、まだ覚えておいでですね？』サリー首相は歪な円形の立体映像モデルを手のひらでなぞり『二年前に私たちが破壊した、雲の上の巨大建造物です。対騎士戦闘特化型魔法士「龍使い」、その実験のためにかつてシティ・北京が生み出した極秘の実験場。……これは、そのバックアップですわ』

もちろんルジュナも覚えている。雲海の上を漂う「島」。後に知り合うことになるあのファンメイという少女が暮らしていた大戦前の実験施設。島の破壊を命じたのは当時のニューデリーの主席執政官アニル・ジュレであり、ルジュナも執政官の一人としてその指令に賛同した。

だが。

「バックアップとは、どういう……」言いかけて、目を見開き「まさか……残っているのですか？　あれと同じ物が、まだ空の上に？」

『シティ・北京が残した「島」に関する資料の中で、存在自体は示唆されていました。ですが、私どもも発見したのはほんの十日ほど前のこと。雲内部の通信回線に混入するわずかなノイズを精査することで特定に至りました。……現在位置はアメリカ大陸西岸の直上。ほどよい位置ですわね』

戸棚の奥の忘れ物を見つけたような気安い口調で、サリー首相が微笑む。

その姿を見つめるうち、恐ろしい考えがルジュナの頭に浮かぶ。

『サリー・ブラウニング首相』それを口にするより早く、セルゲイ元帥が巌のような声で割って入り『確認するが、貴殿はこれをどうするつもりか』

『セルゲイ閣下もおわかりでしょう？』サリーは優雅に男を一瞥し『セキュリティの解除と制御権の奪取には世界樹を用いました。「島」の下端はすでに一部が雲内部に埋没し、重力制御によって再浮上させることは不可能です。……直径二キロメートル、総重量三千万トンの質量兵器です。低密度の人工物ですから巨大隕石並みとは参りませんが、シティ一つを消し去るには十分でしょう』

背筋に氷の杭を押し込まれたような錯覚。ルジュナはとっさに自分の両腕を自分で掴み、体の震えを押さえこむ。

つまりは、これが目の前の女性の言う「策」。

落とそうというのだ。

この超巨大構造物をシティ・マサチューセッツに——攻め込んできた魔法士達と、取り残された人々の頭上に。

『……三千万の難民は囮、いや生け贄か』

『どのみち、彼らを救う術はありません』押し殺した声で問うセルゲイにサリーは微笑を崩すこと無く『悲しいことに、私達は神ではありません。マサチューセッツのファクトリーシステムを蘇らせることは出来ませんし、彼らが必要とする物資を提供し続けることも出来ない。神ならぬ身で最善を成そうとするなら、手段を選ぶ自由は無いはずです』

『ウェイン議長になんと詫びるつもりか』

『皆様を代表して私が地獄で謝罪いたします』ロンドンの指導者である女性は優雅に即答し『賛同いただけずとも構いません。これはロンドン独自の作戦。ただ、皆様にもマサチューセッツに駐留している部隊を退かせる時間が必要でしょうから、こうしてお伝え申し上げています』

立体映像で描かれたサリー首相の頬にうっすらと汗が滲んでいることに、唐突にルジュナは気づく。よく見れば、白いレースの手袋に包まれた右手が小刻みに震えているのが分かる。

と、サリーがそっと左手を動かし、その右手を覆い隠す。

戦後十数年にわたってロンドンを導いてきた女傑はルジュナに視線を返し、悪戯を見咎められた子供のように小さく首を傾げ、

『ですが、協力いただけるのでしたらそれに越したことはありません。魔法士どもに作戦の真の目的を気づかせないためには、全てのシティから形だけでも防衛戦力を出して見せた方が真実味が増すというものです。……世界の各地から集結してくる敵をタイミングを合わせて同時にマサチューセッツ内に引き入れねばなりませんし、空から降ってくる「島」の存在に気づかせることなくシティ内部に留める必要もある。全てのシティが共同であたった方が勝算が高いのは間違いないでしょう』

のしかかるような沈黙が仮想の円卓に降りる。

ルジュナは言葉を失ったまま、立体映像で描かれた巨大な「島」を見つめる。

サリー首相の提案に反対する明確な根拠を見出すことが出来ない。三千万の余剰の人口を生かし続ける力は自分達には無い。仮にマサチューセッツを捨てて人々を退去させたところで、彼らには他に行く場所など無い。唯一の可能性は今すぐ戦争が終結して兵器生産の必要が無くなることだが、もちろんそんな夢物語は望むべくもない。

マサチューセッツの人々は、あの日、賢人会議の攻撃によって滅びたのだ——そう思えば、彼らを囮に使うのは最も合理的な戦略と言えるかも知れない。

だが、本当に、他に道は無いのか。

彼が、あの黒衣の騎士が命をかけて守った人々をこんなことに費やさなければ、自分達は生き残ることが出来ないのか。

『……モスクワは、ロンドンの作戦案に賛同する』

巌のような声。

視線の先、セルゲイ元帥は重く、深く息を吐き、

『それと、一人で謝罪するには及ばん。私も共に地獄でウェイン議長に詫びよう』

うなずいたサリー首相が、視線を隣席のリン・リー首相に向ける。シンガポールの指導者である禿頭の男は目を閉じたまま、しばし無言で頭上を見上げる。

そのままの姿勢で、男が賛同の言葉を呟く。

サリー首相が、感謝の言葉を返す。

会議室の闇が濃さを増したような錯覚。円卓の向かいの女性が、いかがでしょう、と首を傾げる。少し時間があって、それが自分に向けられた問いだと気づく。

マザーコアとして死んだ兄の顔が脳裏に浮かぶ。

それを呼び水に、これまで辿ってきた道の全てが記憶の底からあふれ出す。

兄に代わってニューデリーの代表となり、人類と魔法士が手を取り合う世界という夢を受け継いだこと。世界再生機構の一員として、理想の実現のために奔走したこと。破局を止めることが出来ず、人類と魔法士の全面戦争が始まってしまったこと。世界に再び融和を取り戻すという理想とニューデリーの市民を守るという使命の間で幾夜も思い悩んだこと。

未来を託す、という兄の最期の言葉。

「……我がニューデリーは——」

ルジュナは一度だけ目を閉じた。

答を口にするには、長い時間が必要だった。

＊

今日の配給：固形食糧一号三つ、二号一つ、四号一パック。経口補水液二リットル。

エネルギーの割り当て：八メガジュール。

水道の割り当て：三リットル。

街灯が夜間照明に切り替わり始めた頃に、シスターが帰ってきた。

沙耶は日記を書く手を止めて、窓の外を見下ろした。

軍用フライヤーから降り立ったシスターが視線を返し、疲れた様子で微笑む。駆け寄った子供達が軍服姿のシスターを取り囲み、口々に心配そうな声をかける。シスターが子供達の頭を撫で、孤児院の入り口に向かって歩き出す。兵士が最敬礼でそれを見送り、フライヤーが滑るように遠ざかっていく。

三階の窓から見渡す限りの街路に、行き交うフライヤーはほとんど無い。

物資生産の制限によって民間のフライヤーは残らず自治政府に接収されてしまったから、大通りには黒塗りの軍用フライヤーの姿がわずかにあるばかりだ。

ベルリンが滅びたあの日から一ヶ月と少しが経って、モスクワの街は見た目には平静を取り戻していた。沙耶も他の子供達と共に軍の兵舎の一棟を借り上げた臨時の孤児院に移された後は、あの日までと変わらない生活を送っていた。

いや、本当は変化があった。

まず、食べ物が手に入りにくくなった。

賢人会議との戦争が始まった頃から市民の食事は配給制になっていたが、ベルリンの後はそれがさらに厳格になった。少し前まではひっそりと流通していた菓子や嗜好品の類いも全く手に入らなくなり、違反者が厳しく取り締まられるようになった。日々の食事は自治政府の配送車が一週間に一度届ける決まったメニューだけ。それも以前に比べて量が減ったような気がする。

それから、市街地の建物という建物の屋上が残らず封鎖された。

飛び降りて死ぬ人が後を絶たなかったからだ。

全てのシティの代表者による二週間前の演説は、モスクワ市民の全員が聞いたはずだ。人類は負けたが、完全に負けたわけではない。雲除去システムを破壊することには失敗したが、その代わりに別な武器を——空を覆う雲を全ての魔法士もろとも消し去り、世界に青空を取り戻す方法を手に入れたと。

もちろん、中には喜ぶ人もいた。自分達は助かるかも知れないのだと、今こそ反撃の時だと、街頭や公園で声高に叫ぶ人は確かに少なからずいた。

だが、それでも人々は次々に自らの命を絶っていく。

一昨日は向かいのおじさん、昨日は隣のおばさん、今朝はよく沙耶に飴をくれた近所のお兄さんが、銃で自分の頭を撃ち抜いているのが見つかったと聞いた。

ベルリンでの戦いの数日後、多くの仲間の遺体と共に傷だらけで帰ってきた兵士の姿と、それを見つめていた大人達の顔を沙耶は忘れることが出来ない。神戸の街を失って彷徨っていた頃でさえ、あんなに絶望した人の顔を見たことは無かった。もう人類はおしまいなのだと、賢人会議の言う通り自分達は一人残らず殺し尽くされて人類の歴史は終わるのだと、彼らの無言の表情が語っていた。

その頃からだろうか、人々の間ではある話題が囁かれるようになった。

南極での戦いの直後、賢人会議が人類を滅ぼす方法を手に入れたという話と共に、人々の間に広まったものだ。

曰く、世界を覆う雲はかつて一人の魔法士によって生み出された物だと。当時の地球は太陽光発電プラントの暴走によって滅びる寸前にあり、雲はそれを防ぎ世界を守るためにやむなく生み出された物なのだと。

魔法士は人類が作り出したものではなく、自然発生した人類の新しい進化の形なのだと。その力を怖れた人類は最初の魔法士「アリス・リステル」を虐げ、追い詰め、にもかかわらずアリスは自分の命をかけて世界を守ったのだと。

だから、今起こっていることも、これから起こることも、全てはその天罰なのだと。

人類は、不当な手段で奪った世界を、本来の持ち主に返す日が来たのだと。

そう呟く人の顔は一様に暗く、けれども悪い夢から覚めたようにどこか穏やかで、近所の教会には祈りを捧げに訪れる人の列が絶えなかった。

「ねえシスター……イルは、本当に帰って来ないの？」

一人の男の子がシスターに問い、周りの子供達が慌てて口を押さえる。シスターが足を止め、身をかがめて男の子の頬を撫でる。

ベルリンでの戦いが終わり、シティに日常が戻っても、イルはとうとう帰って来なかった。

少年はどうしたのか、他の兵士は帰ってきたのにどうして少年が戻らないのか——答をせがむ子供達に、シスターは力なく首を振るだけだった。

何があったのか、これから何があるのか、沙耶には想像もつかない。シティ・ベルリンが無くなって、代わりにあの「塔」が現れて、賢人会議を倒すための新しい作戦が始まった。公営放送のニュースで見た。あの「塔」は世界から雲を取り除き、ついでに世界中の魔法士を一人残らず消し去ってしまうのだという。

その「一人残らず」という中には、もちろんあの少年も含まれる。

もし少年がまだどこかで生きているのだとしたら、それをシスターが知っているのだとしたら、どんな気持ちなのだろう。

色々な考えが頭に浮かんで少しもまとまらず、いつもの何倍も時間をかけてようやく日記を書き終える。随分時間が経ってしまったことに気づき、立体映像のノートを閉じて椅子から立ち上がる。食事は今やめいめいが貯蔵庫から認識コードと引き替えに自分の割り当て分を受け取って温めるだけだが、あまり遅くなるのも良くない。沙耶は部屋のドアを開けて一歩踏み出し、

……あれ？

足下、廊下の真ん中に小さな光。

手を伸ばして認識票らしきプレートを拾い上げ、それがシスターの物だと気づく。

シスターの私室は食堂とは反対側、ここから二つ上の階にある。少し迷ってから認識票を握

りしめ、廊下を進んで階段をおそるおそる上る。エネルギー供給の制限によって照明を絞られた廊下は薄暗く、少し不安になる。

　孤児院の五階にはシスターの部屋の他には応接室など普段使われない部屋しかない。

　廊下の一番奥、目的の部屋に向かって沙耶は足を進め、

「――お考え直しください、閣下」

　半開きになったドアの隙間から、声。

　驚いて足を止め、引き返そうかと考える。

『これは決定事項だ、トルスタヤ中将。シンガポールとニューデリーも同意した。作戦はすでに動き出している』

「ルジュナ執政官やリン・リー首相までもが同意したというのですか？　そのようなことが――」

　これまで聞いたこともない、怒りに満ちたシスターの声。もしかしたら興奮しすぎてドアが開いていることに気づいていないのかも知れない。

　この階に他の子供が近づくのは珍しいが、全く無いというわけでもない。

　とにかくドアを閉めようと沙耶は部屋の前まで歩を進め、

「何にせよ有り得ないことです。マサチューセッツの難民三千万を囮にし、魔法士もろとも葬り去ろうなどと兵が納得すると思われますか！」

伸ばしかけた手が止まる。

何かの聞き間違いかもしれないと、沙耶は部屋の中を覗き込み、

『兵にはマサチューセッツ防衛のための作戦とのみ伝える。首尾良く作戦が完了した後は、「島」は賢人会議によって落とされた物という偽装が成される手はずだ』

部屋の奥にはシスターの背中と、立体映像の通信画面。

通信の相手はすぐに分かる。セルゲイ・ミハイロヴィチ・ヤゾフ元帥。このモスクワの最高指導者である軍人はディスプレイの向こうで息を吐き、

『我がモスクワもマサチューセッツに防衛部隊を派遣する。……が、これは賢人会議の目を欺くための欺瞞行動。極力損害を受けぬよう予定時刻まで遅滞戦闘を行った後は、連中がマサチューセッツに突入するのを許す形で撤退。ポート付近に攻撃を行うことで魔法士達をシティ内に封じ込め、その後は「島」の直撃による影響を受けない距離まで迅速に後退する』

「その指揮を私に取れと？」シスターは肩を震わせ「閣下のお言葉といえど承服いたしかねます。敵を倒すために民衆を諸共に滅ぼすなど、敗軍の将が最後の悪あがきに手を出す愚策中の愚策――」

『我々は無力なのだ！』

シスターと同じか、それ以上の怒気を孕んだ声が返る。

一瞬口ごもるシスターの前で元帥は何度か肩を上下させ、

『我々にはマサチューセッツの民を生かし続ける能力も、その手段も無い。今はどうにか誤魔化すことが出来ても、遠からず彼らに最低限の食糧すら提供できなくなる。いや、今この瞬間でさえ、賢人会議が何かの気まぐれで攻撃を再開すれば我々は三千万の民衆が殺し尽くされるのを指をくわえて見ていることしか出来ん。……我々は無力なのだ、トルスタヤ中将。だがこの方法なら、彼らの死に意味がある。ウェイン議長が、彼の黒衣の騎士が命を賭して人々を守ったことに意味が生まれる』

「それを意味とおっしゃるのですか！」

固く握られた拳が目の前の机を強く叩く。

が、シスターは振り下ろした拳を何度か震わせ、力なく腕を下ろして、

「……閣下、今すぐ私に御命じください。ベルリンでの敗戦の責を取り、参謀本部顧問の座を退けと。あるいは、命令違反により軍籍を剝奪すると」

『ならぬ、トルスタヤ中将。貴官の卓抜した指揮が無くば、ベルリンの防衛網は瞬く間に突破され、南極衛星より情報が持ち帰られることも無かったであろう。そのことは皆が認めている。すでに各国の名だたる将官から、貴官を連合軍の最高指揮官に推挙する声が上がっている。もちろん私もだ』

「それほど信頼いただけるなら、なぜ幻影No.17が生きていることを隠されるのですか！」

え？　と沙耶は目を見開く。

何を言われたのか分からない。

呆然と見つめる先で、今度はディスプレイの向こうの元帥が顔を歪め、

『……そうか、ルジュナ・ジュレ殿か』息を吐き、シスターに真っ直ぐ向き直って『抗弁はすまい。それに、殊更に隠したつもりもない。もとより貴官を相手に隠し通せるはずもあるまい』

「ではなぜ！」

『話してどうなる』元帥は通信画面の向こうで目を閉じ『幻影No.17が生きているからといって、モスクワの方針に一切の変更は無い。我々は魔法士達を滅ぼし世界を取り戻す。選択の余地など無い。……分かるか？　トルスタヤ中将。彼の者が生きていようといまいと、もはや何も変わりはせんのだ』

初めて、元帥の声に疲れたような響きが混ざる。

思わず一歩踏み出しそうになる沙耶の視線の先で、シスターは言葉を呑み込むように一度だけ強く拳を握りしめ、

「……閣下はあの子を、幻影No.17という魔法士をどのようにお考えですか？」

『あれほど真摯に、忠実にシティと市民に尽くした者を私は他に知らぬ。あれこそ真の軍人、真の英雄であろうよ』元帥は目を閉じたまま深く息を吐き『だが、現実は変わらぬ。言ったであろうトルスタヤ中将。我々は無力だと』

一晩考えよ、と言い残して通信が切れる。

シスターは机に投げ出された携帯端末のスイッチを切り、憔悴しきった様子で振り返り、

「沙耶さん……？」

驚いたような声に我に返る。しまった、という思考。慌てて逃げだそうとして失敗し、諦めてその場で立ち止まる。

「一体、いつから」シスターは言いかけて首を左右に振り「……いえ、顔を見れば分かります。ずいぶん怖いお話を聞かせてしまいましたね」

びくりと身をすくませる。

それでも必死に顔を上げ、歩み寄るシスターを見上げて、

「マサチューセッツの人達を見捨てる、っていう所から……」深呼吸し、何とか声を絞り出し

「シスター、本当なの？　それに、イルがまだ生きてるって」

「……本当です。軍の作戦なので詳しいお話はできませんが」シスターはひどく悲しそうに微笑し「それにイルが生きているのも本当です。……ある人が教えてくれました」

少年がベルリンでの戦いで重傷を負ったあとで助け出され、今は多くの難民と共にとある地下施設に匿われているのだということを、シスターが淡々と説明する。

「そう……」沙耶は安堵の息を吐き、すぐに恐ろしい考えに思い至って「でも、シティ連合は魔法士を全部滅ぼすって。ベルリンに出来たあの塔を使って魔法士を全部消して、代わりに青

空を取り戻すって。……じゃあ、あの人は？」

シスターは答えず、ただ首を左右に振る。

沙耶は、そんな、と息を呑み、

「でも、英雄なんでしょ？　あの人。ずっとシティの、みんなのために戦ってきたって。ここの子達もみんな、イルはすごいんだ。イルは俺たちの味方なんだって……」

言葉を口にするうちに、一人の少女の顔が頭に浮かぶ。シンガポールの街で出会った、かつて神戸のマザーコアとなるはずだった少女。あの子もみんなのために戦っていた。この世界にいるのは賢人会議の一員として人類を滅ぼそうとする魔法士ばかりでは無い。中にはあの少女やイルのように、みんなが手を取り合えるように、I－ブレインを持たない沙耶のような人間が生きていけるようにと必死で戦ってくれている人もいるのだ。

「それに、マサチューセッツを見捨てるって……。あそこにはまだ三千万人の人が残ってるってニュースで言ってた。その人達をどうするの？」

「……軍の機密に関わることです」シスターは沙耶の目の前に両膝をつき、少し厳しい顔で「沙耶さん。どうか、ここで聞いたことは誰にも話さないでください。沙耶さん自身の、いいえ、人類の未来のためにとても大切なことです」

「ご、誤魔化さないで！」体の震えを必死に抑え、目の前の女性に一歩詰め寄り「イルが行方不明だって聞いて、ここの子達みんな泣いてた。あの人が生きてますように、無事に帰ってきますようにって毎日お祈りしてた。……教会にもたくさん兵隊さんが来た。みんな苦しそうな、困ったみたいな顔して、それでもイルのために祈ってた」

「沙耶さん……」

「わたし、わからないの」無意識に両手を握りしめ「空のあの雲が無くなれば、みんな幸せになるんだと思ってた。そんな日は来ないかもしれないけど、いつか来たら良いなと思ってた。……なのに、こうすれば青い空が手に入りますよって言われて、わたし嬉しくないの！　嬉しくないとおかしいはずなのに、どうしたらいいかわからないの！」

ずっと、誰かに助けて欲しかった。

今日食べる物にも、明日食べる物にも怯えること無く、お父さんのような人が死ななくても良い世界を誰かに作って欲しかった。

それが手に入るというなら、自分は何でも出来ると思っていた。どんな辛いことでも我慢できるし、どんな物でも差し出すことが出来るとずっと思っていた。

だけど、今は分からない。

目の前に差し出された「正解」に、空を覆う雲を晴らすことが出来るたった一つの方法に、本当に手を伸ばしていいのか沙耶にはどうしても分からない。

「本当に、これで良いの？」苦しさに耐えられなくて、無意識にシスターの軍服の袖を掴む。

「たくさん人が死んで、あの人もいなくなって、それで代わりに青い空が返ってきてわたししたちは幸せになって。これでいいの？　これが本当に本当の正解で、わたしがおかしいだけなの？」

答は無い。

その代わりと言うように、シスターの両腕がそっと背中に回される。

「シスター？」

軍服姿の女性の横顔が目の前にあって、自分が抱きしめられていることに唐突に気づく。身をよじろうとする沙耶の肩に頭を預け、シスターはか細い、聞こえないくらいの声で、

「……ごめんなさい」

何を言われたのか分からない。

首を捻って表情を確かめようとする沙耶の体をシスターは強く抱きしめ、

「私にも分からないのです。どうすれば良いのか。……今すぐ戦争をやめて、誰も血を流す必要が無くなって、魔法士と人類が再び手を取りあう。そんな道がどこかに無いかとずっと戦ってきました。けれど、道はどこにも無い。あの子や、たくさんの人達の命を生け贄に捧げなければ、私達はもう一歩も前に進むことが出来ないのです」

不意に、小さな濡れた感触が肩に落ちるのを感じる。一滴、また一滴。雪に似た、けれどもずっと温かい何かが、シスターが顔を寄せるあたりに広がっていく。

驚いて、すぐ傍にある横顔を覗き込もうとする。

途端に、一層強く体を抱きしめられる。

「イルは、あの子は今日までずっとこのモスクワを、人類を守り続けてきました。傷だらけになって、疲れて、倒れて、けれどもその度に立ち上がり、笑って戦い続けてきた。あの子は私の誇りです。イリーナが、娘が命と引き替えに残してくれた私の息子です。……それでも、私達は戦わなければならない。あの子を見捨てて、他の多くの人達を見捨てて、魔法士を滅ぼして、敵だった人も味方だった人も何もかもを踏み潰して、そうしなければ、未来はどうやっても手に入らないのです」

「シスター……」

「ごめんなさい」

耳元で聞こえる声が、震える。

シティ・モスクワで最高の軍人であるはずの女性は沙耶の肩に顔を押しつけ、捻れた息を吐き出し、

「ごめんなさい。あなたたちにこんな世界しか残すことが出来なくて、本当に、本当にごめんなさい」

背中に触れるシスターの手が震える。

濡れた感触が肩全体に広がっていく。

すぐ傍にある横顔に視線を向けようとして止める。目を閉じ、シスターの背中に手を当てる。

沙耶にもわかる。

これは、きっと、自分のような子供が見てはいけない物だ。

「……けれど、約束します」ややあって、シスターは声を絞り出すように「この世界は、沙耶さん達が生きるこの世界だけは必ず取り戻してみせます。あなた達が生きる未来のために、必要な罪は全て私達が持って行きます」

シスターの体がゆっくりと離れる。こわごわと目を開けるのと同時に、すらりとした軍服が立ち上がる。

ひどく疲れた、憔悴しきった顔で。

けれども、もう泣いてはいない。

「ですから、沙耶さんは何も心配しないで、ここで待っていてください。今日見たこと、聞いたことは全部忘れて、ただ日々を正しく生きてください」

いいですね？　とシスターが、ケイト・トルスタヤ中将が微笑む。

沙耶はうつむき、うなずいた。

他に、どうしようもなかった。

＊

コンクリート剝き出しの簡素な会議室を、騒然とした空気が包んだ。

通信画面の向こうから見下ろすサクラの言葉に、居並ぶ魔法士達は目を見開いた。

「待ってください。……では、このままでは雲除去システムの起動は不可能だと？」

『腹立たしいが、その通りだ』青ざめた顔で立ち上がる騎士の少女に、サクラはわずかも表情を動かすこと無く『問題は、ベルリン跡地に出現したという例の「塔」だ。あれが雲内部の論理回路の構造を乱し、我々のシステムを阻害している。私も衛星側からあの「塔」の影響を排除しようと試みたが、全て失敗に終わった。物理的にあれを破壊しない限り、我々の計画の完遂は不可能だ』

魔法士達は顔を見合わせ、小声で何かを話し合う。シティ・ロンドンに近い地下拠点の一つ。そう広くない部屋にはディーを含めて十四人——施設内で暮らす魔法士の半数にあたる者達が集っている。

簡素なスチールの机を取り囲む魔法士達の頭上には全部で三十五の小さな通信画面が浮かび、それぞれが世界各地に点在する賢人会議の地下拠点に繋がっている。

ベルリンとマサチューセッツでの戦い以来初めてとなる、全ての拠点を結んでの会合。

その場に集った全ての魔法士の視線が、立体映像の姿で机の上に浮かぶ自分達の代表に集中する。

『でもって、人類の方は自分達で雲除去システムを起動し、いつでも俺達を排除できるってわけか』ディーの頭上から誰かの苦々しそうな声が飛び『サクラ、実際の所あれはどうなんだ？もちろんシティ連合側の公開したデータを分析して、本当らしいってのは俺たちの方でも把握している。だが、現に南極衛星を押さえているのは俺達の方だ。地上からのアクセスを衛星側で遮断することは出来ないのか？』

『それについても「塔」自体の影響と同様だ』サクラはノイズにまみれた画面の向こうで首を左右に振り『こちらでも思いつく限りの手段を試したが、衛星のネット構造と雲内部の論理回路を接続しているプログラムは雲除去システムの根幹の機能に組み込まれている。下手に改変を行えば人類と同時に我々もシステムを起動することが永久に不可能になってしまう』

　室内の幾つかの方向から、落胆に似たため息が聞こえる。

『だが、状況はそれほど難しくなったわけでは無い』サクラはあくまでも毅然と顔を上げ『要はあの「塔」を破壊してしまえば良い。人類側のシステムと我々のシステム、その双方の問題がそれで同時に解決する。貴方達から送られた資料によれば「塔」は高密度のノイズによって情報制御を阻害しているとのことだが、周辺を制圧してしまえば物理的な破壊手段を用意することは容易い。人類がベルリン跡地に建造している「塔」の制御施設、あれを巡る戦いが我々と彼らとの最後の決戦になる』

『もちろん、僕らもそのつもりだ』人形使いの少年がうなずき『けど、総力戦にはもう少し時間がかかる。僕らの拠点にも他の所にも、まだ動けない人が何人もいるんだ。今はその人達の回復を待たないと』

この場に居ない仲間達の多くは、今も自室のベッドか、あるいは医務室の生命維持槽の中で眠っている。ベルリンとマサチューセッツでの戦いから一ヶ月と少し。負傷者の多くはある程度戦える状態にまで回復したが、例えば四肢を失った者の治療などはそう簡単には進まない。

地下拠点にある医療機材は一度にこれほどの数の重症患者を治療することを想定しておらず、なにより賢人会議には高度な技術を持つ医師がいない。

ディー自身、生命維持槽による肉体の再生と弾丸の摘出を数え切れないほど繰り返し、何度も生死の境を彷徨って、ようやく起き上がれるようになってこの拠点に移ったのはほんの三日前のことだ。

……正直、万全とは言いがたい状態です。この先、I―ブレインが完全に回復するかは私にも……

治療にあたってくれた騎士の青年の言葉だ。『森羅』のサポートを失ったことでこれまで肉体に蓄積されていたダメージが残らず表面化したのはもちろんだが、より深刻なのは戦闘起動の最中に騎士剣の、それも他に類を見ない特殊な機能を持つ『森羅』の制御中枢を破壊されたフィードバックによる脳神経の損傷なのだという。

I―ブレインはどうにか正常な状態の八割程度の機能を取り戻したが、それ以上の回復の見込みは今のところ無い。

シティの専門の研究者がいれば話は別なのだろうが、賢人会議の保有する機材と人員ではこれ以上の治療は望めない。

『……それに、問題は他にもあるわ』

そんなことを考えるディーの頭上でまた別な声。

騎士の少女が通信画面の向こうでためらうように視線をうつむかせ、

『セラちゃんのことはどうするの？　ついて行っちゃった他の子達も。小さな子達はみんなびっくりして、すごく悩んでる。本当言うと私もよ。……サクラ、もし戦場であの子達と出会ったら、どうしたらいいの？』

数秒。

サクラはノイズ混じりの画面の向こうで息を吐き、

『セレスティ・E・クラインは我々と袂を分かった』会合に集う全ての仲間達に視線を巡らせ『今後、我々の作戦に対する妨害も予想される。各人、十分な注意をもって行動にあたって欲しい』

とっさに、呼吸が止まる。

周囲の魔法士達が、口々に何かを話し始める。

『待ってくれ！　では、セラや子供達は見捨てると？』

『そう言った』人形使いの男が発した問いにサクラはうなずき『もちろん説得は試みる。彼女が組織を離れたのはシティ連合が雲除去システムによる我らの根絶を宣言する以前のこと。状況の変化を考えれば、人類と魔法士の間に和平を望むことなど出来ようはずが無いと彼女達も理解してくれたかもしれない。……だが、それは希望的な観測だ。セレスティ・E・クラインや他の者達が人類の側に与し我々に敵対するなら、実力をもってこれを排除するより他に道は無い』

『それは……いささか性急過ぎるのではないか？』後天性の人形使いである男は通信画面の向こうで困惑した表情を浮かべ『もちろん組織として許されることでは無いが、ここまでの戦いが過酷すぎたのも事実だ。あの子達は我々と違ってシティや人類に対して深い恨みがあるわけでは無い。人類殲滅という我々の目的は変わらないにせよ、気持ちくらいは汲んでやるべきでは』

『けど、そんなことを言ってられる状況じゃ無いのも確かだわ』別な画面で先ほどの騎士の少女が言葉を返し『ここまでの戦いで私達は確かに勝ったけど、代わりにたくさんの仲間を失った。シティ連合は自分達の側で雲除去システムを起動して人類じゃ無く私達の方を滅ぼすって言ってるし、こんな状況であの子達の話を聞いてあげることは……』

『そうだよ、僕らには時間が無い』ディーの頭上でまた別の通信画面から声が上がり『人類の数を減らさなきゃならない僕らと違って、敵は今すぐにでも雲除去システムを起動できるかも知れないんだよ？　僕らがまだ生きてるってことはあっちで何か条件が必要なのかも知れないけど、それだってはっきりしたことは分からない。それに――』

言いかけた言葉を寸前で呑み込み、炎使いの少年が視線を逸らす。魔法士達の多くが少年の意図を察した様子で顔を伏せ、あるいは隣席の者に目配せする。

ディーがいるこの場所を含め、賢人会議の全体で発生している大きな問題。

どこの拠点でも、生産力の不足による生活環境の悪化が表面化しつつある。

もちろん備えはあった。シティ連合の攻撃によってアフリカ海の拠点を失うことは想定の範囲内だったから、ここを含めた全ての拠点にはあらかじめ可能な限りの物資と、当面の生活を支えるに足るだけの生産プラントが用意されていた。

だが、それは長くても数ヶ月程度の、ごく短い時間に限っての話。本当なら雲除去システムという切り札を手に入れた自分達は圧倒的に優位なまま戦いを進め、すでに人類は滅び去り世界は青空を取り戻しているはずだった。

おそらく、保ってあと二ヶ月。

それを過ぎれば、賢人会議は人類に対する攻撃を中断し、新たな生活拠点の構築に力を振り向けざるを得なくなる。

そして、仮にその道を選択したところで、無事に新たな拠点を確保できる見込みは無い。アフリカ海の島やこの地下拠点を整備した頃、賢人会議には真昼がいた。あの青年の知識と技術、加えてシンガポールとの外交によってもたらされた多くの物資のおかげで、自分達はこれほど大規模に、世界の全域に拠点を展開することが出来たのだ。

真昼を失い、世界の全てを敵とした今の賢人会議は、どこまでいっても卓越した戦闘兵器の集団に過ぎない。

確かに演算速度だけは無尽蔵に確保できるが、それだけでは「人が生きるに足る環境」をゼロから再構築することは出来ない。

『皆の状況は私も理解している。おそらくベルリンの「塔」に対する総攻撃は動ける者だけ、限られた戦力だけでの作戦となるだろう』サクラはディスプレイ越しにゆっくりと一同に視線を巡らせ『皆と共にそこで戦えないこと、申し訳なく思う。だが、どうか持てる力の限りを尽くして欲しい。一両日中にも作戦をまとめ、現時点で用意できる全ての戦力をもって「塔」を叩く。……作戦の総指揮は、ディー、貴方に委ねる』

「え……」

驚いて顔を上げる。全ての魔法士の視線が自分に集中するのを感じる。

途端に、周囲で幾つもの話し声が巻き起こる。

『……やはり決戦か』

『それしか無いわ。あの「塔」を破壊しなければ、滅ぼされるのは私達の方よ』

『けど勝てるのか？　いや、仮に勝つとして、今度は何人死ぬことになるんだ？』

『問題は連合軍の指揮官だ。「計画者」ケイト・トルスタヤ。あれをなんとかしなければ……』

魔法士達の反応は様々だ。決戦についての不安を口にする者、シティ連合の動きについて情報を共有しようとする者、ベルリンでの戦死者について語る者、離反者の処遇について戸惑う者。

確かにおかしなことは何も無い。前線指揮官を務めていた魔法士の多くが斃れ、サクラが手の届かない場所にいる今、賢人会議の全権を預かるのは自分であるべきだ。

だが。

『サクラ……ディーにそれを任せるのは酷なのではありませんか？』通信画面の一つで人形使いの女性がためらいがちに声を上げ『ディーの怪我は治りきっていませんし、完治する見込みもありません。「森羅」も失われてしまいました。……それに、何より、セラちゃんのことが……』

『だからこそだ』サクラはまっすぐにこちらを見下ろし『ディーであれば、彼女のことで判断を誤ることは無いと信じる。説得は不可能と彼が結論したのなら、私も諦めることが出来る』

ディスプレイに映る少女の姿をノイズがかき消す。二度、三度と映像が途切れ、再び映し出された少女の姿が左右に不規則に揺らめく。

サクラは、時間切れか、と小さく呟き、

『では、作戦の遂行をよろしく頼む。……最後になるが、貴方達に感謝を。ベルリンでの勝利とマサチューセッツの攻略、本当に良くやってくれた。皆の葬儀も滞りなく済ませたと報告を受けている。私も、いつの日か地上への帰還が叶ったなら彼らの墓に花を手向けたいと思う』

かすかなノイズ音を残して、ディスプレイが暗転する。

残された全員の顔に等しく、隠しきれない不安の色が浮かぶ。

南極衛星の奪取に成功した時には疑いようの無かった勝利への道筋が揺らぎ始めているのを、この場の全員が感じている。

「ディー、大丈夫か？」

不意に、隣席から声。

見上げた先、人形使いの青年カスパルが心配そうに顔を覗き込む。

「……大丈夫、だと思います」

「大丈夫なはずが無いだろう」青年はため息交じりに頭をかき「セラのこと、俺達だって割り切れないいんだ。まして、お前は……」

『そうです。無理をしないで』頭上の通信画面で人形使いの少女サラが言葉を引き継ぎ『けれど、意外でした。サクラならセラや子供達のことはどんなことをしても説得すると言うはずだと考えていましたから。それに、もし本当にどうしてもあの子達を諦めなければならないとしても、それは全てサクラが一人で決断して一人で責任を負うだろうと……』

「たぶん、サクラの中ではもう結論が出てるのよ」机の向こう、炎使いの女性ソニアが椅子の上で膝を抱え「セラちゃんや子供達はもう帰ってこない、どうしようもないって。……殺せ、と言わずにディーに最後の判断を委ねたのは、サクラなりの気遣いなんだと思う」

魔法士達が沈痛な面持ちで視線をうつむかせる。

ディーは唇を噛み、自分の手のひらを見つめる。

……ぼくは、どうすれば……

説得は不可能だ。セラが、あの子がそんな生半可な気持ちで自分の許を去っていったはずがない。魔法士を滅ぼす、というシティ連合の宣言を聞いても、少女の決意が揺らぐことは無いだろう。

人類が魔法士を滅ぼそうというなら人類を止め、魔法士が人類を滅ぼそうというなら魔法士を止める。あの「世界再生機構」に属する人達のように、そうやって世界が以前の状態を取り戻す日まで戦い続ける。いや、もしかするとすでに合流を果たし、あの組織の一員として動き始めているかも知れない。

——お前はセラの手を放してはいけない——

マサチューセッツの戦場で、祐一に投げかけられた言葉が耳の奥で聞こえる。逃げるなと。あの子の幸せ、あの子が本当に望む世界を最後まで考え続けろと。そう諭してくれた男は、立つことすら敵わないはずの体で戦い、自分を正面から打ち倒した。

『森羅』の支えを失った自分は雪原に倒れ伏し、仲間達に助けられ、戦場から連れ出される寸前に男の最期の姿を見た。

長大な真紅の騎士剣を地に突き立て、ただまっすぐに、背後の民衆を守るように立ち続ける男の姿。

あの瞬間、ディーは、自分の胸の奥に燃えさかっていた炎がかき消えていくのを感じた。

剣を振るえと、眼前の敵を打ち倒せと、自分を駆り立てていた黒い炎。それを失ってしまった今、たとえI―ブレインの機能が完全に回復し、失われた『森羅』の修復に成功したとしても、以前のように戦うことが出来るとは思えなかった。

だけど、それならどうすればいいのか。戦場であの子の前に立った時、何を語り、どう振る舞えば良いというのか。今さら引き返すには、あの子の手を取って争わない道を共に探すには、この手は血に染まりすぎた。選択の余地など無い。人類の敵として、魔法士の代表の一人として全てを滅ぼし尽くす。それ以外の道など無い。そのことは分かっている。分かっているはずなのに、

それなのに、自分はまだ迷っている。

いや、自分にまだ迷う資格があると思いたがっている。

自分がひどく小さく、頼りなくなってしまった感覚。ここにあの子がいないことを思うだけで、胸に開いた穴が際限なく広がって自分を内側から呑み込んでいく気がする。それでも、組織を離れてあの子の許に行くことは出来ない。自分達が人類を滅ぼさなければ、自分達の方が人類に滅ぼされるという現実は変わらない。

自分は、この場で、あの子のために戦い続けなければならない。

だけど。

『――こちらベルリン方面偵察部隊！　誰か、誰か応答を！』

甲高いアラーム音が全ての話し声を遮る。何事かと目を見開く魔法士達の前、机の上に出現した通信画面の向こうに吹雪に覆われた雪原が映し出される。

『まだサクラとの通信は繋がっていますか？　繋がっているならすぐに――！』

「会合は少し前に終了した」カスパルが立ち上がって通信画面に歩み寄り「何があった。『塔』に何か動きが？」

『……数時間前に西に向かう大規模な輸送部隊を発見。本隊は取り逃がしましたが、数名の兵士を拿捕しました』通信画面の少女は必死に呼吸を落ち着け『情報を得るために記憶走査を行ったところ、問題の部隊はマサチューセッツ跡地に物資を輸送していたことが判明しました。難民のための生活物資ではありません。兵士が所持していたコードを元にさらに複数の通信を傍受。得られたデータを総合すると、シティ連合の目的は……』

激しい吹雪の音。

少女はわずかに言い淀み、拳を握りしめた。

『連中の目的はマサチューセッツのファクトリーシステムを復旧すること、そこからのエネルギー供給によって雲除去システムを起動することです――！』

＊

金属が軋む鈍い音を何度か上げて、生産プラントがようやく動き出した。

幾つものパイプが突き出た巨大な機械を見上げ、錬は小さく白い息を吐いた。

「良さそうね」

傍らに立つ月夜が呟き、半球型の機械の側面にある検品用のシャッターを引き開ける。錆が浮き出た金属のシャッターの向こうで、合成されたばかりの食用タンパク質の塊が湯気を上げる。

技師の一人がくすんだ赤色の塊に注射器に似た小さな計器を突き刺し、立体映像の数値を読み取って手振りで合格を示す。

周囲の難民達が安堵の吐息を漏らす。

「ありがと、錬。……ここはもう良いから、少し休みなさい」

「……うん……」

月夜の言葉にうなずき、首から有機コードを引き抜く。ゆっくりとプラントから離れると、数名の男達が待ちかねたように駆け寄って正面の搬出口にベルトコンベアを取り付ける。

その様子をぼんやりと眺め、振り返って歩き出す。

「生産工場」と名付けられたホールには形も規格もばらばらのプラントが百以上も並び、特有の低い動作音が絶え間なく響いている。

小さな家ほどもある機械はそれぞれ複数のパイプに繋がり、別室にある基礎化学処理用プラントから送られた窒素と二酸化炭素、水や金属元素を取り込んで食糧と生活物資を生み出す。生産された物資はベルトコンベアでさらに別室に送られ、簡易的な梱包を施されて人々に配布される。

地下施設にいる五万人の難民の生活を支える、文字通りの生命線。

その機能調整のために必要な演算速度を提供するのが、錬の今日の仕事だった。

ロシア地方西部、かつて天樹健三博士が利用していたというこの施設にたどり着いて一ヶ月と少し。ベルリンを逃れた人々は広大な地下空間にどうにか町と呼べる物を作り、日々をかろうじて暮らしていた。施設の中枢となる高性能の演算機関が生きていたおかげで五万人が生きていけるだけの電力と熱量はかろうじて確保できたが、問題は物資の生産だった。

施設内には幾つかの生産プラントが利用可能な状態で残されていたが、残念ながら五万の人間の生活を維持するには到底足りなかった。シティにはすでに余力は無く、支援は望めない。地下施設の暫定的な指導者となったフェイは月夜やリチャードと話し合い、周辺地域の町から必要な物資や機材をかき集めることにした。

賢人会議が人類の殲滅を宣言して以降、シティは外部の町に暮らす人々を保護し、シティの内部に受け入れていた。無人となった町の施設や物資の多くは住民と共に自治軍に回収されたが、中には手つかずのまま取り残されている場所もあった。

そういった場所からプラントを移設し、使えるようにする。

作業の責任者は一ノ瀬少尉。ベルリン自治軍の生き残りの兵士達と共に、セラをはじめとした賢人会議から来た魔法士の子供達がこの任務にあたっていた。

「えっと、ここでいい、ですか？」

「あ……ああ……」

運び込んだばかりの新たなプラントを重力制御で宙に浮かべ、セラが周囲を見回して問う。遠巻きに見守っていた男達の一人がぎこちなくうなずき、少女がプラントを床に下ろす。

後からついてきた人形使いの子供達が足下の床から生えだした腕を操り、プラントの上部に太い金属のパイプを接続する。

魔法士達がプラントから離れると、男達がようやく駆け寄って外殻の取り外し作業にかかる。

「どう……ですか？」

忙しく動き回る男達の背中に、セラがおそるおそるという風に問う。が、答は無い。少女は困ったように周囲の子供達と顔を見合わせ、一人の男に近寄って肩越しに作業を覗き込もうとする。

途端に、男がびくりと身を引きつらせ、大きく脇に飛び退く。

が、男は、しまった、とでも言うように口元を歪め、少女から視線を逸らす。

「す、すまねぇ！　深い意味はねえんだ。ただ少し、その、なんだ……」

「……だいじょうぶ、です」

セラは無表情な口元をほんの少しだけ歪め、背を向けて別なプラントの方へと歩き出す。人形使いの子供達が慌てた様子で後を追い、少女の手を握りしめる。

似たような光景は何度となく見た。

地下施設に暮らす五万の難民。彼らの心には、魔法士に対する恐怖心が深く刻み込まれている。

もちろん難民達も自分達の置かれた状況は理解している。ここにいる魔法士が賢人会議による人類殲滅に異を唱える者ばかりであるということはフェイやリチャードが何度となく説明したし、彼らも頭では納得している。

それでも、どうにもならない。

一日にして全てを失った恐怖が、倒壊したシティ・ベルリンの下敷きになって消えた友人や家族の断末魔の悲鳴が、人々の魂の奥底にまで焼き付いてしまっている。

もう一度ため息。重い体を引きずって歩き出す。生産工場から隔壁を抜け、薄闇の通路へ。金属剝き出しの通路は弱々しいライトの光に切り取られ、錆びた鉄とどこからか漏れ出したオイルの匂いに満たされている。

「……ママ、おなかすいた……」

「そうね……何か分けてもらえるといいのだけど……」

薄汚(うすよご)れた格好の女性が、隣を歩く幼子の言葉に応える。女性は錬の姿に気づくと怯えたように道を空け、深々と頭を下げて急ぎ足に通路を去って行く。

そんな人と、幾度(いくど)かすれ違(ちが)う。

誰も彼もが疲(つか)れ切(き)った様子で、誰も彼もがその顔に空腹を滲ませている。

生産プラントの増設作業は一日も休むこと無く続けられているが、五万人に十分な物資を提供するには到底足りない。食糧、飲料水、衣類、医薬品、その他の雑貨、何もかもが不足している。混乱を避(さ)けるためにあらゆる物資は配給制が取られているが、少しでも余剰の食糧が手に入らないかとこうして工場を訪れる者は後を絶たない。

いや、問題は食糧と物資だけでは無い。

この地下施設で唯一まともに供給されている電力とエネルギーでさえ、万全とは言えないのだ。

……あ……

分かれ道の左手側にふと視線を向け、無意識に足を止める。開け放たれた隔壁の向こうにのぞく広大な闇の空間。立体映像のステータス表示が放つ淡(あわ)い燐光(りんこう)に照らされて、四角い柱のような演算機関が整然と並ぶ。

この地下施設の全てのエネルギーと電力を生み出し、気温を制御する中枢。

その片隅で、作業着姿のソフィー中佐がぽつんと椅子に腰掛けている。

少女は目を閉じて浅い呼吸を繰り返しながら、膝の上に置いた剣の鞘と柄に両手を添えて微動だにせずにいる。少女の首からは有機コードが垂れ下がり、すぐ傍にある演算機関へと繋がっている。

巨大な黒い装置の表面に浮かぶ立体映像のステータス表示が、赤から緑に書き換わる。

少女が目を開け、疲れ切った表情で深く息を吐く。

部屋の奥から駆け寄った白衣の少女が、労うようにソフィーの頭を撫でる。リチャードと共にやってきたペンウッド教室の研究員三人の一人で、名前は確かメリル。二人の少女はここからでは聞こえない小さな声で幾つか言葉を交わし、椅子を少し動かしてまた別な演算機関に向き合う。

ここにある演算機関は確かに五万人の命を支えるに足るだけの機能を備えているが、それは決して十分でも潤沢でもない。エネルギー消費の増加による負荷は機関の動作に影響を及ぼし、情報制御演算の不安定化を引き起こす。生産プラントの数が増えてからはその傾向が顕著で、施設内の平均気温が低下したことで人々は常に防寒着を着込んでの暮らしを強いられている。

足りない演算速度は、何らかの形で補わなければならない。

ソフィー中佐が今やっているように、演算機関にI－ブレインを接続してエネルギー供給機能を補強する役目を、錬も含めて地下施設にいる魔法士の全員が交代で務めている。

もちろん、その負荷は全員のI－ブレインに多大な影響を与えている。ベルリンでの戦闘とその後の避難によって蓄積した脳の疲労は一ヶ月以上経った今でも回復していない。月夜とリチャードは定期的にメンテナンスを行ってくれているが、機材の不足も合わさって状況は良くない。

たとえば、今この場所が賢人会議に発見され攻撃に曝されたとしても、応戦できる者はほとんどいない。

それでも、目の前に居る人々を生かし続けるために、作業をやめることは出来ない。

二人の少女から視線を逸らし、足を引きずるようにして歩き出す。何度か十字路を曲がって隔壁を抜けると、いきなり目の前の空間が開ける。非常灯の頼りない光に照らされて、画一的なデザインの小さな住家が隙間無く整然と並ぶ。「居住区画A」と名付けられたこの場所は直径三百メートル足らずの円形の空間で、およそ七百戸、千人ほどの難民が暮らしている。

住家の多くは自治軍が投棄した仮設兵舎の建材を流用した物だが、一部は最初からここにあった資材を組み立てた物だ。強化カーボンの床材の下には「工場」の生産プラント群に繋がるパイプが最初から張り巡らされていて、ライフラインとして活用できるようになっている。

地下施設の中にはここと同じ形式の空間が蟻の巣状に幾つも存在し、その全てが同様の機能を備えている。

　この場所に町が作られることを最初から想定していたようだ——そんなことを、リチャードは言っていた。

　薄闇に沈んだ白塗りの「町」をうつむき加減に歩く。時刻はまだ昼だが、行き交う人の姿はほとんど無い。五万の難民のうち技師や研究者などこの場で役に立つ技術を持つ者は生活環境の整備に加わっているが、そうでない多くの人はあてがわれた家にただ閉じこもっている。

　暮らし始めた当初はあちこちで起こっていた難民同士の諍いも、最近ではめったに見かけることが無くなった。不当に食糧を独占している者がいるのではないかと詰め寄る者、早くどこかのシティに移してくれとわめき散らす者。そういった人々は数日、数週間と経つうちに静かになり、やがて部屋から一歩も外に出なくなった。

　人々は諍いを起こす気力さえ失い始めた。

　極めてまずい兆候だとフェイは顔をしかめ、リチャードは頭を抱えていた。

　四つ角を右に曲がったところでふと足を止める。通りのずっと遠くで何十人かの子供が並んで座っているのが見える。二人はセラが連れてきた魔法士の子供で、確か女の子の方が人形使いのエリンで、男の子が炎使いのロラン。残りはみんな難民の子供達で、全員が二人の魔法士の手元を真剣な顔で見つめている。

　男の子が手のひらを上に広げると、何も無い空間に淡青色な空気結晶の花が生まれる。女の子が腰掛けたコンクリートに手を触れると、生えだした灰色の蔓状の物体が枝分かれして身長よりも大きな茎と葉を形成する。

昼間照明の頼りない光に煌めく、様々な種類の人工の花。

子供達の間から歓声が上がる。

ほんの少しだけ心が穏やかになるのを感じる。が、歩み寄ろうとする動きを遮って張り詰めた声が通りに響く。おそらく子供達の保護者なのだろう。数人の男女が青ざめた顔で戻ってくるように指示しながら、猛獣を前にしたかのようにおそるおそる子供達ににじり寄っていく。

二人の魔法士が顔を見合わせ、頭上の花を消去して立ち上がる。難民の子供達は困惑した様子で立ち尽くしたまま、ゆっくりと後ずさる魔法士と近寄ってくる自分達の親を何度も見比べる。

泥のような感情が心を満たす。

錬は仲裁に入るべきか迷い、ともかく近づこうと一歩踏み出し、

「……ぁ……」

不意に、正面から小さな声。見上げた住家の屋根の上から金髪の男の子が飛び降りる。おそらく建物の補修作業を行っていたのだろう、エドは無表情をほんの少しだけ悲しそうに歪め、駆け寄って錬の袖を何度も引っ張る。

「エド？　どうし……」

どうしたの、と言いかけた声が止まる。

男の子が必死に指さす先、通りを少し進んだ場所で、何十人かの人影が住家の入り口を取り囲んでいる。

エドに促されるまま人垣の後ろに近寄る。集まった人々は一様に沈痛な面持ちで口々に何事かを話し合っている。家の正面、玄関扉のすぐ傍で、女性が両手で顔を覆って泣き崩れている。その隣で、エドと同じくらいの年格好の男の子が膝を抱えてうずくまっている。

「……昨日の夜に、奥さんとお子さんが眠った後で……」

「……テーブルに遺書が……」

漏れ聞こえていた話し声が不意に止まる。人々は錬とエドの——魔法士の姿に気づくと驚いた様子で後ずさり、大きく左右に分かれて道を空ける。

女性が泣き声を止め、ゆっくりと顔を上げる。

ぼんやりと見つめる錬の前で、軋んだ音と共に玄関扉が開かれる。

数人の男達が、担架を担いで家の外に進み出る。棒と布を組み合わせただけの粗末な担架の上にはベッドのシーツがかけられ、ちょうど大人一人分の大きさに膨らんでいる。

女性が誰かの名を叫び、担架を運ぶ男の腕にすがりつく。周囲の幾人かが何とか女性をなだめ、引きはがす。担架が居住区画の端にゆっくりと運ばれていき、やがて隔壁の向こうに消える。

……ああ。

またか、という言葉が一瞬だけ頭に浮かび、少し胸が軋む。

地下施設での生活が始まってから一ヶ月と少し、自ら命を絶った者はすでに相当な数に上っている。

フェイ達も自殺の手段になりそうな道具の配布を制限し、ペンウッド教室の研究員達によるカウンセリングを行うなど幾つかの対策をとっているが、これといった成果は上がっていない。亡くなる人の多くは一人暮らしだが、今回のように家族を残して一人で先立つ者や家族全員で心中をはかる者も珍しくない。錬も何度か遺体の運び出しを手伝った。他の難民に与える精神的な影響に配慮（はいりよ）して彼らは施設外の雪原に埋葬（まいそう）され、ごく簡単な葬儀も行われることになっている。

が、それもいつまで続けられるか分からない。

物資の絶対量が不足すれば、彼らを雪の下から掘（ほ）り起（お）こしてプラントで原子単位に分解し「資源」として再利用せざるを――

（攻撃感知。危険度、低）

I―ブレインの警告と共に、額に衝撃（しようげき）。乾（かわ）いた音が足下で一つ響き、ぬるい感触が瞼（まぶた）の上から頬に伝わる。

ゆっくりと視線を落とす。

靴の傍に転がるコンクリートの欠片の上に、血の雫が一つ、また一つと落ちる。

コンクリートを投げつけた姿勢のまま、女性がすさまじい形相で錬を睨む。周囲の人々が青ざめた顔で駆け寄り、強化カーボンの地面に女性を押さえつける。

エドが、ぁ、と呟き、数本の螺子が足下から出現する。

人々が小さく悲鳴を上げる。

とっさに腕を伸ばしてエドを制し、足下の欠片を拾い上げる。額の血を拭って歩み寄り、視線を逸らそうとしない女性を無言で見下ろす。

手の中にあるコンクリートの欠片をゴーストハックで操作し、どうにか形を整える。

出来上がった不格好な石の花を、女性の前に差し出す。

女性は小さくて歪な灰色の花を呆然と見つめ、うつむいて呻くように泣き始める。後ろから近づいてきたエドが同じように適当な欠片を拾い上げ、こちらは完璧な精度の花を作り出して男の子の方に差し出す。

男の子が顔を上げ、小さく礼の言葉を口にする。

二人の子供を照らす、非常灯の不規則な明かり。

錬は無言で背を向け、歩き出した。

通路の突き当たりの扉からは、かすかな緑色の光が漏れていた。

錬は壁のスイッチに手を伸ばしかけ、息を吐いて背後を振り返った。

防塵処理が施された白塗りの壁が左右にどこまでも連なり、表面に等間隔に浮かぶ立体映像の標識が闇を切り取る。「研究区画」と名付けられた広い通路には消毒用のクリーンルームを備えた扉が幾つか並び、壁に埋め込まれた大きな窓越しにのぞく室内には打ち捨てられた実験機材が散乱している。

長い時間をかけて、目の前の扉に向き直る。

ゆっくりと手を伸ばし、壁のスイッチに触れる。

金属音と共に開かれる扉の向こうに、がらんとした暗い空間が広がる。部屋の中央、一つだけ据え付けられた円筒ガラスの生命維持槽が、立体映像のステータス表示の淡い燐光に照らされて闇の中に浮かぶ。

規則正しく聞こえる呼吸音と、パイプを流れる液体の音。

フィアは、幾本ものチューブと電極に接続されて、薄桃色の羊水に身じろぎ一つせず浮かんでいる。

唇の端からは時折小さな気泡が浮き上がり、少女がまだ生きていることを示している。金糸を梳いたような長い髪が、羊水のかすかな流れに合わせて揺らめいている。

エメラルドグリーンの瞳は、今日も閉ざされたまま。

穏やかなその顔から視線を逸らし、うつむいたまま生命維持槽に歩み寄る。

ガラス筒の前に座り込んでコンソールを操作していたファンメイが、足音に気づいた様子で振り返る。チャイナドレスではなく難民達と同じ簡素な作業服を着込んだ少女は横目に一瞬だけ錬を見上げ、すぐにまた手元のステータス表示に向き直り、

「……昨日とおんなじ」背中を向けたまま後ろ手に幾つかのデータを突き出し「どこも悪くなってないし、良くもなってない。ぜんぜん起きないだけで、脳もちゃんと動いてる」

そっか、と呟く錬にそれ以上言葉を返さず、少女は首から有機コードを引き抜いて立ち上がる。足下の黒猫を抱き上げて肩に乗せ、何か言いたそうな視線をこちらに向け、そのまま無言で隣をすり抜けて歩き去る。

背後で扉の開閉音。

錬は息を吐き、ガラス筒の前に腰を下ろした。

ファンメイは一人だけ演算機関の補強作業には加わらず、地下施設における数少ない医療スタッフとして病人や怪我人の治療にあたっている。医療関係の総責任者はリチャードが務めているし、ベルリンから逃れた人の中には他にも医師が何十人かいるが、ここには治療に必要な医薬品や手術用の器具が圧倒的に足りない。そういった通常の手段を用いず「黒の水」による人体操作で治療が可能なファンメイの能力は貴重なものであり、重病人や大怪我を負った者の治療には常に駆り出される。

かつてペンウッド教室の面々がロンドンから運び出した「黒の水」の生成装置は、ヘイズに

よって密かにニューデリーから移送され今はこの区画の別な部屋に設置されている。治療によって酷使される少女の外部端末「小龍」の劣化は激しく、中枢の結晶体だけの状態で再生用の溶液に漬けられている姿を時折目にする。

そうして、そんな忙しい時間の合間を縫って、少女は毎日必ずこの場所を訪れる。

なんとか親友を目覚めさせることは出来ないか、何か見落としていることは無いのかと、フアンメイは寝る間も食事の間も惜しんでフィアの診察を続けている。

――現状では打つ手が無い。こうして生きているだけで奇跡のようなものだ――

最初の頃はそうやって諭していたリチャードも、早々に諦めたのか彼女の行動に口を挟まなくなった。ベルリンからの脱出行で大怪我をした人々の治療が進むのと反比例するように、新たに体の不調を訴える者、未来に絶望して自ら死を選ぶ者の数は増え続けている。それでも少女は音を上げない。朝から晩まで居住区画を駆け回り、目にした患者の全てに治療を施し、そのわずかな合間を縫ってこの部屋を訪れ、もう何十回読み返したか分からないデータに端から端まで目を通す。

その姿を見ていると、心に軋んだような痛みが走る。

フィアのために何も出来ず、こうやって生命維持槽を見上げていることしか出来ない自分が、どうしようもないくらい空虚に思える。

立ち上がる力はもう無い。あの日、ベルリンの陥落と共に砕けた心は今も死んだまま血を流し続けている。出来るならこのまま目を閉じて眠ってしまいたい。失われた日々を惜しんで、還らない人々の思い出に縋って。何度眠っても悪夢しか見られないと分かっていても、このどうしようもない現実から逃げ出してしまいたい。

それでも、気がつけば足は勝手に動き、体は自分に与えられた役目を淡々とこなす。

あの日、マサチューセッツの戦場で見た光景が。

人々の前に最期まで立ち続けた男の姿が、空っぽの自分をかろうじて動かし続けている。

祐一はいつ死んでもおかしくない状態で、本当なら剣を手に戦うことなど出来なかったはずなのだと後で聞かされた。男の死を知ったセラは雪原の上に泣き崩れ、泣きながら難民達の誘導を続けた。月夜はただ一言「そう」と呟き、少しの間隊列を離れて帰ってきた時にはいつもの姉に戻っていた。イルはこの施設にたどり着いてどうにか起き上がれるようになった翌日に倉庫から騎士剣『紅蓮』を持ち出し、あてがわれた自室の壁に剣を立てかけてその前に一日中座っていた。ヘイズはクレアと共にふらりとその部屋を訪れ、剣の隣に酒の小瓶を置いて手を合わせた。

その様子を、錬は遠目に見ていることしか出来なかった。

あの剣が男の墓標だというのなら、その墓標に何を語り、何を祈ればいいのか分からなかった。

「……僕は……」

生命維持槽に手を伸ばし、冷たいガラスの表面に手のひらを押し当てる。少女の名を呼ぼうと口を開きかけ、上手く言葉を発することが出来ずにうつむいて唇を噛む。

――錬は、この世界にどうなって欲しいですか？

少女と最後に言葉を交わしたあの日に、投げかけられた問い。

この場所に来ると、いつもそれを思い出す。

「……わかんないよ。そんなの……」

二週間前に見た、シティ連合の代表者による放送を思い出す。ベルリン跡地に出現した「塔」によって人類が雲除去システムに干渉する手段を手に入れたことを告げ、魔法士を排除せよと檄を飛ばす声明。あの日の数日前からニューデリーは、と言うよりルジュナは、こちらからの呼びかけに応答しなくなっていた。

情報を入手できなくなった自分達はクレアの能力でシティ連合と賢人会議の双方の回線を傍受し、断片的な情報をつなぎ合わせてようやく事態を把握した。

地球上に存在する魔法士の数を現在の半分以下にすることで、雲除去システムを起動し、全ての魔法士を消し去る。

今や、人類と魔法士は互いに互いを滅ぼしうる「力」を得た。

ずっと前に、歴史の教科書で似たような話を読んだ気がする。二十一世紀の昔、世界中の大国が互いに核兵器を向け合っていた時代。当時の人類は互いに最終兵器の発射ボタンに指をかけながら、「撃たれれば撃ち返す」と互いを恫喝することで世界の均衡を維持していたのだという。

だが、今の世界には、その必殺の武器を「使わない」という選択肢が存在しない。

何らかの形で雲除去システムを起動し、相手を世界から根絶しない限り、人類も魔法士もやがては滅びるしかない。

幸い、と言うべきか、難民達の中にあの日の放送を見た者はいない。この地下施設の存在を賢人会議に気取られないために、通信を制限していたのが功を奏したとリチャードは言う。

だが、それもいつまで隠し通せるか分からない。

彼らが真実を知った時何が起こるのか、それを思うと目の前が暗くなるのを感じる。

ベルリンからの脱出行に、この地下施設での住環境の整備。自分達がどれほど手を尽くし、心を砕いても、人々から恐怖心を取り去ることは出来ない。ここにいる魔法士に人類を滅ぼす意思はなく、賢人会議の計画に反対しているのだと彼らがいくら頭で理解したところで、心に刻まれた根源的な恐怖や排斥の感情、ベルリンを滅ぼした「魔法士」という存在に対する怒りや嫌悪が消えることは無い。

今はうずくまって絶望しているだけの人々も、人類が反撃の手段を得たのだと知れば立ち上がるかも知れない。魔法士を滅ぼし、自分達の未来を取り戻そうと、勇気を振り絞って武器を手に取り襲いかかってくるかもしれない。

そうなった時、自分は一体どうすればいいのだろう。

胸の奥に泥を詰め込まれたような感触。

錬は息を吐き、両手で顔を覆った。


……わからないことがある。

この施設にたどり着いた最初の日、自分が聞いた、あの「声」についてだ。

音声を伴わず、情報の側からI―ブレインに直接語りかけてくるような声。確か自分のことを「私の最高傑作」と呼んでいた気がする。

ならば、声の主は自分の生みの親、天樹健三博士だ。

ここは博士が生前に使っていた研究所だという話だから、おそらく間違いないだろう。

もちろん博士はすでに亡くなっているから、あの声はいつか目覚める自分のために残されていたメッセージということになる。北極衛星の転送装置が起動した時と同じ。自分のI―ブレインが持つ特有の情報構造がシステムの起動の引き金になった可能性は高いと思う。

だが、そのことについて尋ねようとすると、月夜に拒否される。

何を聞いても「気にしなくていい」「もうあの部屋に行ってはいけない」の一点張りで、その先を続けようとすると一方的に会話を打ち切られてしまう。

後でリチャードやヘイズから聞いた話によると、自分は施設の一番奥にある隔壁の前でうつむいたまま立ち尽くしていたのだという。他の誰が呼んでも反応を示さず、月夜の声にようやく振り返って、そのまま眠るように倒れてしまったのだという。

あの部屋はいったい何なのか。月夜は教えてくれなかったが、古い記憶の中に痕跡がある。おそらく自分はあそこで生み出されたのだ。隔壁の向こうには培養槽があって、自分はそこで眠っているところを月夜と真昼に拾われたのだ。

だが、月夜はどうしてそれを隠そうとするのか。

あの場所に、自分が知らない何があるというのか。

万に一つの可能性として、あそこには世界の問題を解決するための手がかりが隠されているかもしれない。たとえば自分のI―ブレインにまだ自分も知らない機能が隠されていて、それが事態を好転させる切り札になる、などという子供の空想じみた結末だって本当に無いとは言い切れない。

知りたければ話は簡単だ。月夜の言いつけを無視して、今度こそ隔壁をくぐれば良い。生産工場と居住区画をつなぐ通路から分かれ道を進んだ先、この地下施設の一番深い場所であの声は今も錬を待っている。途中に幾つかある隔壁には姉の指示で厳重なロックが掛けられているが、自分が本気で解除しようとすれば出来ないことはないはずだ。

だが、踏み出そうとすると足が止まる。

忘れなさい、と自分を抱きしめた月夜の顔を思い出すと、一歩も動けなくなる。

あんなに苦しそうな姉の顔を、錬は見たことがない。真昼の死を知った時も、祐一の死を知らされた時でさえ、あんな顔はしていなかったと思う。

怒っているような、悲しんでいるような、苦悩するような、懇願するような、その全部を混ぜ合わせたような表情。

忘れなさいと諭すその声が、握りしめられた拳が、避難場所にこの地下施設を選んだのは苦渋の選択だったのだと、本当なら二度と近づくつもりなど無かったのだと語っていた。

培養槽で生まれたばかりの、幼い頃の記憶を思い返す。この地下施設の秘密――「自分」という魔法士の存在を隠すために、迷い込んだ人々を数え切れないほど殺した。兄と姉に出会って、二人の弟として暮らすようになってから思い出さないようにしていた記憶。その底をいくらさらっても、求める答は見つからない。

ずっと脳の奥にあって、見ないようにしていた疑問が、今は目の前にある。

賢人会議の代表、全ての魔法士の祖たるアリス・リステルの遺伝子を受け継ぐあの少女と、同じ設計のＩ―ブレインを持つ「天樹錬」という魔法士。

自分は、なんのために生み出されたのか。

天樹博士が「最高傑作」と呼んだ自分は、いったい何者なのか――

どれくらいの間うずくまっていたのか、分からなかった。

錬はのろのろと顔を上げ、自分がいつの間にか泣いていることに気づいた。

両手で顔を何度かこすり、体を引きずるようにして立ち上がる。脳内時計が「午後八時」を告げ、自分が五時間以上もこの場所にいたことに気づく。

月夜が心配しているかも知れないと、ぼんやりした頭で考える。

生命維持槽の少女に何か言葉を投げようとして失敗し、何度もためらってから背中を向けて歩き出す。

研究区画から隔壁を抜けて、区画と区画を繋ぐ細い通路へ。地下施設を構成する小空洞を繋ぐように張り巡らされた通路には、難民が迷わないように月夜の指示で案内標識が置かれている。

ここを進めば居住区画、ここを右に曲がれば生産工場、この先は格納庫、それからこの先は——

踏み出そうとした足が、ふと止まる。

どこかで話し声が聞こえた気がして、振り返る。

通路の少し先、分かれ道を右に曲がった方からかすかな明かり。その奥にある幾つかの部屋をフェイとリチャードが執務室として使っていることをようやく思い出す。

理由もなく足音を殺し、部屋の前にたどり着く。

入り口には、施設内の多くの部屋と同じく電子制御が壊れて手動式になった扉。

錬は壁にそっと身を寄せ、隙間から中を覗き込み、

「……君達の主張は理解した」ほんの少しだけ苛立ちのような物を滲ませた、フェイの声。

「つまり、魔法士を居住区画から排除し、市民の目に触れぬ場所に隔離しろと？」

喉まで出かかった声を呑み込み、部屋の様子をうかがう。会議机が一つきりのがらんとした室内に人影が四つ。二つはフェイとリチャードで、スチールの会議机の向こう側に座っている。残る二人、錬に背中を向ける位置に座るのは、錬も幾度か目にしたことがある難民の男女。

その内の一人、左側に座る年輩の男が深くため息を吐き、

「何も永久にと言うわけではありません。一ヶ月、いえ三週間。全ての居住区画が難しければ、魔法士が近づかない場所を作っていただけるだけでも良いのです。とにかく、皆が落ち着くまでの間だけ便宜を図っていただければ」

「……確認するが」

無表情に言葉を返すフェイ。

スーツの代わりに簡素な軍服を着込んだ男は会議机の上に両手を組み、わずかに口元を歪め、

「彼らは君達をベルリンの廃墟から救い出し、今も君達を生かすために寝る間を惜しんで働いている。そもそも彼らの多くは『人類を殲滅する』という賢人会議の目的に異を唱え、組織を離反して君達の救出に来た者たちだ。そのことは」

「理解しています」黙り込む年輩の男に代わって若い女が顔を上げ「自分達がどれほど恥知ら

ずなことをお願いしているかもわかっているつもりです。本当なら私達で話し合い、不安を訴える者を諭すべきであることも。ですが、現実問題として私達の多くがベルリン崩壊のトラウマに今も苛まれています。魔法士と共に暮らすこの環境では、どうしてもあの日の事を思い出さずにはいられない。……みんな怖いんです。たとえ、あの子達が命の恩人だと分かっていても」

「……リチャード博士」

「残念ですが、彼らの主張にも一理あります」無表情に問うフェイに隣席のリチャードが応え

「自殺者の増加に歯止めがかからない以上、難民の精神安定は無視出来ません。うちの部下にやらせているカウンセリングにも限界がある。暫定的な処置としてはやむを得んでしょうな」

数秒。フェイが息を吐き、前向きに検討する旨を伝える。二人の難民が席を立ち、錬がいるのとは別の扉から通路の先に消える。

次第に遠ざかって行く足音。

フェイはしばし目を閉じ、一つ息を吐いて、

「いつまでそうしている？　天樹錬」

リチャードが驚いた様子で椅子から立ち上がる。

錬は逃げようかと一瞬考え、諦めて扉を引き開け、

「……いつから気がついてたの？」

「君がそこに来た瞬間からだ」フェイは座ったままこちらに視線を向け「それで、どう考える？」

「さっきの話のこと？」部屋に入って後ろ手に扉を閉め、その場所で立ち止まり「……良いんじゃないかな。それでみんなが落ち着くなら」

ほう、とフェイが小さく呟く。

と。

「待ちたまえ錬君！」リチャードがこの男にしては珍しく声を荒げ「自分が何を言っているか分かっているのかね？　言うまでもないが、彼らの主張は理不尽だ。君達は行くあてのない彼らを守り、ここまで導き、今も彼らのために働いている。同じ魔法士だからといって君達が賢人会議と同一視されるいわれなどない。彼らに恐怖心を抱かれなければならない理由など何一つない――！」

大股に近寄り、両手で肩を強く掴む。

「え……」思わぬ剣幕に戸惑い「で、でもさっき、博士も『やむを得ない』って……」

「そうだ。私も同意見だ」

荒い息を吐くリチャードに代わって、フェイが割って入る。

男は椅子に深く背中を預けたまま灰色の天井を見上げ、

「私には彼らの気持ちがよく分かる。きっかけがシティ連合の作戦であったにせよ、賢人会議の攻撃によって多くが死んだ。魔法士という存在の恐ろしさを彼らは改めて味わった。その恐怖は決して拭いされる物では無い。……君達は現状で人類を庇護する側に立っているが、そんな君達であってもその気になれば彼らを皆殺しに出来るという事実は変わらない。彼らが本能的に魔法士を怖れ、嫌悪するのは当然のことだ」

「……うん」

その通りだ、と内心でうなずく。胸の奥が軋む。

と。

「だが、君は怒るべきだ」

これまで聞いたことがない、強い声。

思わず顔を上げる錬をフェイは会議机の向こうから真っ直ぐに見据え、

「彼らには彼らの主張がある。それは間違いないだろう。だが、そうであっても彼らには守るべき礼節がある。人類のために同胞たる賢人会議を敵に回して戦う者達に対して、抱くべき最低限の感謝という物がある。いかに魔法士の存在が恐ろしく、今の生活に不安があろうとも、命を救われた者の当然の礼儀として彼らはそれを口に出すべきでは無い。態度にも表すべきでは無い。……天樹錬、君は怒るべきだ」

「……怒る……?」

霞がかかったような頭に、フェイの言葉が反響する。

自分は理不尽な言葉に対して怒るべきだったのかと、ようやく理解が追いつく。

だが。

「……いいよ。もう」

「何を言う！」リチャードが肩を掴む手に力を込め「この地下施設は今や、世界でただ一つ、人類と魔法士が共存する場所だ。我々はここから始めなければならない。シティ連合の計画を止め、賢人会議の計画を止め、この戦争を阻止しなければならない。そのためにも彼らと君達は手を取りあい……」

不意に、言葉が止まる。

男が肩から手を放し、ゆっくりと一歩後ずさる。

自分はいったいどんな顔をしているのだろうと考え、理由も無く笑い出しそうになる。うつむいたまま、ただぼんやりと薄汚れた床のタイルを見つめる。

どうして難民達の恐怖が消えないのか。

どうして彼らが次々に自ら命を絶っていくのか、錬にはよく分かる。

彼らには希望が無い。ベルリンを襲った災禍を偶然生き延び、偶然助けられてこの場所までたどり着いても、彼らにはここから先の未来は無い。祖国はすでに失われ、他のシティにも見捨てられ、世界を動かす大きな流れに抗う術も無く、彼らには「今日はどうにか死ななかった」というだけの暮らしを死ぬまで繰り返すこと以外に出来ることが何も無い。

仮に彼らが勇気を持って恐怖や偏見を乗り越え、魔法士と手を取り合う道を選んだところで現実は変わらない。

今日より明日の方が少しでも良くなると、良くなるかもしれないと思える理由がなければ、人は変わることなど出来ない。

「……仕方ないんだよ、たぶん」ため息と共に言葉を吐き出す。「あの人達が悪いんじゃ無いし、僕達が悪いんでも無い。ただ、最初から上手くいくように出来てなかったんだよ。僕達はいつかどっちかが滅びるように決まってて、それは誰かが頑張れば変わるような物じゃ無かったんだよ」

世界の流れを止めることはもう、自分にも、他の誰にも出来ないのだ。人類と魔法士はこのまま戦争を続けて、どちらかが生き残るか、互いに互いを滅ぼし尽くすかの結末しか残されていないのだ。兄が、真昼がかつて思い描いた、互いに手を取り合う道などはもうどこにも残されてはいないのだ。

だから、自分が戦ったことにも、生命維持槽で眠るあの少女が命を賭けたことにも、意味など無かったのだと。

最初から、何もかも投げ出して、やめてしまえば良かったのだと――

「……ほんとに、どうしてかな」

それでも胸の奥が軋む。砕けた心が血を流す。

真昼が死に。

祐一が死に。

フィアは目を覚ますことなく。

たくさんの人達が傷つき、倒れ、ただ無為(むい)に死んで、

「みんなが頑張ったのに、どうして、何も、一つも良くならないのかな」

力を失った口元が、笑いの形に歪む。

見開いた目からはもう涙(なみだ)も流れない。

うつむいた視界の端に映るリチャードの姿が、ゆっくりと遠ざかる。男は深く息を吐き、フェイが座る会議机の方を振り返り、

『――おい！　聞こえるか？　聞こえたらすぐに――』

前触(まえぶ)れもなく響く、ノイズ混じりのヘイズの声。

ぼんやりと顔を上げる錬の前、リチャードが携帯端末を取り出して通信画面を起動し、

「聞こえとるよ。どうした？」

『……取り込み中か？』

室内の三人の様子に、ヘイズは一瞬顔をしかめる。

が、青年はすぐに首を左右に振り、

『いや、取り込み中でも構わねえ。こっちが優先だ。――三人とも、今すぐ船(HunterPigeon)の方に来て

くれ！』

地下施設に存在する数百の空洞のうち最も地表に近い区画の一つは、人形使いの子供達によってカタパルト代わりのトンネルと隔壁を取り付けられ、船(HunterPigeon)の格納庫として利用されていた。

ハリーの案内で艦内(かんない)居住スペースの一室に通された錬とリチャード、フェイの三人をヘイズは険しい表情で振り返った。

「揃(そろ)ったな」

がらんとした室内にはすでに主だったメンバーが集まっている。大きな円形のテーブルを囲むのは月夜とイル、それに一ノ瀬少尉。他の魔法士達——ファンメイとエド、セラとソフィー中佐はその周りで遠巻きに様子をうかがっている。

全員の視線が向かう先は、テーブルの奥、一つきりの椅子に座るクレア。

眼帯で両目を隠した少女は目の前に浮かぶ立体映像の地球に手を伸ばし、

「……最初は、雲の中の変なノイズを拾ったと思ったのよ」細い指で半透明の地球の表面、薄(はく)膜(まく)のように空を覆う雲の一部を拡大し「でも、何回視(み)ても似たような場所に反応があるし、おまけにちょっとずつだけど真っ直ぐマサチューセッツの方に動いてるし……それで、ハリーに手伝ってもらって調べたの」

少女がテーブルの端の操作盤に手を置くと、横線三本で描かれたハリーのマンガ顔が仮想の地球の隣に出現する。四角いフレームの角が雲の表面をつつくと、周辺の領域がさらに拡大する。

ほとんど実物の記録映像と変わらない精度で描かれた雲の上を漂う、錬には見覚えの無い巨大な物体。

と。

「……ヘイズ……」ファンメイが目を見開き、傍らに歩み寄る赤髪の青年を凝視し「うそ……なにこれ？　なんで、こんなの……」

『お気づきになられましたね』ハリーがマンガ顔を困ったように歪め『私もさすがに自分の計算を疑いましたが、間違いありません。……ファンメイ様が暮らされていた、あの「島」です』

その言葉に、錬はようやく目の前に浮かぶ構造物の正体に思い至る。

シティ・北京が大戦前に建造した、龍使いのための実験場。

「島」と呼ばれたその場所とファンメイにまつわる経緯は、ここにいる幾人かから聞いた断片的な情報で知っている。

「ってーか、あれの同型だな」ヘイズが苦虫をかみ潰しきった顔で一つ指を鳴らし「北京が戦前に島を建造した時にバックアップを何個か作ったって記録は確かにあった。その一つで間違いねえ。……中の状態はわかんねーけど、んなことより問題なのはこいつの通信状況だ」

通信？　と幾人かが怪訝な顔をする。

「そうよ」クレアがうなずき「こいつはシティ連合が実用化したっていう例の『雲の中の回線』を使って世界樹と常時接続してる。つまり、今こいつを動かしてるのはシティ・ロンドンってわけ」

その場の全員が、互いに顔を見合わせる。

「……目的は何？」月夜がワイヤーフレームで描かれた島を見下ろし「こんな物いまさら持ち出してどうしようってわけ？　まさか弾代わりに賢人会議の頭の上に落とそうってわけでもあるまいし」

冗談めかした言葉に、幾人かが目を見開く。

と、フェイがテーブルに歩み寄って立体映像のすぐ傍に手をつき、

「直径二キロメートルの質量兵器か……」小さく呟き、首を左右に振って「いや、やはりあり得んな。確実性に乏しすぎる、と言うよりこの『島』は質量兵器としては鈍重すぎる」

「そうですな」同じくテーブルに近寄ったリチャードがうなずき「これだけの規模の物体を頭上に落とせばかなり早い段階で敵に気づかれる。どれだけ巧妙に隠蔽したとしても、最終的には重力加速度による自由落下に任せなければならない以上、着弾にはある程度の時間を要する。……どうかね？　セレスティ嬢。賢人会議の魔法士ならば容易く衝撃から逃れられるので

は？」

「え……？」振り返って問う男にセラは一瞬口ごもり「は、はいです。気がつかずにぶつかったら大変なことになるですけど、空からただ落ちてくるだけならいくらでも……」

そうよね、と月夜が肩をすくめる。

が、クレアは何か苦い物を飲んだような顔で唇を噛みしめ、

「……実は、もう一個気になる情報があんのよ」一度だけヘイズに目配せし、テーブルに別な資料を呼び出し「シティ連合の通信を傍受してて見つけたの。断片的なデータだけど、なんかマサチューセッツのファクトリーシステムがもうすぐ復旧して、そこからの電力で雲除去システムを起動するって」

復旧？　とリチャードが眉をひそめ、

「あり得ん話だな。今のシティ連合にそんな余剰の生産力は無い。そもそも雲除去システムを起動するために必要なのは地球上の魔法士の総数を減らすことだ。賢人会議側には巧妙に隠蔽されているが、電力などいくら供給したところで」

言いかけた言葉が止まる。

まさか、という小さな呟きが、静寂（せいじゃく）の中にやけにはっきりと響く。

「繋がる……わよね？　これで、全部」クレアが青ざめた顔で言葉を絞り出し「この通信、傍受出来るようにわざと暗号強度を落としてある。あたしじゃなきゃ気づかないくらいの微妙（びみょう）な

調整だから、たぶん賢人会議は本物の電文だって信じてるはずよ」

「冗談……でしょ？」月夜が拳を握りしめ「何考えてんのよ……。マサチューセッツにはまだ三千万人残ってんのよ——？」

ようやく話を理解したらしいソフィー中佐と一ノ瀬少尉が、青ざめた顔で「馬鹿な」と小さく呟く。エドとファンメイ、セラの三人が、話について行けない様子で顔を見合わせる。

その様子を、錬はぼんやりと眺める。

ああそうか、という空虚な思考が、胸の奥を流れ去る。

「ねぇ、ヘイズ……」

ファンメイがおそるおそるという風に声をかけるが、赤髪の青年は天井を見上げたまま応えない。少女は戸惑ったように視線を他の大人達に巡らせ、困り果てた様子で黙り込む。

じりじりと、焼け付くような沈黙。

それを打ち砕いて、唐突に甲高いアラーム音が鳴り響く。

「何だ——！」

ヘイズが部屋の隅の端末に駆け寄りタッチパネルを叩く。回線への割り込みを示すシステムメッセージがテーブルの上に浮かび、すぐに等身大の通信画面に姿を変える。

ノイズにまみれた立体映像の向こう、執政官の白装束を纏った女性が一同を見渡し、

『お久しぶりですね、皆さん』

「……ルジュナ……さん？」

呟くクレアの声。

疲れ切った顔で微笑するシティ・ニューデリーの指導者の姿を、その場の全員が凝視した。

室内に淀んだ空気が、密度を増した気がした。

呆然と見上げる錬の前、ルジュナは簡素な椅子から立ち上がり、深々と頭を下げた。

「いやまったく、久しぶりですな！」リチャードが不自然な笑顔で両腕を大きく広げ「そちらの状況はどうなった物かと心配しておりました！　今日はどのような用件で？」

空虚な大声で問う男に、ルジュナがゆっくりと顔を上げる。

豪奢な白装束を翻した女性は、テーブルの上、立体映像の「島」に一瞬だけ視線を向け、

『……今日は、皆さんにお別れに参りました』

静かな声。

ルジュナはその場の全員の顔を順に見渡し、

『先ほど、主席執政官の名で正式に命令書にサインしました。……ニューデリーはシティ連合の一員として、地球上から魔法士を排除するための行動を開始します』

言葉の意味を理解するのに、しばらく時間がかかる。

錬は思わず「え……？」と呟き、通信画面の向こうの女性をぼんやりと見上げる。

ファンメイとセラ、それにエドが、意味が分からなかった様子で顔を見合わせる。リチャー

ドが両腕を広げた姿勢のまま動きを止め、フェイが無表情に小さく息を吐く。

「……待って……」

クレアの声。

少女はゆっくりと椅子から立ち上がり、テーブルに両手をついて、

「待って……ちょっと待って……！　なんで？　だって、ここまでやってきて……この戦争を止めて、もう一度人類と魔法士が共存する世界を作るんだってずっとやってきて、なんで今さら……！」

『状況は変わりました。取り返しがつかないほどに』ルジュナは通信画面越しに少女を見下ろし『ただ賢人会議の作戦を止めるだけならまだ道はありました。たとえわずかな可能性でも、雲除去システムさえ止めることが出来れば望みはあった。……ですが、私達は世界から雲を払い魔法士を排除する手段を手に入れてしまいました。今や人類と魔法士は対等に、互いを滅ぼしうる存在となった。もはや全面戦争を止める術はありません』

胸の奥に真っ黒な穴が開いたような感触。

もう枯れ果てたと思っていた絶望が、思考を塗り潰していくのを感じる。

人類に反撃の手段を与えたのはベルリン跡地に生まれたあの「塔」だ。フィアが命をかけて戦い、二度と目覚めないかも知れない体になり、代わりに生まれた「塔」。それが今、世界を最後の戦いへと追いやろうとしている。

自分の、あの子のやってきたことは何だったのだろう。

あの子の祈りは、どうしてどこにも届かないのだろう。

「……あんた、アニルのことはどうすんだよ」

ようやく、というふうにヘイズが声を上げる。

赤髪の青年はテーブルに歩み寄り、クレアの隣で通信画面を睨み、

「あいつに頼まれたんだろう。ニューデリーのこれからを頼むって、人類と魔法士が手を取り合う世界を作れって！　そいつをどうするつもりだ！」

『夢を見る時間は終わりました』

静かな答。

目を見開くヘイズをルジュナはテーブルの上から無表情に見下ろし、

『私はシティ・ニューデリーの主席執政官。全ての統制者。一千万の市民と二千万の難民に対して、いいえ、人類の未来に責任を負う者として務めを果たさねばなりません』

「その答がこれかよ！」ヘイズの手が立体映像で描かれた「島」を掴んでテーブルに叩きつけ
「マサチューセッツに賢人会議を誘い込んで、市民諸共押し潰す。そいつがあんたの言う務めなのかよ――！」

『……そうですか、クレアさんが』ルジュナは息を吐き、口元に歪な微笑を浮かべ『いえ、驚くことではありませんね。賢人会議に傍受されるよう情報を流したのです。皆さんが気づかな

いなどということはあり得ません』

「では、この『島』はやはりシティ連合の？」

『現在進行中の計画です』リチャードの問いにルジュナは視線でうなずき『ファクトリーシステムの復旧という偽の情報で賢人会議をおびき寄せ、難民三千万人を囮にマサチューセッツ跡地の内部に誘い込む。彼らが殺戮に明け暮れる間にその「島」をシティに激突させ、一兵も損なうことなく敵を殲滅する。……本当に、寒気がするほど合理的ですね』

ようやく話を理解したらしいファンメイが目を見開く。

隣のセラが小さく悲鳴を上げてその場に崩れ落ちる。

「ほんま……なんですか？」呆然と成り行きを見守っていたイルが通信画面の前に割って入り「シティ連合は、モスクワはほんまにこんな作戦を承認したんですか？　無抵抗の人らを生け贄にして、敵もろとも皆殺しやなんて、なんで、なんでそんなことを——！」

『マサチューセッツの難民三千万人を生かし続けることが不可能だからです』

感情を押し殺したような声。

言葉を失うイルを前に、ルジュナは束の間目を閉じ、

『ニューデリーはもちろん他の三つのシティにも余剰の生産力は一切ありません。現在マサチューセッツに対して提供している間に合わせの生産プラントと演算機関でさえ、本当は自国民のために用いなければならない物なのです。あと一ヶ月もすればマサチューセッツ自治政府が

蓄えていた予備の食糧と電力、固形燃料の類いが底を尽きる。そうなれば打つ手は無い。私達には、三千万の人々が飢えと寒さによって死んでいくのをただ見ていることしか出来ないのです』

「せやから賢人会議との戦争に使い潰そう言うんですか！」イルは握りしめた拳でテーブルを叩き「なんとかならんのですか！　残った四つのシティで力合わせて、ほんのちょっとでも生産力確保して……！」

『どうしても彼らを救いたいのなら、今すぐ賢人会議に対して全面降伏するしかありません』

ルジュナは疲れたように息を吐き『全てのシティであらゆる兵器の生産を停止し、その生産力を残らず救援物資に回す。そうすれば、少なくともマサチューセッツの人々の命を繋ぐことだけは出来るでしょう』

「な……」

呆然と目を見開くイル。

ルジュナはそんな少年を見下ろし、ふと寂しげな微笑を浮かべ、

『今日ここに来たのは、私なりのけじめをつけるためです。ベルリンの戦いが始まる少し前に、私はリチャードさんに約束しました。この先、人類と魔法士の戦いがどうやっても引き返せないところまで進んだ時、皆さんが賢人会議に与する道を選んだとしても止めはしないと。……今が、その時です』

その場の幾人かが、リチャードを振り返る。

視線を逸らす白衣の男の姿に、ファンメイが泣きそうに顔を歪める。

『おそらく皆さんは今の話を聞いても、平和への道を諦めることは無いでしょう。……ですが、すでに作戦は動き出しました。賢人会議の魔法士達はすでにマサチューセッツに向かって出撃し、世界の各地で小規模な戦闘が発生しています。仮に賢人会議を止めることが出来たとしても、もはや「島」の落下は止めようがない。逆に「島」をどうにか出来たとしても、マサチューセッツは賢人会議の手で蹂躙し尽くされるでしょう』

「……そして、万に一つそれらの問題を全て解決することが出来たとしても、生き残った三千万の難民を救う術は無いと？」

感情を感じさせない声で、フェイが問う。

ルジュナは貼り付いたような微笑のままうなずき、

『作戦がどう転ぶにせよ、後に待つのはシティ連合と賢人会議の最後の決戦です。我々にはもはやシティの機能を維持し続ける力は無く、何らかの手段で彼らと正面からぶつかってこれを打ち倒す以外に生き残る道はありません。そうなった時には、皆さんも決断せねばなりません。……自らが生き残るために魔法士の側として戦うか、自らが消え去るのを承知で人類の側として戦うか』

室内に集う全ての者がそれぞれに視線をうつむかせる。誰も他の誰かの顔を見ようとはせず、誰も言葉を発しようとはしない。

長い、長い沈黙。

唐突に、通信画面の向こうで回線割り込みのアラーム音が響く。

『……お別れの時間です。私は行かねばなりません』

ルジュナの声。

ノイズ混じりの画面の中で豪奢な白装束が翻り、

『その地下施設にいる難民五万人、なんとかこちらで引き受けましょう。それでさえ今のニューデリーには耐えがたい負担ですが、私の権限において必ず何とかします。リチャードさんとフェイ議員、それに月夜さんも望まれるのであればそちらに同行していただいて構いません。ですから皆さんは気に病むこと無く、自分の選択すべき道を選択してください』

ヘイズがとっさに顔を上げて口を開きかけ、何も言えずに拳を握りしめる。

他の全員も同様に、ただ自分達の協力者であった女性を見上げる。

『最後になりますが、皆さんに感謝を』ルジュナはディスプレイ越しに一同をゆっくりと見回し『こんなことを言うべきではないのかも知れませんが、皆さんと過ごす時間は私にとって心の支えでした。皆さんと語らう間だけは、世界にまだ希望はあるはずだと、道はどこかに残されているはずだと信じることが出来た。……こんな結果になってしまった今でも、そのことに嘘はありません』

一際（ひときわ）強いノイズが通信画面に走る。

消え去っていくディスプレイの向こう、ルジュナは深々と頭を下げた。

『今日まで本当にありがとうございました。……世界がどんな結末を迎えるにせよ、最後のその瞬間まではどうか健勝であられますよう――』

のしかかるような沈黙が、部屋を満たした。

その場の全員が、息をすることすら忘れて、ただテーブルの上に浮かぶ空白を見つめた。

「え……えぇっと」セラがようやくという様子で口を開き「とにかく、賢人会議に知らせるです！　これは罠（わな）だって、マサチューセッツには行ってはダメだって！」

「……そうだな」フェイがゆっくりと少女を振り返り「この場所の座標を特定されない形で情報を流す必要がある。千里眼（クレアヴォイアンス）No.7、頼めるか」

「え……？」名を呼ばれたクレアがぼんやりと顔を上げ「え……ええ、回線に割り込みかけてメッセージ送るだけなら。でも、たぶん完全なデータとしては届かないし、届いても向こうが信じるかは……」

「待てよ！　そんなまどろっこしいことやってる場合じゃねーだろ！」

血相を変えたヘイズが割って入る。

青年はフェイを睨んだままセラを指さし、

「そいつが古巣に帰って直接話すりゃいいだろーが！　ここまでのいざこざがどうとか細かいこと言ってる場合じゃねぇ。このままだとマサチューセッツは壊滅（かいめつ）だし、賢人会議の連中もタダじゃ済まねぇぞ！」

必死の形相で叫ぶヘイズに、フェイは沈黙で応える。

数秒。

男は深く息を吐き、真っ直ぐ青年に向き直り、

「……賢人会議が利用している情報の海を介した回線に、セレスティ・E・クラインの名前で警告のメッセージを流す。連中がメッセージを信用するかは賭けだが、上手く行けば進軍を遅（おく）らせる程度の役にはたつかも知れない。魔法士達の動きが変化したことを察すれば、ロンドンも『島』の投下を中断するかも知れない。……そちらについては、ルジュナ執政官に期待するより外に手が無いが」

「あんた人の話を聞いてねぇのかよ──！」ヘイズは青ざめた顔でフェイに詰め寄り、男の襟（えり）首（くび）を摑んで「そんな悠長なこと言ってる場合じゃねぇだろ！　今すぐここにいる全員、子供（ガキ）どもも連れてマサチューセッツに出撃して──」

「出撃は許可しない」

切り捨てるようなフェイの声。

ヘイズが叫びの形に口を開いたまま、呆然と男の顔を見る。

「許可せんて……どういうことですか」傍らのイルが割って入り「何もせん、言うんですか？　マサチューセッツにいる人らは見殺しにするて……！」

フェイはその問いには答えず、ヘイズの手を摑んでゆっくりと引きはがす。

男は簡素な軍服を整え、振り返って、

「博士、いや月夜殿でも構わない、説明を。私ではなく貴公らが話した方が、彼らも納得がいくだろう」

「……あんたらのほとんどが、とっくにI―ブレインの蓄積疲労の限界なのよ」進み出た月夜が沈んだ顔で首を左右に振り「もちろんマシな状態のヤツは何人かいるわ。あんたは船での哨戒任務が多かったからある程度回復してるし、医療班やってたファンメイも肉体の疲労はともかく頭はそれほどでも無い。クレアとエドも多少はマシね。でも、それ以外のほとんどは廃棄一歩手前の演算機関と大して変わりが無い。……賢人会議と直接会って、もし説得に失敗したら、あんた達全員ろくに抵抗も出来ずに捕まるだけよ」

「まして、雲の上の『島』をどうにかするなど夢のまた夢だ」リチャードがためらいがちに後を引き継ぎ「おそらく外からの干渉は不可能だろう。やるなら『島』に乗り込んで内部のシステムに直接アクセスするしかないが、ヘイズも知っている通りあの『島』には侵入者対策の防衛機構が備わっている。今はシティ・ロンドンが内部の全システムを制御しているはずだから、攻撃の密度はお前さんがファンメイと出会った時の比ではあるまい。現状の戦力では、

『島』への介入は不可能だ」

「そして、仮に全ての問題が解決してもやはりマサチューセッツの難民を救う術は無いと？」

ソフィーがほとんど土気色の顔で一同を見回し「無いのか？　本当に、私達に出来ることは何も無いのか？」

答える者はいない。フェイとリチャードは難しい顔で黙り込み、月夜は唇を噛んだまま傍らで立ち尽くすイルの背中に手を当てる。クレアが彷徨うように手を伸ばしてヘイズの腕を掴み、ファンメイとセラが血の気が引いた顔でその場にうずくまる。ソフィーが何事かを叫んで部屋を飛び出そうとし、エドと一ノ瀬少尉がそれを引き留める。

たぶん、全員が理解している。

この状況を打開するには奇跡が必要なのだと。

そして、この場の誰にも奇跡の持ちあわせなど無いのだと。

「……ルジュナ執政官も言っていた通り、この作戦が終われば次はシティ連合と賢人会議の最後の決戦となるだろう」ややあって、ようやくフェイが口を開き「我々が介入できるとすればそのタイミングしかない。ベルリン跡地で行われるであろう総力戦。それを止める手立てを考え、速やかに準備を――」

「どうやって介入するって言うのよ……」月夜が生気の無い声で男を遮り「賢人会議の戦力を削ぐために自分の手でシティ一つ消し去って、そこからどうやったら『やっぱり停戦』なんてことになんのよ。そうなったらシティ連合は絶対に後には引けない。賢人会議もそれだけ損害受けて今さら停戦なんて話に乗るはずがない！　あとはどっちかが滅びるまで戦い続けるだけ！　あんた、そんなこともわかんないの……？」

「それでも、だ」フェイは無表情のまま拳を握りしめ「博士と月夜殿は私と共に作戦計画を。セレスティ・Ｅ・クラインには賢人会議の現状についてもう一度詳細な説明を求める」

リチャードとセラがぎこちなく同意を示す。

錬は、それをただぼんやりと見つめた。

＊

準備が整いました、という兵士の声で我に返った。

ルジュナは促されるまま三重の隔壁をくぐり、白塗りの通路を進んだ。

左右の壁と床、それに天井。あらゆる場所に埋め込まれたノイズメイカーの放つ微少(びしょう)な電磁波が重なり合い、かすかな唸りとなって耳の奥で響く。ニューデリー第一階層のさらに下、地下階層の中央。先日の作戦で市民達を一時避難させるために用いられた広大なシェルターに取り囲まれたこの区画には、通常人と魔法士を完全に同等に扱(あつか)うことを目指したこの街にある意味でもっともふさわしい施設が存在している。

すなわち、魔法士専用の刑務所。

最大収容人数、およそ五百人。通常の刑務所に比べてかなり小規模なその施設は情報防御のための論理回路を稠密に刻まれた数十層の壁に囲まれ、監視のために電力消費を制限することなく輝き続けるライトの明かりに煌々と照らされている。

さらに二つの隔壁をくぐり、施設の中央、収容区画へとたどり着く。広い円筒形の空間には外周に沿って円形の通路が幾層も連ねられ、それぞれの層には重厚な数十の扉が等間隔に設けられている。

論理回路を刻まれた扉の一つ一つが、犯罪を犯した魔法士を収容するための独房。

建造以来ほぼ使われることの無かったその場所の半分以上に、今では罪の無い者たちが押し込まれている。

ベルリンでの戦いが始まる少し前、ニューデリーでは全ての魔法士をこの刑務所に収容する決定が成された。民衆の不安を抑えるため、賢人会議に寝返る者が出るのを防ぐため、何より彼ら自身を民衆の悪意から守るためのやむを得ない措置であったが、当然魔法士達は反発した。収監に同意した者が九十二名。抵抗し、自治軍によって確保された者が二〇八名。そして、それ以前からこの刑務所に収監されていた者が六名——合わせて三〇六名。

他の多くの魔法士がシティを見捨てて賢人会議に加わる中、最後まで人類との共存を目指してニューデリーに留まる道を選んだ者たちが、今ではこの場所で長い時を過ごしている。

警備兵に先導されて収容区画の中央に歩を進める。白一色の床から突き出た無機質な端末に手を当て、執政官だけに与えられた機密のパスコードを入力する。

兵士達が右手を掲げて敬礼し、ルジュナ一人を残して収容区画の外へと消える。

「……ご無沙汰しています、皆様」端末を操作し、全ての独房に対して同時に話しかける。「このような場所に閉じ込めておきながら長らくご挨拶に伺いませんでしたこと、お詫び申し上げます」

呼びかける声に応えるように、頭上に幾つもの通信画面が出現する。数十の小さな画面が、画一的な内装の独房の様子を映し出す。生活に必要な最低限の設備を押し込まれた白い部屋の中で、同じく白一色の服を着た人々が次々に顔を上げる。

年も背格好も性別も、先天性か後天性かという区分でさえ不統一な魔法士達。呼びかけに応じる者の多くは自ら進んで収監に応じた者だが、中には逃走劇の末にシティ内の施設に幾らかの損害を出した者もいる。

無意識にその場に跪き、深く頭を垂れる。

彼らのほぼ全てが政府や軍の要職にあった、シティにとって欠かすことの出来ないはずの人材であり。

その多くが、自分と、今は亡き兄の友人であった。

『——顔を上げてくれ。ルジュナ』

通信画面の一つから応える声。

ニューデリーの政治を司る十二名の執政官の一人、ルジュナの同僚であり良き助言者であった炎使いの男が片手を上げる。

うなじの辺りに小さな黒いノイズメイカーが光る。かつてマザーコアの交換に反対して陰謀を巡らせ、国家反逆の罪でこの場所に収監された男は、コーヒーカップを片手に屈託の無い笑みを浮かべ、

『なに、そうかしこまる必要も無い。こちらは見ての通り気楽な暮らしだ。ここでは他国の動きに振り回されることもなければ重責に眠れぬ夜を過ごすことも無い。以前より健康なくらいだよ。……まあ、例のマザーコア暴走の際に拘束着を着せられたのには閉口したがね』

陽気にそう言って、乾杯するように目の前にカップを掲げる。

が、男はすぐに息を吐き、傍らのテーブルにカップを置き、

『君は、少しやつれたな』

「……今日は、お話しせねばならないことがあって参りました」体の震えを抑えて立ち上がり、意を決して言葉を吐き出す。「このニューデリーの、いえ、世界の現状と今後について。それと、皆様の処遇に――」

『説明は不要ですよ』

遮る声。

とっさに言葉を呑み込むルジュナに、また別な画面から妙齢の女性が微笑み、

『ここにいる皆、おおよその事は把握しています。……ベルリンでの作戦が失敗したことも、シティ連合が地球上の魔法士を全て消し去る決断を下したことも』

息を呑む。

なぜ知っているのか、と視線で問うルジュナに、かつてニューデリー自治軍の将官であった騎士の女性は忍び笑いを漏らし、

『こんな場所に閉じこもっていても、情報というものは得ようと思えば幾らでも得られるものです。自治軍の中にも私どもに協力的な方はおります。……シティから脱出し、賢人会議に向かうよう勧めてくれる方も』

通信画面の魔法士達が、それぞれにうなずく。

そんな、とルジュナは目を見開き、

「ではなぜ……なぜまだここにいらっしゃるのですか？」わけも無く両腕を広げて円筒形の収容区画を見回し「ニューデリーの、アニル・ジュレの理想は失われました。私は皆様を切り捨て、人類を守る道を選択した。……選択したのです！　おわかりでしょう？　この街にはもはや皆様の居場所は無い。それが分かっていて、なぜ……」

『そりゃ、まあ、逃げようかなってちょっとは思ったけどさ』

応えるのは、十代半ばという外見の、先天性の人形使いの少年。

ずいぶん昔にモスクワを逃れてこの街にたどり着き、戦いを疎んで技術者となった少年は小さく笑い、

『でも、今の状況じゃただ逃げて、ほとぼりが冷めるまで隠れてますってわけにもいかないでしょ？　ここから出るってことは、シティを敵に回して賢人会議に加わって、ニューデリーとだって戦わなきゃいけないってこと。……そういうのは、もう嫌だよ』

そうだな、と最初の炎使いの男がうなずき、

『ここに顔を出さない連中にはもちろん異論も不満もあるだろうがね、少なくとも逃げ出そうという者は一人もいなかった。それが答だと私は考えるよ。……私達はこの街を愛した。たとえ叶わぬ儚い夢であったとしても、時に道を違えたとしても、アニル・ジュレの理想を、人類と魔法士が手を取り合う世界を共に思い描いた。その誇りを捨て、守るべき祖国を滅ぼしてまで生きながらえたいとは残念ながら思えんのだよ』

『私達はこの場所で、ニューデリー市民として世界の行く末を見守ります』騎士の女性が後を引き継ぎ『もし雲除去システムの起動に私達の命が邪魔であるというのなら、運命に殉じましょう。自分が魔法士であるとか、人では無いとかいう事とは無関係に、ただ一人の市民としてより多くの市民を救うために』

「お待ちください――――！」

ようやく、本当にようやく、言葉を遮ることに成功する。

コンソールに両手をついてどうにか体を支え、うつむいたまま独り言のように、

「今……研究部に指示して古い資料を調べていただいています。脳からI―ブレインだけを剝離して、皆様を通常人に戻すことが可能ではないかと。実用化の目処はまだつきませんが、希望はあります。ですから……」

『たとえ実用化出来たとしても、成功率は十パーセント程度だと聞いているよ』かつて執政官であった男は笑い『気持ちはありがたいが、やめておくことだ。その研究に費やされる資源も電力も、今のニューデリーには貴重な物だろう？』

『迷ってはいけませんよ、ルジュナ・ジュレ主席執政官』騎士の女性が小さな通信画面の中で立ち上がり『私達が言うのもおかしな話ですが、世界にはもはや選択の余地など無いのです。人類が生き残るか、魔法士が生き残るか、道は二つに一つしか無い。そして、シティの指導者であるあなたには人類を生き残らせる義務があるのです』

周囲を取り囲む通信画面から次々に賛同の声が上がる。ある者はルジュナに激励を投げ、ある者はこれまでの感謝を述べ、ある者は早く自分の務めに戻るようにとルジュナをせかす。

無意識に伸ばした手が、半透明の通信画面をすり抜けて空を切る。

溺れるように宙を掻く指の先で、小さな画面が一つ、また一つと消えていく。

「お待ちください！　話はまだ……」

『いや、終わりだよ』

最後に残った男がゆっくりと首を左右に振る。

かつてはルジュナと共にニューデリーの政治を司った同僚であり、良き先達であった男はいつになく真面目な顔で、

『夢を見る時間は終わり。ここからは現実の話だ。この絶望にまみれた世界でいかにして人類を存続させるかという、そういう現実のね』

「わかっています……！　そんなことは……！」

目の前のコンソールに両手を叩きつける。

必死に抑えていた感情の箍が、外れる。

「ですが私達は夢を見たのです！　人類と魔法士が手を取り合う世界を、幸福な未来を、気高い理想を！　そのために多くの人が多くを捧げ、共に困難を乗り越えてきた。賢人会議の出現によって揺らぐ世界で、それでも理想を追い続けることが出来たのは皆様の協力があればこそです！　その皆様の命を！　これまで歩んできた道の全てを……！」

水滴が一粒、目から零れ落ちる。

立体映像のタッチパネルが、波紋のように揺れる。

「……それを断ち切るのです……アニル・ジュレの妹である、この私が……」

『それが、為政者の務めだ』返るのは静かな声。『有史以来変わらぬことだ。世界は常にままならぬ物。歴史とは、正しい道と正しい道との取捨選択の繰り返しによって構築されている。

……誰が悪いのでも、間違っていたのでも無い。ただ、誰かが選択せねばならない事があって、その選択を委ねられた誰かがそこにいたのだ』

呆然と顔を上げる。

男はうなずき、幼い子供を相手にするように微笑んで、

『だから、君が信じられないと言うなら私が保証しよう。……たとえ後生の歴史家から非道と誹られ、虐殺者の汚名を受けるとしても、今この瞬間、君の選択は完全に正しい』

ではな、という言葉を残して、通信画面が消失する。

収容区画に降りる静寂。

ルジュナは両手で顔を覆い、その場に崩れ落ちた。

＊

脳内時計が『十二月二日、午前零時』を告げた。

生産工場の一角、ありとあらゆるものが雑多に押し込まれた広い倉庫の棚を見回し、ヘイズは腕組みして首を捻った。

「……しっかし、ろくなもんがねぇな」

かろうじて発見した麻酔薬のアンプルを数本、腰のポーチに放り込む。軍用コンテナの底か

ら共通規格の銃弾を数カートリッジ拾い上げ、これもまとめて頂戴する。

立ち去ろうとした足が、ふと止まる。

倉庫の奥、横たえられた一振りの騎士剣に視線を向ける。

周囲に雑多に積まれた無数の物資やコンテナと異なり、その剣だけはわざわざ運び込まれたスチールの台座に丁重に奉られている。かつて一人の男の物であった長大な真紅の騎士剣。頼りないライトの明かりに照らされて、柄に象眼された赤い結晶体が煌めく。

無意識に歩み寄り、刀身に手を伸ばす。

そこで気配に気づき、背後を振り返る。

「あ……」

長い金髪をポニーテールに結わえた少女が、驚いた様子で棚の陰に隠れる。賢人会議と袂を分かってここにやって来た光使いの少女。そういえば面と向かって話す機会はこれまで無かったな、と唐突に思い至る。

「悪い、驚かせちまったか？　あーっと……セレスティ……」

「……セラ、でいいです」

少女が棚の陰からおずおずと進み出る。

眉間にしわを寄せて少し考える素振りを見せ、倉庫をぐるりと見回して、

「えっと、なにしてるんですか？」

「あー……」手に持っていた銃弾のカートリッジを少女に見えないようにジャケットの裏に押し込み「別に用があったわけじゃねぇんだけどよ。……ただ、旦那ならどうしたかな、と思ってな」

セラは少しだけ目を丸くし、納得した様子でうなずく。危なげの無い足取りで床に散らばる物資を踏み越え、ヘイズの隣に並んで立つ。

そのまま何を言うでもなく、真紅の騎士剣を見つめる。柄の結晶体を手のひらで包み、ほぅ、と白い息を吐く。

「そんで、作戦会議はどうだった？」そんな少女の横顔を見下ろし、ふと問う。「賢人会議の状況をもう一回洗い直すって、先生達と話してたんだろ？」

「……あっちの状況もかなり悪いはずだって、リチャードさんは言ってたです」セラは剣を見つめたまま「そろそろ食べる物とか着る物とか、そういう『戦争に関係ない部分』が追いつかなくなるはずだって。だから、何とかして戦いを起こさせないように邪魔し続ければ、そのうち一時的にでも停戦するしかなくなるんじゃないかって……」

視線を伏せたまま呟く少女に、何を言うべきか迷う。リチャードが語ったという言葉がただの気休めで、少女自身もその言葉を信じていないのは表情を見れば分かる。

賢人会議の兵站が本当に危ういのだとしても、彼らはもちろん『矛を収める』ことではなく『打って出て戦争を早期決着させる』ことを考える。そして、その点はシティ連合も変わらない。互いが互いを滅ぼす手段を手にしているこの状況で停戦合意などあり得るはずもなく、一度戦端が開かれれば今の自分達にそれを止める術は無い。

「……じゃあまぁ、まんざら望みが無いってわけでもねぇんだな」そんな思考を全て呑み込み、精一杯軽い口調で「なら、今は少しでもI─ブレインを回復させて、いざって時に備えねえとな」

「そう……ですか……？」

「そーだ。だから、お前も早く寝ろ」少女の頭に軽く手をのせ「オレもそろそろ寝るからよ。明日も朝から早ーんだろ？」

真紅の騎士剣に背を向け、倉庫の出口に向かって歩き出す。

と。

「……ヘイズさん！」背中越しに少女の声が響き「マサチューセッツのこと……ヘイズさんもどうしようもないと思うですか？」

振り返る。

セラは肩を震わせて何度も大きく息を吐き、唇を噛んで視線をうつむかせ、

「リチャードさんもフェイさんも月夜さんも、その話は何も、もう諦めたみたいに。……でも、あそこは、マサチューセッツはわたしが生まれた街です！　おかあさんがいなくても、二度と帰れなくても、それでもわたしが育った街なんです！　知ってる人がいて、優しくしてくれた

人がたくさんいて、好きだった場所もあって……そういう所なんです！」

以前にクレアから聞いた、少女の来歴を思い出す。

無言で言葉を待つヘイズの前で、セラは両手で何度も顔を拭い、

「なにも出来ないのはわかってるです。きっと、フェイさんが言うのが正しいです。でも……あの街が、おかあさんとの思い出がもうすぐ全部なくなるのに……それなのに……」

「――なあ」

前触れもなく、少女の言葉を遮る。

え？　と顔を上げるセラにヘイズは真っ直ぐ向き直り、

「たとえばの話なんだけどよ。……この先、シティ連合と賢人会議の戦争が行くところまで行って、どうしても人類か魔法士かどっちか選ばなきゃならなくなったら……そん時は、クレアとかファンメイとか錬とかエドとか、あいつら全員のこと頼めるか？」

「え……？」理解が追いつかない様子で少女が目を瞬かせ「ええっと……それって、どういう……」

「もちろん、お前らがなんで組織から離れてここにいるかは知ってる。今さらどの面さげて古巣に帰るんだ、って話なのも分かる」ヘイズは一つ指を鳴らして「けど、それを承知の頼みだ。……いざって時は、あいつらが賢人会議の仲間になれるように渡りをつけてやってくれねぇか？」

セラは何も答えず、困惑した様子で首を傾げる。

ヘイズはそんな少女に背を向け、右手をひらひらと振り、

「まぁ、今すぐって話でもねぇ。……ただ、なんかの時に思い出してくれりゃいいからよ」

一方的に言い置いて、出口に向かって歩き出す。倉庫から一歩外に出ると、轟音と共に動き続ける無数のプラントが視界に飛び込む。

数名の技術者と賢人会議から来た魔法士の子供達が、真剣な表情で生産数の調整について話し合う。

その一団に見咎められることの無いよう、細心の注意を払って隔壁をくぐる。

夜間照明に頼りなく切り取られた薄闇の通路を進む。時刻はすでに真夜中、他に歩く者の姿は無い。それでも絶えず周囲の様子をうかがい、足音を忍ばせて道を行く。

幾つもの分かれ道を曲がり、エレベータを乗り継ぎ、一時間近くかけてようやくその場所にたどり着く。

広い格納庫の中央に横たわる、HunterPigeonの全長一五〇メートルの船体。

鮮やかな赤に塗り込められた外装が、淡いライトの光に煌めく。

「ハリー、準備できてるか？」

『お待ちしていました、ヘイズ』

半透明なディスプレイに横線三本で描かれたマンガ顔が格納庫の闇に出現する。ハリーは両

目と口を器用に曲げていつになくやる気に満ちた表情を作り、

『クレア様の観測データのバックアップを元に「島」の現在位置、及び想定される移動経路を割り出しました。マサチューセッツ上空への到達までおよそ一時間。その頃には、賢人会議の最初の部隊がマサチューセッツ近郊にまで侵攻しているはずです』

「そーか……」

呟き、格納庫の天井に淀んだ闇を見上げる。

数秒。

「……うし」ヘイズは一つ指を鳴らし、右手の拳で左手のひらを叩いて「じゃあ行くか。あんましぼけっとしてて、他の連中に気づかれても面倒……」

言いかけた言葉を呑み込む。背後で物音がした気がして、とっさに船の陰に隠れる。

巨大な建造物の外壁のような真紅の外装に背中を押し当て、首だけ突き出して様子をうかがう。

と。

「……重いー！　おーもーいーーー！」

研究区画の方角に向かう通路の遠くから、呻くような少女の声が近づいてくる。古びたタイヤを転がすような軋んだ音がしばらく続いて、唐突に隔壁が開かれる。

現れるのは、一・五メートル四方の巨大な立方体——黒の水の生成装置。

移動用の台座に乗せられた巨大な機械に背中を預けて、ファンメイがずるずると床に座り込む。

「つ……疲れたー！」

「何やってんだ、おま……」

お前と言いかけて、しまった、と口元を押さえる。諦めて息を吐き、船の陰から進み出る。

「何って、運んできたのっ！」なぜか作業着ではなく強炭素繊維のチャイナドレスを着込んだ少女は驚いた様子もなくヘイズを見上げ「みんなに見つからないように遠回りしたら途中で台座のバッテリー切れそうになって、無理やりここまで押して来たのっ！」

丁寧に結い直して赤いリボンでまとめた三つ編みが揺れる。

少女の頭の上に乗った黒猫が、同意するように鳴き声を上げる。

「いや。そうじゃなくてな……」

「もー、見てわかんないの？」ファンメイは床から飛び起きて駆け寄り「だから！　ヘイズがこっそり出て行くの見かけて、『あーそういうことか』と思って、それで乗せてもらおうと思ってついて来たの！」

マジか、と手のひらで顔を覆う。クレアでさえも気づかないように入念な偽装を施して出てきたつもりだったが、これだからこの少女は侮れない。

「それでどうするの？　もちろんハリーと一緒にあの『島』に突っ込むんでしょ？」

「……そーだ」

何を言っても無駄か、と覚悟を決める。

ため息を吐き、片手でわしわしと頭をかいて、

「HunterPigeonで雲の上に出て、どうにか『島』に乗り込む。中に入って島の制御中枢を乗っ取って、どうにか動かす。マサチューセッツじゃ無く、向かってきてる賢人会議の前にどうにか落とす。それで連中をどうにか足止めできりゃ、後はシティ連合がどうにかすんだろ」

本当は虚無の領域で「島」を丸ごと吹き飛ばして片が付けば話が早いのだろうが、賢人会議の方もどうにかしなければならないし、そもそも疲弊した今の自分では全力をもってしても直径二キロメートルの「島」の全てを情報解体の効果範囲に含めることは到底出来ない。

それに、たとえあの「島」を粉砕してもそれを構成する物質自体が無くなるわけではない。大気中に拡散した原子はすぐに再結晶化して自由落下を始める。風で拡散する分を考えればあの巨大な物体がそのまま落ちてくるよりはマシだろうが、どんなに都合の良い条件で計算してもやはりマサチューセッツの壊滅は避けられない。

「なにその『どうにか』ばっかり」ファンメイはくすくすと笑い「でもそーだよね。ヘイズの作戦って、いっつもそんな感じだよね」

「うっせーな」ヘイズは少女の額を人差し指でつつき「んなことよりお前だ。んな馬鹿でかい物持ってきて、しかも船に乗せろって、何やるつもりだ」

え、と初めてファンメイが口ごもる。

少女は、あはは、と笑って視線を逸らし、照れたように頰をかいて、

「……んーとね……下から受け止められないかなー、と思って」

「は？」

「だ、か、ら！」少女は黒の水の生成装置をばんばんと手で叩き「これフル稼働させて体どんどん増設して、すごい大きい腕とか作るの！　それで、前に読んだマンガみたいに、上から降ってくる島をこうえいやーって」

両腕を頭の上でぐるりと旋回させ、何か大きな物を投げ飛ばして見せる。

数秒。

ヘイズはファンメイを見下ろし、深々と息を吐いて、

「お前バカだろ」

「バカって言うなぁ！」少女は両手の拳を勢いよく振り上げ「とにかく！　早くこれ船に積み込んで出発するのっ！　こんな所でぼーっとしてて、誰かに見つかったら絶対邪魔されるんだから！」

「誰がお前を連れてく、っつったよ」ヘイズはファンメイの両肩を押さえて軽く突き飛ばし「さっさと帰ってさっさと寝て、そいつは明日フェイのおっさんにでも運んでもらえ」

一方的に言い置いて、船の搭乗口に向かって歩き出す。

「ふぇ？　な、なんで？」

「なんでじゃねーだろ。バカかお前は」少女に背を向けたまま、早足で歩き続ける。「こっちは最初から一人で行くつもりだったんだよ。お前のことは勘定に入ってねぇ。作戦の邪魔だから、ここで大人しくしてろ」

「な、何よその言い方！」駆け寄ったファンメイが後ろから腕を掴み「あの『島』を上手く落とすって言ったって、ちょっと狙いが外れたら大変だし賢人会議がちゃんと止まるかもわかんないし、ぜったい下にわたしがいた方が上手く行くの！　ね？　こんな大事なことなんだから、一人より二人の方が――」

ダメだ、という思考。

無理やり歩き続けていた足が、とうとう動きを止める。

少女がつられるように立ち止まる。ヘイズ？　という小さな声。細い手が不安そうに何度も腕を引っ張る。

「……いくわけねぇだろ……」

知らず、零れる言葉。

え？　と呟くファンメイをヘイズは勢い任せに振り返り、

「一人でも二人でも、上手く行くわけねぇだろこんなもん――！」

少女が息を呑み、目を丸くする。

ヘイズは両手で細い肩を強く掴み、

「あの『島』の中にどんだけ防衛システム詰め込まれてるかはお前も知ってんだろ！　お前を助けた時とは違う。ロンドンが制御中枢を乗っ取ってんなら当然全部の兵装フル稼働だ！　しかも、それでもし『島』をどうにか出来ても終わりじゃねえ。目の前に『島』が落ちても賢人会議が引かなきゃシティ連合が軍隊送って防衛体制整えるまで足止めで、その援軍だって来ない可能性の方が高いんだ！　どうすんだよこんなもん！」

「な、なんでそんなこと言うのよばかぁ！」ファンメイは身をよじって肩を掴む手を振り解き「じゃあなんでヘイズはこんなとこにいるのよ！　無理だって思うなら、なんで一人で行こうとしてるのよ！」

ため息が漏れる。

ヘイズは少女から視線を逸らし、格納庫の闇を見上げ、

「……それでも、行けばどうにかなるかもしれねーだろ」遙か先に存在するはずの「島」に手を伸ばし「無理でも、めちゃくちゃでも、万に一つ、億に一つくらいは上手くいくかもしれねーだろ」

フェイやリチャードの言うことはおそらく正しいのだろうと思う。

今の世界再生機構にまともに戦えるだけの戦力は無く、出撃したところで勝算など無い。ここでこれ以上の戦力を消耗すれば、来たるべきシティ連合と賢人会議の最後の決戦に介入す

る手段が今度こそ完全に失われる。

だから、この場は耐え、次の戦いに備えるべきだという理屈は分かる。

だが、マサチューセッツには現に三千万人の人間がいるのだ。

そして、それを救う手段が、空を覆う雲を抜けてあの「島」にまで届く翼が、自分には確かにあるのだ。

「恩があんだよ」少女を見下ろし、薄く笑う。「オレを拾って育ててくれた親父とお袋と、仲間の空賊の連中と。オレに戦い方を教えてくれた先生にも、最初にオレを逃がしてくれたウィッテン博士にもだ。ルジュナにも、あのババァにも、もちろん他の連中にも山ほどある。……オレはな、『人間』ってもんにどうやっても返し切れねえほど恩があんだよ」

「ヘイズ……」

「親父もお袋ももういねえけど、それでも受けた恩は返さなくちゃなんねえ。親父とお袋に返せねえなら、そいつは別の誰かに返さなくちゃなんねえ。あの日、親父やお袋や先生が見ず知らずのオレを助けてくれたみてえに、オレも誰かを助けなくちゃなんねぇんだよ」

遠い記憶の情景が、不意に目の前に浮かぶ。

地下の小さな根城でテーブルを囲む、自分と、親父と、お袋と、空賊の仲間達。

本物のイチゴが乗った誕生日ケーキに灯る、ほのかなロウソクの明かり。

「だから、オレは行くんだよ」少女の頭を柔らかく撫で「どうにもならなくても、何も出来なくても、絶対に上手くいくわけ無くてもな。……それでも、行かなきゃなんねぇ所に行って、やらなきゃなんねぇ事をやるんだよ」

ファンメイは何も応えず、ただ視線をうつむかせる。

と、その姿が不意に目の前から離れる。

ヘイズに背を向けて格納庫を駆け戻った少女は、入り口の傍に取り残された黒の水の生成装置にたどり着く。巨大な装置の側面に両手を押し当て、少女は重さ一トンを超える立方体を船に向かって押し始める。

「おい、ファンメイ……」

「わたし、むずかしいこととかわかんないけど――！」軋んだ音を立てて、装置が少しずつ動き出す。「でもわたし、この世界が好きなの！　先生とかペンウッド教室のみんなとか、北極で会ったおじいさん達とか！　そういうみんなが生きてる世界を守りたいの！　だからたくさん人が死ぬのを黙って見てるなんていや！　……フィアちゃんが今ここにいたら絶対それが良いって、そうしようって言ってくれると思うの！」

「お前……」

「それに、万に一つ、億に一つじゃないよ」

巨大な装置が少しずつ、少しずつ船へと近づく。

少女は汗が滲んだ顔を上げ、満面の笑みを浮かべて、

「二人で行くから、五千に一つ、五千万に一つだよ」

不意に、軽快な機械の駆動音。驚いて振り返るヘイズの前でHunterPigeonの後部ハッチが開き、作業用のアームが数本突き出す。

『おや、私をお忘れですね？』ハリーが同じく満面の笑みで装置を掴んで持ち上げ『きちんと数に入れていただかねば困ります。これで三等分ですから、三三三三三・三三三……』

延々と小数を数えるハリーの隣で、ファンメイの肩に乗った黒猫姿の小龍が「自分もいるぞ」と主張するように鳴き声をあげる。

「ほら、これで四等分になった」少女はくすくすと笑い「きっと大丈夫。みんなで行けばぜったい、ぜったいなんとかなるの！」

「お前らなあ……」

言いかけた声が、止まる。

口元が自然と笑みの形に変わっていくのを感じる。

「……ああ、そうだな」うなずき、自分の船と少女に順に視線を巡らせる。「こんだけいるんだから、楽勝だな」

「そうなの！　もう余裕なんだから！」

ファンメイが駆け寄り、手を掴む。

ヘイズは一度だけ目を閉じ、その手を握り返した。

幾層にも折り重なる立体映像のステータス表示が、操縦室を埋め尽くした。

ヘイズはシートに深く背中を預け、有機コードの端子をうなじに押し当てた。

「いいか？　シティ連合と賢人会議に気づかれねえようにギリギリまでステルスモードの低速巡航で飛ぶ。アメリカ大陸に着くのは一時間後。そこで、黒の水の生成装置ごとお前を投下する」タッチパネルを叩いてマサチューセッツ周辺の地図を呼び出し、幾つも表示された赤い点の一つを示して「計算通りなら目の前は賢人会議の連中……マサチューセッツに一番近い所を先行してる部隊だ。近くには黒の水の材料になる海もある。お前はそこで思いっきり派手に戦って、周りの連中を出来るだけ引きつけてくれ」

「まかせて！　うんっと大きい羽とか作ってびっくりさせてやるんだから！」

隣の席のファンメイがうなずき、膝の上の黒猫が元気の良い鳴き声を上げる。

ヘイズは片手で船の発進シーケンスを立ち上げながらもう片方の手で通信素子を差し出し、

「お前を降ろしたらオレはすぐ雲の上に飛ぶ。そうなったら普通の通信は使えねえから、代わりに有線で雲の下までアンテナを下ろしとく。その通信素子は専用だ。何かあったらハリーに知らせろ。……こっちも上手く行ったら連絡するからよ」

「了解っ！」

真面目くさった顔で右手をあげ、敬礼の真似事をするファンメイ。

が、少女はすぐに首を傾げ、

「……ところでなんだけど。ヘイズ、クレアさんに何か言ってきた？」

「あ？」意味が分からず眉をひそめ「何か、っつっても下手なこと言って勘付かれると面倒だからな。いつも通り晩飯食って、あいつが『おやすみ』っつーから『おう』って言って、そんだけだ」

しばしの沈黙。

ファンメイは「はぁ――？」とまなじりをつり上げ、いきなりヘイズの耳を掴んで引っ張る。

「痛っ！　痛ぇなおい！　いきなり何しやが」

「何しやがるじゃないの！　なんでヘイズはいっつもそういう……！」

少女が深々と息を吐く。

ヘイズの膝に両手をつき、真剣そのものの目で顔を見上げて、

「いい？　全部終わって帰ってきたら、クレアさんに謝るの！　許してもらえるまで何回でも謝るの、わかった？」

「いやいや、待てよお前。なんで今あいつの話に……」

「わ、か、っ、た――？」

「わかった！　わかったから落ち着け！」

まるで意味が分からないまま何度もうなずき、ともかく少女を引きはがす。

ほんの数時間前、別れ際に見たクレアの顔を少しだけ思い出す。

……確かに、もうちょっと何かしゃべっとけば良かったかもな。

「島」に乗り込んだ自分は、内部の第三階層、管理区画を目指す。重力制御システムを兼ねた「島」の中枢。その場所でなら、ロンドンの介入を無視して制御権を乗っ取ることが可能なはずだ。

「島」はすでに降下を開始し、最下端が雲に接触している。再浮上させて雲の上で安定させることはおそらく不可能だから、上手く誘導して地上のどこかに落とすしかない。

目標点はマサチューセッツから西、北アメリカ大陸の中央。

シンガポールやニューデリー、モスクワの周辺から大西洋を越えて侵攻してくる魔法士達の鼻先にぶつけることが出来れば、賢人会議の動きを止めることが出来るかも知れない。

（I－ブレイン動作率六十二パーセント。蓄積疲労規定値を超過。システム修復を要請）

成功の可能性は、はっきり言って低い。「島」の防衛システムの性能を考えれば万全の状態でも難しい作戦である上に、今の自分の状態はお世辞にも万全とは言い難い。

上手くすれば、「島」を落とすところまではやれるかもしれない。

だがその先、落下する「島」から脱出するには、おそらく奇跡を期待するしかない。

そして、困難な状況なのはファンメイも同じだ。「大きな羽を作る」と少女は気安く言うが、そもそも少女の体は常に黒の水の暴走の危険に曝されており、その負荷を軽減するために「小龍」という外部端末が作られたはずだ。

賢人会議の中でどれだけの魔法士が出撃可能な状態にあるかは知らないが、仮に一割としてもマサチューセッツにすでに迫っている戦力は百を下ることは無いだろう。

それだけの数の魔法士を相手取るために、際限なく黒の水を生成し、体を増設する。

それが、少女にどれほどの負担をかけるかは、想像することすら出来ない。

敗れるだけならまだいい。賢人会議も少女の命までは奪わないのではないかという期待を持つことも出来る。だが、それより先に少女が限界を迎えれば。肥大化した黒の水の情報が少女の自我を塗り潰すようなことがあれば――

……つまんねえこと考えてんな、オレは。

心の中で苦笑し、首を左右に振る。

自分も少女も、無理は百も承知で、それでも戦うと決めたのだ。

ならば、今考えるべきなのはそんなことではない。

「なあ……お前、何かやりたいこととかあるか？」

「うん？」ファンメイは首を傾げ「どうしたの？　急に」

「いーから、何か適当に答えろよ」一つ指を鳴らし、少女の頭をぽんぽんと叩く。「何でもいいんだよ。作戦が成功して、その後のことも何もかんも上手く行って、そんで戦争が終わってもう賢人会議だ世界再生機構だって話もしなくて良くなったら、お前何やる？」

しばしの沈黙。

少女は、うーん、と首を捻り、

「じゃあ……旅、とか」

「旅？」

「うん、良い考えかも」少女はひとりうなずき「みんなでこの船に乗って遠いところに行くの！　今度はクレアさんも除け者にしないで！」

「いや、そりゃ良いけどよ」ヘイズは顔をしかめ「この船のスピードじゃ、地球のどこにも『遠いところ』なんかねえぞ？　どこに行くってんだよ」

「うん、だからね」ファンメイは操縦室の天井を見上げ「そう！　たとえば、宇宙とか」

は？　と目を丸くするヘイズ。

『さすがはファンメイ様、素晴らしいアイディアです』目の前にいきなり現れた横線三本のマンガ顔がフレームの四隅を器用に曲げて拍手の真似をし『では、帰ったら計画を練るといたしましょう。現状で当機の機能は真空中での長時間航行を想定していませんから、サティ様にお願いして大規模な改修を施していただく必要があります』

「じゃあ決まりね！」少女がわぁいと手を叩き「ヘイズも約束！　ぜったい、ぜったい連れてってね！」

補助席から身を乗り出し、左手の小指を目の前に突き出す。

「宇宙か、悪くねぇな」ヘイズは操縦室の天井を見上げ「わーった、約束だ。上手く行ったら月でも太陽系の外でも、どこでも飛んでいってやる」

小指と小指が絡み合う。

その場の全員が顔を見合わせ、声を上げて笑う。

コンソールの表示が発進準備の完了を告げる。全方位を覆うように表示されたディスプレイが機外の格納庫の様子を映し出し、少しずつ後方に動き始める。

船首の先にあるのは地上に通じる発射口と、その向こうに広がる闇の空。

「じゃあ、行くか」

「うん！」

演算機関のかすかな駆動音と、操縦席の振動。

ヘイズは一つ指を鳴らし、頭上のハリーに発進を告げた。

第十章　終わる世界　〜Eclipse〜

――古い話をしよう。

古くて、退屈で、くだらない、世界の至る所にありふれたどうということのない話だ。

あるところに一人の女がいる。女には夫と二人の子供がいて、幸せな家庭を築く。戦禍が世界を呑み込むよりも昔、雲が星を覆うよりも少し前の話。女は駆け出しの政治家で、夫は軍人。上の子は女の子で士官学校の初等科に通い、優秀、というほどでも無いが一度だけ射撃の競技で三位に入賞して表彰されたのを自慢にしている。幼年学校に通う下の子は料理好きの男の子で、毎年家族全員の誕生日にはケーキを焼いてくれる。

絵に描いたような幸福な日々。それが、ある日を境に変わる。

大気制御衛星の暴走事故に端を発する戦争が、瞬く間に世界を焼き尽くしていく。

自治政府の議員であった女は、自国の市民を、愛する家族の暮らしを守るために奔走する。

だが、運命はそんな女の努力など一顧だにしない。シティの乏しいエネルギー生産を巡って紛糾する会議に疲れ果て、ようやく家に帰り着いた女の元に、夫が指揮していた部隊が他国の魔法士の奇襲によって全滅したという知らせが届く。

世界の至る所にありふれた、どうということのない話。

夫の亡骸を前に悲嘆にくれる女は、その亡骸を持ち帰った青年が夫の部下になりすました敵国の魔法士であることに気づかない。

黒煙に濁った赤黒い炎が市街地の闇を煌々と照らす。部隊の生き残りを装って入り込んだ炎使いの攻撃にさらされて、居住区画が火の海に沈む。護衛の兵士達の制止を振り切り、決死の思いでたどり着く女の目の前で、二人の子供が眠る家が炎に包まれる。

窓の向こうで助けてと叫ぶ娘と息子の姿が、倒壊する家の残骸に呑まれてかき消える。

泣き叫ぶ女の見上げる先を、炎使いの背中が飛び去っていく。

焼け跡から掘り起こされた二人の亡骸は原形を留めないほど炭化し、つなぎ合わされた小さな手の中には女が数日後の誕生日に受け取るはずだったメッセージ入りのディスクが握りしめられている。小さな骨の欠片を胸にかき抱き、女は魔法士に対する怒りを募らせる。

夫を奪い、子供達を奪った敵に対する怒り。

いつしか、その感情は魔法士という存在自体に対する嫌悪と憎悪へと変わる。

激化を続けるシティ間の争いの中、魔法士は貴重な戦力として戦場の主役となる。女は自治政府の議員として表向きは彼らを労い、賞賛しながら、決して口にすることの出来ないどす黒い感情を胸の奥にたぎらせ続ける。

大戦が終わり、世界には七つのシティだけが残り、人類の歴史の黄昏が始まる。

女は街の最高指導者となり、愛する者の消えた世界を、もう帰る家すら無い街を守り続ける。

かつて夫と子供を奪った魔法士をようやく探し当て、首相命令で処刑台に立たせてからすでに十年。消えることの無い怒りの炎は今も女の魂を灼き続ける。一千万の市民の運命を委ねられた者にあってはならない私的な感情。それを胸の奥にしまい込み、女は今日も一国の指導者にふさわしい優雅な所作で微笑み続ける。

——ただそれだけの、古くて、退屈で、くだらない話。

ロンドン自治政府首相、サリー・ブラウニングという女の、どうということのないありふれた物語だ。


ワイヤーフレームで描かれた巨大な構造物が、同じくワイヤーフレームで描かれた雲の上をゆっくりと移動した。

「島」が目標の座標に到達したことを知らせる士官の報告に、サリーは息を吐いた。

「これより、投下プロセスを開始する」隣席に座る初老の男——今回の作戦のロンドン側の指揮官である中将が視線でうなずき「モスクワのトルスタヤ中将に着弾予定時刻を連絡。敵戦力の誘引を開始する」

重々しく告げる中将の言葉を士官達が復唱し、周囲を埋め尽くす立体映像のステータス表示がめまぐるしく書き換わる。シティ・ロンドン近郊、世界樹内部の臨時作戦室。入念な情報遮断を施された室内には計画の遂行に必要な最小限の人員として選ばれた軍人と研究員が合わせて数十名集い、雲内部の回線を介して届けられる「島」の管理システムの動作ログに目を光らせる。

部屋の中央に浮かぶ巨大な立体映像ディスプレイには世界地図が表示され、幾つもの赤い点が地球を西回りするルートで北アメリカ大陸、シティ・マサチューセッツ跡地へと殺到しつつある。ベルリンでの戦いでも用いられた賢人会議の行動予測システムに各国自治軍の観測データを組み合わせた結果得られた、敵戦力の正確な配置図。マサチューセッツに最も近い部隊は目標から北東に百キロの位置にあり、最も遠い部隊はいまだ東南アジア、シティ・シンガポールの周辺にある。

推定される敵の総数はおよそ八百人、賢人会議が保有する戦力の半数近く。

仮にこれを全て削ることが出来れば、人類は最終決戦を待たずして雲除去システムを起動することすら可能になる。

「マサチューセッツ内部の状況は」

「各国駐留部隊の退去準備はほぼ完了しました！　市民に察知された様子は無いとのことです！」

中将の問いに答える通信担当士官の声は硬く、ディスプレイに照らされて闇の中に浮かぶ表情は光の加減か青ざめて見える。作戦室内にはマサチューセッツ跡地の内部の状況を表すステータス表示が複数浮かんでいるが、監視カメラの映像や音声の類いは注意深く排除されている。

これから、多くの人々が死ぬ。

その事実を意識させるどんな些細な要素も、ここからの作戦においては致命的なミスの原因となりかねない。

「『島』の下端高度、雲表面下一メートルまで降下！　重力制御の安定度さらにコンマ〇二パーセント低下！」

「高度そのままで固定！　投下プロセスの最終チェックを！」

ワイヤーフレームの「島」はすでに雲海に接する位置にまで降下し、半球型の下端の表面は雲の中に埋没している。雲のノイズによる影響は数時間前に臨界に達し、今や「島」が重力制御演算によって受ける浮力は地球から受ける重力と完全に釣り合っている。

あと、ほんの少し。

わずかでも演算速度を低下させれば、力の均衡が崩れる。

そうなればもはや再浮上は不可能。「島」は重力に引かれてゆっくりと雲の中に埋没していく。落下に従って雲のノイズの影響は増加し、数時間後には「島」は浮力を完全に失って自由落下を始める。投下プロセスが一度始まればマサチューセッツへの着弾のタイミングを変更することは不可能。上手くタイミングを合わせて敵を誘い込むのは地上部隊と、全軍の指揮を預かる『計画者』ケイト・トルスタヤ中将の役目となる。

士官達の声が作戦室を飛び交い、投下準備が最終段階に差し掛かる。作戦の開始がいよいよ避けようのない物となった今、室内は緊張と裏返しの異様な高揚に包まれている。彼らも軍人、もちろん人の死は見慣れているし、勝利のためにやむなく味方を切り捨てることもある。だが、そんな彼らにも無抵抗の、しかも自分達が守るべき対象である市民を一つのシティごと葬り去る作戦など経験が無い。

目の前の現実を、自分達のこれからの行いを塗り潰そうとするかのように、士官が声を張り上げる。

彼らが見上げる先、頭上に浮かぶ立体映像ディスプレイには、マサチューセッツの防衛という名目で配置されたシティ連合軍の部隊の動きが秒単位で積み上げられていく。

計画の全容を知るのはこの部屋にいる者を除けば、各国の上層部と連合司令部のごく一部。現場の兵士はただ賢人会議の攻撃からシティ跡地と三千万の難民を守るよう命じられているのみで、今から起こることについては何一つ知らされていない。彼らは来たるべきベルリンでの最終決戦に必要となる貴重な戦力。もはや助かる術の無いマサチューセッツの人々とは異なり、可能な限り無傷で帰還させなければならない。

多くの命を、守るべき人々を自らの手で葬り去る計画。

その実行を前に、サリーはもう一度だけ自問する。

自分は本当に考え抜いたのかと。本当にあらゆる可能性を模索し、全ての代案を検討した末にこの決断を下したのかと。多くの命を費やす選択が私怨による物であってはならない。無辜の民衆を犠牲にしようというならば、その選択は一切の不純物を含まない、完全な合理性によってもたらされた結論でなければならない。だから、自分は自分自身の理性と良心と職務に対する誇りに問わねばならない。本当にこれが唯一の道なのかと。自分はただ、己の復讐心を満たすために多くの罪なき人々を贄に捧げようとしているだけではないのかと。

これ以外の、これ以上の道は、おそらくどこにも無い。

だが、自分でなければこの道を進むことは出来なかったというのも、また正しいのだろうと思う。

人類の戦力を可能な限り損ねることなく賢人会議の戦力を最大限に削り取り、同時に各国の生産体制をマサチューセッツの難民の救済という責務から解放する。人類が直面する二つの無理難題を同時に解決する最も合理的な策。だが、たとえこれが最善と分かっていても他国の指導者にはこの道を選択することは出来ないだろう。彼らは今でも、賢人会議を倒すことよりも市民を救うことの方をより優先度の高い事項として認識し、計画への参加に逡巡しているに違いない。

心の中で魔法士の滅亡を願い続けてきた自分だからこそ、このような判断を下すことが出来る。

その事を喜ぶべきなのかは、サリーにはわからない。

「これより、『島』の投下を開始いたします」可能な限り優雅に、室内の一同に視線を巡らせる。「皆様には葛藤もあり罪悪感もありましょうが、それも一時のこと。計画を完遂し全てが賢人会議の攻撃であるという偽装を施した後は、この場の全員に記憶消去処置を受けていただきます。全ての責任は私に。皆様は文民統制の原則に従い、自治政府首相に命じられた計画をただ遂行するのです。どうか、そのことをお忘れ無きよう」

認証ボタンの表示された小さな立体映像が目の前に浮かぶ。士官達の視線が自分に集中するのを感じる。

……では、地獄に参りましょう。

サリーは頭上の闇を見上げて微笑み、小さなボタンに指を触れた。

＊

『――ロンドン自治政府より入電！　作戦開始とのことです！』

円形の広いホールに、オペレーターの声が響いた。

ケイトは了解の言葉を口にしつつ、誰からも見咎められない位置で拳を握りしめた。

シティ・モスクワ軍司令部内、第一作戦室。円形の広い室内に集った三百人の作戦士官は世界各国の軍からもたらされる報告に目を光らせている。中央の円卓の上には立体映像の通信画面が浮かび、モスクワを除く三つの自治軍の司令部と、マサチューセッツ周辺に配置された防衛部隊の前線指揮中枢に繋がっている。

ケイトから見て正面の位置にはワイヤーフレームで描かれた巨大な地球が浮かび、世界各地の交戦状況と観測網が捕捉した敵部隊の位置がリアルタイムで表示されている。赤い光点で表示された賢人会議の魔法士達は四つのシティ——ロンドン、モスクワ、シンガポール、ニューデリーの周辺を起点に進軍を開始し、一部はすでに大西洋上に到達している。

全ての敵の向かう先、北アメリカ大陸の東海岸にはそれらに先行する形で出現した幾つかの小さな赤い光点があり、マサチューセッツ跡地の周辺に配置された青い光点の大部隊と激しい交戦を繰り広げている。

その様を見上げる士官達の表情は、一様に重く、暗い。

彼らのほとんどが、自分達の本当の目的を知らない。

無抵抗の多くの難民を犠牲にするという作戦の特殊性から、兵士達は大きく三つのグループに分割され、それぞれに異なるレベルの情報を与えられている。まず、ケイトと共に円卓を取り囲む六名の作戦将校と、通信画面に映る各国の将官。彼らには作戦の全容と想定される損失の全てが包み隠さず伝えられている。真の目的を糊塗するために魔法士達の進軍を適度に妨害し、けれども自軍に損害を与えることなく最終的には全ての魔法士を同時にマサチューセッツに到達させるという指揮の困難さから、人員の選定には慎重の上にも慎重を期した。

次に、その周囲を取り囲む数百名の佐官以下の作戦士官。彼らに対しては「マサチューセッツ跡地から重要なシステムを運び出す時間を稼ぐために、戦力の損耗を極力避けつつ可能な範囲で魔法士を足止めせよ」という命令だけが与えられている。空から叩きつけられようとしている「島」の存在も、ファクトリーシステムが復旧するという偽の情報の存在も、魔法士達が何を怖れ、何のためにマサチューセッツを目指しているのかも彼らは知らない。ただ、作戦の円滑な遂行のためには「最終的にはマサチューセッツを見捨てなければならない」という事実だけは共有する必要があり、そのために精神的な強靱さと決断力を重視した人選が成されたと聞いている。

最後に、マサチューセッツの周辺に展開している最前線の防衛部隊。

彼らには、これから起こることの一切が知らされていない。

賢人会議の目を欺くためには防衛部隊の動きが形式的な物となってはならない、というのももちろん理由の一つではあるが、何より彼らの多くが旧マサチューセッツ自治軍の生き残りであるという点が大きい。市民を犠牲にすることを前提とした作戦では、彼らの士気が維持できない。最終的な撤退行動を円滑に進めるために彼らの家族数千人だけは保護対象として今回の作戦が始まる前にマサチューセッツから救出されているが、そのことを後ろめたく思う者も少なくないと聞いている。

敵も味方も何もかもを欺き、多くの人々を犠牲にする作戦。

何より虚しいのは、これが確かに正しく、合理的で、現状で考え得る最も効果的な選択であるということだ。

……無駄な思考は止めなさい。感傷は捨てるのよ、ケイト・トルスタヤ……

心の中で自分に強く言い聞かせる。全てはすでに決まったこと。受け入れられないのなら拒否すれば良かった。軍人として命令に逆らうことは出来ない、などという言い訳は通らない。どうしても認められない、戦えないというのなら、全てを捨ててシティから逃げ出してどこへなりと消え失せてしまえば良かったのだ。

それでも人類のために戦うと、最後に決めたのは自分。

ならば迷うな。

罪を、苦しみを、悲しみを、救われなかった者の嘆きを、滅ぼされる者の憎悪を、届かなかった儚い夢を——未来を生きる子供達には不要なあらゆる物を、お前が抱えて地獄に連れて行け。

……戦いなさい。たとえ彼らが相手でも……

世界再生機構。ベルリンの難民と共に地下施設で暮らしている彼らの動向は、今回の作戦における最大の不確定要素だ。ルジュナから得た情報によれば、魔法士達のほとんどは難民達の住環境を維持するのに能力の大半を割かれてＩ―ブレインの回復もままならない状態だという。客観的に見てこの状況への介入は不可能。フェイやリチャード、月夜なら間違いなく事態の静観を決断するはずだ。

それでも、どこかで確信がある。

彼らのうちの誰かが必ず戦場に現れ、自分の前に立ち塞がるはずだと、ここまで共に歩んできた長い道のりが語っている。

「敵戦力の再解析、完了しました！」思考を遮る士官の声。「敵魔法士の総数およそ八百、構成メンバー全員の照合および戦術予測も完了しています。現在、敵は全て各シティ周辺の防衛線を突破。合流を繰り返して大部隊を形成しつつ、マサチューセッツ方面に向かって西進を続けています」

「偵察機の画像出ます！」別な士官の声と共に複数のディスプレイが新たに出現し「大西洋上の敵後続部隊からマサチューセッツまでの距離、およそ六千キロ！　推定では一時間以内にアメリカ大陸東岸に到達、その後二時間以内には全ての敵戦力がマサチューセッツ跡地に到達するものと思われます！」

円卓を囲む将官達が重々しくうなずく。敵の到達に大きなタイムラグが発生しないように、各国周辺の防衛線を時間差をつけて意図的に突破させたことなどおくびにも出さない。

「各国の部隊は追撃を継続してください」ケイトは自然な所作を装って通信画面に映る各国の

将官に視線を巡らせ「マサチューセッツの防衛部隊に通達を。可能な限り兵力の損耗を避け、遅滞戦闘に努めるようにと――」

言葉を遮って鳴り響く警告音。頭上に浮かぶ無数の立体映像ディスプレイの表示が一斉に緑から赤へと変わる。

士官達が一瞬だけ顔を見合わせ、慌ただしく動き始める。

幾つもの新たなディスプレイが展開し、怒号が飛び交う。

「マサチューセッツ周辺に展開中の部隊から緊急通信です！」通信担当の士官が複数のステータス表示を次々に操作しながら「正体不明の機体が大西洋上を接近中！　これまで賢人会議に奪取されたいかなる機体とも合致しません！」

作戦室の中央に映し出される、どこかの海上らしき中継映像。

数十倍に引き延ばされたスロー再生の闇の中、流線型の真紅の機体が超音速の雲の尾を引いた。

＊

轟音と共に放たれた荷電粒子の光が、闇を貫いた。

ディーは降り注ぐ砲撃を三十五倍加速の運動でかいくぐり、吹雪の海岸を駆け抜けた。

頭上遠く、軍用フライヤーの編隊が砲口の光を引いて空中に複雑な軌跡を描く。地上から突き立つ無数の空気結晶の槍をランダムな回避運動でくぐり抜け、各国の自治軍の混成からなる数百機のフライヤーが正確な照準の砲撃を繰り返しながら少しずつ後退していく。

彼らの向かう先、南西におよそ百キロの位置には、闇に沈んだシティ・マサチューセッツの巨大なドーム。

外部の光源を一切失い、ひっそりと佇むその姿は、I－ブレインの仮想視界の中で巨大な山のように見える。

『ディー！　この拠点から出せる戦力は全て出した！』

襟元の通信素子から、人形使いの青年、カスパルの声。

今はニューデリー近くの拠点の一つにいる青年はノイズの向こうで声を張り上げ、

『残念だが、五人ほど転送したところでシステムが限界だ！　あとは輸送艦でユーラシア大陸を横断するしかない。しばらく時間がかかるぞ！』

「了解です！　こちらはたった今、北アメリカ大陸の東岸に着いたところです！」眼前に迫る数百の弾丸を情報解体で運動量ごと打ち払い「このまま先行してマサチューセッツへの侵入を試みます！　各部隊は個々の判断で前進を――」

立て続けに複数の砲撃音。先ほどとは異なるフライヤーと空中戦車の混成編隊が右と左、別々の方角から同時に迫る。荷電粒子の光が海岸に厚く堆積した氷に幾つもの穴を穿ち、瞬時に再凍結した水蒸気が無数の細かい結晶となって砲火の光に煌めく。

雨あられと降り注ぐ砲撃が狙う先は賢人会議の魔法士では無くその後方、こちらの移動手段である鹵獲品のフライヤー数台。

周囲に立つ人形使い達が足下の氷からゴーストの腕を生成し、荷電粒子と質量弾体の砲撃を残らず受け止める。

三人の炎使いが無数の空気結晶の槍を敵編隊の目の前に生成し、同時に第一級の騎士二人が自己領域の揺らぎと共に敵の直上に出現する。閃く幾筋もの光と重なり合う砲撃音。振り下ろされる刃を寸前でかわした空中戦車の編隊は周囲のあらゆる角度から突き出す淡青色の槍の間をすり抜け、砲撃を繰り返しながら最初のフライヤーの編隊に合流する。

「やっかいですね」傍らに立つ炎使いの青年が口元に苛立ちを滲ませ「連中、最初からまともに戦う気がありません。こっちの足だけを徹底的に潰して時間を稼ぐ腹です。マサチューセッツ周辺の拠点から部隊を引き上げたのが裏目に出ましたね」

周囲の魔法士達が同意するように表情を歪める。戦闘開始から数時間。敵の部隊はディー達の移動手段であるフライヤーだけを集中して狙い、こちらが機体を降りて応戦に転じた後は一定の距離をおいて砲撃を繰り返すだけで積極的に攻撃を仕掛けてくる様子が無い。

状況としては、ベルリンでの戦いと同じ。

違うのは、敵と味方双方の戦力が大きく損耗し、互いに決定打を放てる状況に無いということだ。

マサチューセッツのファクトリーシステムが間もなく復旧し、そこからのエネルギー供給をもって雲除去システムは起動する——偵察部隊が拿捕したシティ連合の兵士からもたらされた情報に賢人会議は騒然となった。南極衛星のサクラとの通信は回復しない。情報によれば、システムの復旧と雲除去システムの起動はおよそ十二時間後、十二月二日午前九時。終わりかけていた会議は継続され、組織としての今後の対応が話し合われることになった。

論点はただ一つ。これが罠か、そうではないか。

議論に費やすことが出来る時間は長くない。仮に罠だとしてどんな罠があり得るのか——その点を巡って、様々な意見が同時に交わされた。

シティ連合の戦力の大半が無事な四つのシティとベルリンの「塔」に集まっているのは事前の観測から分かっている。この状況で自分達を誘い出し、マサチューセッツ内部に引き入れたとして連合側に打つ手があるとは思えない。地球上の総人口自体が雲除去システムに対する盾として機能している現状で三千万の難民を見殺しにするとは考えにくく、仮にそんな暴挙に及んだとしてもマサチューセッツに残るわずかな戦力と生産力では例えば自分達ごとシティを破壊するような大規模な攻撃を行うことは不可能だ。

やはりファクトリーシステムの復旧は本当で、その情報が漏洩したのは連合にとっても想定外の事態である——賢人会議の仲間達の多くがそう判断し、可能な全ての戦力をもってマサチユーセッツを攻撃することが決まった。

シティ・ロンドン近くの拠点にいたディーは、かろうじて交戦に耐える状態にある八人を伴って出撃した。

数少ない移動手段である鹵獲品のフライヤーに乗り込んで飛び立ったディー達を待っていたのは、ロンドンから出撃してきた防衛部隊の戦列だった。執拗にこちらの移動手段だけを狙い、遅滞戦闘に徹する敵の攻撃を振り切り、およそ五時間。ディーが率いる小部隊は大西洋を越え、ようやくアメリカ大陸の東岸、マサチューセッツから北東に百キロの地点に到達した。

出撃した仲間は全世界の拠点を合わせておよそ八百名。その内、マサチューセッツの近隣にまで到達した者はディー達を除けば可搬型の転送システムによって北米大陸の拠点に移動した五十人ほどで、彼らは数名ずつの部隊に分かれて様々なルートで侵攻を続けている。残る多くの仲間は鹵獲品のフライヤーや輸送艦で各シティの防衛線を突破し、いまだにアジアかヨーロッパ、最も先行する部隊でも大西洋の上にある。

脳内時計が告げる時刻は午前四時五分。

シティ連合の作戦が本当なら、マサチューセッツのファクトリーシステムが復旧し雲除去システムが起動するまですでに五時間を切った。

（攻撃感知。危険）

I―ブレインの警告に我に返り、前方から迫る荷電粒子の光を寸前でかいくぐる。腰の鞘に収めたままだった右手の騎士剣『陰』をようやく引き抜き、運動加速を再起動しようとした瞬間、脳内に警告が走る。

（エラー。左脳と右脳の同調処理に失敗。運動加速率低下）

「っ………！」

踏み出した足がバランスを失い、強引に跳躍してかろうじて体勢を立て直す。降り注ぐ砲撃を次々にかわしながら、右手に握りしめた剣の柄に視線を走らせる。

半分に欠けた黒い結晶体を補うように埋め込まれた、小さな青い結晶体。

以前までそこにあった深緑色の結晶体――騎士剣『森羅』の制御中枢は、すでに失われてしまった。

代わりに埋め込んだこの青い結晶体は戦死した騎士の一人が使っていた物だが、残念ながら調整が上手くいかず『陰』の本来の制御中枢との協調動作が全く安定しない。他の魔法士達も改修作業に協力してくれたが、そもそも今の賢人会議には正しい知識と技術を持った正規の技術者などいない。

組織としての体力が、失われつつある。

その事実を、動かない騎士剣が雄弁に物語っている。

「ディー！　大丈夫ですか！」

「無理をしないでください！　あなたは本来の能力を発揮できる状態では無いのですから！」

目の前に割って入った数人の騎士が必死の形相で叫び、正面から迫る砲撃を次々に撃ち落とす。両の騎士剣を握り直し、I—ブレインを再起動。右脳と左脳のI—ブレインの同期をどうにか回復し、運動速度を通常の四十倍にまで引き上げることに成功する。

高速で飛来する直径数十センチの弾体を、一刀で切り伏せる。

情報解体しきれなかった衝撃波が周囲の氷塊を砕き、ダイアモンドダストが噴き上がる。

……急がないと……！

止まるな、と自分を叱咤する。足を止めるな。止めれば余計な思考が溢れ出る。たとえどんな迷いがあったとしても今は戦わなければならない。シティ連合の作戦を阻止しなければ数時間後には自分達が滅ぼされる。

自分達は今からマサチューセッツに侵攻し、今度こそ三千万の人々を殺し尽くす。

その事実を、剣の一振りと共に思考の中で踏み潰す。

……組織が、それまで保つと思うか。

ベルリンでの戦いが始まる直前、グウェンと交わした会話を思い出す。このまま人類殲滅の道をすすめば賢人会議はいずれ破綻する。真昼が失われた今、それをサクラに進言できるのは自分とセラだけだと。だがセラは組織を去り、シティ連合は自分達と同じく雲を晴らす手段を手に入れた。戦いを避ける術などもはやどこにも無い。戦って、多くの血を流して、セラが生きる世界を勝ち取る以外にどんな道があると——

『ディー！　こちらモスクワ方面部隊！』

思考を遮る声。

通信素子の向こうでノイズまみれの少女の声が叫び、

『緊急事態です！　二時の方角、海上に最大級の警戒を――！』

「え……？」とっさに理解が追いつかず「警戒？　自治軍の増援ですか？」

『わかりません！　ですが、超高速でそちらに接近する機影があります！』少女は慌てふためいた様子でタッチパネルの操作音を響かせ『まもなくそちらに接触……待って、この機体は……！』

大気のかすかな振動と地鳴りのような低い響きにディーはようやく気づく。周囲の魔法士達も異変を察知した様子で、敵部隊との交戦を続けながら視線を背後の海上に走らせる。

視界の端に違和感。小さな点のように見えた正体不明の物体が瞬時に接近してサイズを増す。四十倍速の視界でも補正しきれない超高速の機動。飛来する巨大な物体が自治軍の編隊が放つサーチライトの光に照らされてその姿を露わにする。

地鳴りのような大気の振動。

ディーはとっさに足を止め、頭上を仰ぎ。

そして、それを見た。

──滑らかな流線型の機体が、吹雪のヴェールを切り裂いた。

鮮やかな真紅の外装が、物理法則を完全に無視した運動で踊るように宙に旋回した。

視界の先の物体と記憶の中のデータがようやく噛み合う。一五〇メートル級高速機動艦『HunterPigeon』。世界再生機構の一人──かつてニューデリーで戦ったあの奇妙な魔法士の船。ディーが動こうとするよりも早く、機体の表面に埋め込まれたスピーカーから指を弾くような音が一度だけ響く。

自治軍の編隊が放った荷電粒子砲や質量弾体の砲撃、炎使いが放った空気結晶の砲弾や人形使いがゴーストハックで生み出した巨大な腕──戦場を飛び交っていたそれらの全てが、まとめて消し飛ぶ。

驚愕に一瞬だけ動きを止める魔法士達の頭上、真紅の機体は機首を直上、空に向けて上昇を再開する。

雲海に向けてまっすぐに上って行く機体の後部のハッチが開き、二つの影が飛び降りる。小さな人型の何かと、それより幾らか大きな立方体。流線型の機体が瞬時に加速し、その姿が頭上の遥か遠く、空を覆う雲の中へと消える。

身構える魔法士達の前に、降り立つ影。

金糸で龍の刺繍が施された艶やかなチャイナドレスが吹雪にたなびく。

極寒の闇の中、少女は右腕をすらりと頭上に掲げて天を指さす。肩に乗った黒猫が右腕に溶け込むように消え、次の瞬間少女の手のひらが無数の触手に爆ぜる。太いロープのような数百本の触手が遅れて落下してきた巨大な立方体型の装置を受け止め、氷塊の上に降ろす。海岸を覆う氷が装置の重量に耐えきれずに砕け、黒い装置が半ばまで氷にめり込む。

「李芳美！　ロンドンの龍使い……！」

「くそ！　よりによって一番面倒なやつが！」

立方体に絡みついた触手が先端を伸ばし、砕けた氷塊の向こう、海水の表面に触れる。

声を上げる魔法士達を前に、少女は何かを決意するように強く拳を握りしめ、

「賢人会議の人達、聞いて――！」静寂の中に響く、高く澄んだ声。「今すぐ戦闘やめて引き返して！　これはシティ連合の罠なの！　あいつら、みんなをマサチューセッツの中に入れて、あそこに残ってる人達と一緒にまとめて潰すつもりなの！」

「何を……」

とっさに、剣を構えることを忘れるディー。

同時に風切り音が耳元を走り抜け、空中から突き出た長大な空気結晶の槍が周囲のあらゆる角度から次々に少女に降り注ぐ。

「聞く必要はありません、ディー！」炎使いの青年が立て続けに数百の槍を放ち「こいつは南極でもベルリンでも我々を妨害した、シティ連合の手先です！　我々を攪乱して、ファクトリーシステム起動までの時間を稼ぐつもりです！」

「わたしはもうロンドンとは関係ないの！」少女の左腕が瞬時に数百の触手に爆ぜて降り注ぐ槍のことごとくを撃ち落とし「ちょっとだけでいいから聞いて！　クレアさんが見つけたの！　マサチューセッツの上には大きな『島』があって、それがもうすぐ降ってくるの――！」

「クレア……？」

「世迷い言は大概にしろ！」

ディーが言葉を返すより早く、人形使いの少年が叫びと共に手のひらを足下に叩きつける。

氷原から突き出した数十の巨大な腕が、投網のように広がった触手を掴んで次々に引きちぎる。

「貴様はいったい何を考えている！　マサチューセッツが復活すれば雲除去システムが起動する。そうなれば全ての魔法士が地球上から消去される。貴様も、我々も消えるんだ！　この状況でなお我々の妨害をするなど正気か！」

「だから、話を聞いてってばぁ――！」

少女の背が瞬時に膨れあがり、長さ数十メートルの巨大な翼が四対、少女を覆い隠すように出現する。二対の鳥の翼と二対の蝙蝠の翼。鳥の翼の表面が鱗状に硬質化して振り下ろされた氷の拳を受け止め、蝙蝠の翼が先端を無数の糸状の刃に変えて氷で形成された数十の腕のことごとくを切り裂く。

背後から断続的な砲撃音。周囲の氷原が次々にクレーター状に陥没する。状況を注視していたらしいシティ連合の防衛部隊が攻撃を再開し、砲弾と荷電粒子が雨あられと降り注ぐ。どうやらマサチューセッツ内から出撃した部隊と合流しつつあるらしく、攻撃の密度が少しずつ増していく。

「ディー！　こいつは我々に任せてあなたは前に！　騎士が龍使いの相手をする意味はありません！」

　炎使いの青年の言葉にうなずき、駆け出すと同時に脳内でスイッチを叩く。右脳と左脳に微妙な違和感があって、どうにか自己領域を展開することに成功する。

　半透明な揺らぎが視界を覆い、目に映るあらゆる物が静止する。

　ディーは龍使いの少女と仲間達に背を向け、前方数キロ先、シティ連合の戦列めがけて跳躍し、

（境界面に矛盾発生。自己領域消失）

　足下を覆う氷原を突き破って、数十の触手が槍のように突き出す。黒い触手の表面に細胞レベルで構築された論理回路が自己領域の論理構造をかき乱し、全ての物理定数が瞬時に本来の値に巻き戻る。触手の先端が腕を貫く寸前、かろうじて運動加速の再起動に成功する。騎士剣の刺突に匹敵する速度で襲い来る触手の全てを紙一重で回避し、地に一転して身構える。

　その頭上を覆う、巨大な影。

　龍使いの少女は四対の翼で極寒の大気を何度も激しく打ち付け、こちらの部隊とシティ連合

の防衛線、双方を遮る位置に降り立つ。

少女の右腕から生えだした無数の触手が立方体型の装置に絡みつく。巨大な装置が低い唸り(うな)を上げ、周囲の雪を急速に吸い上げる。少女の背からさらに二対、鳥の翼と蝙蝠の翼が出現する。鳴り響く砲火の音。視界の先で自治軍の空中戦車の砲塔(ほうとう)が次々に火を噴き(ふ)、背中に襲い来る数百の質量弾体を少女は無数の触手で一つ残らず受け止める。

衝撃(しょうげき)に耐えきれず、触手が次々にちぎれ飛ぶ。

少女が歯を食いしばって拳を握りしめ、全ての触手が瞬き(まばた)する間もなく再生する。

「……行かせない」

血を吐くような声で少女が呟く(つぶや)。今にも飛びかかろうとしていた周囲の魔法士達が動きを止める。立方体型の装置の表面にかすかな光が浮かぶ。少女の背からさらに二対の新たな翼が出現し、そこから生じた数千、数万の触手が戦場全体を投網のように包み込む。

三つ編みに結ばれた長い黒髪(くろかみ)が、風にたなびく。

少女は口元を強く引き結び、射るような視線で賢人会議の魔法士達を睨んだ(にら)。

「ここから先には行かせない。絶対に誰も、一人も死なせない……！」

＊

最大級の警戒を表す無数のステータス表示が、操縦室を塗り潰した。

鳴り響く警告音を意識の外に叩き出し、ヘイズは機体制御と空気分子の運動予測に思考の全てを集中した。

続けざまに三度指を弾き、HunterPigeonの周囲に破砕の領域を展開する。機体を直撃する軌道で飛来した荷電粒子の槍が空中で次々に四散し闇の中に光の粒子を散らす。

船外カメラ越しの視界を覆うのは、煌めく満天の星。

超高速で回転を続ける立体映像の空を、輝く月がランダムな軌道で縦横に走り抜ける。

「ハリー！　目標の解析は！」

『完了しました。「島」はこちらの現在位置から南西に十キロの地点。どうやら私どもを敵と認識したようで、全ての対空兵装が当機を照準しています』横線三本のマンガ顔が両目を困ったように曲げ『現在、「島」の全体積の十五パーセントが雲の内部に埋没。ファンメイ様がいらっしゃったあの島と完全に同型と仮定した場合、重力制御による再浮上は不可能と推測されます』

「準備万端かよ！　ありがてえ話だなおい！」

攻撃は三分前、HunterPigeonが雲海の上に到達すると同時に始まった。無数の荷電粒子砲と誘導ミサイルによる波状攻撃。千近い砲塔が絶え間ない砲撃を繰り返し、水面のような雲海の表面に衝撃波で幾筋もの軌跡を刻む。

　ほとんど面的な密度をもって迫る砲撃を前に、HunterPigeonのわずか一五〇メートルの船体は豪雨の中を舞う木の葉に等しい。一瞬の超加速から完全な静止、急旋回から再加速。物理法則を完全に無視した機動で降り注ぐ砲撃の雨の隙間を縫い、「島」から一定の距離を保ったまま周囲を飛び回る。

　このレベルの弾幕を前に少しずつ距離を詰めても埒があかない。だが、あの砲撃を制御しているのが「島」に搭載された火器管制システムであろうと地上から遠隔操作している人間であろうと、そこには必ず一定の癖が存在する。それを解析し尽くしパターンを読み切れば、この機体をねじ込むだけの隙間は必ず生まれる。

　あと、ほんの数分。

　それで、「島」への突入ルートの算出は完了する。

　機体後部の小さなハッチを開き、通信ケーブル付きのアンテナを高速で射出する。砲撃の効果範囲から十分離れた位置まで音速で飛び去ったアンテナはヘリウム入りの気球で自重を支え、ケーブルのもう一方の端を雲海へと投下する。回避運動を続けながら別の方角に同型のアンテナを全部で五つ。手元に小さな立体映像のステータス表示が出現し、雲の向こう側との回線が確立されたことを知らせる。

『――こちらマサチューセッツほうめんぶたい！　おーとーせよ！』

「感度良好。こっちは『島』の対空システムとドンパチの真っ最中だ」脳天気な少女の声に今の状況も忘れて一瞬苦笑し「そっちは？　賢人会議の連中食いついてきたか？」

『ばっちり！　なんかあっちからもこっちからもどんどん集まってくるの！』ノイズ混じりの音声の背後ですさまじい爆発音と無数の破砕音が響き『羽すごいいっぱい増やしたから、まだまだ大丈夫！　このまま何時間でも保たせてみせるから――！』

「オッケー、完璧だ」少女が自分と同様に途方も無く危険な状況にあるという事実を思考から追い出し「こっちはあと二、三分で『島』に突入する。その後は通信切れちまうかもしれねーけど、報告はハリーに……」

視界の端のステータス画面に警告表示。回線への割り込みを知らせるメッセージがあって、いきなり立体映像の通信画面が目の前に出現する。

『――ヘイズ、そこにいるな？　ファンメイもだ！』

半透明の画面に大映しになる白衣の男。

『ふぇ？　せ、先生……？』

ファンメイが、うわわ、と悲鳴を上げて一方的に回線を切断する。

正面、三方向から着弾の警告。視線を頭上のハリーに向けると、横線三本のマンガ顔が諦めたようにフレームをひらひらと揺らす。

思わずため息。

ヘイズは親指と中指を三度弾き、寸前まで迫った荷電粒子の砲撃を消し飛ばし、

「取り込み中だ。後にしてくれ先生」

『冗談を言っとる場合か――！』リチャードはこの男には有り得ないほど必死の形相で会議机を叩き『バカな真似はやめて今すぐ引き返せ！　お前達二人でどうにかなる状況か理解できんはずがなかろう――！』

ノイズにまみれたディスプレイの向こうに幾人かの姿が映し出される。リチャードの隣に座る月夜が青ざめた顔で椅子から腰を浮かし、フェイが腕組みしてわずかに表情を歪める。その後ろではセラと錬が半ば呆然と通信画面を見上げ、ペンウッド教室の研究員達が必死の形相で何かを叫んでいる。

『せや！　あんた何考えとんねん！』そんな一同の前に割って入ったイルがディスプレイに詰め寄り『おれも大概無茶する口やけど、これはあかんやろ！　たった二人で乗り込んで一人が賢人会議と自治軍全部相手にしてる間にもう一人が「島」どうにかしますとか、ただ死にに行ってるだけやんか！』

「らしくねぇな、モスクワの兄ちゃん」ヘイズは口元を笑みの形につり上げ「お前はどっちかっつーとこっち側、無理でも無茶でも絶対に死ぬってわかってても真っ先に突っ込む方だろ。どうしたよ、いつもの調子は」

『ふざけ……！』

『いいか、これは世界再生機構の暫定的な指揮官としての命令だ』進み出たフェイがなおも叫ぼうとするイルの肩を摑んで脇に押しのけ『今すぐ作戦を中止し、李芳美を回収して引き返せ。マサチューセッツのことは諦めろ。貴官らは共に、今後の作戦に欠かすことの出来ない戦力だ』

「聞けねえ相談だな。そもそも、オレはあんたの部下になった覚えはねえ」ヘイズは超高速飛行のまま機体を垂直に傾けて砲撃の間をすり抜け「そもそも『今後の作戦』ってなんだよ。こっからどうやって世界を立て直すか、なんか策でもあるってのか?」

フェイが無表情のまま頰をわずかに歪める。

ヘイズは立て続けに指を数度弾いて機体の周囲を破砕の領域で取り囲み、

「錬の姉ちゃん、あんたが言ってた質問だ。ここでマサチューセッツを見捨てて賢人会議の連中もろとも三千万人死んで、その先は? 『やっぱり戦争は止めよう』って人類と魔法士の両方を納得させる上手い方法があんのかよ」

無言で唇を嚙む月夜の隣で、隣のリチャードが『それは』と呟く。

ヘイズは音速の数十倍で旋回する機体を一瞬で完全に静止させ、自由落下が始まる寸前で再度加速し、

「あんのか? あるならオレは今すぐファンメイ連れて引き返す。……可能性だけでもいい、何か手があるってんならそう言ってくれよ」

ディスプレイの向こうの全員が、無言で視線を逸らす。

それを待っていたかのように、敵の攻撃シミュレーションを行っていたディスプレイの表示が赤から緑に書き換わる。

『突入ルートの算出、完了しました』ハリーが船外カメラ越しの闇の空に二重映しに複雑な曲線を描き『演算機関の出力を一時的に定格の一五〇パーセントにオーバークロック。突入シーケンスを開始します』

「……ってことだ」ヘイズは通信画面にひらひらと手を振り「悪ぃな先生。まぁ、あの『島』だけはどうにかすっから、大船に乗ったつもりで待っててくれ」

絶え間なく鳴り響く砲撃の音。降り注ぐ月と星の光が大気に拡散した荷電粒子に散乱し、水平線を彼方まで覆う漆黒の雲海を鮮やかな虹色に照らす。I―ブレインによって補正された船外カメラの視界の先、「島」の上端に突き出たレンズのような巨大なガラスのドームが淡く煌めく。かつてファンメイとその友人達に出会った時と同じ。「島」はその姿のほとんどを偏光迷彩の中に隠し、雲の波間に悠然と佇んでいる。

……妙な巡り合わせだよな、ったく。

苦笑交じりに指を一つ弾き、ヘイズは正面のタッチパネルに手を伸ばし、

通信画面の向こうで、リチャード達の背後の扉が蹴破らんばかりの勢いで開け放たれる。

転げるようにして飛び込んできた人影が、倒れる寸前に会議机の端を摑んで踏みとどまる。

とっさに動きを止めるヘイズの前で、人影がゆっくりと顔を上げる。

映し出されるのは、眼帯で両目を隠した少女の姿。

よほど慌てて走ってきたのだろう。肩を上下させて粗い呼吸を繰り返す少女の顔からは汗が滴り落ち、乱れたブルネットの髪が紅潮した頰に幾筋も貼り付いている。

少女が眼帯をむしり取って床に投げ捨て、必死の形相で通信画面に駆け寄ってくる。突入に向けて高速演算を続ける視界の中、その動きはひどくゆっくりと見える。

……そういや、こいつとも長い付き合いになったな……

初めて会ったのはいつだったかと考えて、ニューデリーでの事を思い出す。少女はまだマサチューセッツのエージェントで、マザーコアの交換を妨害するためにやって来た敵だった。いろいろな事があって少女はシティを離れ、共に旅をするようになった。

最初は、陰気で、うつむき加減で、面倒なヤツだと思った。

それが、いつの間にかよく笑うようになって、よく騒ぐようになって、掃除がどうの洗濯がどうのと説教するようになった。

『……ヘイズ』

「ああ」

ハリーの声にうなずき、タッチパネルに指を触れる。操縦室を埋め尽くしていた無数のステータス表示が一つ残らず消え去り、瞬時に最高速度に達した機体が突撃を開始する。船外カメラの彼方、偏光迷彩の奥に煌めく無数の砲口。放たれた荷電粒子と質量弾体の砲撃が音速の数十倍の世界を壁となって迫り来る。

最後まで残っていた通信画面が、消える。

その寸前、少女のガラス玉のような瞳に浮かぶ涙をヘイズは見る。

続けざまに三度指を弾き、迫り来る砲撃にわずかな隙間をこじ開ける。螺旋を描いて飛ぶ機体が降り注ぐ死の雨をくぐり抜ける。すさまじい衝撃。かわしきれなかった無数の砲撃が次々に機体に突き立ち、真紅の装甲の至るところで小爆発が巻き起こる。

『損傷報告――』

「かまうな突っ込め――！」

途切れることなく続く砲撃の隙間に、I―ブレインが針の先のような細い直線軌道を算出する。機首から突き出た小型の荷電粒子砲を照準と同時にトリガー。迫り来る無数の砲撃をすり抜けた一撃が「島」の中央を直撃する。ゆっくりと融解していくガラスのドームの奥に、高い壁に囲まれた円形の空間――ファンメイ達が中央訓練場と呼んでいた広大な庭園が姿を現す。あらゆるものが視界を流れ去る。夜空が、月が、星が、雲海が、砲撃の光が、全てが超高速の視界を絶え間なく駆け巡り、その全てを置き去りにして機体は一直線に突き進み、

――衝撃。

巨大なガラスのドームが、跡形も無く砕けた。

降り注ぐ月光と無数の星の光を従えて、全長一五〇メートルの真紅の船体が「島」の中央へ

と突入した。

＊

立体映像ディスプレイに映し出される暗灰色の空を覆い隠して、巨大な黒い翼が羽ばたいた。

防衛部隊からもたらされた報告に、ケイトは心の中で唇を噛んだ。

「では、その機体は間違いなく、上昇して雲に突入したのですね？」

『間違いありません！』現場の部隊長であるマサチューセッツ自治軍出身の少佐が表情にありありと困惑を浮かべ『当該機体は雲への突入の直前に魔法士一人を投下し、現在、賢人会議側の戦力の大部分がその魔法士と交戦中です！　データベースの照合により魔法士の正体は国家反逆の罪でロンドンから指名手配中の龍使い、李芳美と判明。……例の「世界再生機構」のメンバーです！』

やはり、という諦めに似た言葉が頭に浮かぶ。無数の触手を翻して飛び回る少女の姿をディスプレイの向こうに見上げ、周囲の士官達の視線に気づいて我に返る。

「当該魔法士の動きを利用する形で攻撃を継続してください」円卓の前で立ち上がり、作戦室内の全員に視線を巡らせ「彼女の目的は我々と賢人会議との戦闘行為自体を妨害することだと推定されますが、どのみち一人では戦局を覆すことなど不可能です。作戦計画に変更はありません」

士官達が弾かれるように動き出す。ワイヤーフレームで描かれた巨大な地球の上で、北米大陸東岸に展開された半個師団相当の陸戦部隊が賢人会議の小部隊と交戦を繰り広げる。マサチューセッツを目指して様々な方角から一直線に突き進む敵部隊の赤い光点を、生き物のように蠢く青い光点の集合が緩やかに押しとどめる。傍らに表示されたステータス表示の上で、友軍の損害を表す小破と中破のカウントが少しずつ、少しずつ積み上がっていく。

「……トルスタヤ中将」

共に円卓を囲む将官の一人が、周囲の士官に悟られないよう声を潜める。

「分かっています」今回の作戦の本当の目的を知る数少ない同僚にケイトはうなずき「南東方面の手薄な部隊に合流の指示を。詳細な情報は与えず、李芳美を賢人会議もろとも攻撃するよう誘導してください」

心得た、と呟いて、将官が手元の通信画面を開く。青い光点の集合体が分裂して形を変え、ゆっくりとファンメイが戦う一帯へと進軍する。

空から落下しつつある「島」の存在を友軍の大半が知らない現状で、的確な指示は困難を極める。現場の兵士に与えられた命令は「マサチューセッツの防衛」、それを直接指揮する士官達に与えられた命令は「時間稼ぎ」。いずれの目的に対しても龍使いの少女の存在は助けとなる物であり、単にこれを攻撃する命令を出せば現場に混乱をもたらしかねない。

いや、混乱だけならまだいい。

その混乱が兵士達の疑念に繋がり、「マサチューセッツの市民を自ら葬り去る」という今回の作戦の真の目的が公になることがあれば、来たるべき賢人会議との最後の決戦に深刻な影響を及ぼしかねない。

「島」を落とすのは賢人会議の作戦であり、三千万の難民を殺し尽くすのは魔法士達でなければならない。その物語が兵士達の士気を高揚させ、人類の滅亡が目前に迫ったこの状況で軍組織を維持する糧となる。だから、兵士達には表向き、ファンメイとの協調動作を指示しなければならない。その一方で、作戦の本当の目的を知る自分達は防衛線に巧みに綻びを生み出し、「島」の着弾にタイミングを合わせる形で敵をマサチューセッツ内部に誘い込まなければならない。

「――不明機体の照合、完了しました！」映像解析担当の士官が声を張り上げ「HunterPigeon……間違いありません！　人食い鳩の雲上航行艦です！」

無言でうなずくケイトの周囲で士官達にどよめきが走る。タッチパネルの動作音と戦術解析用端末の駆動音に満たされた作戦室のそこかしこで小さな囁き声が次々に生じる。

「……やはり出てきたな、世界再生機構」

「いったい何なんだ連中は！　確か、北極衛星の転送システムを研究していた組織だという話だが」

「小官が聞いたのは、シティ連合と賢人会議の和平を目的として活動しているという話です。シンガポールでの事件にも陰で介入していたと」

「和平だと？　正気の沙汰とは思えんな。賢人会議の工作ではないのか？」

「いや、北極やベルリンの戦いではシティ連合側に協力したらしい」

「そもそも、なぜあの機体は雲の上に向かった？　戦闘行為の妨害が目的なら龍使いと共にマサチューセッツに留まるはず」

「──静粛に」

努めて穏やかに、一言だけ告げる。

作戦室全体に広がりかけていたざわめきが、一瞬で消え去る。

「皆様の混乱も分かりますが、この介入が与える影響はごく小さなものです。重ねて言いますが、マサチューセッツに集結しつつある賢人会議の総数はおよそ八百。たった一人の魔法士がこれを全て相手取れるはずがありません。皆様は当初の作戦計画の遂行を。最終的に、マサチューセッツを見捨てる決断が必要であることを常に念頭に置いてください」

士官達の表情がわずかに動く。幾人かがはっきりとした動揺を浮かべ、隣席の者にたしなめられる。もちろん彼らも三千万の難民を保護する術が無いことは理解している。だが、残念ながら彼らは人間であり、合理的な判断を正確に下す戦術コンピュータでは無い。

目の前で多くの人々が為す術無く殺されようとしているのをただ座視して平然としていられ

る者は多くない。

「私は各国首脳に状況を報告します」円卓に背を向けて立ち上がり「戦況（せんきょう）に変化があれば連絡を。くれぐれも、戦力の損耗は避けてください」

円卓を囲む将官達に目配せして作戦室の奥、極秘（ごくひ）通信用の小さなブースにつながる扉に向かう。将官達は表情を硬直（こうちょく）させたまま、重々しくうなずく。

機密保持のために厳重な防音が施された狭（せま）い部屋に入り、後ろ手に扉をロックする。

同時に全身を支えていた緊張の糸が切れ、ケイトは壁に手をついてかろうじて体を支える。

……ともかく、皆（みな）さんと連絡を……

世界再生機構の介入自体は予想していたが、これほど直截（ちょくさい）な、稚拙（ちせつ）な手段での妨害は想定していなかった。ファンメイがマサチューセッツの戦場に残り、船（HunterPigeon）が雲の上に向かった。

目的は考えるまでも無い。少女が地上の戦いの全てを引き受けて時間を稼ぎ、突入部隊があの「島」の制御を奪う。例えば、最終的には「島」をシティではなく賢人会議の主力部隊の上に落下させ、強制的に撤退させるというようなプランを持っているのかもしれない。

およそ作戦とすら呼べない無謀（むぼう）な賭（か）け。

だが、その賭けは、現在進行中の作戦に対して致命的な影響をもたらす。

例えば、ファンメイが予想外の奮戦を見せ、賢人会議の魔法士達を押しとどめることに成功したとする。だが、たとえそうなったとしても「島」の落下を防ぐ術は無い。突入部隊が制御権の奪取に失敗すれば「島」は当初の予定通りマサチューセッツの上に落ちる。「島」は賢人会議に一切の損害を与えること無く、ただ三千万の難民だけが無意味に死ぬことになる。

あるいは、突入部隊が「島」の防御システムを全てかいくぐり、奇跡的に制御を奪うことに成功したとする。その場合は「島」は当初の目標と違う場所に落ちることになるが、落下軌道の修正には当然それなりの時間を要する。ファンメイが賢人会議の足止めに失敗した場合、魔法士達は「島」の投下より遙かに早くマサチューセッツに到達する。三千万の難民は、やはりただ無意味に死ぬこととなる。

ただでさえ不安定な今回の作戦において、世界再生機構の存在は失敗のリスクを増大させるだけの毒でしかない。

選択肢はただ一つ。彼らをシナリオから排除し、計画を迅速に完遂するしかない。

目の前に浮かぶタッチパネルを素早く叩き、これから行う作業が誰にも悟られないように幾重もの防壁を構築する。世界中を飛び交う無数の通信の中から、シティ連合に属する物と賢人会議に属するのだろうと思われる物を残らず排除する。最後に残った通信の暗号化を慎重に解除する。雲海すれすれに浮かぶ通信端末からロシア地方西部へ。雲の上へ飛び去ったあの船が地下施設との通信に利用したはずの回線に強制的に割り込みをかける。

通信画面を操作する手が止まる。

立体映像のタッチパネルに触れる自分の指が震えていることに、ケイトはようやく気づく。

……止めなさい。無意味な感傷は捨てるのよ……！

手のひらを強く振り上げ、自分で自分の頬を張り飛ばす。タッチパネルに指を走らせ、強制接続のルーチンを走らせる。

数秒。

ノイズ混じりの画面に出現した白衣の男が目を見開く。

『……シスター・ケイト……？』

「お久しぶりです博士」深く息を吐き、拳を強く握りしめる。「単刀直入に言います。今すぐへイズさんとファンメイさんを下がらせてください」

半透明なディスプレイの向こうに、次々に見知った顔が集まってくる。無表情なフェイの隣で月夜が射るような視線を向ける。後ろの方には青ざめた顔のセラがいて、隣では手のひらで顔を覆ったクレアの背中をエドが必死に撫でている。

『それは……』

「こんなものは作戦とは呼べません。単なる特攻です」言い淀むリチャードに画面越しに詰め寄り「この状況は静観するしかないと博士ならおわかりのはずです。フェイさんに月夜さんまで付いていていながらどうしてこんな無謀な……」

言葉が止まる。

無言で顔を伏せるリチャードの姿に、全てを理解する。

「……止めても無駄、でしたか」

『申し訳ない、シスター』リチャードは信じられないほど細い声で『我々にはもはやどうすることも出来ん。迂闊だった。せめて格納庫を封鎖しておけば……』

『シスター・ケイト』入れ替わりにフェイが声を上げ『全軍の指揮官である貴官に問う。この作戦、穏便に収めることは』

「不可能です」ゆっくりと首を左右に振り「おわかりでしょう。すでに『島』の落下は始まり、賢人会議はマサチューセッツに集結しつつある。全ての帳尻をあわせる方法などありません。三千万の難民がただ無意味に死ぬか、賢人会議の魔法士を道連れに死ぬか、道は二つに一つです」

そうか、と無表情に呟くフェイ。

『……あんた、本当にこれで良いの？』入れ替わるように月夜が声を上げ『わかってるわよね？　この作戦、成功しようと失敗しようと後戻りは出来ないわよ。和平の道なんかどこにも無い。後は人類と魔法士で殺し合ってどっちかが生き残る道しかない。それを……』

「今の私はシティ連合軍の総指揮官です」射るような視線をかろうじて受け止め「希望は潰えました。引き返す道などありません。どちらかが滅びるまで殺し合って勝った方が青空に包まれた世界を手に入れる――そのただ一つの結末に向かって何もかもが動き出してしまった。ならば私は人類を守る側に立たなければなりません。多くの人を救うために、人類の歴史をここで終わらせないために、そのために皆さんが障害となるというのであれば私は」

『――シスター！』

割って入る声。

月夜を押しのけてディスプレイの前に立つ白髪の少年の姿に、呼吸が止まりそうになる。

「イル……」

『せや、この通り生きてる。ぴんぴんしてる』少年は無事を示すように両腕を広げ『なあ、ほんまになんともならへんのか？　シスターの言うことはわかる。ようわかる。けど、シスターかてちょっと前までは人類と魔法士の戦争を止めるんやて言うてたやないか！　あの赤毛の兄ちゃんと三つ編みのちびっ子のこと、助けたるいうんは無理なんか？』

憔悴し切った様子で、それでも必死に言い募る少年。

ケイトはその姿をしばし呆然と見つめ、

大きく深く、一つ息を吐く。

「……イル」

『シスター！　わかってくれたん――』

「シティ連合軍総指揮官の権限において、モスクワにおけるあなたの軍籍を剥奪します」声が震えそうになるのをかろうじて抑え込む。「これによって、あなたに与えられていたモスクワでの市民相当の居住権が自動的に消滅します。今後、シティに立ち入ろうとすれば警備部隊があなたを即座に射殺します」

『は……？』

理解が追いつかない様子で目を見開くイル。

「もはや、シティにあなたの居場所は無いと言っているのです」そんな少年を努めて無表情に見下ろし「シティ連合は全ての魔法士を滅ぼし、世界に青空を取り戻す決断を下しました。あなたは今や人類の前途を阻む障害なのです。あなたのこれまでの行いにも、勇気にも、献身にも、あなたが多くの人々を守るために受けてきた数え切れないほどの傷にも、もう誰も報いてはくれない。だから……」

言葉が止まる。

ケイトは視線を逸らしそうになる自分を必死に押しとどめ、

「だから、あなたも現実を見なさい。叶わぬ夢など捨てて、本当に自分にふさわしい場所に行って……せめて最後くらいは、誰かのためではなく自分が生き残るために戦いなさい」

返ってくるのは、沈黙。

少年の青い瞳に、言葉の意味が少しずつ、少しずつ浸透していく。

『……シスター……何を、何を言うて……』

「賢人会議に、行きなさい」拳を握りしめ、少年を真っ直ぐに見下ろし「組織の中には多くの仲間を殺したあなたを恨む者もいるでしょうが、今は彼らにも余力がありません。シティ連合が全ての魔法士を滅ぼす手段を手に入れ、追い詰められた今なら彼らはあなたを受け入れざるを得ないでしょう。……あなたを見捨てた人類など見限って、子供じみた理想は捨てて、魔法士として生きる道を選びなさい」

胸のつかえが取れたような感触。

呆然と見上げる少年に、ケイトはゆっくりとうなずく。

自分にはもはや、この子を救うことは出来ない。自治軍の作戦指揮官として戦場に立つ者として、孤児院で多くの子供達の母親代わりを務めるシスターとして、自分はこの子一人のために人類を捨てることは出来ない。

世界が人類か魔法士のどちらか片方だけを選ぶことを自分に強いるなら、自分はどうしても人類の方を守らなければならない。

だから、人類の尖兵たる自分は、この子を他の魔法士もろとも葬り去らなければならない。

だが、母である自分は心のどこかでこの子が――幻影No.17という一人の魔法士が、人類との戦いに勝利して生き延びることを望んでいる。

激しい憤りが胸の奥に膨れあがる。なぜ人類の未来のためにこの子が犠牲とならなければならないのか。この子が人類にどれほど尽くしてきたか知らないのか。自分が人類のために戦うとしても、この子はこの子のために戦うべきだ。そうやって互いに滅ぼし合って、生き残った方が歴史を繋いでいく。どうやっても全てを救うことができないのなら、せめて裁定だけは公平であるべきだ。

『なんで……なんでそんなこと言うんや……！』少年は摑みかからんばかりの勢いで画面に詰め寄り『おれはみんなを守るために戦って……あいつの、イリーナの代わりに孤児院のみんなを守ってあんたのことを守って、そのためやったらおれはいつ死んでも構わへんかったのに、なんで今さらそんなこと言うんや！　おれはあんたの息子やなかったんか！』

「息子なら母の言うことを聞き分けなさい――！」

抑えきれなかった感情が、言葉になって飛び出る。

びくりと身をすくませた少年の顔が、とうとう泣きそうに歪む。

「……自治軍は、今からファンメイさんを賢人会議もろとも攻撃します」視線を逸らし、タッチパネルを片手で素早く操作しながら「制圧は時間の問題でしょう。その前に、可能ならファンメイさんとヘイズさんを下がらせてください。これは最後通告です」

一方的に言い置いて切断のスイッチに手のひらを置く。少年が何か言おうと口を開くより早く通信画面が消失する。

全身が震える。タッチパネルを操作することも手を離すことも出来ないまま、通信室の闇の中で顔を上げる。

頭上に浮かぶ立体映像の向こう、マサチューセッツの戦場を縦横に裂いて黒い糸のような触手が走り抜ける。

無数の空気結晶の槍が降り注ぎ、そのことごとくが無数の触手に貫かれて闇の中に爆ぜる。白い翼と黒い翼が少女の体を取り囲み、立て続けに巻き起こる爆発を防ぎきる。地面から出現した数百の土塊の腕が巨大な翼を掴む。引きちぎられた翼から血の代わりに黒い水がほとばしり、悲鳴を上げた少女が甲殻類のような巨大な爪を振り上げ、ゴーストハックによって生み出された腕を次々に薙ぎ払う。

その光景を遮って、新たなディスプレイが目の前に出現する。

シティ・ロンドン、サリー首相からの通信。

ケイトは歯を食いしばり、タッチパネルに手を伸ばした。

＊

放たれた数百の銃弾が、強化カーボンの床に爆ぜて火花を散らした。

ヘイズは眼前に迫る死の雨の中心、わずか数十センチの間隙に身を滑り込ませ、転げるようにして通路の角に飛び込んだ。

立て続けに三度親指と中指を弾き、頭上に破砕の領域を展開する。通路の天井からつり下げられていた監視カメラと機関銃がまとめて砂状に崩れ落ち、空中で歪な金属塊に再結晶して床に跳ねる。甲高い金属音に重なる複数の機械の駆動音。通路の先、四つ角の左右から人型を箇略化して下半身を台座にすげ替えたような機械の兵士が次々に飛び出す。

ファンメイやその友人達が掃除ロボットと呼んでいた、自律稼働の対人殺傷兵器。

両腕の先に取り付けられたサブマシンガンと小型の荷電粒子砲が、全て同時にヘイズを照準する。

「くそったれ――――！」

叫びと共に指を二度弾き、踏み出す足で高い音を立てる。空中に刻まれた論理回路が放たれた無数の銃弾と荷電粒子の光を消し飛ばし、人間一人がかろうじて飛び込めるだけの空間を生み出す。地を這う姿勢でロボットの足下をすり抜け、立ち上がりざま駆け出すと同時にさらに五度指を弾く。まさに次弾を放とうとしていた荷電粒子砲の砲身の先端が砂状に崩れ落ち、制御を失った光がロボットの腕の先で次々に小爆発を巻き起こす。

結果を確認する間もなく通路を駆け抜け、閉ざされる寸前の隔壁の隙間に飛び込む。

冷たい床に一転して立ち上がり、頭上から降り注ぐ数百の銃弾をかわすと同時に走り出す。

……やべぇな、こりゃ……

この「島」の構造は隅から隅まで頭に叩き込んである。かつてファンメイと出会ったあの「島」と完全に同一の構造という前提のデータだが、今のところ間違いは無い。内部は大きく三層の構造。重力制御システムを兼ねた中枢は最下層の第三階層にある。

問題は、そこに配置された防衛システムの密度が想定を遙かに上回っていること。

持ち込んだ銃と弾薬はすでに半分以上を使い果たし、ジャケットの下に着込んだ対弾、対光学兵器仕様のボディースーツにもすでに無数の綻びが生じている。

二年前にファンメイを救うために第三階層を目指した時、配置された兵器のほとんどは暴走した黒の水によってすでに破壊されていた。その時に見た残骸の記録を元に防衛システムの戦力を推定していたが、計算が甘かった。入り組んだ通路のあらゆる場所にはヘイズの予想の三倍以上の監視カメラと銃座がほぼ隙間無く設置され、通路の至る所から殺到するロボットの列はいくら破壊しても途切れる気配が無い。

ここはまだ、「島」の中でも最も地表に近い位置にある第一階層。

だというのに、脳内に表示されるエラーメッセージの数はすでに無視できないレベルに達しつつある。

(蓄積疲労、規定値を超過。演算効率を八十パーセントに再設定)

通路の左手に目当ての扉を見つけ、体当たりするようにして中に飛び込む。背後で閉ざされる扉に無数の金属音が跳ね返る。複数のロボットの駆動音が扉の前で止まり、重厚なチタン合金の扉が音を立てて変形し始める。

室内に並ぶ端末の一つに取り付き、タッチパネルを素早く叩いてセキュリティ用のメニューを呼び出す。有機コードで端末とI—ブレインを接続し、パスワードと生体認証を強引に突破する。「島」の全てのシステムのセキュリティを強制的に解除。情報防壁の攻撃が端末から跳ね返り、安全装置付きの有機コードが途中で焼き切れる。

部屋の奥、入ってきたのとは逆の扉から通路に飛び出し、疾走を再開する。

一瞬のタイムラグもなく、無数の銃声と砲火の音が通路の全体に鳴り響く。

「島」の上からではなく下から突入して第三階層に直接向かえば話は早かったのだろうが、事はそう単純ではない。第三階層に存在する「島」全体の制御システムには本来セキュリティのためのロックが掛けられており、その解除は第一階層に存在する端末のいずれかで行わなければならない。かつて龍使いの少女を救い出した時にはただ逃げ出すだけで良かったが、今回は「島」を移動させるために制御システムに直接アクセスしなければならない。例外は無い。第一階層から順に最下層を目指すこのルート以外に選択肢は存在しない。

第二階層に通じるエレベータの位置は正確に把握している。ここから全力疾走で二分足らず。記憶が確かなら内部に武器の類いは設置されていない。そこまでたどり着けば一時でも休息することが出来る。

「ハリー！　そっちの状況は！」

『……現在、「島」の上空一五〇〇メートル。当機の単独の能力ではこれ以上の接近は不可能です』走りながら叫ぶ声にノイズ混じりの音声が応え『「島」は全体積のおよそ三十パーセントが雲内部に埋没。降下速度は今のところ安定していますが、いつまで保つかは……』

「オッケー！　予定通りだな！」

叫ぶと同時に両手の指を一度ずつ弾き、正面から迫る荷電粒子の槍を消し飛ばす。返す刀でジャケットの裏に両手を差し入れ、ホルスターに収めた拳銃を左右同時に引き抜く。一呼吸の間に六度の射撃。放たれた全ての銃弾が行く手を遮るロボットの装甲の継ぎ目を正確に直撃し、動きを止めたロボットの側面をすり抜けた体が曲がり角を跳躍して隔壁の隙間に飛び込む。

『……ヘイズ、いささか騒々しいようですが、そちらの状況は』

「あ？　余裕だよ。決まってんだろ！」小指と薬指だけで銃をホールドしたまま親指と中指を三度弾き「じゃあ切るぞ。制御室に着いたら連絡するから突っ込んできてくれ。完全に雲の中に沈んじまえば、外の兵装はまともに動かないはず――」

言いかけた言葉が止まる。

通路の先、銃口を向けたまま迫る五台の掃除ロボットのうち一台が、I－ブレインの予測結果からほんのわずかにずれた動きを見せる。

……やべ……

正面から迫る数百の銃弾の隙間に体を滑り込ませる。かわしきれなかった数発が両腕と脇腹を浅く薙ぎ、ボディースーツの黒い繊維と共に鮮血を飛び散らせる。痛覚抑制剤をあらかじめ飲んでおいたおかげで痛みは少ない。両手の指と踏み込む足を立て続けに鳴らし、ロボットの腕から突き出た銃口をまとめて消し飛ばす。

（予測演算失敗。回避軌道を修正）

通路の先からさらに三台のロボット。今度の物は全てが予測演算から外れた動きを見せる。この「島」のシステムに自動制御された物では無い。ロンドンが世界樹から通信回線を介して人力で遠隔操作しているのだと、頭の中の冷静な部分がようやく理解する。

放たれた荷電粒子の光が、頭上すれすれの位置を貫く。

回避運動から取り残された数本の髪が、焦げた臭いを残して蒸発する。

おそらく通信回線が不安定なのだろう。ロボットの動きはどこかぎこちなく、自動制御で動く周囲の兵器に比べて射撃の精度にもムラがある。だが、その事実が逆に予測演算を狂わせる。完全な計算による完全な予測――それ以外に身を守る術を持たない自分に対して、このズレは致命的な効果をもたらす。

地を這う姿勢で銃弾の雨をかいくぐり、正面のロボットを体当たりするようにして押し倒す。曲がり角に飛び込んだ先、開けたホールの奥にようやく目的の場所を発見する。

第二階層に通じるエレベータの、巨大な扉。

行く手に立ち塞がるように、左右の通路からロボットが殺到する。

扉の表面には立体映像で描かれた操作用のタッチパネル。だが悠長に駆け寄って操作する余裕は無い。右手の銃を突き出し引き金を二回。放たれた銃弾が扉の脇に取り付けられた緊急用の手動制御装置を直撃し、最初の銃弾が防護用の透明なカバーを粉砕、二発目の銃弾が内部に収められたレバーをエレベータ呼び出しの位置に跳ね上げる。

扉のステータス表示が「緊急開放」に切り替わる。

軋んだ金属音と共に開いていく扉に向かって、全速力で疾走する。

降り注ぐ無数の銃弾と荷電粒子の光を消し飛ばし、ロボットの間をすり抜ける。目の前に迫る短機関銃の銃口。身を捻ってかいくぐろうとした瞬間、ロボットの動きが変化する。

自動制御の滑らかな動きから、遠隔操作されたぎこちない動きへ。

予測演算の描く未来から外れた銃口が、半ば偶然の動きでこちらの心臓を正確に追尾する。

……ざけんなよこいつ……！

とっさに足下の床を蹴りつけ、別なロボットを盾にする位置に回り込む。あるべき回避軌道を逸れた体にあらゆる角度から攻撃が降り注ぐ。全ての攻撃を強引にかいくぐり、消し飛ばし、エレベータの扉の隙間に飛び込む。だが足りない。あらゆる防御をすり抜けた数発の銃弾がＩ—ブレインの警告と共にわずか数センチの位置にまで迫り、

——直撃。

うずくような脇腹の痛みと共に、口の中にじわりと血の味が広がった。

＊

闇空を埋め尽くすように展開された数千の空気結晶の槍が、風切り音と共に降り注いだ。

ファンメイは背中から生えだした十二枚の巨大な翼を羽ばたかせ、雪原を滑るように退いて攻撃範囲から逃れた。

六枚の鳥の翼の表面を鱗状に変質させ、盾代わりに頭上に掲げる。細胞レベルの論理回路を刻まれた翼が追いすがる槍を次々に受け止め、弾き飛ばす。瞬間、I－ブレインの警告。跳ね返った数百の槍が暗視能力を与えられた視界の中で同時に膨張し、衝撃と共に水蒸気爆発を巻き起こす。

「この――！」

無数の穴を穿たれた鳥の翼が黒の水に巻き戻りながら空中にちぎれ飛ぶ。とっさに残った六枚の蝙蝠の翼の先端を数千本の触手に変え、飛び散る黒の水を一滴残らず絡め取る。かき集めた細胞の塊を体に取り込み、白い鳥の翼を再構成。

同時、足下の雪原から突き出した無数の土塊の腕がその翼にがんじがらめにまとわりつく。

（攻撃感知。危険）

すさまじい力が翼を引き寄せ、体が地面に叩きつけられる。自由に動く六枚の蝙蝠の翼を残らず無数の触手に変え、巨大な網を形成して体を支える。全ての触手を黒い糸の刃に変え、土塊の腕を一つ残らず断ち切る。瞬間、I－ブレインにさらなる警告。後方百メートル、雪原に取り残された黒の水の生成装置めがけて、二振りの騎士剣を翻した銀髪の少年が疾走する。

「なに……すんのよっ……！」

自由になった六枚の鳥の翼を羽ばたかせ、雪原すれすれの低空を飛翔する。翼の内部に生み出した数百の筒状の空洞がジェット機関のように風を吐き、瞬時に音速の数倍を超過した体がどうにか少年の前に割り込むことに成功する。腕の肘から先を触手に変えて少年の頭に叩きつける。少年の両手の騎士剣が跳ね上がり、その一撃を受け流す。

目標を逸れた触手の先端が、足下の雪原を吹き飛ばす。

クレーター状に陥没した雪原から立ち上ったすさまじい量の蒸気が、瞬時に空中に再凍結して煌めく。

「邪魔をしないで！」少年——二重No.33が右手の騎士剣を翻して触手の先端を斬り飛ばし「どうしてわからないんですか！　今は争いを止めるなんて言ってる場合じゃない、魔法士がみんな滅びるかどうかの瀬戸際なんですよ！　それを——」

「だから、それが違うのっ！」ファンメイは触手の切断面から新たに複数の触手を生成、少年の喉元目がけて水平に払い「なんでわかんないのよ！　セラちゃんがせっかくメッセージ送ったのになんで信じないのよ！」

セラ？　と一瞬動きを鈍らせるディー。

が、少年の顔に疑念が浮かぶより早く、二人の間を遮るように出現した無数の空気結晶の弾丸が雪崩を打ってファンメイを襲う。

「耳を貸す必要はありません、ディー！」炎使いらしき女が声を張り上げ「そんなメッセージなど我々は知らない。仮に届いていたとしてもシティ連合の仕掛けた工作に決まっている！

そいつの相手は私達に任せて、あなたは自治軍の防衛部隊を！」

そう叫ぶ女の顔に浮かぶ焦りをファンメイは見逃さない。間違いない。メッセージは届いていた。賢人会議の魔法士達はそれを黙殺し、少年を動揺させないためにメッセージの存在自体を隠しているのだ。

……どうしたら……！

淡青色な弾丸の雨を翼の盾で防ぎ止め、別な二枚の翼を触手に変えて黒の水の生成装置を背後に抱え込む。弾幕にさらされた翼の盾が細切れにちぎれ飛び、次々に黒い液体に融け落ちる。残った翼を羽ばたかせ、大きく後方に退く。その行く手を遮るように降り注ぐ無数の空気結晶の槍。さらに二枚の翼と両腕の先をまとめて数百の細い触手に展開し、あらゆる角度から途切れること無く襲い来る槍を必死に打ち払い、

(攻撃感知、危険)

背後にI－ブレインの警告。

とっさに右に逃れた体の側面を走り抜けて、荷電粒子の光が闇を貫く。

翼の表面に生成した複数の目が、背後の闇の向こうに動く物体を捉える。数キロ先、空中戦車と軍用フライヤーの大規模編隊に数隻の攻撃艦からなる自治軍の一団。同時に放たれた数千の砲撃が戦場を直撃し、轟音と共にいたるところで地表がえぐれて爆ぜる。

数人の騎士の姿が半透明な球形の揺らぎに包まれてかき消え、視界の遙か先、自治軍の編隊の前に出現する。慌てて後を追おうとした目の前に、まさにその編隊が放った荷電粒子砲の砲撃が迫る。翼の先端を雪原に突き立てて勢いよく羽ばたかせ、反動で体を大きく側方に逃がす。行く手を遮るように降り注ぐ無数の空気結晶の槍。

残った翼の半分を触手に変えて防御のために振り上げ、同時に足下から突き出した数百の土塊と氷塊の腕がその触手を一つ残らず摑む。

巨大な腕を振り払い、切り裂き、自由になった触手で空気結晶の槍を次々に払う。だが足りない。脳内に警告。あらゆる防御をかいくぐった槍の一撃が正面、右目を貫く寸前の位置まで迫り――

甲高い破砕音。

肩から突き出した黒い腕が、淡青色な槍を空中に摑み、握りつぶす。

……これって……

突然体から出現した三本目の腕をファンメイは呆然と見つめる。自分は命じていない。I－ブレインの中にも記録はない。黒い腕は自律的な動きでさらに数本の槍を撃ち落とし、自身をさらに変質させる。表面を細かな黒い体毛で覆われた、鋭利な爪を備えた肉食獣の前脚。ファンメイの身長ほどに膨れあがった巨大な脚が、頭ほどもある凶暴な爪が、降り注ぐ無数の槍を残らず撃ち落とす。

全身にすさまじい違和感。

皮膚を食い破るようにして背中から出現した別な三本の腕が、足下の地面に先端を突き立てて激しく筋肉を収縮させる。

体がいきなり後方に吹き飛ばされ、同時に一瞬前まで自分が立っていた空間が赤熱して爆ぜる。翼の表面に生成した目による全方位の視界の先、魔法士達の後方の海岸に複数のフライヤーが降り立つ。次々に姿を現す賢人会議の黒と銀の軍服。これまでに倍する密度の空気結晶の槍が闇色の空を覆い尽くし、剣を手にした騎士達が自治軍の編隊めがけて次々に疾走を開始する。

肩から生えた黒い獣の前脚を摑む。

力を込めて前脚を根元から引きちぎり、黒の水に変えて皮膚から体の中に取り込む。

背中の三本の腕に翼から生えた触手を絡ませ、融合させて制御を取り戻す。触手で抱えたままの黒の水の生成装置を地面に降ろし、側面を拳で叩く。立方体型の機械がかすかな駆動音を立て、周囲の雪と土中の有機物を黒の水に変換する。触手を介して体内に黒の水を取り込み、次々に新たな翼を生成する。

六対の白い鳥の翼と、六対の黒い蝙蝠の翼。

長さ数十メートルの巨大な翼が、凍えた大気をうねるように打ち付ける。

「……言うこと聞くのよ。わたしの体なんだから……」両手で自分の胸を強く押さえ、言い聞かせる。「後はどうなってもいいから……今は、今だけはちゃんと手伝って……！」

荷電粒子の砲撃の光に照らされて、天から降り注ぐ無数の槍。

ファンメイは十二対の翼を羽ばたかせ、その只中へと飛翔した。

＊

どこか遠いところで、砲撃の音が聞こえた気がした。

人々は誰からともなく顔を上げ、シティと外界を隔てる外周の壁に視線を向けた。

冷気に凍り付いた強化プラスチックの窓の向こう、マサチューセッツの街は画一的な白い仮設住居に見渡す限りを覆われている。非常照明のわずかな明かりにかろうじて照らされた街路に行き交う人の姿は無い。屋外の気温はマイナス三十度。仮設の演算機関と備蓄の化石燃料にエネルギー生産を頼るこの街においては、この気温を維持し続けるだけでも都市機能の限界に近い。

賢人会議の攻撃によってファクトリーシステムが破壊され、マサチューセッツがシティとしての機能を失ってから、すでに一ヶ月以上。

街と、そこに取り残された人々は、死への道を緩やかに滑り落ち続けている。

もともと乏しかった配給はここ数日の間にさらに少なくなり、シティ内部の気温は日ごとに少しずつ、少しずつ低下している。暴動や略奪、食糧を巡る強盗事件の類いも最近では滅多に起こらなくなった。市街地を巡回する警備兵の主な仕事は、凍死者と自殺者の遺体を住居から分解プラントへ移送すること。「いずれ準備が整えば、全ての住民を無事な四つのシティに移送する」という軍の説明を信じる者は、今ではほとんどいない。

誰もが、薄々は気づいている。

自分達は、もう、どうやっても助からないのだと。

かつて、このマサチューセッツには二種類の人間が存在していた。市民ＩＤを持つ正規の住民と、外に対して開かれた第一階層に暮らすＩＤを持たない住民。自治政府が近隣の町に暮らす者たちをかき集め始めてからは、そこに「難民」という三つ目のカテゴリーが加わった。市街地の主な公園は整地されて仮設の住居が敷き詰められ、新たな住民とそれまでの住民との間には様々な衝突が発生していた。

それらの全てが、今では遠いことのよう。

人々は分け隔て無く、迫り来る死の影に怯えている。

第一階層に暮らす幾人かが街の中央に視線を向ける。唯一残された小さな公園。とうに草も木も枯れ果てた空き地の外れにはコンクリート塊を削っただけの粗末な墓標がひっそりと置かれている。賢人会議によってファクトリーシステムが破壊され、マサチューセッツが機能を失った後に作られた唯一の墓。その下には一人の男の亡骸が丁重に奉られている。

賢人会議の攻撃から人々を守り抜き、命を落とした黒衣の騎士。

防寒着を着込んだ数人の子供が歩み寄り、花の代わりに小さな石を墓標の前に置く。

公園の隣の区画は仮設住居に隙間無く塗り潰され、昔日の面影はどこにもない。その場所にかつて小さな家があり、光使いの母娘が住んでいたことを知る者ももはやいない。人々の暮らしを支え、それなりの平和と日常を守っていたはずの街は今、行く当てのない三千万の命を抱えたまま静かに終わりの時を迎えようとしている。

地鳴りのような砲撃の音。子供達が怯えたように身をすくませ、それぞれの家へと駆け戻る。人々が顔を上げて窓の外に視線を向け、また力無く顔を伏せる。

彼らを守るはずの自治軍の姿が市街地から消えていることに、気づく者はいない。

重苦しい地響きだけが、無人の街路に何度も、何度も繰り返した。

＊

軋むような機械の駆動音と共に、エレベータがゆっくりと降下を開始した。

ヘイズは壁に背中を引きずるようにして金属の床に座り込み、両足を投げ出したまま何度も深呼吸を繰り返した。

「……くそったれ……」

ジャケットを脱いで傍らに置き、ボディースーツをゆっくりと肌からはがす。血と汗で貼り付いた穴だらけのスーツをどうにか脱ぎ、丸めてエレベータの隅に放り捨てる。

痛覚抑制剤の効果が薄れ、疼くような痛みが右の脇腹を中心に広がる。

見下ろす先に親指ほどの銃創が三つ。運が良いのか悪いのか、いずれも弾は内臓の手前で止まっているらしい。

『ヘイズ。ご無事ですか？』通信素子からハリーの声。『聞こえているならどうか返事を。島の降下によってそちらの周辺のノイズ密度が増大し、回線の確保がいささか困難になっています。……ヘイズ、聞こえているなら』

「……聞こえてるよ」腰のポーチから簡易式の手術キットと麻酔薬のアンプルを取り出し「どーにか最初のエレベータまで着いたところだ。……こっから第三階層行きのエレベータまではそこそこ近いからな。ま、あとは楽勝だ」

電気式の注射器にアンプルを取り付けて脇腹に押し当て、引き金を引く。

歯を食いしばって痛みを堪え、何度か深呼吸を繰り返す。

『それは何よりです。こちらでも位置を捕捉できました』目の前に出現した半透明の小さな画面が横線三本のマンガ顔を映し出し『当機は予定通り「島」の上空三千メートルで待機中です。「島」が完全に雲の内部に埋没し、外部の防衛機構が停止したのを確認次第そちらにお迎えに……ヘイズ、その傷は――』

驚いたように両目と画面の縁を歪めるハリーを無視して、銃創に細いピンセットを突っ込む。感覚の無い傷口の中を慎重に探り、小さな硬い塊を探し当てる。

「騒ぐなよハリー。こんなのは大したことじゃねえ。こんなのは……」

掘り出した銃弾を床に放り捨てる。血にまみれた銃弾が金属の床を転がって点々と赤い染みを残す。続けてもう一つ。さらに最後の一つ。脇腹の穴に細胞再生用のペーストを流し込み、融着式のパッチと包帯で厳重に固定する。圧縮保存しておいた予備のボディースーツを広げて着込み、両手で背中の壁の凹凸を摑んで無理やり体を立たせる。

喉の奥から金臭い血の味がこみ上げる。

麻酔薬をあるだけ持ってきて本当に良かったと思う。

『ヘイズ……』

「さて、っと。そろそろ第二階層だ」どうにか体を曲げて足下のジャケットを拾い上げ「ここからは第三階層の制御室に着くまでノンストップだ。そろそろ通信も難しくなる。こっちは上手くやるからよ、そっちもタイムテーブル通りに頼むわ」

『お待ちください。やはりここは計画の修正を』

「っと。そーいや、もう一つ言っとくことがあったな」ジャケットを肩に羽織り、裏地のホルスターから取り出した四丁の銃に目一杯まで弾を込め「HunterPigeon所有者権限により指揮系統を修正。第一命令権をヴァーミリオン・CD・ヘイズから千里眼No.7に移行。搭乗者、李芳美に第二命令権を付与。同時にヴァーミリオン・CD・ヘイズの生命及び身体に対する最優先の保護義務を停止する」

扉の表面に浮かぶ立体映像のステータス表示が、ゆっくりと第二階層に近づく。

ハリーは一瞬沈黙し、次の瞬間マンガ顔を支離滅裂な形状に歪め、

『何を言うのですかヘイズ――！　すぐに指示の撤回を！　それでは……それではまるで……！』

「んな大げさな顔すんなって」唇の端をどうにか歪めて笑みを作り「あれだよ、あれ。念のためっつーか、万に一つっつーか、なんかあった時にシステムロックとかかかったらお前もややこしいだろ。そんだけの話だ」

エレベータが静かに停止する。ゆっくりと開かれる扉の向こう、白塗りの広い通路を埋め尽くして、機関銃と荷電粒子砲を構えたロボットの軍勢が押し寄せる。

じゃあな、と手を払って小さな画面を消去し、走り出す。

目の前に迫る銃弾の雨を這うようにしてかいくぐり、両手の指と左右の足を続けざまに打ち鳴らす。

放った無数の音が空中に幾つもの論理回路を刻み、襲い来る障害をまとめて消しとばす。両手に銃を抜きざま引き金を引く。小さな弾丸がロボットの装甲の継ぎ目を正確に捉え、動作を停止した機械が次々に床に落ちる。

走る、走る、ただ走る。

雲海に浮かぶ忘れ去られた実験施設の中、無数の殺戮機械に埋め尽くされ先を見通すことすら出来ない戦場を、予測演算が描く一本の細い糸を唯一の標に踊るように駆け抜ける。

途切れることなく降り注ぐ銃弾と荷電粒子の雨にわずかな隙間をこじ開け、身を滑り込ませてまた走る。かわしきれなかった攻撃が次々に手足をかすめ、ボディースーツから焦げた臭いが立ち上る。息が上がる。喉の奥に血の味が滲む。濁流に呑まれる遭難者のよう。どれだけもがいても先は見えず、霞んだ視界は敵の姿を正しく捉えることすらままならない。

転げるようにして通路を曲がり、正面を塞ぐ隔壁を消し飛ばす。

その向こう、押し寄せるロボットのうち数台が、奇妙な動きを見せる。

移動を止めて構えるロボットの腕に取り付けられているのが荷電粒子砲でも機関銃でも無いことを、疲労に混濁した意識がようやく把握する。グレネードランチャーと思しき砲口から、拳ほどの大きさの弾体が射出される。

両手の指を弾くと同時に、弾体がこちらの遙か手前で炸裂する。

甲高い破砕音が耳をつんざく。空気分子の配列が一瞬でかき乱され、破砕の領域が効力を失う。音響弾か、という思考。耐えきれずに耳を押さえてうずくまる視界の先で、先ほどとは別な形状の弾体が放たれる。

周囲の空気分子位置の再計算が間に合わず、破砕の領域の展開が追いつかない。

とっさにホルスターに収まったままの銃を掴み、ジャケット越しに抜き撃つ。

放たれた三発の銃弾が正確に弾体を捉え、ロボット達の後方に弾き飛ばす。が、到底足りない。弾体が空中で赤熱する。全てのロボットが人間によく似た動作で頭部のカメラを動かし、放物線を描いて頭上を飛び越える小さな弾体をゆっくりと追跡する。わけのわからない叫び。反射的に両腕で頭をカバーし、床を蹴った体が左手側に開いた細い通路に飛び込み、

――衝撃。

轟音と共に数十メートルの距離を吹き飛んだ体が、通路の奥の壁に叩きつけられた。

＊

降り注いだ無数の空気結晶の槍が、十二対の翼を滅多刺しに刺し貫いた。

ファンメイは地面に突き立てた触手で強引に体を引き寄せ、かろうじて攻撃範囲から逃れた。黒の水に融け落ちていく翼が空中で互いに寄り集まり、百本近い巨大な腕に姿を変える。びっしりと黒い体毛に覆われた腕が空気結晶の槍のことごとくを薙ぎ払い、さらに形状を変化させる。蛇のような鱗に覆われた数千の触手へ、さらには鋭い棘に覆われた同じ数の昆虫の肢へ。片時も止まること無く変容し続けるおびただしい量の黒の水が、ゴーストハックによって生み出された無数の土塊の腕を片っ端から粉砕し、間断なく発生する水蒸気爆発の衝撃を受け止め

る。

もはや攻撃と防御のほとんどをファンメイは指示していない。あらゆる動作が黒の水によって生成された様々な器官によって自動的に行われている。

自分の体が今どれほどの大きさを持っていて、全体としてどんな形状になっているのか分からない。それが分からなくなってどれくらい時間が経ったのかさえも、もはや認識することが出来ない。

それでも、まだ足りない。

腕も足も翼も触手も、何もかもがまるで足りない。

敵は時と共に増え続け、攻撃の密度もそれと共に増大し続けている。前方の海岸には海を越えてきた賢人会議の魔法士が次々に降り立ち、後方のマサチューセッツの周囲には近隣の防衛部隊の空中戦車や飛行艦艇が続々と集結している。荷電粒子の砲撃が戦場の至る所に爆発を生み出し、その隙間を縫うように放たれた空気結晶の鎖が獣の腕を引きちぎる。いったい今、自分の周りにはどれほどの戦力が集まっているのか。魔法士は二百人までは数えた。自治軍の戦力についてはまるで分からないが、たぶん五千より少ないことは無いと思う。

後方、数人の騎士が触手の包囲から抜け出し、軍のフライヤーに向かって駆け出そうとする。丸太のような触手をその前に叩きつけ、行く手を遮る。

騎士達は忌々しげに何事かを叫び、触手から突き出た刃のような無数の甲殻類の爪を剣で弾く。ただ一人、両手に二振りの剣を構えた銀髪の少年だけが何かに迷うような、苦しそうな視線を自分に向ける。それに言葉を返す暇も無く、再び無数の空気結晶の槍が降り注ぐ。硬質化した翼が頭上を覆い、攻撃を受け止める。甲高い音と共に翼が砕け散り、体から突き出た数十の獣の前肢が槍に刺し貫かれて黒い体液を血のように流す。

傍らに転がる生成装置から、黒の水を吸い上げる。

立方体型の機械が周囲の物質を取り込んで原子単位で構造を書き換え、膨大な量の細胞の塊を生み出していく。

炎使いの幾人かが黒の水の生成装置めがけて空気結晶の弾丸を放つ。装置に網のように絡みついた触手が自動的に反応し、全ての弾丸を身代わりに受け止める。吸い上げた黒の水を体に取り込み、次々に新たな器官を生み出す。足下には組織の崩壊と再生成を繰り返す液状の原形細胞が黒い沼のように広がる。本体である自分自身の足はその沼に膝まで浸かり、もうどこからが自分の体でどこからが黒の水なのかも分からない。

それでも、それでもまだ足りない。

足下の雪原から得た水と、土中に堆積した有機物を混ぜ合わせて黒の水に変え、片時も止まること無く体を継ぎ足し続ける。

もっと大きな翼を、もっとたくさんの翼を。二本で足りなければ五本の腕を。五本でもダメなら十本の足を。爪を、牙を、顎を、棘を、あらゆる生物のあらゆる武器を。考え得る限りで一番強い体を。思いつく限りの生き物の思いつく限りの良いところだけを集めて、束ねて、増幅して、複製して、進化させて――

（「黒水」機能安定限界を超過）

脳内にI－ブレインの警告。

足下の黒い沼から突き出た無数の触手が、体中に巻き付く。

波のように、肉食獣の顎のように、噴き上がったおびただしい量の黒の水が頭から全身を包み込む。

（人体構造の維持に失敗。プロセスの中断を推奨）

意識が白濁する。触手を介して黒の水から膨大な量の情報が流れ込み、「李芳美」としての意識を浸食する。

とっさに抵抗しようとする体の動きを止める。

本当は、薄々わかっている。

マサチューセッツに向かうと決めた時に、心のどこかで覚悟はしている。

元々が無理な作戦なのだ。賢人会議の魔法士全てと自治軍の防衛部隊全て。両方を相手取って時間を稼ぐなど、まともな方法で実現できるはずが無いのだ。それをどうにかしようと思うなら、何か途方も無い手段を使って奇跡の一つも起こさなければならないのだ。

だから、知っている。

自分が持っている以上の、絶対に使ってはいけない力をどうにかして使わなければ、この場をどうにかすることなど絶対に出来ないのだと、最初から知っている。

……しかたない、よね……

ここが自分のゴールなのか、という思考。これまでに出会った人達の顔が次々に頭に浮かぶ。リチャードやペンウッド教室の人達は怒るだろうか。ヘイズはちゃんと生きて帰ってクレアに謝ってくれるだろうか。天樹錬はいつかフィアを目覚めさせてくれるだろうか。目覚めたフィアは、自分が二度と戻らないことを知って悲しむだろうか。セラは、ソフィーは、ロンドンにいるはずのあの老人達は。長い旅路で出会ったたくさんの人達は、やはり自分の死を嘆くのだろうか。

エドは——あの子は、いったいどんな顔をするのだろうか。

少しだけ、胸に痛みが走る。

……だいじょうぶ。だって、これが本当なんだから……

人間であった最初の自分は、遠い日に龍使いの起動実験で死んだ。今の自分は黒の水によって作られた偽物の、その何代目かの複製品。それがたくさんの人達に助けられてここまで来た。友達も出来た。思い出も出来た。大切な物、守りたい物。ヘイズに連れられてあの「島」を旅立った時に置き去りにしてきたたくさんの物が、今では自分の中にあふれている。

悔いはあるし、本当はもっと長く生きていたかったけど、でももう決めた。

出来ることを最後までやり遂げるのだと、わたしが、わたしの意思でそう決めた。

「お願い……」体を包む黒の水を両手ですくい取る。「『わたし』をあげるから、自由にしていいから、その代わりにみんなを助けて……。たくさんの人が死ななくて済むように、戦争して勝って相手を滅ぼすとかそんなのじゃない道を選べるように、少しだけ力を貸して……」

視界が黒く染まる。原始的で、純粋な、生物の本質に近い意識が思考を塗り潰す。全身の感覚が拡張する。黒の水の端々へ、細胞の一つに至るまで。無数の腕が、脚が、翼が、触手が、自律的に動作していたあらゆる器官がI―ブレインの処理下に統合される。

足下に沼のように広がっていた黒の水が、一滴残らず噴き上がる。

全ての黒の水が、不定形な触手となって体を包み込む。

驚愕に満ちた魔法士達の叫びが遠いところで聞こえる。ゆっくりと腕を——自分が『腕』だと認識する何かを持ち上げる。それが本当に腕なのか、腕だとしても何の『腕』なのか、もう分からない。ただその『腕』を水平に払い、目の前に迫る数千の槍を一つ残らず薙ぎ払う。

翼が強く大気を打ち付け、虚ろな視界が上昇する。

自分の物なのかさえも分からない呼吸音。

それを最後に、意識が闇に沈んだ。

＊

砕けた天井から垂れ下がっていた照明が、床に落ちて鈍い音を立てた。

ヘイズはひび割れた床の上で体をくの字に曲げ、何度も激しく咳き込んだ。

「……痛ってぇ……」

壁に体を引きずるようにしてどうにか身を起こし、座り込んだまま浅い呼吸を繰り返す。痛覚抑制剤のケースを取り出して中身が空なのに気づき、舌打ち交じりにケースを放り捨てる。

目の前には爆発によって焼け焦げた通路と、吹き飛ばされたロボットの残骸。

融解して原形を留めない強化プラスチックの部品が、そこかしこで小さな炎を上げる。

規則的な機械の駆動音。通路の先、曲がり角の左右から、新たなロボットの隊列が整然と近づく。数百の機関銃と荷電粒子砲が通路の奥にうずくまる男を正確に照準する。立ち上がろうとして失敗し、左足の膝から先が動かないことにようやく気づく。苦笑交じりに頬をかき、冷たい壁に頭を押し当てて息を吐く。

「……ったく、ついてんだか、ついてねーんだか……」

第三階層に通じるエレベータは立ち塞がる無数のロボットを越えた先。この体ではどうやってもたどり着けそうにない。逃げる手段ももちろん無い。どれだけロボットの攻撃を防ぎ続けたとしても、限界は必ず訪れる。

だが、この場所は第二階層の中央。

真っ直ぐに床をぶち抜けば、五十メートル下は第三階層の制御室だ。

……ま、そこまでどうやって無事に落ちるんだ、って話だけどな……

突きつけられる無数の銃口と砲口を遠くに見つめ、脳内で計算を巡らせる。事前に調べた「島」の内部構造から各所の強度を割り出し、床を崩落させるのに必要な箇所を割り出す。自分が受けるダメージを最小にするために、数段階に分割した形での崩落をシミュレーションする。もちろん無傷とはいかない。成功の可能性も大して高くは無い。だが、少なくともここで座ったまま蜂の巣にされるよりはマシなはずだ。

——あんたってバカね！　本当にバカね！　もう、救いようがないくらいの大バカね——！

血にまみれた両手を目の前に掲げた瞬間、クレアの声が脳裏をよぎる。あれはいつのことだったか。確かニューデリーで二重No.33を足止めするために滅茶苦茶なことをやって、病院のベッドで寝ていた時だ。あの時はスプーンで殴られた。今回はそのくらいでは済まないだろう。スープをかきまぜるのに使うおたまか、事によると鍋が出てくるかも知れない。

「……そーいや、美味かったよな、あいつの料理……」

ぽつりと呟き、そんな自分の言葉に驚く。苦笑交じりに首を振り、両手の指を構える。

視界の先で、荷電粒子砲の砲口に灯るかすかな光。

それが放たれるより早く、まず一つ、右手の親指と中指を弾く。

床下で重く軋んだ音があって、通路全体がわずかに傾く。ロボットが動きを止めると同時に左手の親指と中指を一つ。ほんのわずかな間を置いて、通路の中央、ロボットの隊列とヘイズの間にある数十メートルのブロックが丸ごと陥没する。

地響きのようなすさまじい振動と、あらゆる場所から鳴り響く重苦しい破砕音。消失した通路の切れ目から、強化カーボンとチタン材の複雑な内部構造が覗く。断裂したケーブルが火花を散らす。ロボットの隊列が並ぶ通路が大きく傾斜し、飛行能力を持たない機械の群れが次々と虚空へと落下する。最後に残るのは通路の奥、自分が座るこの小さなブロックだけ。床下の空間から連鎖的に幾つもの破砕音が響き、次の瞬間、わずか数メートル四方の床だけを残して周囲の壁と天井に放射状の亀裂が走る。

慎重にタイミングを計り、さらに一度ずつ左右の指を鳴らす。浮遊感が体を包み、支えを失った床が落下を始める。強化カーボンの床は途中で何度も構造材に激突し、その度に呼吸が止まりそうになる。どこかの骨が砕ける音。意識を保つことが出来ない。すさまじい破砕音と衝撃と痛み。蜘蛛の巣のように入り組んだ無数の巨大な構造材が、闇の中をめまぐるしく流れ去る。体が何度も大きく左右に揺さぶられる。開いた傷口から飛び散った血が、風圧にあおられて虚空に流れ去る。

――クレアさんに何か言ってきた？

ファンメイの言葉が耳の奥で木霊する。

ああまったく。

こんなところで顔を思い出すくらいなら、最後に気の利いた事を言っておけば良かったのだ。

*

そうして。

蝶が蛹を破るように。

龍使いの少女は、人の殻を脱ぎ捨てた。

異変は何の前触れも無く始まった。無数の翼と触手、雪原を覆う黒い液体——龍使いの少女を中心として展開されていたあらゆる器官は少女を核として一つに融合し、原形質の黒い巨大な塊を構成した。

とっさに攻撃を止めて見守る賢人会議の魔法士達の前で、黒い塊はその姿を急速に、滑らかに変化させた。すらりと伸びた二本の腕と二本の足、どこか女性的な丸みを帯びた胴体のシルエット。雪原の只中に立ち上がった全長二百メートルのそれは、極度に簡略化された黒い人型だった。

我に返った炎使い達が空気結晶の槍を放ち、巨大な人型がおそらく腕であろう器官を水平に薙ぎ払う。放たれた数千の槍のほとんどが黒い手のひらによって払いのけられ、わずか数本が腕を貫通する。黒い腕に穿たれた穴が瞬時に修復し、次の瞬間、右腕の全体が虹色に輝く数十万の鱗に覆われる。

巨大な人型の背が大きく盛り上がり、人型自身と同サイズの巨大な翼が出現する。一対の白い鳥の翼と、一対の黒い蝙蝠の翼。翼の先端から突き出した数万の触手が足下に転がる立方体型の装置を拾い上げ、腹部にあたる場所に押し込む。流体状の表皮が波打つように震え、変化がさらに加速する。色とりどりの羽と鱗と体毛と皮膚が人型の全身をパッチワークのように覆う。頭部にあたる場所に複雑な凹凸が生じ、人に近い形状の顔が形成される。いかなる感情もうかがわせず、胴体の異様さには不釣り合いなほど整った顔。東洋の女神像にも似たその表情は、巨大さも相まって神々しさすら感じさせる。

人型の胸の辺りには本体であるはずの少女の姿がある。両腕と腰から下を人型の内部に取り込まれ、目を閉じたまま動かない少女の姿は巨大な胴体に取り付けられた小さな飾りのように見える。

周囲から生えだした無数の触手が少女の体を包み込み、心臓にあたる位置に押し込む。きらびやかな鱗が幾重にも折り重なり、少女が収められた一帯を守る。

翼が、羽ばたく。

全長二百メートル――中型の飛行艦艇に匹敵する巨体が、吹雪の中をゆっくりと浮上する。かろうじて人型を保つ胴体の背面から、巨大な翼が次々に生え出す。鳥のような四十八対の白い翼と、蝙蝠のような四十八対の黒い翼。その隙間を埋めるようにありとあらゆる種類の巨大な昆虫の羽が一対ずつ無数に出現する。

体の側面から突き出すのは数百本の巨大な腕。

一つとして類似する物の無い、生物種も形状も何もかもが異なる膨大な数の腕が、花が開くように一対ずつ大きく左右に広がっていく。

巨大な体軀を支えるのに不釣り合いなほど細い二本の足は、その姿を絶え間なく変化させ続ける。人の足から様々な種類の獣の足へ、魚類の鰭へ、枝分かれして頭足類の触手へ、そしてまた人の足へ。地表から数メートルの位置に浮遊したまま、幻のように変容を続ける脚部の先端からは数千の針のような器官が地表に突き立ち、周囲の雪とその下に埋もれた無数の有機物――死に絶えた動物の亡骸や枯死した木々の残骸を吸い上げていく。

……その様を、賢人会議の魔法士達と自治軍の兵士達は呆然と見上げた。

誰もが言葉を発すること無く、瞬きすらせず、目の前に出現した理解不能な存在をただ為す術無く凝視した。

奇妙なことだが、それは地球上の誰もが知っていて、同時に誰も見たことが無い生物だった。

それはありとあらゆる生物の特徴を同時に備え、同時にいかなる生物とも類似しない個体だっ

た。

それは異様で、おぞましく、歪で——そして、たとえようも無いほど美しかった。

咆吼が、天を穿つ。

鉛色の雲の天蓋が、水面のように震えた。

第十一章　黎明の空　～World end fairy tale～

立体映像で描かれた戦場を覆い隠して、巨大な翼が羽ばたいた。

通信画面の向こうに広がる異常な光景を前に、錬はただ目を見開く。軍司令部のデータを盗み取った映像の中、シティ連合と賢人会議の部隊は数十キロの距離を隔てて互いに睨みあう。

軍用フライヤーと空中戦車にわずかな飛行艦艇で構成されたシティ連合の防衛部隊はマサチューセッツ跡地を中心に布陣し、北東方面に向けて戦力を集中しつつある。対して、賢人会議の魔法士達は大陸の東海岸に布陣。大西洋を越えてきた後続部隊を吸収し、その数は今や三百を超えつつある。

二つの軍勢の間に広がるのは、ようやく吹雪に包まれた広大な雪原。

その静寂に嵐のような羽音を響かせ、巨人は直立した姿勢のまま地表を滑るように移動する。かろうじて女性らしい丸みを残す胴体の側面から突き出た数百本の腕が、それぞれ独立した生物のように蠢く。一つ一つの大きさが小型の飛行艦艇ほどもある様々な形状の巨大な腕が、時に融け落ちて無数の触手に姿を変え、時に集まってまた別の形状の腕を構成しながら巨人の全身のあらゆる箇所を絶えず覆い隠す。全ての腕の、胴体の、全身のあらゆる場所からは融けかかった黒の水が絶えず噴き上がる。おびただしい量の黒の水が時に集まって何かの生物の一部を形成し、また形を失って蠢きながら、腕のさらに外側を球形の波のように取り囲む。片時も留まることなく姿を変容させ、生物なのか流体なのかも定かではない全体像の中にあって、唯一形状を安定させた頭部が右から左にゆっくりと回転する。

龍使いの少女に似た、けれどもおそろしく無機質な眼差しが、戦場に集う全ての者たちを睥睨する。

賢人会議の魔法士とシティ連合の防衛部隊、両軍が我に返ったように巨人に対する攻撃を開始する。無数の空気結晶の槍と水蒸気爆発、地表から突き出す幾つもの巨大な土塊の腕、荷電粒子と質量弾体の砲撃の雨——黒の水から変じた正体不明の巨人めがけてあらゆる攻撃があらゆる角度から降り注ぐ。全長数百メートルの翼と腕の全てが同時に流体のように揺らめく。数万の黒い触手が融け合って十重二十重の皮膜を形成し、それらの全てを受け止める。

ちぎれ飛んだ皮膜が空中に融け落ちるより早く無数の黒い鳥に姿を変え、巨人の体にまとわりついて失われた器官を瞬時に再構成する。

ノイズにまみれたディスプレイの向こう、巨人は降り注ぐ一切の攻撃を物ともせず、ただゆっくりと賢人会議の魔法士達へと近づいていく。

その様を呆然と見つめる錬の前で、緊急呼び出しのアラームが鳴り響く。円卓の上に出現した小さなディスプレイの向こう、映し出された横線三本の人工知能の顔が、「島」に突入した主が負傷し連絡が途絶えたことを知らせる。

周囲で錬と同じようにディスプレイを凝視していた仲間達の間から、幾つもの種類の異なる悲鳴が上がる。映し出された映像の向こう、眼下に広がる漆黒の雲海の中に、半球型の「島」がゆっくりと埋没していく。

クレアが絶望的な声で青年の名を呼び、床に泣き崩れる。

エドが真っ青な顔で跪き、両手で自分の耳を覆って何度も、いいえ、と繰り返す。

セラが駆け寄って二人の背中を撫でる。力無く椅子にうなだれるイルの隣で、月夜が拳を握りしめる。リチャード、ペンウッド教室の研究員達、ソフィー、他の魔法士の子供達——誰もが顔を伏せ、ディスプレイから視線を逸らす。

フェイが小さく何かを呟き、部屋の外に飛び出す。

それらの全てが、どこか遠い世界の出来事のように感じる。

空っぽの胸の奥底に、黒い泥のような感情が降り積もる。結局、こうなのだ。いくら足掻いたところで何も変わりはしない。掴めそうに見えた希望は幻で、叶うかも知れないと願った理想は夢で、最後には何もかもが失われて、ただ誰かの命だけが失われていく。

だから、きっと、何もしない方が良かったのだ。

たとえば、自分と、自分の周りの大切な人だけをとびきり幸せにするとか、そんなたわいもない目的だけを持って、最初からそのためだけに生きていれば良かったのだ。

フィアはあんなに頑張ったのに、真昼も祐一もあんなに頑張ったのに、ヘイズもファンメイもこんなに頑張っているのに、それでも世界は何も、一つも良くならない。希望を持って、傷ついて、それでも希望を捨てられなくて、また傷ついて、誰も彼もがそんなことを永遠に繰り返して。

自分にはもう出来ない。

胸に詰め込まれた泥が重すぎて、もう歩くことも、立ち上がることすらも出来ない。

誰の物かもわからない悲鳴に、ぼんやりと顔を上げる。ノイズにまみれたディスプレイの向こう、晴れ渡った夜空の星々に照らされて、雲海に沈み行く巨大な島の外周で幾つもの爆発が起こる。吹き飛んだ外殻の装甲と共に、取り付けられた砲塔の幾つかが落下していく。

眼帯の少女が円卓にすがりつき、呻くようにすすり泣く。

その姿を見つめ、空虚な心でただ思う。

……これが、現実なのだ。

世界は、いつだって、こんなふうに残酷に出来ているのだ。

＊

緩やかな動作で振り抜かれた巨大な獣の腕が、頭上すれすれの空間を横薙ぎに抉った。

ディーはほとんど壁のように迫る腕の表面を蹴りつけ、上下反転の姿勢で下方に跳躍して攻撃を逃れた。

地表めがけて一直線に落下する軌道を塞ぐように、二本の腕が左右から迫る。鱗に覆われた爬虫類のような腕と、硬い外骨格に覆われた昆虫のような腕。嵐のような風切り音が肌を震わせる。動作自体は緩やかに見えても、常軌を逸したサイズの腕が生み出すその運動は先端部分では音速を遙かに上回る。

とっさに両手の剣を体の左右を守るように垂直に立て、右から迫る腕の先端、自分の身長の数倍はある指と指の間に体を滑り込ませる。

すさまじい衝撃。加重を押しつけられた肘と肩が激しく軋み、騎士剣『陰』と『陽』の刀身が悲鳴を上げる。

（エラー、解体不能）

反射的に情報解体を起動した瞬間、脳内にハンマーで殴られたような衝撃。I－ブレインの演算速度を限界まで酷使して放った攻撃が巨大な壁のような腕の表面、薄皮一枚をかろうじて分解しただけであっけなく弾かれる。こんな、もはや生物と定義していいのかすら分からない姿になっても龍使いの圧倒的な情報防御は健在。騎士の攻撃ではこいつにまともな損傷を負わせることは出来ない。

吹き飛びそうになった意識を強引に引き戻し、左右の剣を盾代わりにかろうじて巨大な指の間をすり抜ける。大型のフライヤーほどもある獣の手に着地した瞬間、足場を構成していた腕の全体が形を失って不定形な細胞の集合体へと融け落ちる。支えを失った体が再び宙に投げ出されるより早く左手の騎士剣『陽』の刀身に片足を乗せ、一気に蹴り出して上方に跳躍する。一瞬前まで『腕』であった原形細胞の集合体が無数の触手に姿を変えて追いすがる。

蛇のように鎌首をもたげてあらゆる角度から絡みつく触手の先端を次々に蹴りつけ巨人の頭上、攻撃の密度が最も薄い領域にまで飛翔する。

闇空に身を翻して見下ろした先、I－ブレインによって補正された視界が、ようやく敵の全体像を捉える。

全長二百、いや、すでに三百メートル。かつて龍使いの少女であったはずの巨人はそれぞれが大樹の幹ほどもある数千の触手で全身を取り囲み、その隙間を縫うようにさらに数万の細い触手を網の目のように展開している。無数の触手は表面の構造を煌びやかな虹色の鱗から黒い体毛、鮮やかな色彩の羽、粘液状の原形質と片時も留まること無く変化させ続けながら、優雅とさえ見える動きで闇の戦場を巨大な球形に切り取る。

巨人の下半身、不定形に変化を続ける脚部からは無数の管状組織が地表に突き立ち、地表を覆う雪とその下の堆積物——凍り付いた野生動物の死骸や枯死した樹木の残骸を貪欲に吸い上げていく。巨人の腹部からは時折その姿に不似合いな機械の低い駆動音が響き、その度に巨人は全体の大きさと触手の数を増していく。

一つ一つが独立した生物のように蠢く触手が数限りなく絡み合い、互いに融け合ってはまた分裂を繰り返す様は、さながら原初の混沌、太古の地球に存在したという生命のスープ。

その巨大すぎる流体の檻の隙間を縫うようにして、剣を構えた数十人の騎士が片時も休むことなく戦場を飛び交い続けている。

巨人は触手の一部をつなぎ合わせて十重二十重の網を展開し、自身の防御をかいくぐって後方――マサチューセッツ跡地へ向かおうとする騎士達の動きを押しとどめる。一本一本が小型の飛行艦艇ほどもある腕を滑らかな動作で縦横に払い、巨人は小さな獲物を羽虫のように追い立てる。

炎使いの一団が数十メートル規模の空気結晶の槍を次々に生成し、タイミングを合わせて同時に放つ。巨大な蝙蝠の翼が融け合って上半身を覆う皮膜の盾を形成し、数百本の槍を一つ残らず受け止める。最初は四十八対ずつ存在していた背中の鳥の翼と蝙蝠の翼は今ではそれぞれ百対を超えるまでに増殖している。羽ばたく白と黒の翼の隙間を埋めるのは無数の巨大な昆虫の羽。少し前まで見覚えのある形状だけで構成されていたはずの数千の羽はわずかの間に数と多様性を爆発的に増し、今では複数の異なる形状と色彩がモザイク状に混ざり合ったステンドグラスのような羽までもが出現している。

巨人の遙か後方、シティ・マサチューセッツ跡地の周囲から荷電粒子と質量弾体の砲撃が飛来する。数万からなる空中戦車とフライヤーの編隊は少し前から攻撃の第一目標を賢人会議ではなくこの巨人に切り替え、休むこと無く集中砲火を浴びせ続けている。

が、それらの攻撃が何らかの効果を与えている様子は見られない。

巨人は叩きつけられる無数の光と衝撃をかわそうともせず、ただ翼と触手が吹き飛ばされる以上の速度で体組織を修復し、自身を構成する黒の水の総量を増加させ続けている。

地表から数メートルの位置に浮遊した巨人の足には人形使い達が生み出した土塊の腕が何千と絡みついているが、巨人の動きを留めるには至っていない。力で押し負けているのではない。巨人は足の拘束された箇所を瞬時に不定形な原形質に分解、別な体組織に再構成するというプロセスを際限なく繰り返すことで土塊の腕から逃れ続けている。

巨大な翼自体の羽ばたきと、翼の表面に生成されたジェット機関のような無数の管が吐き出す風が地表に降り積もった雪とその下の凍土を吹き飛ばし、周囲に吹雪を巻き起こす。

龍使いの少女が『巨人』に姿を変えてからすでに一時間以上。戦線は膠着したまま、前進も後退もしていない。

もちろん、巨人の攻撃範囲も無限というわけでは無い。部隊を幾つかに分けて別なルートで迂回すれば、少なくとも何割かを突破させること自体は可能なはずだ。だが、敵はこの巨人だけではない。マサチューセッツ跡地の周辺に展開したシティ連合の防衛戦力はいまだにほぼ無傷のまま。巨人を放置して突撃を仕掛けたところで、前方の自治軍と後方の巨人から挟撃を受けるだけのことだ。

とにかく目の前のこの巨人を沈黙させなければ、前に進むことは出来ない。

だが――

「なんなのよ！　こいつ弱点とか無いの――？」

炎使いの少女の一人が切羽詰まった様子で叫び、巨人を見下ろす位置にまで飛び上がる。百人以上の炎使いがその周囲に集い、全員が揃って右手を突き出す。

状況を察知した騎士達が周囲の触手を足場に飛び退いて巨人から距離を取り――

次の瞬間、空間自体が赤熱して巨人の右半身を丸ごと呑み込む。

爆発も衝撃も伴わない純粋な熱量攻撃。巨人が瞬時に数百本の腕を融合させて巨大な球形の皮膜を形成し、自身の体を包み込む。数千度の熱が皮膜を瞬時に灼き焦がし、沸騰した黒い液体が空中に蒸発する。が、その下には新たに生成された次の皮膜。両生類の表皮のような数百層の皮膜が次々に蒸発し、そのたびに次の皮膜が内部から生み出され、また瞬時に蒸発して空中に焼け落ちる。

渦巻いていた熱の嵐が終息し、闇が静寂を取り戻す。

炭化して崩れ落ちる皮膜の中から姿を現す巨人。

失われた腕の断面から、完全に無傷の胴体から、次々に新たな腕と触手が再生される。

そんな、という誰かの呟きを意識の端に、ディーは剣の柄を強く握りしめる。現在、この戦場に集結している魔法士は三二七名。ほとんどが第二級以下とはいえ、自分を含めた第一級十二名をあわせて、総合的な戦力は自治軍の四個師団を軽く上回る。

それが、目の前で蠢く一人の、いや一体の龍使いを撃破することが出来ない。

……どうして、こんな……

焦りの表情を浮かべる周囲の仲間達を余所に、心の中に疑念が膨れあがる。龍使い、李芳美。これまで戦場以外で出会うことも言葉を交わすことも無かったが、北極での事件でセラと共に地下施設に囚われ、あの子がその後もずっと気にかけていたことは知っている。

その少女が今、自分達の前に立ち塞がっている意味。

それを考えなければならないと、心の中の冷静な部分が必死に訴えている。

シティとの最終決戦に備えて少女の能力は分析した。だが、過去の戦闘データを見てもこんな姿は記録に無かった。これが龍使いの本来の能力とは思えない。おそらく少女自身にとってもこれは異常事態、少なくとも望んで取るべき姿では無いはずだ。ロンドンの記録にあった「黒の水の暴走」。目の前の現象がそれであるなら、少女は二度と人間の姿には戻れない覚悟で、捨て身の戦いに臨んでいることになる。

なぜ、そうまでして自分達の足止めをしなければならないのか。

セラがメッセージを送った、という少女の言葉が脳裏をよぎる。

自分は、自分達は、途方も無い間違いを犯そうとしているのではないのか。

「――ディー！」

思考を遮る声。考えるより早く両腕が跳ね上がり、目の前に迫る数本の触手を騎士剣『陰』と『陽』の刀身が弾き飛ばす。続けざまに襲い来る触手の先端を次々に蹴って大きく後方に退き、空中に出現した淡青色な空気結晶の足場に着地する。

「あなたは後方に下がって指揮を！」足場を生成してくれた炎使いの青年が次々に空気結晶の盾を生み出して触手の追撃を弾き「このままでは埒があきません。策が必要です！」

「え？」内心の動揺を悟られないように視線を逸らし「で、でも策と言っても――！」

「一つ思いついたわ」

言葉と共に、頭上から降りる影。

炎使いの女性、ソニアが眼下の巨人をいつになく険しい表情で見下ろし、

「あいつの動きをずっと見てたけど、もうまともな理性は残ってないんじゃないかって思うの。最初の頃はもうちょっと上手くこっちを足止めしようとしてた気がするけど、なんていうか、今は先に進もうとするヤツに反応してるのと、後はただ自分の体を大きくしようとしてるだけっていうか」

「どういうことだ？」

ディーが口を開くより早く、別な炎使いの青年が横から問う。

「誘導できるんじゃないか、ってことよ」ソニアは周囲に空気結晶の弾丸を次々に生み出し

「要は餌で釣ってやればいいのよ。自治軍だってあいつを攻撃してるんだもの。上手くやればあっちを標的にさせることも、あいつ自身にマサチューセッツを攻撃させることだって出来るはずよ」

……待って……！

喉まで出かかった言葉を寸前で呑み込む。

周囲の仲間達の問うような視線が自分に集中するのを感じる。

どうすれば、という思考が頭の中でとめどなく回転する。サクラが不在の今、この場の最高指揮官は確かに自分だ。自分には作戦の中断を決定する権限がある。だが、そのためには相応の理由が必要だ。龍使いの少女が自分達の味方であり、全てがシティ連合の仕掛けた罠なのだという確たる証拠がなければ仲間達を説得することは出来ない。

龍使いの少女の行動に疑念を抱いたといっても、それは自分一人の中だけのこと。状況は何も変わっていない。マサチューセッツではファクトリーシステムを再起動するための作業が進行中で、それが完了すれば雲除去システムが起動する――その事実を否定する根拠はどこにも無い。

セラが送ってきたというメッセージについて仲間達に問いただすのも無意味だ。仮にメッセージが本当に存在したとしても、そのメッセージがシティ連合側の偽装工作であるという可能性の方が遙かに高い。真偽について仲間と押し問答をする時間も無い。作戦を中断する正当な理由など得られるはずが無い。

単なる威力偵察や拠点攻撃では無い。事は賢人会議の――全ての魔法士の存亡に関わるのだ。

曖昧な不安や疑念を理由に決断を下すことなど出来るはずが無い。

「……やりましょう……」両手の剣を強く握りしめ、声を絞り出す。「すぐに各隊に指示を。あの巨人をシティ連合の目の前に連れて行きます」

仲間達がうなずき、巨人に向かって突撃を開始する。怒号のような指示がそこかしこで飛び交い、空気結晶の槍が闇の戦場に降り注ぐ。

巨人が無数の腕と触手を振り上げ、天に向かって咆吼する。嵐のような翼の羽ばたき。目の前を飛び交う騎士達の動きに誘われるように、いまや全長四百メートルを上回るまでに成長した体軀がゆっくりと旋回する。

あらゆる生物の特徴をでたらめに混ぜ合わせた超常の生命体が、少しずつ、少しずつマサチューセッツ跡地の存在する方角へと移動を開始する。

ディーは左右の剣を翼のように広げ、仲間達の後を追って飛翔した。

他に、どうすることも出来なかった。

＊

球形に展開された無数の触手が、闇の中を滑るように移動した。

立体映像ディスプレイの向こうに描き出されるその姿は、ケイトには絡み合ったまま融解しかかった巨大な糸玉のように見えた。

かつて龍使いの少女であったはずの巨人は膨大な量の黒の水によって生成された数百対の翼を闇の中に羽ばたかせ、地表からわずかに浮き上がった位置を気品すら感じさせる動きでゆったりと漂う。自らの羽ばたきが巻き起こす吹雪をサーチライトと荷電粒子の砲撃の光に煌めかせ、古代の神像のような頭部をゆっくりと動かして戦場全体に視線を巡らせる。おそろしく現実感を欠いた光景。ケイト自身はもちろん、作戦室に集う将校や士官の誰も、巨人が出現した一時間前からほとんど言葉を発していない。

巨人の周囲には小さな黒い点が羽虫のように幾つも飛び交い、巨人に対して休むこと無く攻撃を浴びせ続ける。揃いの黒と銀の軍服を纏った賢人会議の魔法士達。数万の触手の隙間を縫って突撃を繰り返す騎士の周囲では降り注ぐ無数の空気結晶の槍と共に幾つもの爆発が巻き起こり、その攻撃に誘われるように巨人は少しずつ南西方向、マサチューセッツ跡地へと誘導されている。

『砲撃、依然として効果無し！　司令部、指示を請う——！』

前線指揮官の叫びが作戦室に響く。ディスプレイに映し出される戦場の向こう、巨大なドーム型の都市の周囲に陣取った数万の空中戦車と軍用フライヤーの大編隊は巨人とその周囲の魔法士達に対して片時も休むこと無く砲撃を繰り返している。巨人はその攻撃をかわそうともしない。降り注ぐ荷電粒子と質量弾体の全てをただその翼に受け、翼がちぎれ飛ぶ端から体組織を再生成していく。

「……攻撃を継続してください」円卓に両手をついて立ち上がり、一度だけ目を閉じて言葉を吐き出す。「そちらでも見えている通り、その個体は異常です。シティ・ロンドンから提供されている龍使いの記録にある『暴走状態』なら、攻撃の矛先がいつ我が軍に向いてもおかしくありません」

『で、ですが……！』

ディスプレイに映る前線指揮官の顔に困惑が浮かぶ。周囲の作戦士官達の顔にも同じ表情が浮かんでいる。当然だ。ケイト自身も困惑している。いかなる状況の変化にも対応出来るようあらゆる戦局をシミュレートしたつもりだったが、さすがにこんな事態までは想定していない。

……時間は……

ディスプレイの右上に表示された時計に視線を向ける。午前六時三十分。「島」の着弾予定時刻まで二時間半。「島」はすでに雲の内部に埋没し、降下を続けている。後戻りは出来ない。

何としてでも目の前の巨人を排除し、魔法士達をマサチューセッツにまでたどり着かせなければならない。

心に浮かぶありとあらゆる感情を、意思の力で押しつぶす。

冷静に、冷徹に、目の前の戦場に集中しろと何度も自分に言い聞かせる。

黒の水はあくまでも龍使い専用の外部端末であり、無条件に自律運動が可能な独立した生物ではない。いかに暴走状態であろうとも構造を維持し続けるには核である龍使いのI－ブレインによる演算が必要であり、そうである以上は必ず蓄積疲労による限界が存在する。

いつかは必ず自壊する——そのはずだ。

問題は、それがいつになるのか。

「島」の落下までにあの巨人を排除することは、本当に可能なのか。

「……いっそ、賢人会議を放置して全戦力であの巨人を無関係の方角に誘導してはどうだ？」

円卓の隣に座る中将が周囲の作戦士官に聞かれないよう声を潜め「そうして自由になった魔法士達がマサチューセッツ内に突入したのを確認した後、あれを再び誘導して外からシティを攻撃させる。これなら当初の目的は達成可能だ」

「それは最後の手段です」ケイトはディスプレイを睨んだまま唇を噛み「あからさまな動きは賢人会議にも、現場の兵士にも疑念を抱かせる恐れがあります。万に一つも作戦の真の目的を気取られることがあれば、全ては水泡に帰します」

作戦士官の悲鳴にも似た叫び。無数に蠢く巨人の腕の一つが、魔法士達から逸れて左手側、防衛部隊の戦列をゆっくりと指さす。隣り合う数百の腕が波打つように次々に同じ方向を示し、さらに数千の触手がその動きに同調する。

いまや大型の飛行艦艇数機分にまで膨れあがった巨大な体躯が、吹雪の中で緩やかに旋回する。

古代の神像のような、あるいは東洋人の少女のような視線が、シティ連合の大編隊とその後方、そびえるドーム型の都市を捉える。

大気を震わす翼の羽ばたき。蠢く無数の触手に包まれた巨人がゆっくりと移動を開始する。球形を成していた触手の一部が融け合い、これまでとは比較にならないほど巨大な腕が正面に生成される。腕の先端が無数の触手に、さらにその先端が融け合って再び腕に。増殖と分裂を悪夢のように繰り返す黒の水の先端が、砲撃を繰り返す数万の編隊へとゆるやかに迫る。

「時間が無い。トルスタヤ、指示を――！」

押し殺した中将の叫び。

ケイトは唇を噛みしめ、吹雪の彼方に蠢く巨人を為す術無く睨んだ。

＊

……作戦室の隅にひっそりと映し出された補助用のディスプレイ。

戦場を映し出すメインディスプレイからは遠く、誰の注意も引かない小さな画面に光が灯った。

異常データの検知を表すメッセージが一瞬だけあって、ワイヤーフレームで描かれた地図が出現する。南アジア地方、シティ・ニューデリー周辺。自治軍の防衛戦力もすでに撤退し、動く物など無いはずのシティ近郊のとあるポイントに小さな反応が生まれる。演算機関の駆動を表す小さな光。識別システムが自動的にデータを解析し、特異な演算パターンから推定される艦の型番を表示する。

隣席に座る作戦士官の一人が、不審そうに視線を小さな画面に向けようとする。が、それより早く作戦室に響く警告音。数十キロに渡って伸ばされた巨人の触手の先端がとうとう軍用フライヤーの一機を捉え、地表に叩きつけられた機体が煙を上げて動作を停止する。

作戦士官が弾かれるように自分の端末に向き直る。

小さなディスプレイの中、光が一瞬だけ北西方向に動き出し、次の瞬間には全ての表示が消え去って元通りの、戦術解析システムのステータス画面に切り替わる。

作戦室に響くタッチパネルの動作音。メインディスプレイに映し出される戦場の向こう、数万の編隊が触手を取り囲むように散開陣形を構築して砲撃を開始する。巻き起こる無数の小爆発と巨人の咆哮。ケイトが決死の形相で指示を飛ばし、士官達が必死にタッチパネルを叩く。

そんな人々の目に触れない作戦室の隅で、先ほどのディスプレイが再びワイヤーフレームの地図を映し出す。

すさまじい速度で中東地域を越え、ロシア地方西部へと飛ぶ小さな光。

その存在に気づく者は、この時、誰もいなかった。

＊

温い泥のような感触に、ふと意識を取り戻す。

闇の中にうっすらと目を開き、眼球だけをぎこちなく動かして、歪んでぼやけた視界を何度も左右に巡らせる。

自分が生暖かい液体に首まで浸かっているのを、半分夢のような意識の中で知覚する。真っ黒でどろりとした、ゼリーのような質感の液体。淀み無く流れ続ける液体の表面には時折何かの生き物の体の一部らしき組織が浮かび上がり、またすぐに融けてどこかに消えていく。

無意識に手足を動かそうとして、体が思うように動かない事に気づく。腕と足と胴体のお腹から下と——体の多くの部分が周囲の黒い液体に融けてすでに形を失っていることをようやく認識する。それなのに、虚ろな意識の中には確かに「自分の体」が存在するという感覚がある。何百という腕と、翼と、それ以外の自分が持っているはずの無いありとあらゆる器官。どこにあるのかもわからず、自分の意思では少しも動かすことが出来ないのに、ただそれが自分の体だということだけは分かる。

黒い液体の表面に、チャイナドレスの裾がぷかりと浮かぶ。

お気に入りの服が無事なことを、少しだけ嬉しく思う。

自分が今どんな状態で、どうしてこんなことになっているのか思い出せない。融けて小さくなってしまった自分の体。いや、この黒い液体が一滴残らず自分の体だったような気もする。大きな、とてつもなく大きな自分の体。どこからどこまでが「本当の自分の体」なのか。いや、そもそも「本当の体」なんて物は本当にあったのか。

わからない。何もわからない。

何もかもが曖昧で、暑くて、悪い夢のようで、今すぐにでも目を閉じてまた眠ってしまいたくなる。

ごうごうと音が鳴る。耳の奥で、あるいは頭の中で。ものすごい量の黒い液体が蠢いて、何かの動物の形を真似して、すぐにまた止めて、融けて、またすぐに別の生き物の形になって――そんなことをどこまでもどこまでも繰り返している姿を妄想する。そんな物語をいつか読んだ。虎が走って、走って、ぐるぐる回って、融け合って、最後はひとかたまりのバターになって。

どん、どん、と大きな音。

体のあちこちに大きな穴が開いて、腕や、足や、翼や、その他のよく分からない色々な物が崩れて融けて、融けた端から次々に新しく生み出されていく。

外では何が起こっているんだろうと、ぼんやりした頭で考える。わたしはどうしてここにいて、なにをしてるんだろう。わからない。ただ、とても、とても大切な事があって、守らなきゃいけない物があって、そのためにここにいたような気がする。

目を開ける――とっくに開いている目を、もう一度しっかり開ける。

頭の中で幾つも線がつながったような感触があって、いきなり視界が開ける。

いや、実際には目の前は変わらずぼやけたままで黒い液体が周囲を滝のように流れ落ちているだけなのだが、とにかく「見えるようになった」という感覚があって、頭の中にもう一つ別な視界が現れる。吹雪の雪原と、たくさんの砲火の光と、飛び交う豆粒のような人型と、数え切れないほどの小さな乗り物と。

たくさんの色々な物の向こうには、ボールを半分に切ったような形の建物。

シティ、と呼ばれるその存在が、どうしてだか今日はいつもより小さくなった気がする。

形の無い足が、翼が、ゆっくりと体を前に進ませる。熱に浮かされたような頭が、少しだけ大事なことを思い出す。そうだ。誰かを守らないといけないんだ。戦いを止めないといけないんだ。そのためにはもっと大きな体がいるんだ。大きくて、強くて、もっとたくさんに分かれてもっと色々なことが出来て。そのためには材料がいる。雪の下に埋まっていた生き物や木々だけでは足りない。もっとたくさんの材料を、この体に吸い上げなければならない。

吹雪の向こう、ボールを半分に切ったような大きな建物を見上げる。

あの中には、たくさんの「……」達が暮らしている。

それを取り込んで黒い液体に変えれば、もっと大きな体を作れる。大きな体があれば、もっとたくさんの「……」達が守れる。たくさんの「……」達を守るためにたくさんの「……」達を取り込む、いや、食べる。そうやってもっともっと強い体を作って、それから。

意識が混濁する。

何かが間違っているような、何も間違っていないような、曖昧な思考の中で、ただ体だけが少しずつ前に進む。

どん、どん、という衝撃が絶え間なく体に突き刺さる。体のあちこちが融けて崩れて、崩れた端から別な体に生まれ変わる。吹雪の中で、腕がゆっくりと持ち上がる。大きくて、強くて、もうどんな生き物をモデルにしたのかも分からない腕。十七本ある指が幾つもの小さな乗り物を押しのけ、腕がゆっくりと建物の白い壁に近づき、

……メイ……

誰かの声。

突然、体が動くことをやめる。

熱に浮かされてぼやけた視界を、黒い液体がとめどなく流れ落ちる。周りを取り囲む滝のよ

うな液体の向こうに、黒い影法師を見たような気がする。自分と同じくらいの小さな姿が一つと、それより少し大きな姿が二つ。三つの影法師が近づきも遠ざかりもせず、ただ黒い滝の向こうで困ったように首を傾げる。

……ダメだ、メイ。そんなことしちゃ……

小さな影法師の呟く声が、黒い水面に波紋のように広がる。意識が揺らめく。目の辺りが熱くなる。誰かわからない。思い出せない。思い出せないけれど、ずっと昔に自分をそんなふうに呼ぶ誰かがいた気がする。

無数の腕が、触手が動きを止める。

混濁した意識の中で細い糸のような神経をたぐり寄せ、勝手に動こうとする体を初めて自分の意思で押しとどめる。

……わたし……

言葉の形に口を開いた瞬間、何かが意識の中をすり抜けていくのを感じる。つなぎ止めていた神経の糸が、一本、また一本とちぎれる。無数の触手が蠢く。巨大な獣の腕が目の前の建物の――シティの外壁に取り付く。

何がおこっているのか分からない。自分がどうしてここにいて、本当は何をするつもりだったのか、何も思い出すことが出来ない。

ただ、自分が途方も無い間違いを犯してしまったような、腐った泥のような絶望感だけが胸の奥で際限なく膨れあがる。

全身を浸す黒い液体が水かさを増す。水面からかろうじて突き出していた胸から上の部分が、少しずつ呑み込まれていく。虚ろな意識を闇が塗り潰す。止めどなく流れ落ちる黒い液体の向こうで、三つの影法師が揃って頭上を指さす。

神経の糸をかろうじて一筋だけたぐり寄せ、翼の表面に生み出された数十万の目、そのうち一つだけを動かすことに成功する。

蠢く黒い液体が、手のひらのように跳ね上がって顔を押さえつける。

最後の瞬間――

見上げた闇の空に、小さな光が瞬いた。

*

どれくらい気を失っていたのか、わからなかった。

目を開けるとそこは数台の操作端末が置かれた殺風景な広い部屋で、ヘイズはその端末のうち一台の前で床に倒れ伏していた。

頭から流れた血が目に入ったようで、視界がうっすらと赤い。ともかく顔を拭おうとして、左腕が上手く動かないことに気づく。右足と左足もダメ。右腕はかろうじて動く。体のありとあらゆる場所にじわりと熱を帯びたような痛み。骨は何本折れただろうかと少し考え、馬鹿馬鹿しくなってやめる。

動く方の腕を支えに、どうにか身を起こす。

見上げた先、白塗りの四角い台座に埋め込まれたタッチパネルの上に、立体映像のステータス画面が表示される。

無機質な画面に出現したエラーメッセージが、重力制御システムの異常と演算機関の再起動の要求を際限なく訴え続ける。なるほど、と妙な納得をする。この「島」が建造された当時、世界を覆う雲はまだ存在していなかった。だからシステムは現在の、雲の中に埋没してしまった「島」の状況が理解できない。いくら再起動を繰り返したところで重力制御が復活することは有り得ないのだと、こいつには理解できない。

ぼんやりと視線を上に向ける。

天井に開いた大穴から複雑に入り組んだ無数の柱と瓦礫の間を通して、自分が少し前まで座っていた第二階層の通路、その天井らしきものが小さく見える。

砕けた天井や内部の構造材の破片が、時折思い出したように落下して床に乾いた音を立てる。砕けたコンクリートが散乱する部屋の奥、ひび割れた透明な壁の向こうに巨大な演算装置が整然と並ぶ。四角い柱のような演算装置の表面には立体映像で描かれた情報制御演算の実行結果。重力制御演算が正しく行われたことを示す演算装置のメッセージとそれが正しく効果を発揮していないことを示すシステム側の応答が、小さな画面の中で無限に繰り返す。

間違いなく、ここがこの「島」の中枢、制御室。

喉の奥からくぐもった笑いがこみ上げる。

「……なんだよ……ちゃんと着いたじゃねぇかよ……」

ざまあみろ、と呟く声に血が混ざる。何度も激しく咳き込み、その度に小さな血の塊を吐き出す。そういえば、さっきから視界が右に偏ったようで少しおかしい。ゆっくりと何度か瞬きを繰り返し、左の義眼が機能していないことに気づく。

眼窩に指を突っ込み、ひび割れて使い物にならなくなった義眼を引き抜く。

硬質化した義眼を二つに割り、中に収められた短い有機コードを取り出す。

一方の端を端末の接続ポートに差し込み、もう一方を血か何かでべっとりと濡れたうなじに押し当てる。タッチパネルの上に浮かんでいたステータス表示が手元に移動し、操作を要求する画面に切り替わる。「島」の全体構造を呼び出し、非常事態用のシステムにアクセスする。重力制御が機能しなくなった場合の安全装置として「島」の下部全体に数千機搭載されている姿勢制御用のスラスター。情報制御では無くバッテリーで動作するその機構をフルパワーで動作させ、さらに「島」が雲の下に抜け出すと同時に重力制御を再起動して落下速度を減速させれば——

画面に表示される幾つかの数値を前に、深く息を吐く。

制御システムの台座に背中を預けたまま、頭上の大穴をぼんやりと仰ぐ。

「……くそったれ……」

たぶん、自分は遅すぎたのだ。気を失っていた何時間かのロスが致命的だったのかも知れないし、それ以前に「島」に突入するのに手間取りすぎたのかも知れない。姿勢制御用のスラスターが長い年月で老朽化していたことも災いした。「島」の降下による空気抵抗の衝撃が思ったより大きく、スラスターの大部分が破損して使い物にならなくなってしまったのは致命的だった。

何にせよ、結論は明白だ。

今からでは、どうやっても間に合わない。

「島」はシティ・マサチューセッツの中心という当初の目標を少しだけ逸れ、半径十キロのドーム型都市の側面を直撃する。

つまり、結果は変わらない。どこに落ちようとマサチューセッツの外殻構造は致命的な損傷を受け、連鎖的に全体が崩壊するのに大した時間はかからない。あるいは、落下地点から遠い場所にいる者はすぐに逃げ出せば助かるかも知れないが、それでさえも奇跡を望むのに等しい確率だろう。

どうすっかなぁ、という小さな呟き。

かろうじて動く右手の指を、何度か弾こうとして失敗する。

ハリーをここまで呼ぶことは出来ない。HunterPigeonの雲上航行艦としての能力の大部分は自分の予測演算によるもの。無人の状態のあの船は雲の中ではただ落下することしか出来ない。本当は「島」を目標地点の上まで移動させた後、雲の下まで落ちるのを待って船に戻る予定だった。あのロボット共の攻撃をもう一度かいくぐり、落下を続ける「島」から外に飛び出し、それをハリーが空中で回収して華麗に脱出を——

「……なんて、上手くいくわけねぇよな……」

これは物語ではない。ファンメイが艦内の共用スペースで時々見ていた、ヒーローが大活躍する大戦前の娯楽映画では無い。自分は普通とは違う妙な能力を持っているだけの魔法士で、本当にただそれだけでしかない。炎使いのように空を飛べるわけでもなければ騎士のように光の速さで走れるわけでもないし、人形使いの真似をして多数の警備ロボットを一人で黙らせることももちろん出来ない。

脱出プランは半分はハリーを納得させるためだが、半分は自分自身を誤魔化すために用意した物だ。死にに行くつもりなどもちろん無いと、必ず全てを成し遂げて生きて帰るのだと、そうやって弱い自分の尻を蹴り飛ばすことでどうにかこの場所まで進んで来たのだ。

だから、本当はわかっていた。

これは片道切符で、帰る道など最初から無いのだと、わかっていた。

……なら、最後まで格好はつけねぇとな……

目を閉じ、深呼吸して、I―ブレインの演算に意識を集中する。

残った手はただ一つ。

『虚無の領域』で、この島を消し飛ばす。

雲の中に埋没していると言っても、ここは人工の構造物の内部だ。「島」を構成する膨大な量の建材がノイズに対するシールドの役目を果たしてくれることは期待できる。それに、虚無の領域の持つ情報強度は普通の魔法士の情報制御演算など比較にならない。外側からは無理でも、内側から「島」を破壊することは可能なはずだ。

と言っても、自分の演算能力を限界まで使っても「島」全体を塵に変えるような芸当は出来るはずも無い。せいぜいが、この巨大な「島」の数カ所を消し飛ばし、「島」全体を何十個かのブロックに分割するのが関の山だろう。それがマサチューセッツにどんな結果をもたらすかはわからない。あの巨大な都市は分散された衝撃に耐えきるかもしれない。あるいは耐えきれずに外殻を破壊され、最終的にはやはり崩壊するかも知れない。

確かなことは一つだけ。

自分はこの「島」と共に真っ逆さまに落下し、途中で雲の中に投げ出されて窒息するか、あるいはシティの外殻に叩きつけられるか、何にしても確実に死ぬ。

残してきた仲間達の姿が、不意に脳裏をよぎる。ハリーが、クレアが、ファンメイが、リチャードが、多くの仲間達がやめろと言うように手を伸ばす。

ゆっくりと首を左右に振って幻を払い、右手を目の前に掲げる。

親指と中指をあわせて、少しだけ力を込める。

……悪ぃな、お前ら……

血にまみれた自分の指を、焦点の合わない目で見つめる。

と、その向こうに懐かしい誰かの姿が浮かぶ。

「……親父とお袋……か？」熱に浮かされたような意識のまま、陽炎のようなその人影に語りかける。「……悪ぃな。そっちに行くの、ちっと早くなっちまった」

しょうがねえヤツだな、という笑い声。赤くぼやけた視界の向こうから、二人の姿が少しずつ近づく。困ったように笑う二人の周りに、かつての家族——共に暮らした空賊の仲間達の姿が浮かぶ。

遠い日の記憶の情景が、次々に目の前を流れては消えていく。軍の輸送艦から助け出されて初めて二人に会った日のこと。初めて船に乗って、ハリーと話した日のこと。両親と仲間達と共に小さな誕生日ケーキを囲んだ日のこと。空賊のアジトが軍に襲われ、家族を失った日のこと。

機関銃で蜂の巣にされ、血だまりに倒れ伏す両親の姿。

泣き叫ぶ幼い自分に親父が語った、最期の言葉。

——いいか、お前は生きなきゃならん。なにがなんでも生き続けろ。それでどうなるかはワシにもわからん。辛いだけかも知れん。苦しいだけかも知れん。この先どんなに頑張っても良いことなんか一つもないかも知れん。それでも生きろ。生きて、――

「……ちゃんと、言いつけは守ったぞ……親父……」幻のような姿の両親に向かって胸を張り

「……だから、そっちに行ったら褒めてくれよな……」

悔いが無いと言えば嘘になる。もう少し上手くやれれば良かったとも思う。

だが、それでもここまで前を向いて歩んできた。

思ったよりはずいぶん短くなってしまったかもしれないが、それでも親父が、お袋が、仲間達が望んだ通りに生きたはずだ。

――生きて。

――突っ走って。

――這いつくばって。

「……あとは笑うだけ、だな」

落下の衝撃のせいか、天井や床が軋んだ音を立ててかすかに振動する。途切れそうになる意識を叩き起こし、脳内の演算に集中する。有機コードを介して「島」の制御システムから詳細な内部構造を引き出し、効率的に「島」を破壊するのに最適な箇所を割り出す。

口元に浮かぶのは、穏やかな、静かな笑み。

ヘイズは目を閉じ、力を込めて一つ指を――

(エラー、高密度情報制御を感知。予測演算を中断)

反射的に目を開ける。有り得ないメッセージが思考を埋め尽くし、I―ブレインが処理を停止する。

勢い余って弾いた指が乾いた音を立てる。

それを合図にしたように、背後で制御室の壁が激しく鳴動する。

何が起こっているのか分からない。とっさに振り返った先、演算機関があるのと反対側の壁が轟音と共に文字通り吹き飛ぶ。

閃く細い金属の糸。

刃のように縦横に走ったワイヤーが、砕けて頭上から落下しようとしていた強化コンクリートの柱を細かな破片に切り裂く。

激しい風の流れ。消え去った制御室の壁の向こう、存在していたはずの幾つもの壁や通路を全て素通りして外部、「島」を取り囲む一面の真っ黒な雲が視界を覆う。が、雲を構成する気体が制御室に流れ込むより早く横合いから突き出た巨大な壁がその穴を塞ぐ。継ぎ目の一つも無い金属質の壁が目の前を右から左に高速でスライドし、表面に刻印された型式番号らしき巨大なアルファベットと数字が瞬きする間に流れ去る。

呆然と見つめるヘイズの前で壁は唐突に、慣性の法則を無視したように停止する。壁の表面に隠されていた小さなシャッターが次々に開き、突き出した複数のマニピュレーターが凝固剤らしき液体を噴出して崩壊しかかった壁や柱、天井の大穴を固定する。

目の前には見覚えのある搭乗用の扉。

エアロックに特有の駆動音と共に、扉が左右に開かれる。

理解がまるで追いつかず、ヘイズはただ目を見開く。開け放たれた扉の奥から、細い人影が飛び出す。すらりとした足が階段を蹴る。操縦槽の羊水を素肌に滴らせ、申し訳程度にかき抱いた白い布で胸元を隠して、一糸まとわぬ姿の少女が今にも泣き出しそうな顔で最後の一段を飛び降りる。

「――ヘイズ――！」

唸るような演算機関の駆動音。

七十五メートル級高高度索敵艦FA-307の銀灰色の装甲が、明滅するライトの明かりに煌めいた。

＊

振り上げられた数百の巨大な腕と無数の触手が、突然動きを止めた。

シティ連合の数万のパイロットと賢人会議の数百の魔法士が見守る中、巨人は数キロの長さに引き延ばされた腕をシティ・マサチューセッツのドーム型の外殻から放し、古代の神像のような二つの瞳をゆっくりと頭上に向けた。

闇の空を貫いて走る光。その場に集う全ての者が、正体不明なその姿に目を凝らす。両軍の視線を一身に集めて、全長七十五メートルの銀灰色の機影が旋回する。鋭いナイフのような機首をまっすぐ天頂、空を覆う雲の彼方へ。機体が静かに上昇を開始し、同時にその後部から小さな機体が飛び出すのを人々は見る。

サーチライトの光を照り返してゆっくりと降下する、小型の輸送用フライヤー。

開け放たれた側面のドアから、二つの人影が同時に飛び降りる。

地上から一万メートル、シティ・マサチューセッツの頂上とほぼ同高度。自由落下に任せて速度を増していく二つの人影を取り囲むように透明な十二個の正八面結晶体が輪舞する。

上空へと飛び去った銀灰の機体が、ついに雲の内部へと突入する。

同時に、二つの人影が爆発的に落下速度を増す。

巨人が甲高い咆哮を上げ、頭上から迫る人影へと腕を振り上げる。今や五百メートルを超えるまでに成長した巨大な翼が凍えた大気を強く叩き、体を取り囲む無数の触手が嵐の海のように沸き立つ。全体が一つの流体生物のように蠢く触手の海の表面から先端を槍のように尖らせた数万の細い触手が突き出す。黒い甲殻に覆われた数万の触手が頭上から飛来する二つの人影めがけて襲いかかり、同時に人影の落下軌道が変化する。無数の触手の隙間を縫うように、緩やかな螺旋を描いて落下する二つの人影。軍用フライヤー部隊の放つライトの明かりの中に、ようやくその姿が露わになる。

長い金髪をポニーテールに結わえた少女と、それより幾らか幼い短い金髪の男の子。

二人は止めどなく襲い来る触手の奔流を滑らかな回避軌道でことごとくすり抜け、巨人の頭部の目の前まで肉薄する。

男の子が声を張り上げて誰かの名前らしき言葉を叫び、それに反応するように巨人が数百の腕を振り上げる。獣の、昆虫の、あるいは人の、あらゆる生物種の姿に変容を続ける腕が二人を羽虫のように追い立てる。十二個の正八面結晶体が二つのグループに分かれ、六個が少女の、残る六個が男の子の周りに集まる。結晶体の生み出す重力場に運ばれて、男の子がシティ・マサチューセッツの外殻の側面に接触する。瞬間、外殻を形成する構造材が変形し、ワイヤー状の細い螺子が数千本突き出す。複雑に絡み合った螺子が男の子の体を支え、振り下ろされた巨人の腕を正面から受け止める。

少女がそれを確認したように手を上げると、全ての結晶体が再び少女の周りに集まる。後方で遠巻きに様子をうかがっていた賢人会議の魔法士達が巨人の元に殺到し、その進軍を押しとどめるように少女が放った光の槍が闇を貫いて彼方へと走り抜ける。その間に男の子は再び巨人の顔の前へ。数千の螺子が空中に流麗な幾何学模様を描き、降り注ぐ無数の触手をことごとく受け止め、刺し貫き、払いのける。

巨人が数本の腕を拳の形に握りしめ、ドームの側面に立つ男の子の頭上に叩きつける。

ドームを構成する強化コンクリートとチタン合金の複合材が迫り来る拳と同じ数、同じサイズの巨大な腕を形成し、その攻撃のことごとくを受け止める。

男の子の小さな体が駆ける。自らが生み出した腕を足場に、ドーム型の外殻の表面からさらに生み出した複数の別な腕を従えて。周囲に漂う無数の触手がその行く手に濁流のように降り注ぎ、腕の表面から突き出た螺子が絡み合ってその攻撃を防ぎ止める。目の前には古代の神像のような、どこか龍使いの少女に似た巨人の顔。人の身長ほどもある二つの瞳が、巨大な腕と共に迫る小さな人影を見下ろす。

男の子が小さな腕を振り上げ、まっすぐに突き出す。

その動きに呼応するように、コンクリートと金属の巨大な拳が振り下ろされる。

巨人が数本の獣の腕を振り上げ、顔の前に交差させて迫り来る拳を受け止める。雲の天蓋を震わす轟音と衝撃。巨大な拳が黒い体毛に覆われた腕のことごとくを粉砕し、融け落ちた黒い水が豪雨のように降り注ぐ。表面をチタン合金で覆われた腕が続けざまにもう一撃。巨人が咆哮と共に自らも鱗に覆われた拳を振り上げ、眼前に迫る彫像のような拳に対して正面から叩きつける。

――砕けて飛び散る、二つの巨大な拳。

いかなる攻撃にも揺らぐことのなかった巨人の体が、初めて、大きく後方によろめいた。

＊

——一時間前。


緊急呼び出しを表す警告音が、地下施設の会議室に鳴り響いた。

沈痛な面持ちでうつむいていた一同は、弾かれるように顔を上げた。

リチャードが怪訝な様子でタッチパネルに手を伸ばし、通信画面を開く。映し出される人物の姿に男が動きを止める。

様子に気づいた月夜が、イルが、セラが、次々にディスプレイの前に駆け寄る。

全員が見つめる先、ノイズ混じりの画面の向こうで、つなぎ姿の老婆が腕組みする。

『なんだい、どいつもこいつもしけた面して！　まるでこの世の終わりみたいじゃないかい！』唇をつり上げてにやりと笑い、手にした巨大なスパナで肩を叩いて『にしても薄情な連中だねまったく！　こんなご機嫌な別荘見つけたってのに、連絡の一つもよこさないなんて！』

「サティ……殿……？」ようやく、というふうにリチャードが老婆の名を呼び「待ってくれ、どうやってこの回線を？　ここは先ほど回線設定を変更して入念に暗号化を」

『私が呼んだ』

割って入る男の声。

全員の視線の先に別な通信画面が出現し、格納庫で動き回るフェイの姿を映し出す。

「あ、あんた！　何やってるんやそんなとこで！」

『見ての通り、フライヤーの発進準備だ』イルの問いに答えてフェイは小型の輸送用フライヤーの整備用ハッチを閉じ『せめて一台くらいは万全の状態に整備しておくべきだったな。おかげでずいぶん手間を取られた』

『こんな色男に頭下げられたもんだから、あたしもすっかり参っちまってね』サティは首を左右に鳴らし『そんで、クレアはどこに居んだい。さっさと呼んどくれ。今日はあの子が主役なんだからね』

「……え……？」床にうずくまったまま様子をうかがっていたクレアがおそるおそるというふうに顔を上げ「あ……あたし……？」

『そうだよ！　あんただよ！』サティは腕組みしたまま隣のディスプレイに映るフェイを視線で示し『しゃんとしな！「命がけでここまで飛ばして欲しい」なんてそいつが言うからわざわざ持ってきたってのに、あんたがそのザマじゃどうにもならないじゃないかい！』

サティが手元に浮かぶ立体映像のタッチパネルを叩くと、通信画面の映像が広角表示に切り替わる。老婆が座る場所、ライトの淡い光に照らされた円形のホールの全容が初めて全員の前に明らかになる。

立体映像のステータス表示に取り囲まれた部屋の中央には、薄桃色の羊水に満たされた円筒形の操縦槽。

通信画面の隅に出現したワイヤーフレームの世界地図が、ロシア地方西部、この地下施設を目指して飛ぶ飛行艦艇の存在を知らせる。

「うそ……」クレアが転げるようにして会議机に飛びつき「これ……おばあさん、これ……！」

『もちろん、あんたが預けていった船だよ』サティは立ち上がって操縦槽のガラス筒を拳でつつき『半年で直すって言っただろう？　あれから十ヶ月も経ってんだからね。整備は万全、おまけで改造もしといたよ！』

不意に鳴り響く警告音。通信画面の向こう、操縦槽の隣に置かれた可搬型の演算装置の表面にエラー表示が次々に浮かぶ。

サティが、おやおや、と頭をかき、立体映像のタッチパネルをすさまじい速度で叩きながら、

『とにかく急いどくれよ。なにしろパイロット代わりの演算装置を無理やり直結して飛ばしてるだけだからね。真っ直ぐにしか飛ばせない上にあと三十分もすりゃ装置が焼き切れちまう。そうなったらあたしもこの船も真っ逆さまだよ！』

『これより、世界再生機構はシティ連合の作戦を阻止するための行動を開始する』もう一つの

通信画面の向こうでフェイが格納庫のシャッターを素手で押し上げ『もちろん、空の「島」に関する問題を解決するだけでは半分だ。地上の問題も同時に解決し、マサチューセッツにおける大虐殺を回避しなければこの世界に先は無い。出撃は五分後。空中でFA-307に合流し、そのまま現地に向かう。今から呼ぶ者は』

男が続きを言うより早く、小さな影が会議室を飛び出す。真っ先に走り始めたのはエド。その後を追ってクレアが、さらにセラが続く。

『……言うまでもないか』フェイは、ふむ、とうなずき『あとは天樹月夜と、博士は部下も連れてきてくれ。李芳美をなんとかするには貴公らの力も借りねばならん』

＊

開きかけた隔壁の隙間からは、クリーナーを通した空気と演算機関の放つオゾンが混ざり合った懐かしい匂いがした。

クレアは二重の隔壁が開ききるのももどかしく、操縦室へと飛び込んだ。

円形の部屋の中央に設置された操縦槽の隣でサティが手を上げる。着ている服を素早く脱ぎ捨て、一糸まとわぬ姿で操縦槽の羊水に飛び込む。漂う無数のケーブルと有機コードが肌に貼り付き、I－ブレインと船の制御システムのリンクが確立する。

FA-307の表示と共に脳が拡張する感覚。

機体後部の格納庫に意識を移すと、小型の輸送フライヤーの姿が仮想視界に飛び込む。クレア達をここまで運んできたフライヤーの窓から、セラとエドが首を突き出して物珍しそうに周囲を見回す。機内では月夜とフェイ、リチャードとその部下三人が難しい顔で今後の計画について話し合っている。

そのまま感覚を少しずつ外側に広げる。ロシア地方上空を飛び続ける船自身の存在、眼下に広がる雪原と空を覆う雲の天蓋、船体側面の装甲の表面を音速の十倍で流れ去る大気の鼓動、何もかもが手を伸ばせば届くように感じられる。

さらにその向こう、大西洋を越えた六千キロ先にはシティ・マサチューセッツの巨大なドームと、吹雪の雪原に荒れ狂う巨人の姿。

機首を北西、グリーンランドの南端をかすめる最短ルートに合わせ、機体を一気に加速する。

「最高速度とシステムの反応速度は前の二割増しだけど、その分だけ動作は危なっかしくなってる。気をつけて扱っとくれ」サティは取り外したパイロット代わりの演算装置を操縦室の外に押し出し「あたしはリチャードの坊や達と一緒に龍使いの嬢ちゃんと賢人会議の方をなんとかするからね。マサチューセッツに着いたらフライヤーを切り離しとくれ。そこからはあんた一人だ」

そう言って、サティは操縦槽に向き直る。

訳知り顔でクレアを見上げ、スパナで自分の肩を叩き、

「ま、ヘイズのことはあんたに任しときゃ安心だ。あんな馬鹿でもあたしにとっちゃ身内みたいなもんだからね。末永くよろしく頼むよ」

「え……」

とっさに、クレアは言葉を失う。

羊水に包まれて一定温度に保たれているはずの頬が熱くなるのを感じる。

「おばあさん……えっと、えっとね？　あたし……」

「そういう大事な言葉は、ここぞって時に本人に直接言いな」サティは手にしたスパナをくるりと回し「わかってるとは思うけどね、あいつはとんでもない大馬鹿でおまけに朴念仁だ。言葉に出して言って聞かせなきゃ何にも分かりゃしない。……ここが正念場だよ」

「……うん」

羊水の中で拳を握りしめ、強くうなずく。

サティは満面の笑みでうなずき返し、操縦槽のガラス筒に拳を押し当てた。

「がつんと言ってやりな。女は度胸だよ」

＊

明滅を繰り返すライトの明かりの下に、少女のたおやかな肢体が跳ねた。

その姿を、ヘイズは血で薄赤く染まった視界の向こうに呆然と見つめた。

涙で濡れたガラス玉のような瞳を眼帯で隠すこともしない。小さな段差に足をつんのめらせ、拍子にかき抱いていた白い布を取り落とす。それでも歩調を緩めることはしない。強化カーボンの床に足跡を点々と残し、羊水に濡れた足を陸に上がったばかりの人魚姫のようにもつれさせて、クレアはまっすぐにヘイズの胸に飛び込む。

「お、お前……！　なんでここに」

「なんでじゃない！」細い腕が血まみれの体を強く抱きしめ「このバカ！　なんでこんなことすんのよバカ！　バカ！」

触れ合った素肌に少女の体温を直接感じる。

今さらながらに、自分達がどういう状態なのかを自覚する。

「いやちょっと待て！　お前、裸――」

「うっさい黙れバカ……！」

唇に触れる柔らかい感触。

気がついた時には目を閉じた少女の顔が目の前にあって、花のような香りが鼻腔をくすぐる。

とっさに身をよじろうとするヘイズを押さえつけ、少女は無我夢中の様子で唇を押し当てる。

息をすることもままならない。思考が空転する。体全体が熱を帯びたようで、それが全身の怪我のせいなのか少女の体の柔らかさのせいなのかも分からない。

数秒。抱きしめる腕の力がようやく少し弱まる。

クレアは泣き濡れた顔をゆっくりと離し、独り言のように、

「……幸せだったのよ」

「……は？」

わけが分からないまま、呆然と声を上げる。

「だから、幸せだったのよ！」ガラス玉のような瞳が挑むようにヘイズを睨み「ディーがいなくなって、シティに逆らうことも出来なくて、これからあたしの人生に良いことなんか一つも無いと思ってた！ ずっと下向いたまんま惨めに生きて、いつかろくでもない死に方するんだと思ってた！ でも違った！ あんたに助けてもらって、一緒に旅して！ 毎日楽しくて、バカみたいに浮かれて！ 生きててそんなことがあるなんて考えたことも無かった！ ……わかる？ あたし幸せだったのよ！ あんたと一緒にいられて、すっごい幸せだったのよ！」

肩を強く摑むのは、白魚のような細い指。

「それがなによ……なに一人でかっこつけて一人で勝手に死のうとしてんのよ……！」

クレアは汚れるのも構わずもう一度血まみれの体を抱きしめ、

「女の子一人幸せにしたら最後までちゃんと責任取りなさいよ、このバカ——！」

言葉を理解するのに、しばらく時間がかかった。

ヘイズは目を見開いたまま、すぐそばにある少女の横顔をただ見つめた。

初めて出会った時の事を思い出す。ニューデリーのマザーコアを巡る事件の最中で、あの時はまだ少女はシティのエージェントで、敵同士だった。少女はやがてシティを裏切り、押しかけるように船の乗員になった。色々な場所を旅して、色々な物を共に見た。世界を覆う戦禍に立ち向かう中で、いつしか少女の存在はそこに居るのが当たり前の物になった。

かろうじて動く右腕を持ち上げ、少女の背中を抱きしめた。

ここまで言われれば、さすがにヘイズにもわかった。

「……悪ぃ」

「……謝んないでよ、バカ」

「そうだな。こいつは違うよな」ブルネットの髪に指を絡め「ありがとよ。おかげで助かった」

「……うん……」

うなずいた少女がゆっくりと体を離す。

強化カーボンの床にぺたんと座り込み、ようやく落ち着いた様子でふと自分の体を見下ろし、

「——あ——」

たちまち、白い肌が朱に染まる。

悲鳴の形に口が動くより早く、FA-307の外装から突き出たマニピュレーターの一つが白い

布を拾い上げて少女の目の前に落とす。

　クレアはローブのような形状になっているらしい布を慌てふためいた様子で体に巻き付ける。別なマニピュレーターが医療キットらしき小さなケースを少女に差し出し、少女は取り落としそうになったケースを悲鳴と共に両手で摑み、

「ああもう！」真っ赤な顔でうつむいたまま両手で自分の頰を叩き「それで状況は？　この『島』、動かせそうなの？」

　何かを決意した様子でこっちに近寄り、体中の傷に細胞再生用のペーストを塗り込み始める。

「いやまあ、なんつーか」ヘイズはその姿から視線を逸らして頰をかき「はっきり言っちまうと悪い。っつーか最悪だな」

　応急手当を続ける少女に、状況をかいつまんで説明する。

「……じゃあ、『島』を動かすのはもう無理っぽいのね」クレアは折れた左腕と両足に金属の添え木を当てて包帯を巻き付け「雲の下まで落ちた後でもう一回重力制御かけても間に合わないし、どうやってもこの『島』はマサチューセッツの上に落ちる、と」

　うなずき、ようやく痛みの治まった肺から息を吐き出す。

　かいがいしく手当を続ける少女を見下ろす内に、ふと罪悪感めいた感情が胸の奥にこみ上げ、

「……すまねぇな。わざわざこんなところまで来てくれたってのによ」

「バカなこと言わないの」クレアは傷口から抜き取ったコンクリートの破片を床に放り捨て

「何のためにあたしが来たと思ってんの。失敗になんかさせない。絶対になんとかするんだから」

「いや、そうは言ってもよ」ヘイズは顔をしかめて頭上を仰ぎ「マジでどうにもなんねーんだ。あとはもう『虚無の領域』でこの島を何個かのブロックに分解するくらいしか」

「だから、それよ」クレアは身を乗り出して吐息が触れ合う距離まで顔を近づけ「その『この島を分解する』ってやつ。それをもっと広い範囲で、細かい精度でやればいいのよ」

「細かくやる、つってもなぁ……」ヘイズは額に手を当てて息を吐き「そりゃお前と、あとこの船の演算機関も補助に使えばかなりの規模で『虚無の領域』は展開できるけどよ、実際そこまで効果ねえのはお前もわかってんだろ」

いくら細かいブロックに分割しても、落ちる先がマサチューセッツの上であることに変わりは無い。それに、『虚無の領域』によって消し飛ばされた物質はただ原子単位に分解されるだけで本当に消えて無くなるわけではない。ある程度は風に流されて拡散するだろうが、いずれは再結晶化して大部分はやはりマサチューセッツの上に落ちる。もちろんやらないよりはマシだろうが、三千万の難民が助かるかはやはり神頼みの範疇だ。

「だ、か、ら！　それも含めて、全部計算すれば良いのよ！」が、クレアはガラス玉のような瞳でまっすぐにヘイズを見つめ「忘れてない？　ここにはあんただけじゃなくてあたしもいるんだから。『千里眼』、甘く見ないでよね」

これまで見た中で最高の、輝くような笑顔で少女が胸を張る。

その姿に、ヘイズは唐突に少女の考えを理解する。

「お前……」

「都合良く、補助の計算機もあるわよ。そこに大きいのが」クレアは部屋の奥、透明な壁の向こうに整然と並ぶこの『島』の演算機関を指さし「どうせもう役に立たないんだし、他のことに使っても良いわよね？」

*

轟音と共にぶつかり合った強化コンクリートの彫像のような腕が、黒い体毛に覆われた獣の腕と共に砕けて闇の中に無数の欠片を飛び散らせた。

エドは落下していく強化コンクリートの巨大な残骸の上に片膝をつき、遠ざかっていく巨人の顔をまっすぐに見上げた。

砕けて融け落ちた獣の腕が流体のような無数の触手に姿を変えて、頭上のあらゆる角度から降り注ぐ。足下のコンクリートから数千の螺子を生み出し、襲い来る触手を一つ残らず空中に縫い止める。刺し貫かれた触手が融け落ちて瞬時に新たな触手を形成し、幾何学模様を描いて翻った螺子がその先端を再び縫い止める。

体積の大半を螺子に奪われた足下の瓦礫が強度を失って砕け散り、それより早く螺子の上を渡ったエドの体は別な複数の瓦礫の上を経由してマサチューセッツの外殻の上に着地する。

わずか数秒、瞬きする間の攻防。

『いいかい？　坊やも嬢ちゃんもよくお聞き』

脳内に響くサティの声。

とっさに、首の後ろに埋め込まれた小さな素子に指を触れる。

『あんた達の首についてるそいつは、要はこっちの携帯端末とI—ブレインを遠隔接続するためのただのアンテナだ。負荷を軽減するための特別な機能なんかありゃしない。あんた達が今そうやって戦えてるのはあたしやリチャードの坊やがリアルタイムでI—ブレインを調整して蓄積疲労の元になるデータを消して回ってるからだ』

見上げた先、頭上の遠いところを輸送用フライヤーの小さな機影が旋回する。I—ブレインに直結された通信回線を介して、脳内に音声と共に機内の映像が流れ込む。

ノイズ混じりのカメラの向こうでつなぎ姿の老婆が手を上げる。

その隣では、リチャードとその部下の研究員達がすさまじい速度で携帯端末を叩いている。膝に乗せた三つの端末を同時に操作するリチャードの向かいで、三人の研究員は額に汗を浮かべ、必死の形相で自分の端末と格闘している。全員の頭上に浮かぶ立体映像ディスプレイを膨大な量のデータが流れ去り、I—ブレインのステータス表示らしき幾つものアイコンが赤と緑の明滅を繰り返す。

『ほれ、サースト君もメリル君もセレナ女史もしっかり手を動かせ。またとない実地研修だ。学者の技能はフィールドワークによってこそ磨かれる』

『やってますけど！　こんな目茶苦茶なやり方初めてで——！』

『サーストさんうるさい』

『そうよちょっと黙って！　あーもう、また間違えた！』

『……まあそんなわけでね、長くは保たないよ』サティは肩をすくめ『いいとこ十分が限界。こっちがデータを処理しきれなくなった瞬間に、あんた達のI—ブレインは疲労限界で停止する。それまでに龍使いのお嬢ちゃんを正気に戻すんだ、いいね！』

　視界の彼方、巨人と賢人会議の魔法士達を隔てる位置で光使いの少女がうなずく。十二個の正八面結晶体が闇の空に螺旋を描き、放たれた光の槍が無数の空気結晶の弾丸を消し飛ばして彼方へと流れ去る。

　網状に絡み合わせた螺子で自分の体を支え、その螺子と共にシティの外殻の表面を高速で移動する。

　追いすがる触手の波をすり抜け、かいくぐり、チタン合金の巨大な拳と共に巨人の目の前へと飛び出す。

『説明した通り、これは相当に分の悪い賭けだ』

続いて、フライヤーの助手席で声を上げるのはフェイ。

男は肘から先を荷電粒子砲に変えて窓から突き出し、眼下から迫る触手を次々に撃ち落としながら、

『率直に言って、賢人会議を退かせる具体策は何も無い。だが、李芳美の暴走によって戦場はすでに混乱の極にある。その巨人を完全に制御下に置き、上の「島」の問題が片付けば、この戦いを終息させることも不可能では無──』

唐突に誰かの悲鳴があって、音声と映像が途切れる。シティ連合と賢人会議、双方の一部が何かに気づいた様子で攻撃目標を頭上のフライヤーに切り替える。小さな機体が木の葉のように舞い踊り、荷電粒子と空気結晶の弾丸の雨をすり抜ける。

『だ、大丈夫ですか──?』脳内に響くセラの声。

『余裕よ。こっちは気にしないであんた達は自分の仕事に集中!』

復旧したフライヤーの機内映像の中、操縦席の月夜がカメラに向かって指を立てる。

前面に配置された無数の機器をすさまじい速度で操作し、視線をふと助手席のフェイに向け、

『にしても、よくこんな博打みたいな作戦考えたわね。勝ち目の無い戦いは嫌いなタイプじゃなかったの？』

『状況の変化には臨機応変に対応することにしている』フェイは無表情に答えて目前まで迫った空気結晶の槍を素手で叩き落とし『ヴァーミリオン・CD・ヘイズと李芳美の無謀な特攻の

おかげで状況は誰にも予測できない形に変化した。今なら我々にも介入の余地がある。……マサチューセッツの虐殺を見逃した先に大した展望があるわけでもないからな。どのみち勝算の無い戦いなら、博打を打つのも悪くない』

『驚いた』月夜は唇の端を笑みの形につり上げ『もっとガチガチの堅物だと思ってたのに。あんたって意外と面白いヤツだったのね』

『これでも天樹真昼の協力者だ。見くびられては困る』フェイは無表情のままカメラを振り返り『ともかく、我々の持ち札はこれで全て使い尽くした。お前が唯一の勝算だ、エドワード・ザイン。セレスティ・E・クラインが賢人会議を食い止めている間に、寝ぼけ娘を叩き起こせ』

「――はい」

うなずくと同時に足下の腕から複数の螺子を生み出し、自分の体を上へと運ぶ。一瞬遅れて昆虫の脚のような無数の触手が巨大な強化コンクリートの腕をあらゆる角度から刺し貫き、砕けた腕が轟音と共に地上へと落下する。別な腕の上に着地すると同時に新たに数千の螺子を生み出し、落下するコンクリートの瓦礫を受け止めて新たな腕を再生する。

シティの外殻から突き出た複数の腕の上をワイヤー状の螺子を支えに飛び回り、一瞬も休むこと無く無限に降り注ぐ触手の攻撃を撃ち落とし、かいくぐり、防ぎ止め続ける。

目の前には、ずいぶん前にファンメイが見せてくれた本に載っていた、昔の神様の像に似た巨大な顔。

けれども大きな瞳にはどこか少女の面影があって、やはりこれはファンメイなのだと納得する。

ロンドンの、世界樹を巡る事件で出会った龍使いの少女。自分が世界樹の機能を安定させるために動けない間、ずっと傍にいて話しかけてくれた少女。いつも元気で、明るくて、ころころとよく表情が変わって、自分のことをとても気にかけてくれた。本当は黒の水で出来た作り物の体で、自分が人間ではなくなるかも知れないという苦しみを抱えているはずなのに、そんな態度は少しも見せない強い人。笑って、飛んで、誰よりも先に走って。少女の隣で見る世界はいつも明るくて、少女と一緒にいれば自分もいつかそんなふうに笑える気がした。

それが、どんなに嬉しかったか。どんなに心が温かくなったか。

それを、自分は今日までこの人に上手く伝えられずに来た。

自分は上手く話すことが出来なくて、思っていることを言葉にすることが出来ない。だけど、今日こそは伝えなければならない。自分が少女と一緒にいたいこと。少女が一人で行ってしまって、悲しくて、苦しくて、心が潰れてしまいそうだったこと。こんなことはもう二度としないで欲しいということ。これからは、必ず自分も連れて行って欲しいということ。

だから、この人を必ず助けなければならない。

連れて帰って、ほっぺたをつねって、それから抱きしめてあげなければならない。

そして、もう一人――

……錬……

地下施設の会議室で今もうずくまっているはずの少年の姿が脳裏に浮かぶ。あの少年はこの戦いを、自分の姿を見てくれているだろうかと考える。自分の命の恩人で、大切な人。世界樹をめぐる事件で間違いを犯した自分を救って、自分は生きていても良いのだと教えてくれた人。自分を人間にしてくれた人。それが大切な物を次々に失って、疲れて、倒れて、一歩も動けなくなっている姿を、自分はただ見ていることしか出来なかった。

あの時にもらった優しさを、返したい。

あの人がもう一度立ち上がる日のために、自分に出来ることがしたい。

(攻撃感知。危険)

I―ブレインの叫び。前後左右上下、あらゆる角度から迫る幾つもの巨大な腕が様々な形状の手のひらでこっちの小さな体を包み、押し潰そうとする。足場にしていた強化コンクリートの腕が圧力に潰されて砕ける。落下を始める瓦礫から生み出せる限りの螺子を生み出し、正面から迫る鱗と白い体毛の斑模様に覆われた手のひらに叩きつける。砕けてちぎれ飛ぶ手の向こうからすぐに次の手が迫る。十、百、いやそれ以上。数え切れないほどの巨大な手が互いに融合して壁を形成しながら、その範囲を狭めていく。

螺子を互いに絡み合わせて複雑な網状の球構造を形成し、全ての手の圧力を受け止める。

脳内の演算に意識を集中し、少しずつ、少しずつ、巨大な手を押し返していく。

エドワード・ザイン。世界最強の人形使い。生みの親が、エリザがどうして自分をそんなふうに作ったのかは分からないけれど、今、自分にその力があることをとても嬉しく思う。

大切な人のために戦える力、誰かのために進むことが出来る力。

螺子の幾つかを黒の水で作られた手のひらに突き立て、中に潜り込ませる。

龍使いの持つ圧倒的な情報防御に一瞬意識が吹き飛びそうになるが、すぐに情報の海の中に目当ての物を見つける。細い、糸のような情報の通り道。核である龍使いのI―ブレインから黒の水で構成された末端組織まで情報を届けるために必ず必要なはずの神経網のようなその回路が、大量の黒の水を引きつけたことでようやく知覚できるレベルまで存在の強度を増す。

螺子の先端をさらに深く体組織に押し込み、光の糸のように知覚される情報の経路に接続する。細胞レベルの論理回路に守られた周囲の体組織と異なり、もともと情報を通すために構築された経路の防御は弱い。情報の流れを逆に辿り、本体たる龍使いが、少女が隠された場所を探り当てる。

巨人の左胸、心臓の位置。厚い鱗と体組織に守られた体の内側。

周囲を取り囲む螺子をより合わせて巨大な円錐形のドリルに変え、正面を壁のように覆う黒の水に全力で叩きつける。

幾重にも折り重なっていた巨人の手のひらが厚さ数十メートルにわたってちぎれ飛び、生じたトンネルの向こうに巨人の胴体が姿をのぞかせる。ありとあらゆる生物の組織で表面をパッチワークのように覆った、どこか女性らしい丸みを帯びたシルエット。数本の螺子が黒の水の壁を突き破って外に飛び出し、周囲で自律稼働を続ける強化コンクリートの腕を介してシティ・マサチューセッツの外殻を構成する構造材とＩ－ブレインを直結する。

巨人の物よりもさらに数倍巨大な腕が外殻から突き出し、エドの周囲を取り囲む黒の水の壁を引きちぎる。

螺子を支えに巨大な腕に飛び乗り、巨人の胴体の中心、少女が囚われているはずの場所へと突き進む。

無数の黒い触手が強化コンクリートの腕に次々に突き立ち、すさまじい力で引き戻そうとする。巨大な腕が半ばで砕けてシティの外殻へと巻き戻る。目の前には壁のように立ち塞がる巨人の胴体。どこまでいっても切れ目が確認できない巨大な壁の中央に、分厚い鱗で覆われた箇所の存在を確認する。

速度は十分。砕けたまま慣性の法則で飛び続ける足下の瓦礫を円錐形の巨大なドリルに変え、絶え間なく変容を続ける流体の壁の中央、幾重にも折り重なる鱗の継ぎ目に突き立てる。

食い込んだドリルの先端を数百のパーツに押し開き、巨人の胴体を強引に引き裂く。

押しのけられた巨人の体組織が黒い粘性の流体に姿を変え、花びらのように周囲に広がってドリル諸共こっちの体を包み込もうとする。

背後から寄り集まった無数の黒い触手が壁となって退路を塞ぐ。三六〇度、あらゆる場所が壁のような黒い体組織で覆われる。完全な闇が視界を塞ぐ。壁の表面から波打つように立ち上った黒い体液が次々に新たな触手を形成し、周囲の螺子が自動反応でその全てを刺し貫く。

目の前には開かれた巨人の体内、膨大な黒の水によって構成された混沌の海。

その中心めがけて、エドは一直線に飛び込んだ。

＊

FA-307の円形の操縦室に、演算機関の低い駆動音が響いた。

ヘイズは冷たい床の上にあぐらをかき、I―ブレインの動作状態をもう一度確認した。

脳内には見慣れない幾つものステータス表示が浮かび、膨大な量のデータが駆け巡っている。

クレアのI―ブレインに、FA-307の演算機関、そして「島」に搭載されていた重力制御用の演算機関。

全てのシステムを統合して一つの演算を行うための準備が完了する。

深呼吸を一つ。少し迷ってから、目の前の少女に語りかける。

「……なあ、お前そろそろ下りねぇか？」

「嫌よ。絶対にいや」

膝の上に座ったクレアが、当然のように答えてこっちの胸に背中をすり寄せる。相変わらず白い布で体を覆っただけの姿のまま。I―ブレイン同士は有機コードを介して直結しているからこんなに密着する必要は無いはずなのに、何を言っても傍を離れようとしない。

「お前なぁ……」ようやく動くようになった左手で頭をかき「わかってんのか？　こんな滅茶苦茶な演算、オレもやったことがねぇ。『島』の演算機関だけじゃ無く、下手すりゃこの船も機能停止する。ハリーのヤツが上手く気づいてくれなきゃ、オレ達地上まで真っ逆さまだぞ？」

「だからこうやってるんじゃないの」クレアはこっちの右腕を胸に押しつけるように両腕で抱きしめ「いよいよって時はあんたがクッションになれば、少しは生存率上がるでしょ？」

「ひでーな、おい」

「冗談よ」苦笑するヘイズにクレアは微笑み「上手くいくわよ。絶対に上手くいく。でしょ？」

「ったりめーだ」ヘイズは目の前にある少女の髪を指で撫で「ここまで来たらハッピーエンドだ。じゃねぇと格好がつかねーだろ」

機外から伝わる振動と轟音が次第に大きくなる。FA-307の全長七十五メートルの機体が、直径二キロの「島」に食い込んだまま諸共に落下していく。

これから死ぬかも知れない、という思考。

だというのに、どうしてだか恐怖をまるで感じない。

(システム稼働率を百二十パーセントに再設定)

オーケストラの指揮者のように右手を目の前に掲げる。クレアが手を伸ばし、硬く無骨な指に白魚のような細い指を這わせる。

(予測演算成功。『虚無の領域』展開準備完了)

ガラス玉のような瞳が、視線だけでうなずく。

ヘイズは小さくうなずき返し——

親指と中指を、軽く弾いた。


小さな音が大気を震わせた。

制御システムを介して「島」の各所のスピーカーに届けられた音は、総重量三千万トンの「島」の内部数百カ所に、空気分子で描かれた直径五センチ足らずの論理回路を刻んだ。

生み出された論理回路が自身の情報制御によって一回り大きな論理回路を形成し、無限ループの果てに瞬時に直径二十メートルにまで膨れあがる。『虚無の領域』。あらゆる物質の存在を許さない論理回路が「島」を構成していたチタン合金と強化コンクリートの構造材を球形に抉り、原子単位に分解する。

応力の集中点を同時に失った「島」が、自身の重量によって内側に崩壊する。

「島」を構成していたあらゆる物質が数万の細かいブロックに分割され、重力に引かれるまま雲の中を落下していく。

一つ一つが数メートル四方の金属とコンクリートの塊が、三千万の難民が暮らす都市めがけて降り注ぐ。落下速度が次第に増し、膨大な運動量に大気が激しく鳴動する。

雲海を抜けてその下、闇と吹雪の戦場へ。

落下を続ける瓦礫の最初の一つがとうとう雲の天蓋を突き破り、空気抵抗によって剝離した粒子の細かい尾を引いて直径二十キロの巨大な天頂めがけて一直線に突き進む。

戦場に集う全ての者が動きを止め、流星雨のように降り注ぐ無数の瓦礫を呆然と見上げる。シティ連合の飛行艦艇がサーチライトを空に向ける。兵士達の中にも賢人会議の魔法士達の中にも状況を理解できる者は一人もいない。司令部からは矢継ぎ早に退避の指示が飛ぶ。万単位のフライヤーが蜘蛛の子を散らすようにシティの周囲から退いていく。

人々が見上げる先、一万メートル以上の距離を落下した瓦礫の塊はシティ・マサチューセッツの巨大なドームに次々に激突し——

複雑に組み合わされたチタン合金の建築構造の結節点、ドーム型の外殻に等間隔に点在する「最も強度が高いポイント」だけを狙い撃つように直撃する。

数万の欠片が豪雨のように降り注ぎ、一つ残らず跳ね返って地表へと放物線を描く。どの一つのポイントにも欠片が二度以上命中することは無い。全ての欠片が一つたりとも誤ることなく異なるポイントを正確に狙撃し、「島」の落下が生み出す衝撃を半径十キロの外殻全体に完全に均等に分散する。

巨大なドームが衝撃に激しく振動し、随所で少しずつひび割れ、陥没し始める。

が、それだけ。とめどなく降り注ぐどの一撃も、マサチューセッツの外殻を完全に突き通すには至らない。

跳ね返った欠片が次々に地表に突き刺さり、膨大な量の雪と氷塊を吹き飛ばす。数万の欠片の幾つかは巨人を直撃し、流体の腕が数本まとめてちぎれ飛ぶ。巨人は身じろぎ一つせず、翼で自身を守ろうともしない。巨人が動きを止めていることに人々はようやく気づく。

戸惑ったように様子をうかがう魔法士達の視線の先、鉛色の雲の天蓋を突き破って銀灰色の機体が降下する。降り注ぐ瓦礫の豪雨の中、重力に逆らうように空中で何度か静止と再降下を繰り返し、やがて推力を完全に失った機体は鋭いナイフのような機首を眼下のドームに向けて落下を始める。

光使いの少女が目を見開いて何かを叫び、十二個の正八面結晶体を機体に向けて解き放つ。

が、それより早く雲を突き抜けて飛来した別な機体が銀灰の機体の下に回り込む。全長百五十メートルの真紅の船体が重力制御で銀灰の機体を支える。銀灰の機体がシティ・マサチューセッツの外殻に突き刺さる寸前の位置で静止し、ゆっくりと水平の姿勢を取り戻す。

誰もが動くことを忘れて見上げる中、膨大な量の瓦礫の最後の一つが雪原に突き刺さる。誰一人犠牲(ひとりぎせい)にすること無く、シティの外殻を破壊することも無く、かつて雲の上に浮かぶ「島」であった三千万トンの瓦礫が一つ残らず地に落ちて動きを止める。

それを合図にしたように響(ひび)き渡(わた)る、獣の如(ごと)き咆哮。

数百対の巨大な翼を羽ばたかせ、巨人が飛翔を開始した。

＊

飛び込んだ巨人の体内は、熱を帯びた粘性の体組織にどこまでも満たされていた。

エドは自分の身長ほどもあるドリルの先端を目の前に立ち塞がる壁のような体組織に突き立て、漆黒の流体の海を掘(ほ)り進(すす)んだ。

上下左右、あらゆる場所を覆う黒い液体の表面から無数の触手が突き出し、あらゆる角度から襲いかかる。ドリルの一部を数百の細い螺子に変え、音速を超える速度で突き立てられる触手のことごとくを刺し貫く。ドリルでこじ開けた背後の穴が瞬時に閉ざされ、黒い液体の壁が津波(つなみ)のように迫る。深海の水を強引に割って突き進んでいるようなもの。螺子を絡み合わせ壁を形成し、濁流のように押し寄せる原形細胞の塊をかろうじて押しとどめる。

正面、突き立てたドリルの先端にかすかな違和感(いわかん)。

Ｉ―ブレインによって補正された視界の先、闇の向こうに、周囲の黒い液体とは明らかに異なる色合いの肌が一瞬だけ姿をのぞかせる。

螺子をより合わせて複数の手を形成し、目の前を流れる滝のような壁をかき分ける。あらゆる場所から際限なく集まってくる原型細胞の海を押しとどめ、必死に伸ばした指先が突然、他とは異なる感触の肌に触れる。

黒い海の中に浮かぶ、少女の顔。

眠ったように目を閉じる少女の首から下は周囲を満たす黒の水に呑まれて、形を保っているのかすら分からない。

とっさに少女の名を呼び、周囲に次々に螺子を突き立てる。黒の水の内部に潜り込んだ螺子を互いに絡み合わせ、少女を取り囲むように網状の構造を形成する。

それが、ファンメイを救うたった一つの手立て。

周囲の黒の水から少女に流れ込んでいる膨大な量の情報を、一時的に自分のI―ブレインにバイパスする。

巨人の体を作り出している膨大な量の黒の水から、少女自身の体を構成する黒の水への情報のフィードバックを断ち切る。少女のI―ブレインが巨人の体に一方的に命令を与えるような情報の流れを構築することで、少女に全ての黒の水の制御権を取り戻させる。

黒い水面に浮かぶ少女の顔が、ほんのわずかに動く。が、次の瞬間、押し寄せた黒の水が少女の姿を再び呑み込む。圧力に抗しきれず螺子を引き抜く。突き立てたドリルの先端を流体の壁が受け止め、ゆっくりと押し戻す。

無我夢中でのばした手が空を切る。

少女の姿が、闇の向こうに少しずつ遠ざかる。

ドリルの表面から再び数百の螺子を生み出し、目の前の壁に突き立てる。瞬間、周囲のあらゆる場所から突き出た無数の触手が細いワイヤーの螺子に絡みつく。しまった、という思考。螺子を構成する強化コンクリートとチタン合金が、次々に砕かれて黒い海の中に取り込まれる。

圧倒的な情報防御に阻まれて、I－ブレインの命令が届かない。

無数の触手はドリルの本体に次々に突き立ち、巨大な塊を内部から少しずつ粉砕し始める。

ゴーストハックで操るべき物質が無ければ、人形使いの自分は何もすることが出来ない。とっさにドリルを残らず無数の螺子に分解し、その全てが新たに出現した触手に捕らわれる。打ち砕かれた螺子が次々に小さな瓦礫の塊に姿を変え、一つ残らず彼方へと流れ去る。

押し寄せた黒い液体が四肢に絡みつく。

首から下が原型細胞の海に呑み込まれ、身動きが取れなくなる。

どれだけ力を込めても指一本動かすことが出来ない。周囲にゴーストハックで操ることが出来る物質も無い。必死に目を見開き、獣の顎のように迫る黒い波を睨み付ける。

絶対に、最後まで諦めない。

必ず連れて帰るのだ、あの優しい人を。

頭上から拳のように叩きつけられる奔流。呼吸が止まる。今度こそ全身が黒い海に呑み込まれ、そのまま為す術なく下へ、緩い熱を帯びた闇の底へと――

(高密度情報制御を感知。識別失敗)

体がいきなり上に持ち上がり、顔が水面から上に突き出す。熱い空気が肺に流れ込む。必死に呼吸を繰り返して目を開け、ようやく自分を救ったものの正体を認識する。

黒い液体から突き出た、流体に覆われた小さな黒い手。

それが、エドの体を水面から引き上げ、かろうじて残された小さな瓦礫の上に立ち上がらせる。

甲殻類の爪のような黒い腕が、追いすがる触手を次々に打ち払う。周囲を満たしていた黒の水が、波が引くように後退していく。自分が真っ暗な海の中に生まれた数メートルほどの空間に立っていることに、唐突にエドは気づく。四方と足下と頭上を満たす黒の水が押し寄せてくる気配は無い。何かが、いや誰かが、生物としての根源的な欲求だけを持った原型細胞の動きを押しとどめている。

目の前にはとめどなく流れ落ち続ける黒の水の壁。にもかかわらず。その流れのわずかな淀みや切れ目によってそこに周囲の細胞とは異なる何かがいるのが分かる。

ファンメイと同じくらいの少年に、それより少し大きな少年と少女。

黒い三つのシルエットが、壁の中からゆっくりと進み出る。

「……だれ……？」

思わず、口を開く。

メイの友達だよ、と大きい方の少年の影法師が微笑む。

――メイと一緒にあの島で暮らしてた龍使いだよ。メイから聞いてないかな――？

聞いている、という意味で何度もうなずく。

嬉しそうにうなずき返す少年の隣で、少女の姿の影法師がくすくすと笑う。

さらにその隣で小さい方の少年が爪のような腕を払い、足下の水面から生え出す触手を次々に薙ぎ払う。確かに人のように滑らかに動くのに、その姿はただ黒の水を固めただけの人形のようなもの。混乱する。ここは黒の水によって作られた巨人の体内。言ってしまえば龍使いの体の中そのもの。そこに、どうしてこんな存在が。

――ここが、黒の水の中だからだよ――

疑問を見透かしたように、大きい方の少年が微笑む。

目を丸くするエドに、少年は少し早口に語り始める。

ファンメイがそうであるように、自分達の体も黒の水で構成されていた。龍使いの情報構造は大部分はＩ―ブレインに依存しているが、黒の水自体も部分的には記憶領域の役目を果たす。

かつて少女が生まれ育った島を離れた時、自分達の体を構成していた黒の水の一部はその記憶データと共に少女の体に取り込まれた。

自分達の、龍使いの一部は、情報の海の、黒の水の中にある。

僕らはここからずっとメイの旅を、メイの目を通して君のことを見てきたんだよと少年が笑う。

——まあ、ほんの一欠片。メイがこんなにたくさん黒の水を作ってくれたおかげで、ちょっと表に出てこられただけなんだけどね——

周囲の空間が少し狭(せま)くなったような感覚。四方と頭上に押しとどめられていた黒の水が、支えを失ったように少しずつ近づいてくる。

大きい方の少年が、さて急がないと、と呟き、目の前を滝のように流れ落ちる黒の水に腕を突っ込む。

ややあって引き抜かれた腕の先には、少年の身長よりも大きな瓦礫の塊が握られている。

——いいかい？　この周りにある黒の水は、一時的にメイの情報構造から切り離されて僕らの制御下にある。今からその情報防御を解除する。防壁(ぼうへき)が一切存在しない単なる細胞の塊だからね。この瓦礫と同じように、人形使いの能力で扱えるよ——

こわごわと手をのばし、瓦礫に手を触れる。

I—ブレインからゴーストを送り込み、強化コンクリートとチタン合金の塊を幾何学模様に

編まれた数百の螺子に変える。

少女が手を伸ばしてほわほわと髪を撫で、

――でも気をつけてね？　防壁が無い黒の水はすぐに周りの情報構造に取り込まれてこの巨人の一部に戻っちゃうの。メイを助けるのに使える時間は、うんと短いわよ――

うなずき、ファンメイがいるはずの方向に向き直る。

と、小さい方の少年が肩に手を置く。

――なあ。お前、メイのこと好きか――？

少し考え、こくりとうなずく。これがどういう「好き」なのかは分からないけれど、あの人と出来るだけ長く、一緒にいたいと思う。

少年の影法師が、そっか、と呟く。

ファンメイと同じくらいの大きさの手が、目の前に差し出される。

――おれたちは記憶の欠片だからさ、生きてた頃がどんなだったか本当はよく思い出せないんだ。だけど、メイのことがすごく大切だったことだけは何となく覚えてる。……お前がメイを助けてくれたらおれたちはまた眠る。こんなにたくさん黒の水を集めるのは危ないから、もう二度と表には出てこないし、出てこない方が良いんだ――

だからさ、とかつて龍使いであった少年は笑い、

――これからもずっと、あいつのこと、支えてやってくれよな――

差し出された手を強く握りしめ、もう一度うなずく。無数の螺子を従えて正面に向き直り、強く一歩踏み出す。周囲を取り囲む黒の水に螺子を突き立て、片っ端からゴーストを流し込む。

原型細胞の塊が幾つもの巨大な手に姿を変え、周囲から押し寄せる黒の水を押し返す。

三つの影法師が顔を見合わせるように首を動かし、その姿が同時に融け落ちて消える。

螺子を束ねて円錐形のドリルに変え、目の前の壁に全力で突き立てる。

ゴーストハックの制御下に置かれた黒の水がトンネル状の壁を形成し、粘性の液体で満たされた海の中に通り道を作り出す。幾何学模様を描いて飛ぶ無数の螺子が、壁の隙間から飛び出す触手を片っ端から撃ち落とす。

正面、垂直に流れ落ちる黒い滝の中央に、眠ったように目を閉じる少女の顔。

周囲の組織に全ての螺子を突き立て、巨大な分子のような網目構造を形成する。

すさまじい量の情報が瞬時に脳内に流れ込み、I―ブレインが悲鳴を上げる。だがこの情報はあくまでも黒の水が持つ原始的な衝動が集まったもの。龍使いでは無い自分にとっては単なるノイズに過ぎない。少女の目の前に駆け寄り、両腕を壁のような流体の濁流に突き入れる。

ぬめるような流体の奥に、何かを掴んだ感触。

渾身の力を込めて、腕を引き戻す。

「……あ……」

少女の唇から、吐息のようなかすかな声が漏れる。水面に浮き上がる少女の体を力一杯抱きしめ、螺子の助けを借りて引き寄せる。粘性の流体が尾を引いて少しずつ少女の体から引きはがされる。三つ編みに結わえた長い髪が、ドレスに包まれた上半身が、闇の中に少しずつ姿を現していく。

「……エド……？」

夢見るような少女の声。

次の瞬間、その瞳が大きく開かれる。

黒い液体で構成された少女の手足が壁の中から引き抜かれる。首から下の全ての部位を黒の水で構成したまま、少女が確かな足取りで目の前に降り立つ。波打つ流体の四肢が瞬時に変容して人間の手足を構築する。確かな感触を帯びた二本の腕がエドの体を強く抱きしめる。

「エド……わたし……」

「はい」

困惑したように呟くファンメイの背中を何度も撫でる。

少女は「うん……」とうなずき、抱擁を解いて立ち上がる。

周囲を取り囲む黒の水を見回し、少女は「よし！」と自分で自分の頬を叩く。しなやかな腕が目の前を流れ落ちる黒い壁にのび、そのままゆっくりと肘まで潜り込む。地鳴りのような振動。脳内に渦巻いていた膨大な量の情報が少しだけ整理され、巨人の視界のようなものが構築される。シティ・マサチューセッツの灰色のドームから、後方を飛び交う賢人会議の戦列へ。

巨大な翼が強く大気を打ち付け、視界がゆっくりと前進する。

目の前に差し出される、少女の柔らかな手。

エドは息を吐き、その手を強く握りしめた。

＊

無数の触手に取り囲まれた全長五百メートルの巨体が、吹雪の中に羽ばたいた。

その姿を、ケイトはディスプレイの向こうに呆然と見上げた。

黒の水によって生み出された巨人は目前まで迫ったシティ・マサチューセッツのドームに背を向け、ゆるやかに地表を漂って賢人会議の魔法士達へと向かっていく。末端から少しずつ形を失い、大量の黒の水を雪原に振り落としながら、振り上げた巨大な腕で降り注ぐ空気結晶の槍を払いのける。

攻撃を行うでもなく、魔法士達を追い立てることもせず、ただ数百の腕を広げて行く手を遮るように立ちはだかる龍使いの巨人。

その姿に、作戦室の各所で士官達のざわめきが起こる。

「……まずいぞ、トルスタヤ」円卓を囲む将官の一人が顔を青ざめさせ「『島』はすでに落ちた。あの巨人もいつまでも魔法士どもを留めておくことは出来まい。なんとかして奴らを退かせねば、マサチューセッツの難民は今度こそ無駄死にだぞ」

周囲の将官達も同意を示すようにうなずく。が、その言葉はケイトの耳に入らない。

シティのドームの上をゆっくりと漂う、二隻の雲上航行艦。

その姿から、視線を逸らすことが出来ない。

……考えなさい。考えるのよ、『計画者』ケイト・トルスタヤ……

人類と魔法士の最終戦争を食い止める道。世界をシンガポール以前の状態に戻す道。そんな物はどこにも残されていないと思っていた。だからロンドンの作戦に乗った。もはや全てを救う術など無いのだと。何かを守るために何かを捨てる。それ以外の道を望むなら、奇跡を起こしてみせるしかないのだと。

その奇跡が目の前に現れた。変わるはずの無かった現実に穴が開いた。

ならば、自分にも必ず、成すべき事があるはずだ。

連合の計画は失敗した。もはや賢人会議の魔法士達を葬り去る術は無い。ここで彼らを退かせることが出来れば、状況は今回の計画が始まる以前に戻る。マサチューセッツの難民に関する根本的な問題は解決せずとも、少なくとも目の前の虐殺だけは食い止めることが出来る。

だから、考えろ。

たとえ針の先ほどの可能性であろうと、そこに穴があるなら通してみせろ。

……何か、何でもいい、この状況で切れるカードを……!

円卓の上に手を伸ばし、最も厳重にロックされたデータを生体認証で解除する。

小さな画面に映し出されるデータに、将官達が目を見開く。

「何をするつもりだ、トルスタヤ」

「今作戦に関する詳細を、世界に公表します」タッチパネルを素早く叩いて必要な機能を次々に呼び出し「同時に、あの『島』に続いて第二第三の攻撃手段があるという偽の情報を流布します。真実の中に嘘を。雲除去システムの起動条件を含めたあらゆる情報を賢人会議に渡すことで、マサチューセッツの存在自体が罠であると彼らに信じさせます」

「馬鹿なことを」将官の一人が押し殺した声で首を左右に振り「目を覚ませ、トルスタヤ。自治政府が飢えた難民を敵諸共に皆殺しにしようとしたなどと、明るみに出ればどうなるかわからんのか！」

「それに、システムの起動条件が知られれば今後、奴らに罠を仕掛けることも不可能になる」別な将官が青ざめた顔で後を引き継ぎ「マサチューセッツのことは諦めろ。どのみち、彼らには死以外の結末は無かっ――」

男が言い終わるより早くタッチパネルを操作し、最後のキーを叩く。将官達が駆け寄って両腕を押さえるがすでに遅い。

ディスプレイに表示される『伝送完了』の文字。

作戦室のそこかしこで、計画の全容を知らなかった士官達がざわめき始める。

「押し問答の時間はありませんので、強攻策を取らせていただきました」円卓に押さえつけられたまま、将官達を見上げて微笑む。「『拙速は常に巧遅に勝る』。我が栄えあるモスクワ自治軍の教義はご存じでしょう？」

「貴様……」

おびただしい数の通信画面が頭上に次々に出現する。マサチューセッツの前線で、他国の司令部で、明かされた真実を巡って数え切れないメッセージが世界中を駆け巡り、回線負荷が瞬時に限界近くまで跳ね上がる。

三百人の士官の視線が、作戦室の中央、ケイト達が座る円卓に集中する。

将官の一人が深く息を吐き、腰の拳銃を引き抜く。

「……自分が何をしたか分かっていような、トルスタヤ中将」

こめかみに押し当てられる銃口の冷たい感触。

ケイトは目を閉じ、この戦いを見ているはずの息子のことを心の中で思った。

「国家、いや、人類に対する反逆の罪により貴官を拘束する」

＊

吹雪の戦場を飛ぶディーの元にも、その情報は届いていた。

少年は雪原の上に静かに降り立ち、目の前に浮かぶ少女を真っ直ぐに見つめた。

「セラ……本当なの？　これ」

「……本当……です」長い金髪をポニーテールに結わえた少女がうなずき「全部、軍の作戦だったんです。マサチューセッツにみんなをおびき寄せて、シティごと潰そうって……」

頭上を飛び交っていた魔法士達が動きを止め、それぞれに近くの者と話し始める。通信回線に突然紛(まぎ)れ込んできた膨大な量のデータ――ファクトリーシステムの復旧という情報自体がシティ連合の罠であったことを示す証拠に誰もが戸惑っている。

見上げた先、闇の空に、巨大な翼が羽ばたく。

龍使いの少女から生み出された巨人はすでに体の大部分を失いながら、なおも百本以上残された腕を大きく広げて魔法士達の前に立ちはだかっている。

「やっぱり、セラが知らせてくれたのは本当だったんだね」呟き、無意識に視線をうつむかせる。「ごめん……せっかく教えてもらったのに、こんなことになって」

「ディーくんは悪くないです」

少女はゆっくりと首を左右に振る。

ふと表情を和(やわ)らげ、口元を少しだけゆるめて、

「でも、みんなが無事で良かったです」

その笑顔に確信する。

この子は組織や仲間から逃げ出したのでは無い。

大きな目的のために、違う道を行くことを選んだのだ。

「ディーくん……」

と、セラが思い詰めたように顔を伏せる。

ややあって顔を上げ、少女は何かを決意するように両手を胸に当て、

「えぇっと……ディーくんも、わたしと一緒に来てほしい……です」まっすぐな目でこっちを見つめ「わたしは今、世界再生機構にいるです。戦争を止めて、今度こそ真昼さんの夢を叶えるために。だから……」

「ごめん。それは出来ないよ」視線を逸らし、唇を噛む。「結局、シティがぼく達を滅ぼす方法を持ってることに変わりは無いんだ。だから、戦争は終わらない。……ぼくはみんなを守らなきゃいけないんだ。もちろん、セラも」

「そう……ですか……」

寂しそうに少女がうなずく。

頭上を飛ぶ仲間達が、何かを叫んで降下してくる。

セラはその方向をしばらく見上げ、意を決した様子で空中に浮き上がる。少し高度を取ったところでポケットを探り、「これ！」と何かを投げてよこす。

慌てて受け取り、正体を確かめる。

冷え切った小さなデータディスクが、手の中で少しずつ熱を帯びていく。

「わたし宛の直通回線のデータ、です」少女の声。「真昼さんに前にもらった、軍の回線に偽装するタイプです。出来たら他のみんなには秘密にしてください。……それで、もし……もし良かったら、いつでも通信できるように設定しておいてください……です」

言葉を返そうとした時にはすでに少女の姿は遙か遠く、十二個の透明な正八面結晶体が闇の中に輪舞する。追いすがる空気結晶の弾丸を荷電粒子の槍で撃ち落とし、小さな背中が闇の向こうに消える。

後に残るのは、吹雪に閉ざされた空。

ディーはそれをじっと見上げ、手の中のディスクを強く握りしめた。

＊

黒と銀の軍服をまとった魔法士の軍勢が、撤退を開始した。

その光景を、錬は通信画面の向こうに呆然と見上げた。

魔法士達は間近に迫ったシティ・マサチューセッツのドームに背を向け、一路北東へ、アメリカ大陸の東海岸を目指して進んでいく。ノイズにまみれた画面の向こう、その姿が次第に小さくなり、やがて、吹雪の向こうに消える。

空を漂っていた巨人の姿が、崩れる。

巨大な腕が、触手が、胴体が、何もかもが黒い雨に融け落ちて眼下の雪原に降り注ぐ。

後に残るのは、小さな二つの人影。

龍使いの少女と人形使いの男の子が、互いを支え合うようにしながらゆっくりと地表に降り立つ。

その頭上に近づいた小型の輸送フライヤーが、疲れ切った様子の二人を拾い上げる。フライヤーは上空を漂う銀灰色の飛行艦艇に吸い込まれ、隣に浮かぶ真紅の機体と共に彼方へ飛び去っていく。

会議室でその光景を共に見守っていたイルが、床に崩れ落ちる。

白髪の少年はコンクリートの床の上にうずくまったまま、何度も感謝の言葉を繰り返す。

ソフィーが涙をぼろぼろ零しながら、傍にいる魔法士の子供達と抱き合う。一ノ瀬少尉が何度も深くうなずき、出迎えの準備をすると言い残して会議室を出て行く。

その様を、錬はただ、立ち尽くしたまま見つめる。

自分でも理解できない、わけのわからない感情が湧き上がるのを感じる。

真っ黒な泥が詰め込まれた胸の奥に、小さな火が灯る感覚。今すぐにこの部屋を飛び出して、生命維持槽で眠るフィアの元に走って行きたい衝動に駆られる。自分の中に生まれたこれが何なのかわからない。ただ、胸の奥が熱くて、痛い。

子供達が駆け寄り、こわごわと手を摑む。良かったね、という声にしばらく呆然となり、ややあってうなずく。拍子に零れた涙が一粒、机に小さな水滴を作る。一粒、また一粒。水滴が互いにより集まって、いつしか小さな水たまりを作る。

通信画面の向こうには、ようやく静寂を取り戻した闇の空。

錬はそれを、ただじっと見つめた。

第十二章　その手に残る物　～If the world ends tomorrow～

空から舞い落ちた白い結晶が、灰色の巨大なドームに小さな染みを落とした。

雪はマサチューセッツの上に次々に降り積もり、外殻に生じた幾つもの傷跡を覆い隠した。

シティのドームの表面を動き回る無数のナノマシンが強化コンクリートに生じたひび割れを補修し、随所に生じた陥没を元通りに埋め戻していく。シティ連合の作戦から三日が経って、アメリカ大陸東岸の戦場はすでに以前の静寂を取り戻している。

賢人会議の魔法士達は海を越えて各地の拠点へと退き、シティ連合の部隊もそれぞれの属するシティへと帰還した。

旧マサチューセッツ自治軍で構成されたわずかな駐留部隊だけが数隻の飛行艦艇と共にかつての祖国に留まり、演算機関によるエネルギー供給と居住区画の治安維持にあたっている。

残された三千万の難民の暮らしは変わらない。配給によってもたらされるわずかな水と食糧と電力、それだけが人々の命をかろうじてつなぎ止めている。その配給も、日ごとに少しずつ減り続ける。誰にもどうすることも出来ない。一度だけ第一階層を中心に小規模な暴動があり、駐留部隊の兵士達も満足な食糧を持っていないことが知れ渡ってからは、人々はそれまでに増して静かに、一日のほとんどを家でうずくまって過ごすようになった。

三日前にシティを襲った衝撃と轟音の正体を気にかける者はあっても、駐留部隊の兵士達を問いただそうとする者はいなかった。軍が自分達を巻き添えに賢人会議の魔法士達を押し潰そうとしたのだという噂を耳にしても、人々はただうなずいて諦めたように顔を伏せるだけだった。

けれども、そんな暮らしの中でただ一つ。

自分達を救うために戦った誰かがいたらしいという話だけが、彼らの表情にほんのわずかな灯をもたらした。

ある者は通信回線のノイズの向こうに獣の咆哮を聞いたと言い、ある者はポート管制塔の窓の先に巨人の姿を見たと言った。隕石のように降り注ぐ無数の瓦礫を見たとまことしやかに語る者がいて、雲の向こうから降下する奇妙な飛行艦艇を見たと言い出す者もいた。大戦前の娯楽映画のようなその物語を語る時、難民達の表情には少しだけ光が戻った。あれは賢人会議と敵対して人類のために戦う魔法士なのだと誰かが囁き、別な誰かが本当にそうなら良いのにと笑った。

行くあてもなく、生きながらえる術もなく、明日にも訪れるかも知れない死の瞬間をただ待つばかりの暮らし。

そんな現実を忘れるように、人々は少しの間だけ笑い、本当に存在したのかも分からない見知らぬ誰かに思いを馳せた。

雪はただ静かに降り積もる。闇の雪原に打ち捨てられた巨大な都市の残骸に、世界から見捨てられた三千万の命の上に。凍り付いた街路を行き交う人の姿はすでに無く、訪れる者の絶えた教会には乾いた風が吹き抜ける。人々は窓の外を見ることすら忘れ、小さな仮設の住家で肩を寄せ合う。テーブルの上には固形食糧の欠片と水が少し。それさえ、明日にはもう手に入らないかも知れない。

人の世の黄昏のような光景。

兵士が手にした携帯端末のほのかな光が、照明の絶えた死の街を蛍火のように照らした。

＊

かすかな足音に目が覚めた。

ケイトは椅子に座ったまま顔を上げ、独房を覆う白塗りの壁を見回した。

立体映像で壁に描かれたカレンダーが「十二月十日」を示す。強ばった体を伸ばそうと身をよじり、両手と両足が拘束具で椅子に固定されていることに気づく。扉の向こうで兵士の話し声。中に入ろうとする誰かを諌める声がしばらくあって、扉が音も無くスライドする。

姿を現す軍服姿の男に、無意識に背筋を伸ばす。

セルゲイ・ミハイロヴィチ・ヤゾフ元帥。

シティ・モスクワの最高指導者である男は手の動きで警備兵を扉の外に追い出し、壁に立てかけられた折りたたみ式の椅子を無造作に広げてケイトの向かいに腰を下ろし、

「……貴官を買い被っていたと言うべきか、侮っていたと言うべきか、果たしてどちらが正解なのだろうな」両目の瞼を指で押さえて深く息を吐き「私は言ったはずだぞ？　トルスタヤ。マサチューセッツの三千万人は諦めろと」

「申し訳ありません」とっさに視線を伏せ、どうにか呼吸を整え「ですが閣下、私は――」

その先を言うより早く、セルゲイが手の動きでこちらを制する。

男は腕組みして眉間に深いしわを寄せ、

「貴官の言い分はわかる。賢人会議の頭上に『島』を落とすという当初の計画が失敗に終わった時点で、尋常な手段であの局面を収めることは不可能だった。龍使いの暴走も完全な想定外であったしな。……本来ならマサチューセッツのみならず防衛部隊全軍を失ってもおかしくなかった状況だ。方法がどうあれ、一兵も損なうこと無く敵を退かせた貴官の判断は評価されるべきだ」

言葉が途切れる。

男はわずかに憔悴が滲んだ目でケイトを見据えたまま、

「だが、それを差し引いても貴官の行いを不問とすることは到底出来ん。雲除去システムの起動条件に関する真実が漏洩したことで我々は賢人会議に対する最も強力なカードを失い、さらにマサチューセッツでの作戦の真の目的が明かされたことで兵士のみならず各国の市民の間にも動揺が広まっている。これについて、何か申し開きはあるか」

「……ありません」男をかろうじて見返し、無意識に視線を伏せ「弁解をするつもりもありません。いかなる処罰も甘んじて受ける覚悟です。……ただ、閣下にご迷惑をおかけしたこと。これについては心からお詫びいたします」

セルゲイはわずかに眉をつり上げ、押し黙ってもう一度深く息を吐く。その姿を見ているうちに、ふとこの場にそぐわない懐かしい感情を覚える。

今では遠くなってしまった昔、これと同じ事があった。

大戦よりも、大気制御衛星の暴走よりもずっと前。新任の作戦士官であった自分と直属の上官であった男の間には、こんなやりとりが幾度もあった。

「……我々がマサチューセッツを自らの手で消し去ろうとした事実については、ひとまず賢人会議が流した偽の情報であり、『島』を落としたのは魔法士達であるという説明で事態の沈静化を図っている」セルゲイは心を落ち着けるように目を閉じ「貴官が作戦室で取り押さえられた事実はあの場にいた我が軍の三百人の士官と通信回線に接続していた各国の将兵全員が目撃しているが、それについては『賢人会議の何らかの工作により一時的な錯乱状態に陥った』ということで説明が成された。……貴官をよく知らぬ者たちの中には貴官が賢人会議に内通したと主張する者もいたが、それは私が押さえた。その程度では真実の拡散を食い止めることは出来んが、しばらくは時が稼げよう」

「では、マサチューセッツは？」

「いまだ健在だ。モスクワを含めて、各国の支援も続いている」男は目を閉じたまま腕組みし「我々が足手まといになったマサチューセッツを切り捨てようとした事実を隠蔽するためにも、物資の供給を停止することは出来ん。……無論、安い対価では無い。戦力の回復計画にはすでに深刻な遅れが生じている」

苛立ちを含んだ男の言葉に、思わず視線を伏せる。

しばらく言葉に迷い、ふとルジュナの顔を思い出して、

「各国の指導者の方々からは、私の処罰について何か？」

「ニューデリーからは貴官の助命嘆願があった」セルゲイは息を吐き「シンガポールはモスクワの軍法に則って適切に裁かれるならそれ以上言うべきことは無い、とのことだ。……ロンドンは貴官と我がモスクワの責任を徹底的に追及する構えだが、それも賢人会議との最後の決戦に勝利し、人類の歴史が存続した後のこと。今はこの件について語るべき事は無い、と」

決戦？　とケイトはオウム返しに呟き、

「では、今後の作戦について何か動きが？」

「幾つか進展があった。……本来なら貴官に話せることでは無いがな」セルゲイはようやく目を開け、軍服の裏から携帯端末を取り出して「マサチューセッツの戦いにおける魔法士達の動きを詳細に分析した結果、世界各地に点在する賢人会議の拠点の座標がほぼ特定された。残った四つのシティとベルリンの周囲におよそ三十カ所。偽装工作も無しに出撃するとは、連中、よほど慌てたと見える」

それは、とケイトは息を吐き、

「今さらと言うべきなのでしょうね。もう少し早い段階であれば、拠点を個別に攻撃して敵の兵站を段階的に削ることも可能だったのでしょうが」

敵の拠点を一つ一つ潰して回るような時間と余力は、人類からはとうに失われている。現状でシティ連合が動かすことが出来るのはベルリンの「塔」とシティの防衛部隊を除いた幾つかの遊撃師団のみ。それだけの戦力で世界各地に点在する魔法士達と戦ったところで、まともな戦果を上げる前に人類の継戦能力が限界に達するのは目に見えている。

が、セルゲイは「これだけならばな」と立体映像の資料を目の前に呼び出し、

「話はここからだ。ベルリンの『塔』に駐留している合同調査団が雲の情報構造を解析した結果、新たな事実が判明した。……学者達の説明によると、『塔』の存在によって雲内部の論理回路が改変された結果、現状では賢人会議側からの雲除去システムの起動は不可能なはずとのことだ」

とっさに、目を見開く。

男が示す資料に素早く視線を走らせ、

「……では、彼らはいずれかのタイミングで必ず『塔』に総攻撃を仕掛けてくると？」

「シンガポールの光耀は五日後と弾き出した」セルゲイは手元に別な資料を展開してケイトに示し「各国の作戦部も同意見だ。連中の拠点のエネルギー収支を分析した結果、戦力をベルリン周辺に集結させる動きが見られる。……それにあわせて、こちらも各国の戦力の再統合を進めているところだ」

「五日……？」

早すぎる、と内心で舌打ちする。

確かに、ベルリンでの戦いからすでに四十日以上、マサチューセッツから数えても八日が経過している。賢人会議の組織としての性質を考えれば戦力の再編に必要な時間は十分に経過したと言えなくは無いが――

「単なる威力偵察の可能性は？」

「相当に低い、と我々は見ている」男は目の前の資料を自分でも睨み「ここまでの敵の動きと想定される敵拠点の規模を総合するに、魔法士達はアフリカ海の拠点を失った時点でこれほどの長期戦を想定していなかった可能性が高い。……つまり、我々と同様に連中にも時間と余力は無い。今すぐにも戦争に勝利し雲除去システムを起動しなければ、連中は継戦能力を失い、軍事行動を中断して拠点の再建に注力せざるを得なくなるはず、とのことだ」

「その見立てが誤っていたら？」

「どうにもならん。賢人会議がまだ余力を残しているなら、人類は連中より先に生産力の限界に達し、あとはただ滅ぼされるしかない」セルゲイは片手を拳の形に握ってもう片方の手のひらを打ち「だが、魔法士達が我々と同様に決戦を望んでいるなら勝機はある。賢人会議の拠点の位置を全て特定したという情報、それを元にした偽の攻撃計画で連中の尻を蹴り上げて総攻撃へと誘導し、シティ連合の全軍、人類のあらゆる戦力をもってこれを迎え撃つ」

「その結果としてどちらかが滅び去る、と――？」

椅子に拘束されていることを忘れて立ち上がろうとした体が、バランスを失う。

激しい音と共に倒れた体が、冷たい金属の床にしたたかに打ち付けられる。

「トルスタヤ――」

「お聞きください、閣下……！」痛みに構わず額を床にすりつけ「十三年前の大戦で私がモスクワにもたらした数多の戦果、閣下に賜った両手に余るほどの勲章、その全てをかけてお願い申し上げます！　どうかご再考を！　人類と魔法士、双方に余力が無いというのなら、今こそ私達は自ら矛を収め、彼らと話し合いのテーブルに着く選択を――」

返るのは巌のような沈黙。

セルゲイは深く息を吐き、立ち上がってケイトに歩み寄る。

鍛え抜かれた太い腕が床に投げ出された体を抱え、椅子ごと引き起こして元通りに座らせる。

男はそのまま自席に戻ることもせず、片膝をついた姿勢のまま真っ直ぐにケイトを見つめる。

「閣下――」

「そろそろ夢から覚めよ、トルスタヤ」

静かで、厳かな、かすかな憐憫を孕んだ声。

言葉を呑み込むケイトを前に、セルゲイはゆっくりと首を左右に振り、

「今さら停戦合意による和平など、人類も魔法士も受け入れられるはずが無い。すでに多くの血が流れ、多くが死にすぎた。まして、生き残った側には青空を取り戻した未来が約束されるのだ。――お前にもわかっていよう。戦って、どちらかが滅ぶ。それ以外の結末などこの世界には残されてはおらん」

不出来な部下を諭すようなその言葉に、完全に言うべき事を失う。当然の結論だ。目の前にいる男は今やモスクワの市民一千万人のみならず、地球上に残された二億人足らずの人類の命運を委ねられた指導者の一人なのだ。自分達を滅ぼしてこの世界の新たな霊長に成り代わろうという「敵」に対して譲歩など有り得ない。自分が同じ立場なら全く同じ決断を下すだろう。

どうすれば、という言葉が頭に浮かぶ。

無意識に噛みしめた唇から、かすかに血の味が滲む。

自分の選択が間違っていたとは思わない。マサチューセッツの三千万人の命を繋ぐことは、

運命をほんのわずかでも破局から遠ざけたと信じている。だが、その先は。世界には依然として選択の余地など無く、人類と魔法士は互いを滅ぼし合う道を転がり落ち続けている。希望の糸はあまりに細く、たどり着くべき場所はあまりに遠い。

そして、今の自分にその糸をたぐり寄せる術は無い。

「……私の孤児院は、子供達はどうなりましたか」

沈黙に耐えきれず、ふと思いついた言葉を発する。

と、セルゲイはなぜかかすかに視線を逸らし、

「お前の孤児院は現在、情報部の管理下にある」息を吐き、そう怖い顔をするな、と呟いて「お前の内通を疑う者たちを黙らせるためのパフォーマンスだ。私が直接命じて信頼の置ける部隊を向かわせた。無論、内部は荒らしておらんし、子供達にも不自由な思いはさせておらん」

差し出される半透明のディスプレイに、兵舎の一角を間借りした孤児院の様子が映し出される。

白塗りの無機質な通路に等間隔に立つ兵士の姿。

その間を通り過ぎる子供達は、表面上は落ち着いた様子で、少なくとも兵士に怯えている様子は見られない。

「……ご配慮に感謝し——」

「二時間ほど前、この孤児院で一つ問題が起こった」

感謝します、と言いかけた言葉が遮られる。

とっさに口をつぐむケイトを前に、セルゲイは何故かしばし逡巡し、

「ちょっとした小火騒ぎだ。老朽化した暖房機器の故障が原因で、食料庫の近くから出火したらしい。幸い火はすぐに消し止められたが、問題はそこでは無い。兵士達が騒ぎに気を取られている間に、子供達の一人、沙耶というあの元神戸市民の娘が、お前の携帯端末と共に行方不明になっておるのだ」

言葉の意味を理解するのに、しばらく時間がかかる。

目を見開くケイトを前に、セルゲイは自分の椅子に乱暴に腰を下ろし、

「自ら出ていったのか、あるいは何らかの事件に巻き込まれたのかはわからん。他の子供達は誰一人として気づかなかったと証言している。警備部の兵士達に調査にあたらせているが、今のところ手がかりは摑めておらん」

理解が追いつかない。目の前の男を呆然と見つめる。

なぜ、という思考が頭の中を駆け巡る。

……沙耶が、私の端末を……？

マサチューセッツでの作戦に赴く直前、少女と話した夜の事を思い出す。自分とセルゲイの通信を偶然に聞き、様々な事実を知ってしまった少女。自分は少女を部屋に帰し、すぐに準備

を済ませて司令部へと赴いた。携帯端末はいつも通り引き出しの二重底の下に隠した。と言っても、主に孤児院の管理手続きや自分の日記に使っていた端末だ。軍の機密に関するような情報は一切記録されていない。

中に収められている重要な情報と言えば。

あの日、セルゲイと交わした通信の記録と。

ルジュナから受け取った、イルの現状に関するデータ。

「今日ここに来た第一の目的はそれだ」

重苦しい響きを孕んだ男の声。

顔を上げるケイトをセルゲイは射貫くように見つめ、

「娘の行き先について、何か心当たりは無いか」

＊

銃を手にした兵士の姿が、通りの向こうに消えた。

沙耶は防寒着の裾をかき合わせ、両手のひらで口元を包むようにして白い息を吐いた。

肩に掛けた鞄のふたを少しだけ開き、中に入った携帯端末を取り出す。路地裏のコンテナの陰に座りこんで端末を起動し、闇の中にぼんやりと浮かび上がる立体映像のタッチパネルを人差し指で何度か叩く。

呼び出されるのは、端末の隠し領域に保存されていたデータ。

署名も何も無い簡素なファイルには、イルが――あの少年が今も生きているという証拠と、今の所在地に関する情報が細かく記されている。

シスターがいなくなって、マサチューセッツで大きな作戦が行われるはずの日を過ぎて、帰ってこないシスターの代わりに銃を手にした兵士達が孤児院を取り囲んだ。他の子供達がわけがわからずに怯える中、自分は脇目も振らずに階段を駆け上がってシスターの部屋に飛び込んだ。

どうしてそんなことをしようと思ったのかはわからない。

ただ、気がついたら体が勝手に動いて、勝手にこの携帯端末を盗み出していた。

軍の作戦に関する会話を盗み聞きしてしまったあの夜、最後に部屋を出る間際に振り返った沙耶はシスターが引き出しの奥に端末をしまい込むのを見た。それがいつもの癖なのかあるいは気が動転していたせいなのか、シスターが引き出しに鍵をかけなかったのも覚えていた。小さな端末は沙耶のベッドと壁の隙間に簡単に隠すことが出来た。兵士達は孤児院の中を一通り見回ったが、殊更に自分や他の子供達の部屋を捜索することはしなかった。

朝食の後、一緒に勉強するという名目で何人かの子供を部屋に呼んで、端末を見せた。

ロックを解除する方法は、孤児院に一番古くからいるという少年が知っていた。

『じゃあ、イルは生きてるの？』

『シスターは軍に戻って、賢人会議と戦争しに行ったの？』

兵士達に気づかれないように一度に集まる人数を慎重に絞り、孤児院で暮らす四十人の子供全員で情報を共有するのに半日かかった。そこから情報収集にさらに半日。兵士達の何気ない会話を盗み聞き、自治政府に検閲されたネットの情報やニュースの断片を拾い集め、幾つかの推測を交えて沙耶達はどうにか今の状況を把握した。

——シティ連合がマサチューセッツで行った作戦が失敗したこと。

——シスターは何か作戦を邪魔するような事をして、軍に捕まっていること。

——近いうちに、賢人会議とシティ連合の最後の決戦が行われること。

——それに負けた側は今度こそ滅びて、代わりに世界に青空が戻ってくること。

明かりが消えた夜中の自室。通信画面の向こうで一番小さなサーシャが『どうしよう』と言って、みんなが黙り込んだ。雲除去システムを起動すれば魔法士は一人残らず分解されて、もちろんイルも死んでしまう。そのことを、集まった子供達の全員が必死に考えているようだった。

僕は嫌だ、と一番年上のフィリップが言った。

私も嫌、と次に年上のカリーナが言って、その場の全員がうなずいた。

みんなで夜遅くまで話し合って、軍の人達にイルがまだ生きていることを知らせようということになった。もみ消されて無かったことにならないように、出来るだけたくさんの人に。そうすればもしかしたら、魔法士を滅ぼすのは少しだけやめて話し合おうと思う人が現れるかもしれないと。

もちろん、最初は反対する子もいた。そんなことをしていいのか。それを知った兵士が戦えなくなって、人類が戦争に負けて、滅びて、そんなことになったら一体どうしたらいいのかと。

そんな子達の前で、沙耶はこれまで自分が見聞きしてきた色々なことを語った。神戸(こうべ)でのこと、シンガポールでのこと。世界をなんとかしようと今もどこかで戦っている人達のこと。あの金糸のような髪(かみ)にエメラルドグリーンの瞳(ひとみ)をした少女のこと。

『……たぶん、これって悪いことなんだと思う。政府の偉(えら)い人や他の大人が言うみたいに、戦争して勝って生き残るのが正解なんだと思う』

真っ暗闇のベッドに浮かぶ、立体映像ディスプレイのほのかな明かり。

沙耶は一人一人の顔をじっと見つめて、一言一言、噛みしめるように言った。

『でも、わたし嫌なの。……上手(うま)く言えないけど、あの人達がいなくなってわたし達だけが残って、幸せになって。……それが、すごく嫌なの』

反対する子は、最後には一人もいなくなった。

沙耶を含めた四十人は話し合い、誰か一人がシスターの携帯端末を持って孤児院を抜け出(ぬけだ)すことに決めた。

『わたしじゃ……ダメかな』

沙耶はそう言って自分を指さし、驚く子供達に説明した。モスクワの人口のほとんどは白人。孤児院で唯一の東洋人である沙耶の顔は、街の大人達には他の子供より見分けにくい。もちろん普通なら東洋人というだけで目立ってしまうが、今、この街はシティの外から集められた難民であふれている。臨時の居住区画に割り当てられた地域には沙耶と同じような東洋人が多く収容されている場所も幾つかあって、そういう場所に紛れ込めば簡単には見つからないはずだ

——何度もつっかえながらそう話す沙耶に、子供達は顔を見合わせてからうなずいた。

沙耶は何度も、うん、と答え、唇を引き結んだ。

イルのことをお願い、と子供達の全員が何度も念を押した。

計画は慎重に、何度も手直しを加えて練り上げられた。食料庫で火事を起こす役、火が燃え広がらないように消し止める役、大声を上げて兵士の注意を引く役、裏口から通じる脱出ルートを確保する役。全員の協力で準備は瞬く間に進み、今日、携帯端末を鞄に押し込んだ沙耶は騒ぎと夜間照明の闇に紛れて裏庭の塀を乗り越えた。

それから数時間、兵士の目をかいくぐりながら、こうしてモスクワの街を彷徨っている。

防寒着を完全に着込んでいるはずの体はとっくに冷え切って、分厚い手袋に包まれた指先も上手く動かせなくなってきている。

……どうしよう……

正直に言うと、兵士達がこんなに早く、大規模に捜索を行うとは思っていなかった。こんな言い方はしたくないが、自分は所詮ただの孤児で、そもそもモスクワの市民ですらない。孤児院に残った子供達もなんとか不在を誤魔化そうとしてくれたはずで、本当は軍が気づく頃には自分はとっくに目的の区画に紛れ込んでいるはずだった。

やっぱり、彼らが探しているのは自分では無く、この携帯端末なのだろうか。

路地裏のコンテナの陰でじっと息を潜め、兵士の足音が遠ざかっていくのを確認してようやく顔を上げる。

立体映像のタッチパネルをかじかんだ指でどうにか操作し、先ほどとは別の小さなファイルを目の前に呼び出す。夜間照明の光も届かない細い路地の闇の中、短い文字列がびっしりと書き連ねられた簡素なメモがディスプレイの淡い燐光だけを頼りに視界に浮かび上がる。

数十ページに渡って続くそれは、モスクワ自治軍の兵士の名前のリスト。

孤児院の子供達全員が顔をつきあわせ、必死に記憶を絞って作り上げたリストが、沙耶に預けられたただ一つの武器だった。

イルはモスクワ自治軍の英雄として数え切れないほどの作戦に参加し、数え切れないほどの兵士を救ってきた。もちろんあの少年は戦場での出来事を子供達に軽々しく話すような事はしなかったが、それでも少年とシスターの日々の会話からそれらしい事実を察することは何度もあったらしい。子供達の幾人かは、まるでそれが自分の勲章であるかのように細かなメモを残していた。さらに、シスターが携帯端末に残していた日記からは、個人の名前や作戦の内容がわからないようにぼかした形でイルの戦果について記述した箇所が幾つも見つかった。

それらの情報を切り貼りし、パズルのようにつなぎ合わせて作ったのがこのリスト。

モスクワ自治軍の中にいる、かつてイルに命を救われた兵士千人の名前が、予想される階級や部隊の所属などの情報と共に一覧にまとめられている。

少年が救った兵士の数は実際には何千、何万人といるはずだが、自分達の力ではたったこれだけのリストをまとめるのが精一杯だった。沙耶の役目はここに書かれた兵士の一人一人に少年がまだ生きている事実を伝え、助力を仰ぐことだ。どうか幻影 No.17を助けて欲しいと。

人類と魔法士が互いを滅ぼし合うのではなく、話し合う道をもう一度だけ考えて欲しいと。

だが、孤児院の全員で考えた計画は早くも頓挫しかけている。

険しい顔で街路を行き交う兵士達は、明らかに自分と、この端末を探し回っている。

ポケットには連絡に使う予定だった通信用のＩＤが二枚入っている。一つはシスターが孤児院でいつも使っていたもの。もう一つはそのシスターが緊急連絡用にと子供達のために用意しておいてくれたもの。だが、今となってはどちらも使えないだろう。街頭の適当なブースにこのＩＤを差し込んだ途端に、そこら中から兵士が集まってくるに違いない。

重い石の塊のような不安が胸を押し潰す。

薄汚れた壁を背に両足を抱え、膝に自分の顔を押し当てる。

助けて、という言葉が頭の中に何度も浮かんで、とうとう消えなくなる。自分は魔法士でも無ければ兵士でも無い、何か特別な訓練を受けたわけでもないただの子供だ。居ても立ってもいられなくて、なけなしの勇気を振り絞ってここまで来たけれど、これ以上どうやって進めばいいのかわからない。目の前が暗くなる。やっぱりダメなのかもしれないと思う。世界の運命だとか、戦争の結末だとか、そんな大それたことは大人に任せてお前はただ孤児院のベッドの上でうずくまっていれば良かったのだと、あふれ出た真っ黒な感情が心を塗り潰していく。

通りの先でフライヤーの駆動音。驚いて立ち上がろうとした足がよろめいて、路地の暗がりに倒れ込む。

拍子に鞄から転がり出た小さなカードが、舗装タイルに跳ねてかすかな音を立てる。

とっさに手を伸ばして拾い上げ、それが何だったかを思い出す。シスターの部屋の引き出しに携帯端末と一緒にしまい込まれていた小さな認識票。血の跡で薄汚れた「天樹真昼」という文字が闇の中でもはっきりと見える。

シンガポールの街で出会った青年に託された、大事な預かり物。

賢人会議の参謀だった青年と話した、あの日の、ほんの少しの時間のことを思い出す。

青年は世界を変えようとしたのだとシスターは教えてくれた。Ｉ－ブレインを持たないただの人間だった青年は人類と魔法士が手を取り合う未来を作るために戦って、必死に戦って、それでも届かなくてあの街で命を落としたのだと。沙耶は青年が生きている間に最後に言葉を交わした人間の一人で、青年が最後に何かを託した相手なのだと。

もちろん、それはただの偶然だ。自分はただの子供で、この認識票を預かったことに意味などあったはずが無い。自分が神戸市民だったのは偶然。シンガポールで暮らすようになったのも偶然。神戸の生き残りの軍人に出会ったのも偶然。そのせいで捕まってあの人に出会ったのも偶然。何もかもが全部偶然。

だから、きっと意味なんか無い。

あの日、人類と魔法士の戦争を止めようとした一人の青年が死んで、自分がたまたまその近くにいて最後に何かを受け取った。それはこの世界の全体から見れば本当に小さなことで、取るに足らないことで、世界を動かしている大きな力の前ではあっという間にかき消されてしまうような本当に本当にどうでもいいことで——

震えたままの足が、ひとりでに立ち上がる。

冷え切った両手が同じくらい冷え切った両膝を強く叩き、体が勝手に路地の暗がりを走り始める。

兵士の姿が途切れたほんの少しのタイミングに合わせて、路地の陰から表通りに飛び出す。自分の行動に自分で驚く暇も無く、防寒着のフードを目深にかぶった体が通りを歩き始める。

街頭に等間隔に設置された監視カメラの前を、次々に通り過ぎる。

速すぎず、遅すぎず、通りをまばらに行き交う市民と完全に歩調を合わせて、三ブロック進んだ先の交差点を左に曲がる。

防寒着の裾を掴む両手が震えないように歯を食いしばる。頭の中を血がぐるぐると駆け巡って、血管の音が耳の奥でごうごうと木霊する。心臓が速く動きすぎて上手く息が出来ない。お腹の奥から気持ちの悪い感覚がこみ上げて、酸っぱい味が喉元までせり上がる。

それを、全部まとめて無視する。

まっすぐに、ただまっすぐに、前へ前へと足を動かし続ける。

枯れかかった白樺の街路樹の間を抜けると、街の景観がいきなり変化する。かつては公園であったのだろう一面の芝生に、白い小さな仮設住居が整然と並ぶ。ドアと窓が一つずつ、部屋二つ分を少し大きくした程度の四角い建物。それが見渡す限りに敷き詰められている様は何かの工場かあるいは墓地のようで、行き交う人の顔まで生気をなくしたように見える。

住居の間の通りを進もうとした足が止まる。

カーキ色の軍服を纏ったモスクワ自治軍の兵士が全部で三人、通りの先からまっすぐに向かって来る。

とっさに右に曲がろうとして、その道の先にも兵士がいるのに気づく。しまったと思った時にはすでに遅く、今度こそ完全に立ち止まってしまう。兵士達が互いに目配せして何かを話し合い、こっちに向かって歩調を速める。目の前が暗くなる。振り返って走り出した足が、住居と住居の間の細い路地に飛び込む。

人がどうにか行き違える程度の細さの路地を、息を切らせて走り続ける。暗がりに転がる石や何かの廃材に何度もつまずいて転びそうになり、その度に歯を食いしばって足を前に動かす。目に付いた角を次々にでたらめに曲がり、少し広い通りに転げるようにして飛び出す。

道のずっと先には、兵士の一団。

その内の一人が、ゆっくりとこっちを振り返る。

息を呑んで後ずさった視界の端に、ふと何かが目に留まる。右手にある住家の壁に取り付けられた小さな丸窓。白衣を着た東洋人の女の人が、もう一人別な誰かと話しているのが見える。そのすぐ後ろ、棚の上には写真立てが一つ飾られている。時間が止まるのを感じる。簡素な写真立ての中、女の人の隣には、金糸のような髪にエメラルドグリーンの瞳ではにかむ少女の姿が――

迷っている時間は無かった。

目の前の扉に、沙耶は体当たりするようにして飛び込んだ。

＊

軍用フライヤーの駆動音が、遠いところで聞こえた気がした。

弥生は顔を上げ、窓の外に視線を向けて首を傾げた。

「ねえヴィドさん、今、何か聞こえなかった？」

「気のせいじゃねえか？」

支給品の作業着を窮屈そうに着込んだ白人の大男が振り返る。

ヴィドは弥生の隣に立って同じように小さな窓をしばらく覗き込み、

「やっぱり何もねえ。静かなもんだ」視線を何度か左右に巡らせ「いや、そうでもねえか。今日はやけに巡回の兵士が多い。何か探してるのかも知れねえな」

怖いわねえ、と呟き、机から立体映像のカルテと薬のボトルを取り上げる。空になったボトルをしばらく眺めてため息を吐き、引き出しから最後の一箱を取り出して封を切る。

消毒薬のストックはこれで最後。

こんな基本的な治療の道具でさえ、今のシティでは簡単には手に入らない。

世界中の全てのシティを巻き込んだ大きな作戦が終わり、ベルリンの跡地にあの「塔」が出現して一ヶ月余りが過ぎた。地下のシェルターに押し込められていた弥生達は他の難民と共にこの仮設住居に戻され、再びモスクワの中で暮らすようになった。シティの指導者達は「全ての魔法士を滅ぼして世界に青空を取り戻す方法を得た」と主張し、「塔」の周囲には巨大な施設が作られた。公営放送の中継映像の向こう、山のようにそびえる灰色の構造物は、弥生にはベルリンで失われた多くの命を奉る墓標のように見えた。

十日ほど前には、マサチューセッツ跡地の周辺で何か大きな動きがあったと聞いた。政府の広報が「賢人会議の作戦をシティ連合が阻止したのだ」と戦勝を讃える一方、「シティ連合が足手まといになったマサチューセッツの難民を自ら葬り去ろうとしたのだ」という噂もまことしやかに囁かれた。

人々はその噂に最初は驚き、政府の方針や戦争の行く末に対する不安を口にする者もいたが、最後には誰もが仕方ないとでも言うように顔を伏せ、息を潜めて立ち去っていくのが常だった。

政府の広報は間もなく賢人会議との最後の決戦が行われると謳い、全人類の結束と勝利への献身を呼びかけた。退役軍人や予備役の復帰を促すメッセージが難民達が暮らすこの居住区画にまで届けられ、何人かの元軍人が仮設住居から姿を消した。

そんな状況の中、弥生はこの家で診療所の真似事をやっている。

ヴィドはその助手。他にも、かつて同じ町で暮らしていた人達が時々手伝いにやってくる。

「――先生、いるかい?」

二重構造の玄関扉がスライドし、防寒着姿の男が入ってくる。二週間ほど前に折れた腕の治療をした患者。片手でどうにか上着を脱いで椅子に座り、包帯で添え木が巻かれた腕を差し出す。

「……うん、くっついてる。もう大丈夫そうね」男の包帯を手早く外して後ろのかごに放り込み「あと一週間は重い物を持たないように気をつけること。その間に具合が悪くなったらまた来てちょうだい」

「ありがとよ」難民ではなくモスクワの市民権を持っているはずの男は深々と頭を下げ「先生のおかげで助かった。最近じゃ正規の病院はどこも満員で、診察もまともにやってもらえなくてな」

複雑な気持ちでうなずき、心の中でため息を吐く。男に施した治療は決して満足のいく物ではない。単純な骨折など生命維持槽に入れれば数時間、組織再生用の薬液を処方するだけでも二日で完治するのが普通なのだ。

患部を固定したまま自然治癒に任せるなど、本来なら有り得ない。

だが、治療に必要な薬がここには無い。

この診療所にある医薬品のわずかな備蓄は、モスクワで暮らすうちに知り合った幾人かの兵士の好意で融通してもらった物だ。モスクワの生産力の大半は食糧と軍事物資の生産にあてられていて、それ以外の物を生み出す余力は日を追うごとに削られている。そもそも、ここはシティの正規の施設では無い。診療所などと謳ってはいても、大半の患者には対症療法を指示するか、自治政府が管理する病院に宛てて紹介状を書くことしか出来ない。

「そんな顔しないでくれよ先生。こんな不便な暮らしももうすぐさ」男は無事な方の腕を仰々しく振り「もうすぐでっかい戦争をやって、今度こそ賢人会議を倒すってニュースでも毎日言ってるじゃないか。そしたらベルリンのあのばかでかい機械で雲を分解して、青い空が返ってくるんだ。……なあ、先生やそっちの助手さんは夏の海ってどんなだったか覚えてるか？　世界が落ち着いたら、いつか息子と娘に見せてやりてえんだ」

締め付けられるような痛みが、胸の奥に走る。

それを堪えて息を吐き、良い考えね、と曖昧な笑みを作る。

「……そういえば、お友達の方は大丈夫？」立体映像のカルテに治療の経過を記入しながら、違う話題を求めて問う。「息が苦しいってこの前連れてきた人。ふらふら出歩いたりしてない？」

返るのは沈黙。

男はややあって、ああ、と小さく呟き、

「……死んだよ。先週だ」

息を呑む。

問うような視線を向ける弥生に男は首を振り、

「いや、病気じゃない。先生に書いてもらった紹介状を出したら軍の病院がすぐに診てくれてさ。急性の肺炎だったけど、たまたま病室に空きがあって、調子も良くなって薬持って退院して。……それで目を付けられたんだろうな。帰る途中で強盗に遭って、後ろから、こう……」

言葉を失う弥生を前に、男は、すまねえ、と視線を逸らす。

立ち上がって防寒着を羽織り、もう一度深く頭を下げて玄関扉の外に消える。

「……なんでよ……」

呟いた途端に、煮え立つような怒りが胸の奥に膨れあがる。

力任せに投げつけた空の薬のボトルが、扉に跳ね返って乾いた音を立てる。

「落ち着け弥生！」血相を変えて駆け寄ったヴィドが大きな手で背中をさすり「深呼吸だ、深呼吸しろ。心臓に負担を掛けるな。そう、吸って、吐いて――」

男に言われるまま、ゆっくりと息を吸って吐く動作を繰り返す。次第に心臓の鼓動が落ち着き、血が上った頭も冷えていくのを感じる。

「……もう大丈夫。ありがとヴィドさん」

モスクワに連れてこられる際に持参した心臓病の薬はすでに使い果たしてしまった。手元には軍から支給された代替品が幾らか残っているが、それも無くなってしまえば代わりが手に入るかはわからない。

椅子の背もたれに深く背中を預け、仮設住居の薄暗い天井をぼんやりと見上げる。

ヴィドがため息を吐き、さっきまで患者が座っていた椅子に腰を下ろす。

「……世界は、これからどうなっちまうんだろうな」

独り言のように呟く男に答えず、視線をゆっくりと背後に向ける。棚の上の写真立てを手に取り、膝の上にのせてただじっと見つめる。

かつて暮らしていた小さな町を背景に、娘と二人で撮った写真。

エメラルドグリーンの瞳の少女は、今日もはにかんだように笑っている。

もうすぐ、人類と魔法士の最後の戦いが始まる。負けた方は一人残らず滅び去り、勝った方はそれを代価として世界に青空を取り戻す。例外は無い。自分が娘をどれだけ大切に思っていたかとか、娘が自分をどれだけ慕ってくれていたかとか、そんなことはお構いなしに、世界はどちらか片方だけを残し、どちらか片方だけを消し去ろうとしている。

たぶん、自分が生きて娘に会うことは、二度と無い。

そのことを思うと、胸が潰れそうになる。

あの子は今どこで、何をしているんだろうと思う。最後に別れたのは、町が軍の襲撃に遭ったあの日のこと。暮らしていた家を兵士に占拠され、連れ去られる娘とその恋人の少年を前に自分はどうすることも出来なかった。それから少しの間に世界では本当に色々なことが起こって、自分はあの子達と離ればなれになったまま、何もかもが終わるのをただ見ていることしか出来ない。

それでも、何か自分に出来ることをやろうと、この場所で今日まで踏みとどまってきた。

だが、そんなことには何の意味も無かったのかもしれない。

何も特別な力を持っていないただの人間は、最初から何かをしようなどと思わずに、ただ下を向いて嵐が通り過ぎるのを待っているよりほかにないのかもしれない。

「……今日はもう休診にしましょ」写真立てを棚に置いて立ち上がり「ヴィドさんも疲れたでしょ？　とっておきのお茶がまだ残ってるの。本当はいつかあの子と一緒に飲もうと思ってたんだけど、よかったら飲んでいって――」

湯を沸かそうとのばした手が、止まる。

誰かの足音が聞こえた気がして、玄関の扉を振り返る。

ヴィドが、どうした？　と立ち上がり、同時に扉が勢いよくスライドする。防寒着を着込んだ小さな人影が、転がるようにして家の中に飛び込んでくる。

……なに……？

人影が床の真ん中に座り込む格好で動きを止め、拍子に防寒着のフードが外れる。

弥生には見覚えの無い、東洋人の女の子。

ヴィドに視線を向けると、男も、知らない、と言うように首を左右に振る。

「……大丈夫？」首を傾げつつ、ともかく女の子の顔を覗き込み「具合が悪いのかな？　それとも、誰かが怪我したとか？」

弾かれるように女の子が立ち上がる。

慌てふためいた様子で二人の大人の間に何度も視線を巡らせ、

「え……えっと……！　わ、わたし！」何かを探すように部屋中を見回し、まっすぐに写真立てを指さして「だから、わたしその人と……フィアさんと……！」

息を呑む。

とっさに女の子の両肩を摑み、

「待って、フィアを……娘を知ってるの？」

女の子が目を丸くし、おかあさん？　と呟く。

同時に、家の外で幾つもの足音がけたたましく響く。

ヴィドが何かを察した様子で玄関扉にロックを掛け、壁の窓を外から見えないように設定変更する。半透過状態になった窓の向こうを、銃を手にしたモスクワ自治軍の兵士が次々に通り過ぎる。

女の子が青ざめた顔でこっちを見上げ、上手く言葉に出来ない様子で怯えたような声を上げる。

考えるより早く体が動く。

女の子の小さな体を抱え上げ、部屋の奥、ブラインドに隠された患者用のベッドに駆け寄る。ベッド下の雑多な荷物をかき分け、人が一人入れる隙間をこじ開ける。女の子の小さな体を隙間に押し込み、医療機器が雑多に詰め込まれた箱を引き寄せて目隠しにする。

「良い？　絶対に動かないで」

女の子がうつぶせのまま、戸惑ったようにこっちを見上げる。

「静かに。苦しいと思うけど、息も出来るだけ止めておいてね」弥生は唇に指を当てて片目をつぶり「大丈夫、私達がなんとかするから。……話はその後で、ね？」

＊

丸二日に及ぶ作戦会議がようやく終わって、通信室の円卓の上に静寂が降りた。

ディーは全てのディスプレイが消え去った天井の闇を見上げ、束の間、目を閉じた。

雲内部の通信回線の不調によってサクラが不在のまま、会議は残った拠点の全てを繋ぐ形で行われた。ベルリンの「塔」を攻めるという大筋の方針については今さら決を採るまでもなかったが、作戦の詳細については様々な意見が出された。最大の焦点となったのは想定される人類側の主目的——地球上の魔法士を現状の半分以下に減らすという雲除去システムの起動条件で、その対策を巡って議論は紛糾した。

賢人会議に属する二二八五名の魔法士の内、一九五名がベルリンの戦いで命を落とした。地球上に今現在どれだけの数の魔法士がいるのか正確なところはわからないが、少なくともいずれの組織にも属さず潜んでいる者はそう多くないと考えられた。シティ・ニューデリーが抱える三〇六人の魔法士は全員が自治政府の拘留下にあり、シティ連合が起動条件の成立のためにこの全員を処分することはほぼ間違いが無かった。

彼らの犠牲を差し引けば、おそらくこちら側に許容される死者の数は千人に満たないだろう——そう語る仲間達の顔には、例外無く暗い影が差した。

これから行われるのが人類と魔法士の生き残りを賭(か)けた文字通りの決戦で、この場の何割かが二度と生きて戻らないのだろうということは誰もが理解していた。

損害を最小限に食い止めるために策を講じるべきだという意見が多くの仲間から提示された。人類側の勝利条件が戦力とは無関係にただこちらの総数を減らすことである以上、敵の攻撃が能力の面で劣(おと)る第三級(カテゴリーC)の魔法士に集中することは容易に想像できた。出撃メンバーを第二級(カテゴリーB)以上の者だけに絞る、という案は早々に却下(きゃっか)された。理由は大きく二つで、一つは純粋(じゅんすい)な戦力の問題。第三級(カテゴリーC)の魔法士はもちろんそれより上の者に比べて個人の能力としては見劣(みおと)りするが、それでも人類側の通常戦力に換算(かんさん)すれば数個小隊から一個中隊程度の戦力であり、敵に対しては十分な脅威(きょうい)となり得た。

第一級(カテゴリーA)と第二級(カテゴリーB)の魔法士だけでは勝てない。

それが、戦力分析の示す結論だった。

理由のもう一つは賢人会議の拠点の位置と人員構成が人類側に筒抜(つつぬ)けになっていることで、問題としてはこちらの方がより大きいと言えた。仮に能力に劣るメンバーだけを拠点に残した場合、その事実はすぐさま察知され、敵はベルリンに配置した戦力の一部を世界各地の拠点掃討(そうとう)に差し向けることになる。もちろんその分だけベルリンの防衛は手薄(てうす)になるが、犠牲を可能な限り少なくしつつ「塔」を破壊(はかい)しなければならない自分達とは異なり、人類側はたとえ最後の一兵卒まで倒れようとも雲除去システムの起動条件が達成できればそれで勝利が確定する。

どちらが有利かは明らかだ。

結局、全てのメンバーで正面からベルリンの「塔」を攻めるしかない。

第三級（カテゴリーC）のメンバーを可能な限り守る形で陣形の修正と戦術シミュレーションが繰り返され、最終的に全員が納得する形の作戦案が完成した。

この作戦もただの気休めで、全ての動きは人類側に予測されてしまうのだろうということはディーも他の仲間達も理解していた。ベルリンでの戦いにおいて賢人会議側の動きを全て事前にシミュレートしていた事実はシティ連合が公表している。それに対して裏を掻こうにも、賢人会議にはそんな高度な作戦を構築できる者がいない。真昼が生きていれば誰にも予想できないような途方も無い策を考えてくれたかも知れないが、あの青年に代わる手札の持ち合わせなど誰にも無かった。

ベルリンの「塔」への攻撃は五日後。

おそらくその事実もすでに人類側に察知されているのだろうと、あえて口に出す者は一人もいなかった。

『……お疲れ様でした、ディー』

不意に、正面から声。小さな通信画面が目の前に出現し、人形使いの少女サラがぎこちない笑みを浮かべる。

「お疲れ様」どうにか笑顔を作って言葉を返し「いろいろ大変ですけど、とにかく休んでください。明日からまた大変ですから」

決戦に備えて、賢人会議の全メンバーはベルリンとロンドン周辺の拠点に移動しなければならない。蓄積疲労の回復が済んでいない者には集中的な調整作業も必要になる。決戦まで五日と言っても余分な時間は無い。

と、少女が視線を逸らす。

何かを探すようにディスプレイ越しに通信室を見回し、息を吐いて、

『……そちらの拠点も、少し寂しくなりましたね』

「……そう、ですね」

周囲にゆっくりと視線を巡らせ、無意識にうつむく。ベルリンでの戦いで命を落とした一九五名のうち、多くは先行して出撃したヨーロッパ周辺の拠点のメンバーに集中していた。ディーがいるロンドン近郊の拠点も例外では無く、出撃前に百人近く居た仲間達は帰ってきた時には二十八人になっていた。

そして何より、隻眼の騎士、グウェン・ウォンの不在。

十三年前の大戦を生き抜いた軍人であり、前線指揮官として仲間達を導いてくれた男の死は、大きな痛手だった。

……真昼亡き今そのことをサクラに進言できるのはセラと君だけだ……

最後に別れる少し前、ベルリンに向かうフライヤーの機内で男に言われたことを思い出す。

このままでは賢人会議は破綻する。その前に誰かがサクラに人類を滅ぼすことを思いとどまらせなければならないと。

そうして男は死に、セラは子供達と共に組織を去り、賢人会議は今も止まること無く最後の決戦への道を突き進んでいる。

ベルリンが崩壊を始める直前、セラが死体のようなグウェンを抱えてシティの天使像に向かっていくのを見たと、幾人かの魔法士が戦いの後で証言した。

セラは、グウェンと何かを話したのだろうか。

その事が、あの子に組織を離れる道を決断させたのだろうか。

『セラは、今頃何してるんでしょう……』

サラの声。

我に返って顔を上げると、少女はどこか悲しそうに視線を伏せ、

『マサチューセッツでのこと、聞きました。セラは私達に罠だって、シティ連合の作戦だから危ないって伝えようとしてくれたんだって。なのに、私達……』

うつむく少女のまわりに、次々に子供達が集まってくる。セラの名前を聞きつけたらしい子供達がお姉ちゃんが見つかったのかとかお姉ちゃんは帰ってくるのかなどと口々に騒ぐ。

『ああ、違うんです』サラは、ごめんなさい、と五人ほどの子供達の頭を順に撫で『ただ、セラはやっぱり私達の味方だったって、そういうお話です』

「……みんなは、セラに帰ってきて欲しい？」

ディスプレイ越しに子供達の顔を覗き込む。

と、一番手前にいる騎士の女の子が顔を伏せ、

『……帰ってきて欲しいけど、欲しくない』うつむいて唇を噛み『お姉ちゃん、ここにいるときいつも苦しそうで、時々自分でも気がついてないみたいに泣いてたから……』

「そう……」

天井の闇を見上げて、目を閉じる。

戦争へと突き進んでいく組織の中にあって、あの子はどれほど苦しんだのだろうか。

その苦しみを、自分は本当に、真剣に考えたことがあっただろうか。

仕方の無いことだからと耳を塞いで、一日でも早く戦いを終わらせることだけを考えて、そうやって走り続けて、いったい何を得ただろうか。

『ど、どうしたの？　みんな』

通信画面から聞こえる声に目を開ける。子供達の一人、確かフレッドという名前の炎使いの男の子が慌てた様子で周囲の仲間達を見回す。

賢人会議の中では一番新しい、真昼の死後に組織に加わった男の子は他の子供達とは対照的に瞳を輝かせ、

『大丈夫だよ！　次の戦いに勝てばあと一息。空の雲が無くなればセラ姉ちゃんもきっと帰っ

てくる。全部上手く行くんだ！　だから頑張ろうよ！』

子供達一人一人の手を両手で掴み、男の子が腕を大きく上下に振る。だが、子供達はうつむいたまま、誰一人として反応を示そうとしない。

「……フレッド君は、人類が憎い？」

『当たり前だよ！』ためらいながら問うディーを男の子は勢い込んで振り返り『ぼくは絶対に許さない！　あいつらをみんなやっつけて、今度こそ仇を取るんだ！』

男の子がロンドンでマザーコアとして作られた実験体だということを思い出す。共に作られた友人達は不良品として次々に処分され、男の子は同じ運命を辿る寸前で賢人会議によって助け出された。

一番親しかった親友は、男の子を助けるために盾になって軍の追っ手を食い止め、命を落としたと聞いている。

この子にとって、I－ブレインを持たない旧人類は倒すべき敵であり、自分達の未来を阻む障害でしかないだろう。

『ねえ、みんなどうしたの？　ぼく何か変なこと言った？』

男の子が困り果てた様子で視線をさまよわせ、最後にサラの手を掴む。

サラはそんな男の子の頭をあやすように胸に抱きかかえ、

『……戦わなきゃいけないのはわかってるんです。この子だけじゃない、私だって、人類に友達をたくさん殺されて、恨みを持ってここに来たんです。真昼さんには申し訳ないと思いますけど、やっぱりシティは許せないし、あの人達を滅ぼして青い空が返ってくるなら仕方ないのかな、とも思います』

言葉が途切れる。

少女は視線を伏せて自分の足下の床を見つめ、

『だけど、時々不安になるんです。このまま戦って、勝って、雲も無くなって、その先はどうなるんだろうって。I―ブレインを持ってない人類は滅びて、そのほとんどは私達が殺して、残りも分解されて、空っぽになった世界で次の日から私達は何をするんだろうって。サクラはどうするつもりなんだろう、って』

それは、と無意識に視線を逸らす。

と――

『何を弱気なことを言っている』

円卓の上に別なディスプレイが出現し、人形使いのカスパルが姿を現す。同時にディーの背後で足音が響き、炎使いのソニアが通信室に入ってくる。

「カスパルと別のチャンネルで話してたんだけど、声が聞こえて、つい、ね」ソニアは円卓の向かいの椅子に腰掛けて片目をつぶり、ディスプレイのカスパルに顔を向け「ほーら、そんなに怖い顔しないの。サラがびっくりしてるわよ」

『あんたはちょっと黙っててくれ』カスパルはソニアに鋭い一瞥をくれ、おそらくはサラが映る別なディスプレイが浮かんでいるのだろう方向に顔を向け『戦意を削ぐ類いの発言はそのくらいにしておけ、サラ・マイヤー。それとも、俺達が負けて魔法士が残らず滅んだ方が良いとでも言うつもりか？』

『そうは言っていません。ただ……』

『いや、そういうことだ』カスパルは少女に詰め寄るようにディスプレイに顔を寄せ『希望も感傷も勝ってこそ、生きてこそだ。俺達が負けて雲除去システムが起動されたら、そうやって悩むお前もその子達もいなくなるんだぞ』

そう言って青年は鋭い視線をディーに移し、

『お前もだ。確かにセラの事で悩むのはわかる。だがサクラが不在の今、俺達の実質的な代表はお前だ。威厳を、とは言わないが、せめてみんなの士気が高まるように……』

「でも、私は正直ちょっと疲れたわよ」

割って入る声。

言葉を呑み込んで視線を向けるカスパルにソニアは肩をすくめ、

「私は後天性の魔法士だけど、大戦の最中になんか嫌になって軍を抜け出して、十年くらいふらふらしてたら何か面白そうな事始めた子がいたから気になって賢人会議に来ただけ。別に人類にそこまで恨みは無いし……だから、どっちが滅びるか生き残るかって言われても」

『あんたまで何を言うんだ！』

目を見開くカスパル。

ソニアは、だってねえ、と首を傾げ、

「もちろん、私も逃げないで最後まで戦うわ。人類が私達を滅ぼそうって言うんなら、徹底的に戦って目に物見せてやるって、それは本当よ？」言葉を切り、疲れたようにため息を吐き「ただ、戦争が嫌で、軍が嫌で、逃げ続けた私の最後がこれかと思うと……ちょっと、ね」

通信室に沈黙が降りる。

カスパルも、サラも、子供達も、口を開こうとする者は一人もいない。

「本当に、なんでこんな事になっちゃったのかな」ソニアは、あーあ、と苦笑し「アフリカ海の拠点が出来たばっかりの頃ってすっごい楽しかったわよね。毎日次から次に仲間が増えて、住む場所も足りないからどんどん建て増しして、そのうちシンガポールと協力するようになって、なんか結婚式が流行ってみんなどんどんくっついちゃって」

それが、真昼の死を境に全てが変わった。

あの頃のセラは幸せそうで、時々小さく笑って、自分はそんな少女のことが本当に好きだった。

「フレッド君は知らないと思うけど、その頃は本当に楽しかったのよ？」ソニアは先ほど人類を許さないと主張していた男の子の顔をディスプレイ越しに覗き込み「戦争も無くて、みんな毎日遊んでて。セラちゃんがお料理のやり方教えてくれて、誕生日にはケーキも作ってくれて」

ケーキ？　と男の子が目を丸くする。

ソニアはうなずき、ゆっくりとその場の全員を見回して、

「みんなはどう？　楽しくなかった？　生き残って青い空が戻ってくればまたあの頃みたいに楽しくなるって、本当にそう思う？」

『……わからん』カスパルは首を振り『わからんが、それでも戦うんだ。戦って、勝って、これを俺達の歴史で最後の戦いにするんだ』

そう、と呟き、ソニアがまた肩をすくめる。

ディーは何も言えずに、ただ拳を強く握りしめた。

照明が絶えた無人の通信室に、明かりが灯った。

ディーは部屋の扉をロックし、円卓の前に一人で立った。

立体映像のタッチパネルに指を触れ、南極衛星との通信回線を開く。黒い背景に白で書かれた簡素なステータス表示が回線の不調と接続の失敗を表すメッセージを無限に吐き出し続ける。

そのまま微動だにせず、応答を待つ。無限とも思える数十分が過ぎて、ようやくステータス表示がそれまでとは異なる反応を示す。

ノイズにまみれた画面の向こうに姿を現す、長い黒髪の少女。

頭の両側で束ねた髪が、鳥の飾り羽根のように揺れている。

『……ディーか？』少女は光に照らされた庭園を背景にディスプレイを凝視し『緊急の用件か？　ならば手短に頼む。この回線もいつまで保つかはわからない』

サクラの声は途切れ途切れで時折耳障りなノイズが混じるが、それでも会話は出来る。

ゆっくりと息を吸い込み、吐き出す。

真っ直ぐに少女の目を見つめて、口を開く。

「ベルリンの『塔』に対する総攻撃が決まったよ。五日後だ」

『報告は受けている』サクラはうなずき『作戦案も確認した。問題ない、と言うよりこれ以外の作戦は不可能だろう』

「正面からの力押しだけどね」息を吐き、少女を見据えたまま「犠牲は避けられない。こっちもかなりの数が死ぬことになる」

『仕方の無いことだ』

返るのは静かな声。

とっさに言葉を失うディーに、サクラはわずかも表情を動かすこと無く、

『要は敵側の雲除去システムの起動条件が満たされなければそれで問題ない。その前に敵に回復不可能な打撃を与え、「塔」を破壊し、そのまま分散して各シティの住民の殲滅に向かう。

地球上の人類の総人口が規定値を下回ったのを確認すると同時に私は雲除去システムを起動する。――それで、私達の勝ちだ』

「本気なの？　本当に、仕方が無いって思うの？」無意識に一歩踏み出す。「君を信じて、君っていう旗の下に集まって、魔法士が幸せに暮らせる世界を作るんだって一緒に走ってきた人達だよ？　その人達が今から死ぬっていうのに君は」

『選択の余地は無い。ならば、私が感傷を抱くことにも意味は無い』サクラは彫像のように胸を張り『出来るなら私も地上に戻り、皆の先頭に立って戦いたい。だが、状況はそれを許さない。である以上、私は決断を下し、貴方達に指示を与えなければならない。それが、賢人会議の代表という道を選んだ私の義務だ』

「……セラのことも、そうなの？」

『そうだ』少女は感情を一切感じさせない瞳でディーを見据え『そもそも、彼女が組織を離れたのは彼女の弱さ、人類に対する未練を捨てきれなかった故だ。私達がセラを捨てたのでは無い。セラが、私達を捨てたのだ』

「サクラ――！」

反射的に両手で円卓を叩く。

思いがけなく強い音が通信室に響き、立体映像の通信画面が不規則に揺らめく。

『話はそれだけか？』少女はその音には一切の反応を示さず『ならば自分の役目に戻って欲し

い。どうか我々の手に勝利を。そして、可能なら一人でも多くの同胞を生き残らせて欲しい。必要な犠牲であっても、少ないのならそれに越したことはないからな』

ノイズ音を残して、ディスプレイがかき消える。

ディーは押し黙ったまま、残り香のように煌めく光の粒子をただ見つめた。

＊

錆が浮き出た金属の皿から、ほわりと湯気が立ち上った。

錬はほとんど白湯のようなスープをしばらく見つめ、いただきます、と両手を合わせた。

「とにかく食べましょ」テーブルの向かいに座った月夜がスプーンをくるりと回し「腹が減っては戦は出来ぬ。どんな時でも、食べて寝るのは戦いの基本よ」

うん、とうなずき、小さな合成蛋白の欠片が三つだけ浮いたスープを口に運ぶ。塩気とかすかな薬品臭が混ざったスープを一口飲み下し、揺らめく水面に映る自分の顔をじっと見つめる。

空き部屋にあり合わせのテーブルを並べただけの食堂に、他に人の姿は無い。

先に食事を終えたイルやソフィー、他の魔法士の子供達は、疲れ切った様子ですでにそれぞれの部屋に戻っている。

あの事件から十日、ヘイズとファンメイはいまだにベッドの上で絶対安静を言い渡されている。特に酷い状態だったのはヘイズで、全身のありとあらゆる場所に傷を負った青年の手術にはリチャードの執刀で丸一日を要したらしい。ファンメイの方は一見するとどこにも怪我など無いように見えるが、体の構造を人間の姿に保っておくことがまだ大きな負担になるらしく、時折病室を抜け出しては腕や足を失った状態でペンウッド教室の研究員に抱えられているのを目にする。

クレアはヘイズの傍を片時も離れることなく、包帯まみれの青年の看病を行っている。「島」の落下による被害を食い止めるために行った大規模演算は千里眼のI－ブレインにも多大な負荷をかけたようで、少女は今、自分の周囲の状況を知覚する以上の能力を行使できない状態にある。

セラとエドの状態はなお悪い。そもそも二人のI－ブレインは最初から、蓄積疲労の限界で到底戦闘に耐える状態には無かった。それを「遠隔からのリアルタイムでの調整」という離れ業で強引に動かした代償は大きく、二人が再び戦えるようになるにはシティの研究所にしか無いような大がかりな機器を用いた専用のメンテナンスが必要になる。

そしてもちろん、彼らの不在は誰かが補わなければならない。地下施設の唯一のエネルギー源である演算機関の補助だけはどうにか全員で分担して間に合わせているが、錬も、他の魔法士も、ここしばらくはろくに休みらしい休みを取っていない。

誰もが、とっくに限界を超えている。

人類と魔法士の最後の決戦を前にした今、世界再生機構にはまともに動かせる戦力が無い。

不意に背後から声。振り返った先、故障して閉まらなくなった扉の向こうからリチャードが歩み寄る。

「――ここにいたか」

白衣の男はテーブルに雑多に積まれた皿の一つを手にとって保温容器のスープをよそい、

「先ほど、ルジュナ殿（どの）から連絡があった。ここにいる難民、五万人全員の収容準備が整ったそうだ。明日の午後に一個大隊の輸送部隊を向かわせるので、輸送作業の準備を整えて欲しいと」

月夜は、そう、と呟き、

「で？　最後の決戦は？」

「五日後、という作戦部の見立てだそうだ」錬と月夜から少し離れた壁際（かべぎわ）の椅子に腰掛け「シンガポールの光耀（クアン・ユー）まで引っ張り出して予測した結果で、ほぼ間違いは無いそうだ。陽動のために一部のシティの防衛ラインを故意に開けてみたが、賢人会議には全く反応が無い。どうやら彼らもベルリンを、自分達とシティ連合軍、どちらかの墓場にするつもりらしい」

呼吸が止まりそうになる。

おそるおそるテーブルの向かいの様子をうかがうと、月夜は眉一つ動かさずにスープをすくい、

「何にせよありがたいわね。このままじゃ決戦だ何だって言う前に私達の方がダメになっちゃう。でしょ？」

リチャードが無言でうなずき、つられて錬もうなずく。地下施設に暮らす難民達の間にこれまでと性質の異なる空気が広がりつつあることには錬も気づいている。

原因はおそらく、マサチューセッツで戦いの最後にシティ連合側から流されたデータ。

人類側の雲除去システムの存在と『地球上の魔法士の数を半分以下に減らす』という起動条件に関するデータは、フェイとリチャードが注意深く行っていた情報統制の隙間をすり抜けて瞬く間に人々の間に広まってしまった。

データを流出させたのはシスター・ケイトでは無いかとリチャードは言っていたが真相は分からない。いずれにせよ、ベルリン崩壊後の世界の動きについて何も知らなかった人々は、「塔」の存在を、人類が賢人会議に対する反撃の手段を得たことを知ってしまった。

その事実が彼らの内心にどんな化学変化をもたらしたか、外からの観察ではわからない。彼らのほとんどは以前までと変わらず自宅に閉じこもっていて、ことさらに不審な行動を取っているわけではない。

だが、生産工場のプラント群の動作音に交じって聞こえる囁き声や、すれ違う人々の視線に宿る暗い光。

これまでの単なる絶望とは異なる得体の知れない感情が人々の間に広がりつつあるのを、錬も、他の全員も感じている。

「嫌な言い方だが、このタイミングでの迎えはありがたい」リチャードが独り言のように呟いてスープをすくい「情報統制が取れなくなった以上、難民達がどう動くか予測がつかん。彼らのためにも我々のためにも、少しでも早く魔法士の存在しない環境に移すべきだ」

月夜がうなずき、不意に目を細めて、

「で？ 博士のとこの研究員の人達はどうすんの？」

リチャードは、ああ、とスプーンを回し、

「シティに帰りたい者はいるかと確認はしたがね、私の方が叱られてしまった。そんな腰抜けは一人もいない。ここについてきた時に覚悟は決めているそうだ」

ふぅん、と口の端に笑みを浮かべる月夜の顔を見つめ、唐突に納得する。

難民の移送が完了すれば、もう、この地下施設から他に行き場所など無い。

人類の側に立つか、魔法士の側に立つか、どちらでも無い道を選ぶのか——ここが最後の分かれ道なのだ。

「じゃ、準備はこっちで始めとくわ」

月夜が椅子から立ち上がり、空のスープ皿を手に歩き出す。

扉の前でふと足を止め、こっちを振り返って、

「あんたはついてきちゃダメよ。他の魔法士の子達にも、移送が済むまで居住区画には絶対に

近づかないように言っておいて」

　無言でうなずき、月夜を見送る。

　扉の向こうに消える背中を見送り、ふとリチャードに向き直る。

「……博士は、ここに残るんだね」

「当然だとも」白衣の男は、心外だ、とでも言うように肩をすくめ「でなければ、わざわざマサチューセッツまで出向いて虐殺を阻止した意味が無い。まだ勝負はついておらん。天樹真昼のようにとはいかんが、戦争回避の手立てを最後まで考えてみるつもりだ」

　苦笑交じりに答える男の顔を、じっと見つめる。

　これまで抱いたことの無かった疑問が、ふいに、胸の奥に浮かぶ。

「博士はさ……今からでもシティに行って人類の味方をしようとか、そういうのは思わないの？」

「む？」リチャードは不快感ではなくただ不思議そうな表情を浮かべて首を傾げ「なぜそんなことを？」

「なんていうか、そっちの方が正解なんだろうな、って思ってさ」立ち上がって歩み寄り、男の隣の椅子に腰掛け「博士を疑ってるっていうんじゃないよ。だけど、戦争を止めるって言ったって方法はまだ何にも無いし、止めたからって世界は雲に覆われたまんまでいつかシティの寿命が来るのは変わらない。博士なら今からでもシティの味方して人類を勝たせるとかそういうのも出来そうだし、そっちの方が……なんていうか、賢いんじゃないかなって」

リチャードは何も言わずに、視線を天井に向ける。

数秒。

男は、ふむ、とうなずき、白衣のポケットからタバコの箱を取り出す。

「かまわんかね？」

「え？　あ、うん」

うなずき、空気の流れを少しだけ操作して煙を少し遠ざける。

リチャードはほとんど空になった箱を逆さにふって出てきた一本を口にくわえ、火をつけてゆっくりと一服ふかし、

「……言ってしまえば、答え合わせだな」

「答え合わせ？」

オウム返しに問う。

男は天井を見上げたまま輪っかの形に煙を吐き、

「私には研究者としてシティに忠実に生きる道もあったし、自分を後天性の魔法士に変えて人類を滅ぼす側に回る道もあった。はたまた、そういう一切の煩わしい物に背を向けてただ己の研究に没頭する道もあった。……そして、私はそうでは無い道を選び、結果として今ここにいる」

無言で男の横顔を見つめる。

リチャードは携帯用の灰皿を取り出してタバコの灰を落とし、

「悔いは無い。時をさかのぼってやり直したいとも思わん。だが、答は欲しい。この道を選んだことに意味はあったのか。あるいは全ては無意味だったのか。自分の選択がどれほど正解に近く、どれほど正解から遠かったのか。……ここで節を曲げてシティの側に鞍替えしてしまったら、たとえ勝っても点数はわからずじまいだ。それは、少し癪だと思わんかね？」

「そういうもん……なのかな」

「そういうものだ」

男がうなずき、立ち上がる。

短くなったタバコを灰皿に置き、

「だからな、天樹錬君。君も、君の答を出せばいい。遠慮する必要は無い。私はその答えに納得がいけば手を貸すし、いかなければやめるように説得する。それだけのことだ」

「え……」

心臓が大きな音を立てる。

心の中を見透かされたような気がして、無意識に視線を伏せる。

「……なんで、そんなこと言うの？」

「大人だからな、見ていればわかる。月夜殿も気づいているはずだ。……焦って、今すぐ走り出さなければと燻（くすぶ）っている。マサチューセッツの後からずっと君はそういう顔をしとるよ」

灰皿に残された燃えさしのタバコから、かすかな煙が立ち上る。

男は苦笑するように唇の端を歪（ゆが）めて頭をかき、

「時間はあまりないが、納得いくまで考えるといい。……解の無い問いに自分なりの解を定め、結果を抱えて前に進む。人生とは、どこまで行っても結局それだ」

いい加減に手を振って、白衣の背中が扉の向こうに消える。

後に残るのは自分一人。

うつむいたまま、両手で顔を覆ってため息を吐く。

「……わかんないよ、そんなの……」

いつかと同じ言葉を繰り返す。自分がどうすればいいのかわからない。人類が滅びて魔法士が生き残るのがいいのか、魔法士が滅びて人類が生き残るのがいいのか。どちらでもない道を探してここまで来たけれど、結局そんなものはどこにも無かった。戦争を止める方法は見つからない。たとえ雲除去システムを止めたとしても、それに代わる解決策が見つからない限り戦争は続く。なら、このまま成り行きに任せるべきなのかもしれない。あのシステムを使えば少なくとも人類と魔法士のどちらか片方だけは助かる。二つの種族が戦争をして生き残った方が歴史を繋いでいく。それが唯一の正解なのかも知れない。

それでも、胸の奥に小さな火が燃えている。

あの日、無傷で残されたマサチューセッツの灰色のドームを見た瞬間に生まれた火が、泥濘のような絶望に満たされた心をほんの少しだけ照らしている。

勝ち目のない道を命をかけて突き進み、多くの人々を守り抜いた龍使いの少女と空賊の青年の姿が目の前をよぎる。真紅の剣を支えに雪原に立ち尽くす黒衣の騎士の大きな手を背中に感じる。マザーコアの存在を否定し、魔法士を犠牲にしない世界を望みながら、最後にはマザーコアとしてシティのためにその身を捧げた男の声が聞こえる。人類と魔法士が手を取り合う未来を信じて最期まで走り続けた兄が、遠い場所で見ている気がする。

生命維持槽で眠り続ける少女の笑顔が、最後に言葉を交わしたあの日に投げかけられた問いが、陽炎のように瞬いて消える。

答は、まだ、どこにも無い。

それでも考え続けなければならないと、小さな、今にも消えそうな火が叫んでいる。

「……フィア……僕、がんばるよ」

胸の奥から、無理やり言葉を絞り出した。

力を振り絞って顔を上げ、ひび割れた灰色の天井を見上げた。

居住区画に通じる隔壁の向こうから、笑い声が聞こえた気がした。

生産工場に向かうエレベータに乗り込もうとしていた錬は、ふと足を止めて振り返った。

　夜八時。夜間照明のほのかな明かりに照らされた通路に行き交う人の姿は無い。最近では難民達が出歩くこと自体が少なくなっているが、特に夜間に誰かを見かけることはほとんど無い。おそるおそる通路を進み、半開きの隔壁の隙間から様子をうかがう。


「……こんな感じ？」

「そう、そこ！　すごい上手！」

　幾つもの拍手の音と共にわっと歓声が上がる。居住区画の広大なホールの一番手前、空き家になった住居の前に小さな人影が何十人か集まっているのが見える。住居の壁のすぐ前にいるのは以前にも見かけた魔法士の子供で、人形使いのエリンと炎使いのロラン。周囲を取り囲むのはその時に二人と遊んでいた子供達で、いかにも楽しげな様子である子はまっすぐ壁に向き合い、別な子はそれを背中越しに眺めている。

　おそるおそる隔壁を抜け、歩み寄る。

　と、エリンがこっちに気づいた様子で目を丸くする。

「あ！　……えっと、錬お兄ちゃん！」

　周囲の子供達が次々に振り返る。何人かが少し怯えた様子でエリンとロランを振り返り、二人は大丈夫と言うようにうなずく。

「……その人、魔法士、だよね？」

「そうだよ！」ロランがなぜか得意げに胸を張り「すっごく強くて、何でも出来るんだってずーっと前にディーくんが言ってた！」

難民の子供達が、ディーくんって誰？　と顔を見合わせる。

錬はそんな子供達にゆっくりと近寄り、何を言うべきかしばらく迷い、

「……エリンちゃんもロランくんも、ここにはあまり来ちゃだめだよ」ともかくそう言って難民の子供達を見回し「君達も。だめだよ、小さな子がこんな時間に外で遊んでちゃ」

いかにここでの暮らしが時間感覚に乏しいとはいえ、小さな子供が出歩いていい時間ではない。ばつが悪そうに顔を伏せる子供達の真ん中で、二人の魔法士が、えー、と不満そうな声を上げる。

「どうして？」

「どうしてって……」

言いかけて諦め、息を吐く。

そこでようやく、子供達の背後の壁に違和感を覚える。

……あ……

のっぺりとした白塗りの壁に描かれた黒い模様。それが一枚の大きな絵であることに錬はようやく気づく。人の姿、建物、木、動物。いかにも子供らしい不格好なタッチで描かれた町の風景のずっと上、子供達にはどう見ても手が届きそうにない屋根の辺りには、そこだけ不釣り合いなほど精緻なタッチで描かれた幾つかの小さな雲が浮かんでいる。

子供達が手にした小さな黒い塊をポケットにしまい込む。どこから持ってきたのか分からない黒炭の欠片。おそらくロランが生産プラントで生まれた廃物を炎使いの能力で焼成するか何かして作ったのだろうと納得する。

エリンが壁に手を当てると、白と黒で描かれた街並みの端に動きが生まれる。丸と幾つかの線で描かれた不格好な太陽が、地平線からゆっくりと空に上る。子供達が手を叩いて歓声を上げる。雲の間を通り抜ける太陽の周りに、黒線で描かれた数羽の小さな鳥が輪を描く。

上手だね、と無意識に呟く。

と、エリンは思いがけなく真剣な眼差しで壁の絵を見上げ、

「……ここに何か残ると良いね、ってみんなでお話ししたの」うつむき、小さな声で「明日になったらみんないなくなっちゃうから」

周囲の子供達が同じように視線を下に向け、めいめいに黒炭の欠片を取り出してまた壁に向き直る。ロランが周囲の熱を集めて小さな発光体を作り、壁全体をほのかに照らす。

白黒の不格好な町で、陽光の下で笑う子供達。

無意識に手を伸ばし、壁に触れようとした瞬間、幾つもの足音が通りの向こうから響く。

血相を変えて駆け寄る数十人の難民の男女を、錬は呆然と見る。先頭に立つ母親が悲鳴に近い叫び声をあげ、錬を突き飛ばすようにして子供の一人に駆け寄る。子供に何を言う暇も与えず、母親は子供を抱きかかえて逃げるように通りを走り去っていく。大人達が次々に駆け寄り、

自分の子供の手を強引に引いて魔法士の傍から引き離す。

「ちょっと待ってよパパ！　ぼく、まだ――」

「お前は黙ってろ！」

子供達を背中にかばうようにして、大人達が一歩、また一歩と後ずさる。

その顔に、もはや隠すつもりも無いのであろう明白な負の感情が浮かぶ。

エリンとロランが何か言いかけてやめ、ただ、子供達に向かって小さく手を振る。子供達が次々に手を振り返し、そのまま父親や母親に追い立てられるようにして去って行く。

最後に残った一人の父親だけが、振り返って子供と共に深々と頭を下げる。

「……あ……」

エリンが言葉を発するより早く、その親子もすぐに通りの向こうに消える。

呆然と見つめる女の子の両目に、涙が盛り上がる。

ロランが慌てた様子でエリンの背中を抱きしめ、大丈夫、と何度も言い聞かせる。エリンがしばらく経ってから、うん、とうなずき、二人は錬に頭を下げて歩き出す。

小さな背中が、通りの向こうに消える。

最後まで、錬は言葉を発することが出来なかった。

闇の中に白と黒で描かれた陽光の町を、ただ、一人で見上げた。

地下施設の最深部に向かう通路は、のしかかるような闇と静寂に閉ざされていた。

錬は蓄積疲労で停止寸前のＩ－ブレインのわずかな視界補正を頼りに、壁を手探りするようにして細い通路を進んだ。

深夜二時。周囲に他に動く物の気配は無く、自分の足音と息づかい以外には何も聞こえない。電力の消費を少しでも抑制するために、この時間、地下施設内のほとんどの照明はカットされる。多くの人々は眠りについているはずで、自室を出るところを見咎められた気配はない。

エレベータと階段を何度も乗り継ぎ、難民達が決して近づかない区画を進み、目的の場所にたどり着く。

目の前には重厚な金属の隔壁。

表面に浮かぶ立体映像の標識に、『験体一号』という文字が光る。

ここに来るのは二度目、いや、生まれて最初に兄と姉に出会った時の事を考えれば三度目になる。天樹健三博士の生涯で最後の実験場。自分という魔法士が生み出された場所。

壁のタッチパネルを操作し、隔壁の操作メニューを呼び出す。

生体認証を要求するメッセージにうなずき、隔壁の中央に手を差し出し、

「――待ちなさい」

背後から声。

息を呑んで動きを止め、覚悟を決めて振り返る。

「……びっくりした。月姉も散歩？」

「そうなのよ……ってわけにもいかないわよね」月夜は困ったように少しだけ笑い「あんたの部屋の扉にセンサー付けといたのよ。こんなことじゃないかと思ってね」

ごめん、と姉が少しだけ肩を落とす。

これまで見たことがないほど気弱なその姿に、不安な気持ちになる。

「どうしたの？　月姉」無意識に伸ばした手が思ったよりも少しだけ小さな手を掴み「僕を止めに来たんでしょ？　なら……えっと、そりゃ止められたからってやめますっていうわけにはいかないけど、でも止めるならそう言ってくれないと……」

「だってあんた、止めても聞かないじゃない」

ため息のような声。

言葉を失う錬を前に、月夜はうつむいて視線を逸らしたまま、

「あんたが来た理由は分かってる。ここには少なくとも魔法士の育成に必要な施設が揃ってる。ちゃんと動けばだけど、ここの機械を使えばあんたや他の連中のメンテナンスが出来るかもしれない。……それだけじゃなく、ここにはきっとあんたのI－ブレインの詳細データがある。もしかしたらあんたも私も知らない機能が見つかるかも知れない。そういうことなんでしょ？」

ぎこちなくうなずき、姉の顔をただ見つめる。

月夜は今度こそはっきりとため息を吐き、

「わかってるの。だから止めない。……ただ、今じゃなきゃこの話は出来ないと思って」

細い手がつなぎのポケットから何かを取り出し、錬の目の前に広げる。

おそるおそる覗き込む。

手のひらの上、隔壁のタッチパネルの緑光に照らされて、小さなデータディスクが鈍く光る。

「……これは？」

「父さんが遺言と一緒に残した物。……私と真昼を後天性の魔法士にするための、Ｉ－ブレインの設計図よ」

意味が分からない。

手のひらの上の黒いディスクにこわごわと指を触れる。

「あんたを拾ったばっかりの頃に真昼とこのディスクの話になってね。真昼は家に置いてきたって言ってたけど本当は私が見つけてこっそり持ち出してたの。それがバレるのが嫌で自分のディスクを要らないって捨てて見せて……だから、これは残ってる真昼の分」

月夜は、何やってんだろ私、と力無く笑い、

「父さんはこのディスクを用意しただけで、どうしろとは言わなかった。言っても聞かないって思われてたんじゃないかな。……でも、どういうつもりで用意したのかは想像出来る。父さんは……天樹健三博士はね、私と真昼に、人間をやめて魔法士になって欲しかったのよ」

え？　と視線を上げる。

どういうことか分からない。

ただ、見上げた姉の顔がひどく悲しそうで、とっさにつなぎの服を掴む。

「私も真昼も、父さんがなんであんたを作ったかなんとなくわかってた。だから、あんたをここに来させたくなかった。……でも仕方ないわよね。あんたが必要な物はここにあって、ここじゃなきゃどうやっても手に入らないんだから」

心臓の鼓動をすぐ近くで感じる。

細い手が体を強く抱きしめ、頭と背中を何度も撫で、

「行って来なさい。……大丈夫よ。私がここで、あんたが出てくるのをちゃんと待ってるから」

無数の演算装置の駆動音が重なり合い、低い唸りとなって闇の中に響いた。

錬は頭上から垂れ下がった幾本ものケーブルをかき分け、部屋の奥へと進んだ。

背後で隔壁の閉まる音があって、同時に色とりどりの立体映像ディスプレイが頭上を円形に取り囲む。七色の淡い光に照らされて、周囲の様子が視界に浮かび上がる。

数十メートルほどの円形の実験室の中央には、普通の物より大型の、円筒ガラスの培養槽。部屋の内壁沿いに乱雑に積み上げられた四角い箱形のコンピュータにはいずれもステータス

表示の光が灯り、この部屋の機能が今でも生きていることを表している。

懐かしさと、心細さと、恐怖に似た得体の知れない感情が同時に胸の奥に浮かび上がる。

塵の一粒まで完全に除去された清浄な空気の中に、培養槽の羊水と演算機関の高電圧が生み出すオゾンが混ざり合った独特な匂いをかすかに感じる。

ここは、かつて、自分が生まれた場所。

ゆっくりと歩を進め、円筒ガラスの表面に手を触れ、

『――おはよう』

不意に、背後から声。驚いて振り返り、すぐに肩の力を抜く。

目の前には、等身大の立体映像で描かれた東洋人の初老の男性の姿。

北極衛星の記録映像で見た天樹健三と同じ姿の半透明な立像が、スーツ姿で優雅に一礼する。

『無事に目覚めたようで何よりだ。私の設定通りであれば君の今の肉体年齢は十六歳相当のはずだが……まあ、数年の誤差は大目に見てくれたまえ。こうして自律的に生命維持槽の外に出たということは少なくともI－ブレインの調整は完了したということ。ならば、今後の活動には何の支障も無いはずだ』

矢継ぎ早に投げられる言葉に数秒間立ち尽くし、すぐに納得する。これは博士が最後にこの施設を立ち去る時に残したメッセージ。おそらく、この施設で計画通りに成長し、魔法士として完全に成熟した状態で培養槽から出てきた自分に最初に投げかけられる予定の言葉だったの

だろう。

「えっと……博士、僕……」

『さて、君にはおそらく聞きたいことが山ほどあるだろう』錬の言葉を完全に無視して男は大仰に肩をすくめ『が、申し訳ないことに私には君の問いに答を返す機能が備わっていない。この「私」は私の人格を模したＡＩではあるが、なにしろ準備に使うことが出来る時間が少なすぎた。出来るのはあらかじめ用意したメッセージを元に、君の反応に応じて多少言い回しを調整することだけ。少し高機能なスピーカー程度に考えてもらいたい』

息を吐き、立体映像を無視して実験室の外周の演算装置をぐるりと見回す。元々こんなメッセージが残されていると思っていたわけではないし、内容に期待もしていない。用があるのは中央の培養槽と、コンピュータに残されているかもしれないデータ。とにかくここのセキュリティを調べて、自分以外の誰かが培養槽やその他のシステムを利用しても大丈夫か確認しないと――

『だが、君が抱くであろう幾つかの疑問にはあらかじめ回答を用意してある。……例えば、君はこう思っているのでは無いかね？　「なぜ自分は生み出されたのか」と』

操作用のタッチパネルに触れようとした手が止まる。

ぎこちない動きで、男の立体映像を振り返る。

『今がいつなのか……正確なところは君の育成状況に依存するが、おそらく私の死後八年から十年といったところだろう』スーツ姿の男はノイズに歪んだ両手を芝居がかった動作で広げ『その間に何が起こるか、おおよその見当はついている。生き残ったシティはマザーコアによる都市機能の維持を図り、すぐにそれが当然のこととなる。粗悪なI—ブレインを大量生産し、並列化することでマザーコアの機能を代替するような技術が生まれるかもしれんな。その動きは魔法士達の反発を招き、やがて魔法士の中から自分達だけの組織を、国を作ろうとする者が現れる。I—ブレインを持たない人類と魔法士との対立が深まり、やがて世界の全てを巻き込む生物種間の争いへと発展する。——おそらく、そんなところだろう』

息を呑む。

さすがは情報制御理論を生み出した三人の天才の一人と言うべきなのだろう。男の予測は現在の地球の状態を完璧に言い当てている。

『人類がマザーコア以上に効率的なエネルギー源を生み出すことはおそらく不可能で、魔法士にはそれを受け入れることは出来ない。互いを違う生物と認めてしまえば、残るのは生存競争による自然淘汰だ。……過去に人類史において発生した多くの戦争とは違う。交渉の余地も妥協の余地も無い、どちらかが滅びるまで終わらない殲滅戦争の始まりだ』

思わず男の立体映像に駆け寄る。

あるいは、この先の言葉に自分が求めていた答えがあるのではないかという期待。

人類と魔法士が戦争を止め、困難に立ち向かうために手を取りあう。そんな未来につながる何かを男が語ってくれるのでは無いかと、固唾を呑んで男の顔を見上げる。

『一度始まってしまえば、戦争を止める術は無い。……熾烈な戦いになるだろう。私ですら想像の及ばないような途方も無い作戦が決行され、想像を絶する数の死者を出すことになるだろうな』

――そうだよ。

『だが、それは望ましい結末では無い。仮に人類が勝利したところで、多くの人口とシティの幾つかを失えばその後の社会の維持は困難となり、世界を覆う雲を晴らす手段を見出す前に絶滅することになる。逆に魔法士が勝利したとしても、そのために多くの仲間を失うことになればコミュニティの維持は困難になり、ひいては文明レベルの退行を招く。おそらく彼らはいつの日か世界を覆う雲が消え去る時まで生き延びるだろうが、そこに残されるのはただ情報制御を行使出来るだけの原始人だ』

――そうだよ、あなたの言う通りだ。

『いずれの結末も、この星の歴史の行く末にはふさわしくない。人類と魔法士が互いに滅ぼし合い、徒に消耗する。その結果待っているのは勝利した側の衰退と文明の終焉だ。それだけは避けねばならん』

――だから、どうにかして人類と魔法士の最終戦争を止める方法を――

『そこで、私は人類を見限ることに決めた』

「…………え？」

思考が止まる。

緊張のあまり何かを聞き間違えたのかも知れないと、立体映像の男を呆然と見上げる。

『私は、魔法士の側に徹底的に肩入れし、彼らを一方的に勝利させることに決めた』男は次の休日の予定を話すような気安い口調で『私の考えでは、魔法士とは人類の進化した姿であり、人類という生物種の後を引き継ぐべき正統な後継だったのだ。にもかかわらず、人類は魔法士を虐げ、彼らを単なる兵器に貶め、自分達の都合の良い道具として扱おうとした。おそらく、人類は間違えたのだ。……そして、魔法士という存在を最初に見出した者の一人として、私には歪んでしまった歴史の道筋を正しいあり方に戻す責務がある』

男の目が、錬の頭上を捉える。

あと数年、男の言う通りの年齢まで自分が育っていたらおそらく顔があったであろう場所に向かって男は親しげにうなずき、

『君は私の希望であり、私がこの世界に託すことが出来るただ一つの贈り物だ。全ての魔法士を導き、彼らに希望をもたらし、I―ブレインを持たない旧い人類を滅ぼす。もちろん容易いことでは無いが、それが可能となるよう私が考え得る最高の能力を君には与えたつもりだ』

体の全てが力を失い、とうとうその場に崩れ落ちる。

見上げた先、天樹健三博士の姿をした立体映像は、誰も居ない虚空に向かって蕩々と語り続

ける。

『この地下施設は君と、君の仲間となるであろう多くの魔法士のために用意した物だ。千人単位の魔法士が暮らせるよう準備は整えたが、生憎こちらも準備期間が足りない。すまないが、それ以上は自分達の力でまかなって欲しい』

男の手元に、半透明の画像が一枚出現する。

男と、小さな男の子と、そっくりな女の子と、三人で撮られた写真。

立体映像の男はその画像を目の前の虚空に差し出し、

『話はこれで終わりなのだが、実は一つ頼みがある。……私には双子の息子と娘がいる。I―ブレインを持たない通常人だ。二人には魔法士となって生き残ることが出来るようI―ブレインの設計図を遺すつもりだが、どうにも頑固な性格で、おそらく二人とも人間のままでこの世界の有様に立ち向かう道を選ぶだろう。……親のエゴと嗤ってくれて構わん。君が長い旅路の中でもし二人に出会うことがあって、その時にもし二人がまだ人間のままだったなら、その時は一度だけでいい、人を棄てて生き残るようあいつらを説得して欲しい』

喉の奥から、自分でも理解できない呻き声が漏れる。

見開いた目から涙があふれる。

耳を塞いでうずくまってしまいたいのに、指一本動かすことが出来ない。

『私に遺せる物はこれで全てだ。……最初の魔法士、アリス・リステルを守り通せなかった罪滅ぼしなどと言うつもりはない。君は私の研究の到達点。「この世界に人類は不要である」と判断した私の探求の行き着く果てだ。その探求が君達の輝かしい未来という形で実を結ぶなら、君達に最も深く関わった旧人類の一人としてこれに勝る喜びは無い』

霞んで捻れた視界に明滅する立体映像の光。

男はどこか真昼に似た顔で微笑し、優雅な動作で恭しく一礼した。

『では、後を頼む。……どうか健闘を。全ての愚者が滅び去った世界に君が新たな一歩を刻み、魔法士という生物種の歴史が末永く紡がれていくことを願う』

＊

窓の外から差し込む街灯の光が、昼間照明の淡い燐光に切り替わり始めた。

長い、本当に長い話を終えて、沙耶はコップの水を一息に飲み干した。

テーブルの向かいに座った白衣の女医が深くため息を吐く。弥生という名前だと話の途中で教えてもらった。元々は神戸の近くの町に暮らしていて、神戸が崩壊した事件の最中にフィアと――あの「天使」の少女と出会ったのだと。

「話はわかったわ」テーブルの上で両手を組み、まっすぐに沙耶を見つめて「とにかく、その幻影No.17っていう魔法士が生きてることを知らせれば、モスクワ自治軍の何割かは戦争をやめてくれるかもしれないのね」

　こくこくとうなずき、ふと不安な気持ちになる。この人はモスクワで暮らすようになってからまだそんなに時間が経っていないと言っていた。幻影（イリュージョン）No.17という名前がこの街でどれほどの力を持っているか実感は湧（わ）かないだろう。沙耶でさえ本当にわかっているとは言えないのだ。たった一人の魔法士のために数万の兵士が動くなどと、信じてもらえるのだろうか。

「そいつの名前、俺も何回か聞いたことがある」と、テーブルから少し離れた場所で立体映像の資料を睨んでいた男が口を挟（はさ）み「モスクワ軍の連中が話してた。『幻影（イリュージョン）No.17がベルリンで死んだから自分達が魔法士を滅ぼすのに悩まなくて済むのは、もしかすると幸運なのかも知れない』ってな」

　ヴィドという名の白人の男は言葉を切り、沙耶が用意したモスクワ自治軍の兵士のリストに視線を戻す。最初は弥生の助手なのだと思っていたが、聞いてみるとなんとパン屋なのだという。そんな仕事がまだこの世界に残っていたことに沙耶は驚いたが、昔住んでいた町の穀物生産プラントが故障して粉しか作れなくなった時に仕方なしに身につけた技術らしい。

「他のも見せてもらっていいか？」

「え……うん」

　テーブルに置いたシスターの携帯端末を操作し、ヴィドの目の前のディスプレイを書（か）き換（か）える。

孤児院の全員で協力して作った「イルを助けてくれるかも知れない兵士のリスト」を前に男は腕組みしてしばらく唸り、

「……こいつと、こいつは知ってる。空中戦車部隊の中隊長だ。二回ほど秘蔵の酒をおごってやったから、呼べば話くらいは聞いてもらえるはずだ」

驚いて顔を上げる。

弥生も同じくらい驚いた様子で、いつの間に？　とでも言いたげに男を振り返る。

「人脈作りは大切だろ？　他にやることもねえしな」ヴィドは立体映像の資料を次々に操作し「ああ、こいつも名前だけは聞いてる。情報部の実働部隊のトップだ。こっちは長距離砲撃艦の艦長。……とんでもねえな。何なんだ、その幻影No.17ってやつは」

困惑した様子で頭を掻く男の姿に、少しだけ頬が緩む。孤児院の子達が今の言葉を聞いたら、きっと誇らしい気持ちになっただろうと思う。

「じゃあ、何とかなりそうなの？」と弥生。

「……正直、わからん」ヴィドは難しい顔で首を振り「ちょっと余所のシティと停戦交渉しましょうって話じゃねえ、人類が滅びるかどうかって大戦争だからな。……けど、幻影No.17に命を救われた連中が本当にここに書かれてる以外にも何万といて、そいつらが恩を返したいと思ってるなら、もしかすると何か起こるかもしれねえ」

男が肩をすくめ、再びリストに向き直る。

と、弥生が息を吐いてこっちに顔を向け、

「沙耶ちゃん。……相談なんだけど、このデータは私達にあずけて、沙耶ちゃんは何も見なかったことにして孤児院に帰らない？」

何を言われたのかわからない。

目を見開く沙耶に、弥生はテーブルに身を乗り出すようにして、

「今ならまだ引き返せると思うの。データはコピーを取るから、沙耶ちゃんはその端末を持って帰って。……そのシスター・ケイトって人を探しに行ったことにすればそんなに大きな問題にはならないと思う」

「……なんで……そんなこと、言うの……？」

「私達が今からやるのが『悪いこと』だからよ」弥生は真剣な顔でこっちを見つめ「私達も沙耶ちゃんと同じ。戦争を止めて、もう一回フィアと、あの子と一緒に暮らせる世界になって欲しい。でも、魔法士を滅ぼせば人類が助かるのは確かで、他の方法なんか見つかるかどうかも分からない。……どう言い訳したってこれは、悪くて、間違ってることなの。そういうのはね、大人の役目なのよ」

頭に血が上る。

立ち上がる拍子に転がった椅子が、思いがけなく大きな音を立てる。

「沙耶ちゃん……？」

「バカにしないで！」拳を強く握りしめ、目の前の大人を憤然と睨み「わたしちゃんと考えた！　他の子達も一緒に、何日も何日も考えた！　悪いことなのは知ってる。間違ってるのも、危ないのも、バレたら捕まるかも知れないのも分かってる。でもやるって決めたの！　みんなで仲良く出来る世界の方が良いって、みんなで決めたの！」

確かに、自分がここに残っても出来ることなど何も無いかも知れない。でも、孤児院に戻ってその先は。大人に任せたから大丈夫だと自分を納得させて、以前と変わらない暮らしを続けて、それでこの人達が上手くやってくれて戦争が終わるか、あるいは失敗して人類と魔法士のどちらかが滅びるか、とにかく知らないところで勝手に何かが決まる日をただ待ち続けるのか。

そんなのは、絶対に嫌だ。

信じて送り出してくれた孤児院の仲間達のために、何より自分自身のために、今さら傍観者に戻ることなど出来るはずがない。

「やめとけ、弥生」

男の声。

ヴィドは苦笑交じりに白衣の女医に手を振り、

「下手に追い返したら一人で軍の駐屯地に突っ込みかねないぞ、この子は。お前も錬ちゃんやフィアちゃん見てたならわかるだろ」

弥生が体を引きずるようにして椅子に座り直す。

深々とため息を吐き、住居の灰色の天井を見上げて、

「まったく……このぐらいの年の子って、どうしてどの子もこの子もこうなのかしら」困ったような笑みを沙耶に向け「ここにいる間は私の言うことを聞くこと。危ないことはしない。いいわね？」

うなずき、急に体の力が抜けて、ぺたんと床に座り込む。

「なら、さっそく作戦開始だな」ヴィドが右手を拳に握って左手のひらを何度か打ち「とにかく上層部の情報統制が追いつかないように、一気に出来るだけ広い範囲に情報を流す必要がある。……けど、それだけじゃダメだ。最後はそのシスター・ケイトを助け出して、幻影No.17と二人揃ってモスクワ自治軍の陣地のど真ん中に降りるくらいはやって見せねえとな」

「え？」

思わず声を上げると、弥生が当然のことのようにうなずいて片目をつぶって見せる。

白衣の女医はポケットから自分の携帯端末を取り出し、通信画面を開いて誰かを呼び出し、

「久しぶりね長老。悪いんだけど、私達の町の人全員すぐに集めて。それ以外でも話の分かりそうな人なら誰でも良いわ。……何って、今からみんなで世界を救うのよ」

＊

どうやって自分の部屋に戻ったのか、わからなかった。

気がつくと脳内時計が示す時刻はとっくに昼過ぎで、錬はベッドの上に仰向けになり、すぐ傍では立体映像のディスプレイとタッチパネルが明滅を繰り返していた。

「……月姉……？」

「まだ寝てなさい」起き上がろうとする体を月夜の手がそっと押さえ「あの実験室のシステムは今リチャード博士が解析してる。徹夜で作業するけど、どうしても三日はかかるって」

システム？　とぼんやりした頭で呟く。

いい加減に束ねられた長い黒髪が、そうよ、とうなずき、

「培養槽とか周りのコンピュータとか演算機関とか、あんたを育てるのに使われてたシステム全部よ。私と真昼が昔見た時と同じでセキュリティがガチガチにかかってたけど、あんたのI―ブレインに管理者権限が付与されててね。あんたが全部自分で解除してから歩いて出てきたのよ」

それも覚えてないの？　と月夜が首を傾げる。

寝そべったままうなずき、姉から視線を逸らして消えかかった天井のライトを見上げる。

「システムの解析が終わったらI―ブレインの調整はいつでも始められるって博士は言ってたわ。……だけど、システムがちょっと複雑すぎて、あんた以外のI―ブレインを操作できるように今から改修するのは無理みたい」残念だけどね、と月夜は肩をすくめ「戦える状態に戻せ

るのはあんただけ。だから、どうするかは任せるって。その代わり、システムの中から少しだけあんたの新しい機能が見つかったから、もしその気があるなら調整のついでに書き足したり出来るかもしれないって」

細い指が素早くタッチパネルを叩き、幾つかのディスプレイを周囲に呼び出す。

薄闇の中に浮かぶのは、ベルリンの戦いでディーに砕かれたサバイバルナイフの設計図。その隣には、なぜか騎士剣『紅蓮』のデータも並んでいる。

「……ニューデリーの輸送艦隊は？」

「二時間後に到着予定。難民の人達が出て行く準備も終わってるわ」月夜はディスプレイの画像に幾つか線を書き足して口元に手を当て「もう生産プラントの調整とか演算機関の補助とかもやる必要ないから、しばらくゆっくりしてなさい」

周囲のディスプレイをまとめて消去し、それじゃあね、と立ち上がってベッドに背を向ける。歩き出そうとするその背中に、錬はとっさに声を投げる。

「——あのメッセージは、見たの？」

動きが止まる。

月夜は背中を向けたまま、闇に沈んだ天井をゆっくりと見上げ、

「……何て言うか、さすが父さんって感じよね」肩越しに少しだけ振り返り、困ったような笑みを浮かべて「心配しなくても、リチャード博士や他の連中に見つかる前に全部消しといたわ。

あんなの見せられてもみんな困るでしょ？」

照明の落ちた狭い寝室に降りる沈黙。

耐えきれなくなってベッドからわずかに身を起こし、

「月姉……僕……」

「私は何も言わないわよ」

返るのは、静かな、穏やかな声。

言葉を失う錬の前で月夜は今度こそ完全に振り返り、

「あんたに命令もしないし、お願いもしない。……そりゃ、あんたがやっぱり賢人会議に行くなんて言い出したらちょっとは困るけど、でもどうしてもって言うなら私がフィアと一緒に連れて行ってあげる。あんたが何かやりたいって言うなら、それがどんなことでも、誰が反対しても、私だけは最後まで手伝ってあげる」

ゆっくりと、手がのびる。

細い指が髪をくしゃくしゃに撫で、

「だけど、これだけは覚えておいて。父さんがどういうつもりであんたを作ったかなんて関係ない。ここはあんたが選んだ道の上で、あんたはこの道をずっと歩いて行かなきゃいけないの。私も、他の誰も代わってあげられない。どの道を選んでもその度に何かを失くして、誰かに嫌われて、たくさん後悔して、それでも前を向いて歩いて行くの」

強く背中を抱きしめられる。

がんばれ、と耳元で囁く声。

錬は身じろぎ一つ出来ないまま、ただ目を閉じた。


地下施設の入り口の広大なホールは、輸送艦に乗り込む難民達の列でごった返していた。地上につながる巨大な隔壁の向こうに少しずつ消えていく五万の群衆を、錬は遠いところからぼんやりと見つめた。

誘導のために輸送艦からやって来たニューデリー自治軍の兵士と地下施設で暮らしていたベルリン自治軍の生き残りの兵士が協力し、人々を大型の輸送フライヤーに乗せてピストン輸送で次々に運び出していく。

錬を含めた魔法士はもちろん、フェイやリチャードといった世界再生機構の他の面々も手出しはしない。ベルリンの「塔」の存在やそれにまつわる世界の動きを隠していた事実が露呈したことで難民達の間には自分達に対する疑念や悪感情が広まっていて、彼らとの接触は可能な限り避けた方が良いというのがフェイの判断だ。

また一組、新たな家族が輸送フライヤーに乗り込み、地上へと飛び立っていく。年若い父親と母親と、エドと同じくらいの男の子が一人。窓の奥でうつむく両親の顔には安堵と不安の入り交じった複雑な表情が浮かんでいるが、男の子の方は少しだけ寂しそうに広大なホールの全景を見下ろしている。

錬と同じようにその光景を見守っていた魔法士の子供達が大きく両手を振る。

男の子が笑顔で手を振り返し、父親が恐怖に引きつった顔でその腕を押さえつけて窓から見えない位置に隠す。

難民達は一人、また一人と地下施設を去って行く。その表情は様々で、けれども多くは暗い。不安、絶望、虚無、そして何より魔法士に対する憎悪と嫌悪。もちろん、中には礼を尽くそうとする者もいる。ホールのずっと奥、難民から遙かに離れた場所から見守る錬達に向かって頭を下げる者もいる。けれども、ほとんどの人の顔には隠しきれない負の感情が滲んでいる。

自分達を滅ぼしうる存在に対する、おそらくそれが自然な感情なのだ。理性ではなく生物としての本能が、自分達の味方であるはずの、命の恩人である者たちさえ敵として認識してしまっているのだ。

胸の奥の火が揺らいで消えそうになるのを感じる。

彼らを救い、守ったことに意味はあったのだろうかと、そんな言葉がふと頭に浮かぶ。

――そこで、私は人類を見限ることに――

うるさい黙れ、と首を左右に振る。それでも頭の奥の声は消えない。両耳を押さえてうずくまってしまいたい衝動に駆られ、反射的にホールの群衆に背を向ける。

黒い泥のような感情が、少しずつ、少しずつ胸の奥に染み出す。

小さな火が消えてしまいそうで、錬は耐え切れずにその場にうずくまる。

自分がこれまでやってきたことは何だったのだろうと、絶望的な思考が脳を埋め尽くす。人類の側に立つのでも魔法士の側に立つのでもない別な道。フィアが、真昼が、長い旅路で出会ったたくさんの人々が命を賭けて繋ごうとした道。だけど、初めからそんな物には何の意味も無かったのかも知れない。自分は最初から魔法士の側に立つべきで、それがたった一つの正解だったのかも知れない。

賢人会議を率いて戦い続けるあの少女のように、

まっすぐ前を向いて、理想に全てを捧げて生きる道も、あったのかも知れない。

そうすれば、真昼は魔法士となって共に生きる決断を下してくれたかも知れない。そうすれば、フィアは多くの人を死なせた罪にあんなに思い悩まなくて済んだのかも知れない。その方が良かったのかも知れない。二人が出会ったのが自分では無くあの悪魔使いの少女だったなら、二人は今も幸せに、どこかで笑ってくれていたかも知れない。

こんなところに来るのでは無かったという思い。

自室か、食堂か、生産工場か、とにかくここでは無い場所に行こうと錬はよろめくようにして歩き出し、

「——何をバカなことを言ってるんだ!」

通路のずっと遠いところから声。

少しためらってから、そちらに向かって歩を進める。

声に従って角を何度か曲がり、居住区画の一つにたどり着く。もはや住む者はいないはずの町の外れ、隔壁の前の広場に難民の一団が集まっているのが見える。

全部で千人ほどだろうか。小さな子供から老人まで、人種も男女もばらばらの人々はどこか穏やかな表情で空っぽの町を眺めている。その前には百人ほどの別な集団が立ち塞がり、こちらは必死の形相で目の前の集団に何かを言い募っている。

「……ああ、あなたですか」

二つの集団、双方から少し離れた位置で立ち尽くすのは、一ノ瀬少尉。

錬の姿に気づいた様子で、会釈する。

「……何か問題？」

「ええ、まあ……」難民の誘導のために珍しく軍服を着た少尉は錬の問いに歯切れ悪く視線を逸らし「彼らが、ここに残ると言って聞かないのです」

何を言っているのかわからない。

ぼんやりと視線を向ける錬の前で、大きい方の集団の先頭に立つ初老の男が穏やかに笑い、「皆で話し合って決めたことだ。我々の事は気にせず、あなた達は行ってくれ」

「出来るわけ無いでしょ！　そんなこと！」小さい方の集団の女が声を張り上げ「いい？　今からシティ連合と賢人会議の最後の決戦が始まるのよ？　シティ連合が勝つんならそれでもい

い。でも、もし賢人会議の方が勝ったらその後に始まるのは雲除去システム起動のための人類の大虐殺よ。そいつらだって、気が変わってあんた達を殺そうとするかも知れない。ここに残るあんた達を誰も守れないのよ？」

まっすぐにこっちを指さす女に、投げやりな気持ちで視線を逸らす。

が、初老の男はゆっくりと首を左右に振り、

「この人達はそんなことはせん。あんた達もわかってるだろう。最後の最後までこの戦争を止めるために戦うよ、この人達は」

「綺麗事を言わないで！　誰だって、自分の命より大切な物なんか無い！　私も、あんたも、そいつらだって！　相手を滅ぼせば自分達は滅びなくて済むっていうなら、なんだってやるのが当たり前――」

「私はな」

遮る男の声。

なおも言い募ろうとする女に、男は静かに微笑み、

「十三年前に世界が雲に覆われて戦争が始まった時に、これが世界の終わりかと思ったよ。ところが世界は今も続いて、人類はまだ滅んでいない。ずっとそれが不思議だった。……だからな、賢人会議が流した世界の真実というのを見て、一度滅びそうになった世界を魔法士が守ったんだと知った時に思ったんだ。ああ、そういうことだったのか、とな」

「な……なんだよそれ！」別な男が子供を抱きかかえたまま血相を変えて一歩踏みだし「あんたは賢人会議の連中の言うことを鵜呑みにするってのか？　いや、もしそれが本当だったとして、だから人類が……うちの子が死んでも仕方ないってのか――？」

「そういうことじゃ無いのよ」こちらも子供を抱えた女がゆっくりと視線を錬に向け「ただ、私達はこのまま人類が勝って魔法士がいなくなって世界に青空が戻ってくればめでたしめでたしとは思えなくなったのよ。そうやって争って、命を救ってくれたこの人達も敵にして、滅ぼして、世界は平和になって……それを見て育った私達の子供はどんな未来を作るの？」

「それで人類が滅びたら何の意味も無いだろうが！　綺麗だろうが汚かろうが、未来ってのは生き残ってこそだ！　それが大人の責任だ！」

「別に邪魔しようってわけじゃないさ。あんた達はニューデリーに行くと良い。たぶんそっちの方が正解だ」誰かの叫びにまた別な誰かが応え「ただ、俺達は一緒には行けない。……どこにいたって運命に逆らえないなら、せめて自分の居場所くらいは自由に選びたい。明日人類が滅びるっていうなら、この子達が最後に見る世界は優しい世界であって欲しい」

いつの間にか背後に人の気配が集まっていることに錬はようやく気づく。エドとセラ、それに賢人会議からやって来た十五人の魔法士の子供達。地下施設に残ると主張する集団の中にいる数人の子供が、飛び上がって必死に手を振る。

魔法士の子供のうち二人、人形使いのエリンと炎使いのロランが泣きそうな顔で手を振り返す。

セラが両腕を広げ、二人の背中を抱きかかえる。

人垣を縫うようにして、人影が二つ錬の前に進み出る。それが、マサチューセッツの事件の前、居住区画で出会った親子だということを思い出す。家族を失った悲しみに泣き崩れ、錬にコンクリートの欠片を投げつけた母親。その母親が、錬が作った石の花を手に深々と頭を下げる。

息子の方が進み出て、小さな石の欠片を手のひらに乗せて差し出す。

一つは錬に、もう一つはエドに。

コンクリートの欠片を手作業で削っただけの無骨な花を、錬はじっと見つめる。

共にニューデリーに行こうと説得していた方の小さな集団が、一ノ瀬少尉に促されて居住区画を後にする。不器用に別れの言葉を口にし、残る者たちの幸運を祈りながら、人々が隔壁の向こうに消えていく。

残された難民達が、次々に錬と他の魔法士達に向かって頭を下げる。

「もちろん、みなさんが出て行けと言われるのであれば出て行きます」先頭に立つ初老の男が顔を上げ「ですが、もし許されるのならば、私達にもみなさんの戦いを手伝わせて欲しい。……いえ、何も手伝えることが無いとしても、せめて、ここでみなさんの戦いを見届けることを許していただけませんか」

言い終わるより早く、魔法士の子供達が次々に駆け出す。

湧き上がる幾つもの笑い声。

それを、錬はただ見つめた。


壁のようにそびえ立つ銀灰色の装甲と真紅の装甲が、作業灯の明かりに眩く浮かび上がった。

飛行艦艇の側面にワイヤーロープ一本でぶら下がっていたサティは、眼下で立ち尽くす錬に大声で呼びかけた。

「ご苦労さん！　そこに置いといておくれ！」

倉庫から運んできた幾つかの機材の残骸を、言われた通り足下に並べる。地下施設の一番奥にある格納庫にはHunterPigeonの全長一五〇メートルの船体とFA-307の全長七十五メートルの船体が並んで置かれ、大量に積み上げられていた故障品のフライヤーは広い空間の隅にまとめて押しやられている。

「ついでにちょいと手伝っておくれ！　そっちの……そう！　そこの板きれをこっちに渡すんだよ！　一枚ずつね！」

そう叫んでつなぎ姿の老婆が指さす先には、FA-307と共に格納庫に持ち込まれた小型の生産プラントのような機械が置かれている。錬の身長より少し大きな半球型の機械は周囲に積まれたフライヤーの残骸を取り込み、一メートル四方ほどの新品同然の金属板を次々に生み出していく。

「……これ、お婆(ばあ)さんの特製？」

「そうだよ！　さすがにそいつが無いと船のメンテナンスなんか出来ないからね！」

独り言のような呟きが聞こえたようで、サティが大声を張り上げる。調子の出ないI―ブレインで仮想精神体制御(チューリング)を起動し、床からゴーストの腕を一本だけ生み出して老婆の隣に金属板を持ち上げる。

プラズマ溶接(ようせつ)の火花が格納庫の闇に光の粉を散らし、銀灰色の装甲に生じていた傷が見る間に修復されていく。サティはセンサーらしき小さな機械を装甲の表面に当て、立体映像の操作画面を何度か叩いて数値を確認する。

体を支えていたワイヤーロープがゆっくりと降下する。

おとぎ話に出てくる騎士の兜(かぶと)のようなフェースガードを外し、サティが額の汗(あせ)を拭(ぬぐ)う。

「ご苦労さん。すまないね、あんたも大変だろうに」

ううん、と首を振る錬の前で、サティがようやく床に降り立つ。つなぎの服についたほこりや金属の粉を小型のクリーナーで入念に吸い取り、休む間もなく錬が持ち込んだスクラップに向き直る。

「……それ、何に使うの？」

「量子通信用の多層クリスタルがちょいと足らなくてね。使える部品があるといいんだけど」

さっぱりわからない答に曖昧にうなずく。月夜なら話が合うのかも知れないな、と少しだけ思う。

サティの特製のプラントが、轟音と共に金属板を吐き出し続ける。

しばらく迷ってから、老婆の背中に声を掛ける。

「……直りそうなの？」

「クレア嬢ちゃんの使い方が良かったからね」サティは忙しく手を動かしながら「あんな馬鹿でかい島に突っ込んだってのに、傷が付いたのは装甲の表面の薄皮一枚だけさ。問題は演算機関の方だけど、なに、二日も徹夜すりゃ何とかなるさね」

格納庫に鳴り響く轟音。

老婆の向かいに座り込み、少し迷ってから顔を覗き込む。

「……聞いても、いい？」言葉を切り、なんとなく視線を逸らして「クレアは……ヘイズもなんだけどさ、この船が直っても、飛ばすのは無理だよね？」

「そりゃそうだよ」サティは砕いた金属のケースから透明な結晶を取り出してライトの光にかざし「あんな無茶やらかしたんだからね。生きて帰って来られただけで儲けもんさ。あんたはやったことないだろうから分からないと思うけど、I－ブレインを演算機関に直結して船を制御するってのはそれなりに大変だからね。今のあの子達を乗せたって役に立ちゃしないよ」

「じゃあ……シティ連合と賢人会議の決戦には」

「間に合わないねえ」サティは小さな結晶をくず入れに投げ込み「まともな機材でもあれば別なんだろうけど、ここにある物でちょこちょこＩ−ブレインをいじったってどうにもならないよ。……どのみち、戦場のど真ん中にこんな小舟で突っ込んだって出来る事なんざたかが知れてる。諦めな」

予想通りの答に心の中でため息を吐く。船が完璧に直っても、その乗り手はいない。来たるべき決戦の日に二隻の雲上航行艦の戦力をあてにすることは出来ない。

だけど——

「なら……なんで修理なんかやってるの？」

ん？　とサティが首を傾げる。

ややあって老婆は、ああ、と笑い、

「そりゃあんた、直しときゃいつか何かの役に立つかもしれないだろ？」

当たり前のことのような答に、息を呑む。

何を言えば良いのかわからなくなってしまい、老婆の顔をまじまじと見つめる。

もうすぐ最後の決戦が行われ、人類と魔法士のどちらかが滅びる。魔法士が滅びればヘイズもクレアも消え、この船が空を飛ぶことは二度と無い。人類が滅びれば船はいつか飛び立つかも知れないが、目の前の老婆がそれを見ることは二度と無い。

「第一、船修理しないで他に何すりゃ良いのさ」サティは巨大なスパナを取り上げて自分の肩を叩き「月夜の嬢ちゃんに頼まれたフライヤーやら武器やらの整備はもう全部済ませちまったよ。ここには人なんざほとんど残ってないわけだから、施設の手入れもほどほどで良いしね」

「だから、そういうことじゃなくて……！」

「あたしゃね」

思いがけなく優しい声。

とっさに言葉を呑み込む錬の前でサティは大きくのびをし、

「結局のところ、あたしゃこれしか出来ない人間なのさ。飛行艦艇の母だのニューデリーの守護神だの大層なことを言われても技術屋はただの技術屋。魔法士だった旦那がマザーコアになって、後を継いだ息子もマザーコアになって、残った娘が世界の運命を背負わされて苦しんでて、それをただ見てることしか出来ないどうしようもない母親さ。出来ることはただ船をいじって修理して飛ばすことだけ。……そうさね。言ってみればこいつは願掛けみたいなもんさ」

願掛け、と小さく呟く。

サティは、そうだよ、と笑った。

「いつかあの二人がこの船に乗って、もう一度並んで空を飛ぶ。あたしは娘と一緒にそれを見る。そういう願掛けさ。……下を向いて小さくなってたって面白いことなんかありゃしないからね。どうせなら、最後まで出来ることをやってた方が気持ちが良いじゃないかい」

＊

全ての作戦準備を終えた時には、夜明けが近づいていた。

ディーは自室のベッドの縁に腰掛け、両手で顔を覆って息を吐いた。

ややあって立ち上がり、部屋の隅から布にくるまれた細長い物体を取り上げる。もう一度ベッドに戻り、布を解いて中身を膝の上に乗せる。

騎士剣『陰』。

黒衣の騎士の一撃によって制御中枢を砕かれ、本来の機能を失った剣がライトの淡い照明に鈍く濁った光を照り返す。

どうすれば良いのかはわからない。自分達が滅びる道は到底認められない。だからといってこのまま人類を滅ぼすのが正しいとも思えない。その選択の先にあの子が笑う未来は無い。だからといって、戦わなければやはり未来は失われてしまう。

答は見つからない。

それでも、考え続けなければならない。

「——祐一さん」

ゆっくりと柄に手を伸ばし、砕けた深緑色の結晶体、そのわずかな欠片を取り外す。『森羅』

の制御中枢。自分に無敵の力を与え、殺戮者たらしめていた異能の騎士剣。

これを手にした時、自分は確かに誓った。

ぼくがどうなってもいいから、あの子だけは幸せに――

……違う。

小さな欠片を握りしめ、思い出す。

遠い日、マサチューセッツの街で少女と、黒衣の騎士と出会った日のこと。

自分の戦いはあの街で始まり、そうして、同じようにあの街で終わった。

――罪も痛みも全て背負って生きろ――

かつて少女の母親を奪ってしまった自分に、男が与えた言葉を思い出す。お前がこの剣でどれだけ少女を守ってもお前の罪は決して消えない、それでも戦え、強さとはそういうことだと。

……そうだ……

背負って生きろと、あの人は言った。

罪も痛みも全て背負って一人で死ねとは、言わなかったはずだ。

あの子が笑う世界が作れるなら、自分はどうなっても良いと、死んでも良いと思っていた。

たぶん、そこで自分は間違えたのだ。罪を背負ったまま、痛みを背負ったまま、それでもあの子の隣で生き続けるから道は続いていくのだ。そうやって自分が道を踏み間違え、奈落の底へと突き進もうとした時にあの人はもう一度自分の前に現れた。とうに死に絶えた体で、剣など持てるはずの無い腕で。黒衣の騎士は自分を打ち倒し、自分を煉獄へと駆り立てていた何かをこの剣と共に打ち砕いたのだ。

ならば、自分は違う道を進まなければならない。

それがどれほど困難で、険しく、先など到底見通すことの出来ない愚かな道に見えたとしても、今度こそ、もう一度あの子の隣に立たなければならない。

「……ぼく、やってみます。祐一さん」

決して届かない場所にある男の背中を、闇の向こうに見上げる。

「もう一度全てが上手く行くように。もう一度、セラが笑うように。無理かも知れないけど、何も出来ないかも知れないけど、でもやってみます」

だから、と目を閉じた。

深緑色の結晶体を両手で包み込み、祈るように額に押し当てた。

……どうか、ぼくに力を貸してください。

＊

生命維持槽のガラス筒が放つ淡い燐光が、闇をほのかに照らした。

錬は冷たい床に座り込んだまま、薄桃色の羊水にたゆたう少女の穏やかな顔を見上げた。

傍らに置いた長大な騎士剣を取り上げ、鞘を払って真紅の刀身を目の前にかざす。『紅蓮』、黒衣の騎士の剣。倉庫から持ち出した剣を膝の上に横たえ、冷たい刀身に指を這わせてもう一度柄を掴む。

時刻はすでに夜明け前。

こうして少女の前に座り、剣を抱えたまま、気がつけば一睡も出来ないうちに新しい一日が始まろうとしていた。

変異銀で構成された刀身は見た目に反して軽く、少し力を込めただけで容易く動く。この剣を手に取るのが二度目だということを唐突に思い出す。一度目はシティ・神戸での戦いの時。本来の持ち主である男からほんの一時この剣を預かり、自分は少女を救い出すために巨人に立ち向かった。

少女は目覚めない。

男も、もういない。

それでも、剣はまだここにあって、剣を手にする自分もまだここにいる。

「……何してんの？」

不意に、背後で声。

慌てて騎士剣を鞘に戻し、振り返る。

長い黒髪を三つ編みに結わえた少女が短い金髪の男の子に支えられて部屋に入ってくる。

「……歩いて大丈夫なの？」

「ほんとはダメだけど、ちょっとだけだから」

白い病人着姿のファンメイは小さく笑い、エドと並んで錬の隣に腰を下ろす。

そうして、三人で闇の中に浮かぶ生命維持槽の光を見上げる。

金糸を梳いたような髪が、薄桃色の羊水に揺らめく。

フィアは目を閉じたまま、ただ穏やかに、曖昧な笑みを浮かべている。

「……どんな夢、見てるのかな」

少女の声。

顔を向けると、ファンメイはガラス筒を見上げたまま小さく笑い、

「きっと良い夢だよね。フィアちゃん全然苦しそうじゃないもん。……だから良い夢。おいしいものたくさん食べるとか、みんなで一緒に歌うとか、きっとそういうの」

うなずき、手を伸ばして、ガラス筒の表面に指を触れる。

ひやりとした感触と共に、少女の鼓動を表すようなかすかな振動を感じる。

「……最後はあんた一人だね。天樹錬」ファンメイが同じように生命維持槽に触れ「ごめんだけど、わたしとエドは行けないの。わたし達に出来ることはマサチューセッツで全部やっちゃったから。セラちゃんもヘイズもクレアさんもソフィーさんも他の子達も、あんた以外はもう誰も戦えない。……だから、ちょっと悔しいけど後は任せるね」

思わず、ファンメイの横顔をまじまじと見つめる。

少女は口元に小さな笑みを浮かべ、

「何かやるつもりなんでしょ？　どんなこととかは全然わかんないけど、でも何も言わない。信じる。だってあんたはフィアちゃんが一番好きで、一番信じてたすごいやつなんだから」

いつの間にか隣に座っていたエドが、こっちの手を掴んで、大丈夫、と言うようにうなずく。

そんな二人を前に、もう一度、膝の上の剣を見つめる。

この状況で何か一つでも明るい材料を見つけようとするなら、『シティにも賢人会議にも余力が無い』という点だ。いずれの陣営もこのままでは生産インフラを維持できなくなり、軍事行動どころでは無くなる。だからこそ、双方が戦争の早期決着を望み、ベルリンでの決戦が始まろうとしているのだ。

ここで戦争が決着せず、互いが退くような結末を迎えれば、彼らは停戦に向けた話し合いに応じざるを得なくなる。

だが、これは互いを別の生物種として生き残りをかけた殲滅戦争だ。双方、自軍にどれほどの損害を出すことになろうと、相手を討ち滅ぼすまで退くことなど有り得ない。

だから――

「もし……」

「うん？」

「もし、もしだよ……?」顔を上げようとして失敗し、うつむいたまま独り言のように「……僕が一人で戦争の真ん中に突っ込んで、賢人会議とシティ連合、両方を止めるって言ったら、どう思う?」

何度考えても、答はそれしかない。人類の全戦力と魔法士の全戦力を相手取り、一人で全てを押しとどめる。いつまでかはわからない。双方の軍が疲弊し、前に進めなくなるまで、あらゆる攻撃を防ぎ止め続ける。ただ一度でいい。戦いが決着せず、互いが一度退けば、継戦能力を失った双方の勢力は戦争以外の道を探さざるを得なくなる。

自分で言っておきながら、気が遠くなる。

いったいどんな奇跡が起きれば、そんなことが可能だと言うのか。

「……笑わないよ」

と、いつになく真剣なファンメイの声。

うつむいたまま視線を向けると、少女は生命維持槽を見上げて微笑み、

「ずっと前、元気だった頃にフィアちゃん言ってた。シティ・神戸が無くなった時のこと。マザーシステムが暴走して、止めるには自分が死ぬしかないと思って、だけどその時にあんたが助けに来てくれた。あんたに勇気をもらって、それで生きてこられたんだって、すっごく嬉しそうだった」

泥の中を漂うようだったぼやけた思考が、焦点を結ぶ。

あの子と初めて出会った神戸での事件のことが、頭の中に次々に蘇る。

「覚えてる？　その時、フィアちゃんに何て言ったか」

少女と交わした言葉の一つ一つが、遠い場所で聞こえる気がする。巨人に姿を変え、崩壊していく街。暴走の中心に取り残された少女と、それを救うために駆けつけた自分。世界を守るために自ら命を絶とうとする少女に、自分が投げかけた言葉。

——何も変えられないかもしれないけど、それでも、もうちょっとだけ頑張ろうよ——

消えかかっていた胸の奥の火が、音を立てて弾ける。

生命維持槽に浮かぶ少女の顔を、まっすぐに見つめる。

フィアは何も言わない。目を閉じたまま、ただ穏やかな顔で淡い光の中を天使のようにたゆたい続ける。この子は何を思ってシティ連合の作戦に臨んだのだろう。全てのマザーシステムを暴走させ、衛星の雲除去システムを破壊する。上手く行くかわからない、上手く行っても自分が無事で済む保証など無い、成功してもその先の世界が良くなる見込みも無い、そんな作戦のためにどうして命を賭けることが出来たのだろう。

自分にも出来るだろうか。

もう一度、あの日のように、自分よりも遥かに大きくて立ち向かう術など何一つ見いだせない存在にそれでも立ち向かうことが出来るだろうか。

あの日からたくさんのことがあって、たくさんの人に出会ってたくさんの物を見た。無邪気にただ奇跡を信じていられた幼い自分はいつしか消えて、どうしようもない現実に何度も打ちのめされた。大切な人達は次々に消えて、ただ、終わりに向かって転がり落ちていく世界だけが残った。

それでも消えずに残った物は今も胸の奥にあって、立って戦えと叫び続けている。

羊水の中に生まれた気泡が合わさって弾けるかすかな音。

錬は膝の上の剣に手を置き、もう一度、刀身を鞘から少しだけ引き抜き、

「——痛っ！　痛たた！　待て！　ちょい待てって——！」

静寂を砕いて響き渡る声。

ファンメイが驚いた様子で振り返り、エドが少しだけ目を見開く。

けたたましい足音と取っ組み合いの音が何度かあって、半開きになった扉の向こうから月夜が姿を現す。その半歩後ろでは、イルが耳を摑まれた格好で無理やり引っぱられながら何とか手を振り解こうともがいている。

「え、何？　どーしたの？」

慌てた様子で立ち上がるファンメイ。

「ちょうど良いわ。あんた達も何か言ってやって」その目の前に月夜は白髪の少年を引き倒し

「格納庫でフライヤー出そうとしてるとこを捕まえたの。このバカが、一人でモスクワに戻るって言って聞かないのよ」

思わずエドとファンメイと三人で顔を見合わせてしまう。

「……戻るって、戻ってどーすんの？」

全員を代表するようにおそるおそる口を開くファンメイ。

が、少女はすぐに目を見開いて、そっか、と悲しそうにうつむき、

「そーだよね……モスクワ自治軍の英雄なんだもんね。やっぱり、自分が死ぬって分かってても最後まで人類の味方して賢人会議と戦うとかそーいう……」

「ちゃうわい！」イルはようやく月夜の手を振り払って床にあぐらをかき「前線部隊のど真ん中に乗り込んで、兵士の人らにおれはまだ生きてるて見せるんや！　ベルリンで死ぬところやったけど、あそこで戦死したたくさんの人らに助けられてこうやって帰ってきました、て！」

「だーかーら！　帰るにしても策とか、段取りってもんがあんでしょうが！」月夜が少年の前に憤然と座り込み「そりゃモスクワであんたがどんだけの物かは私も知ってるけど、今は普通の状況じゃないでしょ？　人類が滅亡するかどうかっていう戦争なのよ？　そこにあんたが一人でのこのこ戻ったからって、じゃあやっぱり戦うのやめましょうなんて話になると思ってんの——？」

「思ってへん！」

「はぁ——？」

「思ってへんけど、行けば何かあるかも知れへんやろ！」言葉を失う月夜の前でイルは胸を張

り「おれが今まで助けた軍の人ら一人一人、全員に頭下げて『何とか考え直してください』て頼んで回る！　すぐに捕まって司令部か情報部かどっかに連れて行かれるやろうけど、どこに行ってもおれを知ってる人が必ずいてるからそこでまた頼んで回る！　どうせ決戦までにまともに戦えるようになる見込みも無いんや。他に出来ることもあらへんねんから、勝負しても罰は当たらへんやろ！」

「な……」

ぽかんと口を開けたまま硬直する月夜。その前で、イルは満足したように腕組みして一人うなずく。

そんな二人を見つめるうちに、ずいぶん長い間忘れていた感情がわき起こるのを感じる。堪えようとした時にはすでに遅く、錬は小さく笑い声を上げてしまう。

月夜とイルが揃ってこっちに顔を向ける。得意げに指を立てるイルの前で月夜が頰を引きつらせる。エドがつられるように小さな笑みを浮かべ、ファンメイが肩を震わせてくすくすと笑う。

と、少女の両目に、みるみるうちに大粒の涙が盛り上がる。

透明な涙の粒を幾つも零しながら、少女は両手で顔を覆ってなおも笑い続ける。

「ど、どないしたんやちびっ子！　なんかあかんこと言うたか？」

慌てた様子でにじりよるイル。

「違うの」ファンメイは服の袖で顔を拭って堪えきれない様子でまた少し笑い「あんたってすごいんだね。うん、ヘイズと同じくらいすごい！」

「そ、そうか？」イルは話についていけない様子で頰をかき「なんやよーわからんけど、あの赤毛の兄ちゃんと同じくらいやったらまあ大したもんやな！」

「あーもう……」月夜が盛大なため息を吐き、ふと口元に小さな笑みを浮かべて「とにかく、あんた一人を手ぶらで行かせるわけにはいかないわ。帰るにしたって何か策が無いと――」

言いかけた言葉が途中で止まる。月夜がポケットから携帯端末を取り出し、すぐにイルも同じ動きを見せる。ファンメイとエドが立ち上がってやはり自分の端末を手元にかざし、最後にようやく錬も気づく。

おそるおそる携帯端末を取り出し、半透明のタッチパネルに指を触れる。

地下施設内、世界再生機構の全メンバーに宛てた緊急の呼び出し。

ヘイズとクレアの病室からだった。

初めて訪れた二人の病室は、治療用の機材の放つ幾つもの低い動作音と、かすかな消毒薬の香りに満たされていた。

包帯まみれでベッドに横になっていたヘイズは、こっちの姿に気づいて、よお、と気軽に手を上げた。

「悪ぃな、こんな時間に呼びつけてよ」

固定されていない方の腕を支えに、青年が強引に体を起こそうとする。部屋の隅で包帯と着替えの服を丁寧にまとめていたクレアが慌てふためいた様子で駆け寄り、両腕で抱きしめるようにして体を支える。

「大丈夫だ、ありがとよ」

「大丈夫じゃないわよ、バカ……」

困ったようにため息を吐くクレアの助けを借りて、ヘイズがどうにか壁を背に座る姿勢になる。少女がいつもの眼帯を付けていないことにようやく気づく。不思議に思う錬の背後で次々に幾つもの足音。ファンメイとエドに、イルと月夜。リチャードとフェイと一ノ瀬少尉。最後に息を切らせたセラがソフィーに抱えられて駆け込み、主だったメンバーの全員が病室に集まる。

「モスクワの公共放送のデータの中に、妙なコードが仕込まれてるのよ」クレアが前置き無しに切り出し「気づいたのは一時間前。いつから始まったのかはわかんないけど、昨日はこんなの無かったはずよ」

半透明のディスプレイに示されるデータを全員が凝視する。少女の言う通り、公共放送の映像や音声、自治政府の電子署名などが連なるデータ列の中に、ごく短い、意味不明な文字と数字と記号の羅列が紛れ込んでいる。

「暗号……ですか？」とセラ。

「たぶんな」ヘイズがうなずき「けどこんな形式見たことねーし、どうやって復号すんのかもさっぱりだ。総当たりで二日もやればなんとかなるとは──」

言葉を遮るように、無造作に突き出される手。

月夜が無言でタッチパネルを操作し、復号が終わったデータを全員に示す。

「最初のブロックはシティ・モスクワの中にあるどこかの位置座標コード。次は日付と時刻ね。四日後……シティ連合と賢人会議の決戦がとっくに始まってるはずの時間ね。それから、モスクワ軍の部隊何個かの識別コードと友軍のコールサイン。あとは……」

「ちょ、ちょっと待って月夜！」クレアがようやく割って入り「どうやって解読……じゃないわね。知ってるの？　この暗号」

「ずっと昔に真昼が作った暗号よ」月夜は難しい顔でディスプレイを睨み、その視線を錬に向けて「復号テーブルを持ってるのは私の他には、たぶん弥生とヴィドさんだけ」

驚いて目を見開く。

他の全員が怪訝そうに眉をひそめ、小声で「誰だ？」と囁き合う。

「ともかく、話を進めよう」リチャードが手を叩き「モスクワ内部の住所と日付、どうやら味方らしい軍の部隊のコード。それから、最後の二五六桁は？」

「……シスターの市民ＩＤや」

イルの声。

全員が少年を振り返り、ようやく話が飲み込めてきた様子でそれぞれにうなずく。

おそらく、最初の住所はシスターの今の居場所。

情報量が少なすぎて断定は出来ないが、モスクワで囚われの身となっているシスターを救うために軍の部隊と協力するように誰かが促している、と解釈出来なくもない。

「差出人に心当たりあるんでしょ？　月夜」

「あるわよ。ちょっと信じられないけど」クレアの問いに月夜は腕組みしてしばらく唸り「決戦で軍が出払ってシティの中の警備が手薄になった時を狙おうって話よね。シスターを助けてその後どうするつもりなのかは行ってみないとわかんないけど……」

「おれは行くで」イルが真っ先に声を上げ、隣の月夜を見下ろして「さっきお前が言うてた策が向こうから来たんや。Ｉ—ブレインは動かへんし足もいまいちやけど、見逃す手はあらへんやろ」

「あーもう」月夜は髪を乱暴にかき乱し「わかったわよ！　どうせ止めても無駄だし。けど罠かも知れないし警備の部隊がまだ残ってるかも知れないし、とにかくあんた一人じゃ行かせられない。私も付き合うわ。あとは……」

「私も行こう」

と、声を上げるのはフェイ。

男はディスプレイの前に進み出て月夜を見下ろし、

「状況から考えて警備兵に可能な限り損害を与えず制圧するのが望ましい。少しでも多くの戦力を投入すべきだ」

「お願いするわ」

うなずいた月夜の視線がゆっくりと室内を巡り、一番後ろ、所在なさげに佇む軍服姿の女性で止まる。

数秒。一ノ瀬少尉は驚いた様子で自分を指さし、

「よろしい、のですか？　ですが、私は……」

「人手が足りないのよ、人手が」月夜は腰に手を当て「あんたには言いたいことも山ほどあるし、一発や二発殴るくらいじゃ足りないとも思う。でも、今はそれより大事なことがあるの。……だから全部棚上げにする。真昼は、そういうの上手く割り切れるやつだったから」

少尉が真っ直ぐ顔を上げ、敬礼の形に右手を掲げる。

その視線が、前触れもなくこっちに向けられる。

大股に歩み寄って来る少尉の姿に、錬はとっさに一歩後ずさる。周囲の者が戸惑ったように見守る中、少尉は錬の目の前で立ち止まるとその場に片膝をつく。

「天樹錬。こんな時ですが、あなたにはいつか言わなければと思っていました」こっちの目をまっすぐに見つめ、そのまま深く頭を下げ「シンガポールであなたのお兄さんの命を奪ってし

まったこと。全ては私の責任です」

あ、と無意味な声が喉の奥から漏れる。頭の中が一瞬だけ怒りに埋め尽くされそうになるが、すぐに冷静な感情がそれに取って代わる。後からいろいろな人に聞いて知っている。暴走して真昼を死に追いやったのはこの人の部下で、それすらも結局は真昼自身が生み出してしまった誤解が原因であったこと。この人は真昼を守ろうとしてくれて、そのために一度は自分の足を失ったこと。だから悪いのはあなたではないと、兄の死は誰にもどうすることも出来なかったのだと――

そんな言葉の全てを寸前で呑み込む。

目の前の女性が必要としているのは許しなどではないと、不意に気付く。

「あの日の過ちを正すために私は今、ここにいます。ですから、どうか私があなたのお姉さんと共に戦うことを許可して欲しい。今度こそ必ず、彼女の身は私の命に代えても」

「ダメだよ」

とっさに、口をついて出る言葉。

え？　と顔を上げる少尉を鋏はまっすぐに見下ろし、

「それじゃダメだよ。命に代えても月姉を守るんじゃなくて、あんたも月姉も他のみんなも、敵も味方も誰も死なせないで帰って来て。誰かが死んで誰かが生き残るんじゃなくて、誰も泣かない道を選んで。……真昼兄なら、きっとそれが良いって言うよ」

そうだ、と自分の言葉で自分の背中を押す。兄なら、真昼なら最後まで諦めない。どんなに困難な状況にあっても、みんなが手を取り合う道を探し続ける。

その道は今も続いている。

細く、険しく、嵐の前にかき消えそうな道であっても、僕達はまだその道の上を歩いている。

「みんな、聞いて欲しいんだ」その場の全員、一人一人の顔を順に見つめる。「イルがモスクワに行くなら、僕も僕に出来ることをする。上手くいくかわからない。きっと、失敗する可能性の方がずっと高いと思う。……でも、それでも良い、やる価値があるって思うなら、みんなにも僕のやることを手伝って欲しいんだ」

ノイズにまみれた通信画面に、応答を表す短いメッセージが現れた。

ベッドを囲んで見上げる一同の前、半透明のディスプレイは何度か不規則な明滅を繰り返し、白一色の軍服をまとった銀髪の少年を映し出した。

『セラ――！』

勢い込んで叫んだ少年――ディーが病室全体の様子に気づいた様子で一瞬口ごもる。

が、少年は何かを決意するようにうなずいて画面に向き直り、

『……みなさん、今さら挨拶は要らないですよね？』そう言って正面のセラを見下ろし『連絡ありがとう。本当はこっちから連絡するつもりだったんだ』

少年の身に纏う空気が一変していることに錬は気づく。ベルリンで戦った時の張り詰めた、引きちぎられるような緊張感は完全に消え去り、今の少年の雰囲気は初めてニューデリーで出会って戦った時の穏やかなものに近い。

と、ディーの視線がこっちに動く。

少年は何かに迷うような、苦しむような表情で少し言い淀み、

『錬くん……その、フィアさんは……』

「ずっと眠ってる」そう答えて、口を開こうとするディーを手で制し「でも、今日はその話じゃない。協力して欲しいんだ」

『わかってる』ディーはうなずき『シティ連合と賢人会議の決戦をどうやって止めるか。そういう話だよね？』

え？　とセラが顔を上げる。ディーはそんな少女に柔らかく微笑む。

セラの瞳に、みるみるうちに涙が盛り上がる。

泣き笑いの顔で何度もうなずくセラを、後ろから進み出たクレアが抱き寄せる。

ディーが一瞬ひるんだように動きを止め、視線を逸らそうとする。クレアも同じように飾り物の視線をぎこちなく逸らしかける。が、二人は共にその動きを寸前で止める。姉と弟は互いにまっすぐ視線を向け合い、やがてどちらからともなく小さく笑う。

『……眼帯、付けてないんだね』

「しまってあるわ。もう要らないんだけど、記念にね」クレアは一瞬ベッドの上のヘイズを振り返り、すぐに表情を改めて「ねえ、そっちにはセラが連れてきた子以外にも戦争に反対してる子がいるのよね？　そういう子を連れてこっちには来られないの？」

『……ダメだと思う』ディーは首を左右に振り『もちろん連れて逃げるだけならなんとかなるけど、そうしたら賢人会議自体を止める方法が無くなる。これから先にもし戦争を止めるチャンスがあったとしても、その時に組織を動かせる誰かが残らないと――』

不意に、新たな回線接続を表す警告音。言葉を呑み込むディーの隣に、もう一つ別なディスプレイが出現する。

映し出される人物に、室内のほとんど全員が息を呑む。

「ルジュナさん――？」クレアがガラス玉のような瞳を丸くし「え？　でもなんで」

「私が呼んだ」部屋の隅でやりとりを見守っていたフェイが少女の問いに答え「応答いただき感謝する。ルジュナ・ジュレ主席執政官殿」

『……マサチューセッツの件について、みなさんにお礼を申し上げていませんでしたから』ルジュナは疲れ切った様子でそれでも小さく笑い『ヘイズ、ファンメイさん、それにみなさん。私の立場では公に口にすることは出来ませんが、多くの人の命を救っていただいたこと、人類の代表者の一人として心より感謝申し上げます』

深々と頭を下げるニューデリーの指導者の姿に、名前を呼ばれた二人がそれぞれに笑みを浮かべる。

ルジュナは顔を上げ、ようやくディーの存在に気づいた様子で目を瞬かせ、

『フェイ議……いえ、フェイさん？　これは、いったい』

男はその問いには直接答えず、視線で錬に話すよう促す。

錬はうなずき、ディスプレイの前に進み出る。

「二人に聞いて欲しいことと、頼みたいことがあるんだ。僕は——」

この先の計画、数日後に始まるであろうシティ連合と賢人会議の決戦に際して、自分がやろうとしていることを簡潔に説明する。

長い、気が遠くなるほど長い沈黙。

二人はディスプレイ越しの視線で互いの表情を探り、どちらからともなく錬に向き直る。

『錬くん……』ディーが真剣な表情で身を乗り出し『聞くまでもないのかも知れないけど、一度だけ確認させて。……本当に、本気なんだね？』

少年にまっすぐ視線を返し、うなずく。

『わかった』ディーはうなずき『ぼくも出来るだけ協力する。どこまでやれるかはわからないけど、やれるだけやってみよう』

そう答えた少年の視線が、隣のディスプレイのルジュナを捉える。

ニューデリーの主席執政官である女性は一度だけ大きく深く息を吐き、

『……私は人類の指導者として賢人会議と徹底的に戦う決断をすでに下しています。この場でみなさんに約束できることはそう多くはありません』

言葉が途切れる。

その場の全員が見つめる前、ルジュナは胸の前で両手を組み、うなずいた。

『ですが……そうですね。天樹錬君、もしあなたの言うようなことが本当に起こるのなら、その時は私も一度だけ協力することを約束しましょう』

弾けるような子供達の笑い声が、居住区画のドーム型の天井に響いた。

錬は住む者のいなくなった住家の屋根に腰掛けて、はしゃぎ回る子供達の姿を通りの向こうに見下ろした。

丸一日以上に及ぶI―ブレインの調整作業が終わって、培養槽から出てきた時には夕暮れ時が近づいていた。街を照らす昼間照明の光が端の方から少しずつ夜間照明に切り替わっていく。住民の大部分がニューデリーに移ったことで多くの区画で電力の供給が不要になり、照明に回す余剰が得られたことで居住区画は数日前までに比べて幾らか明るい。その光の中を、子供達は手を取り合って駆けていく。

I―ブレインを持つ魔法士の子供と、持たない通常人の子供。

時折、誰かが情報制御を使い、誰かがその力に驚く。そんなことを繰り返しながら、何十人かの子供達はどこか互いの違いを楽しんでいるようにも見える。

「――全員集合。今から、不公平が無いよう鬼ごっこのルールを改訂する」

ソフィー中佐が子供達を呼び集め、新しい遊びのやり方を軍のブリーフィングのような調子で説明する。魔法士と通常人、二人一組になった子供達が歓声を上げて町のあちこちに散っていく。もしかしたら彼女は、剣を手に戦うよりこういうことの方が向いているのかも知れない。

満足した様子でうなずく少女に、ペンウッド教室の研究員の少女が駆け寄って水と小さな固形食糧を差し出す。

「……何してんの？」

月夜の声。

振り返ると、いつの間にか屋根に上ったつなぎ姿の姉が近寄って隣に座り、

「どう？　調子は」

「悪くない、と思う」脳内のステータス画面に仮想の視線を走らせ「っていうか、今までで一番良いかも知れない。なんだろ。博士が書き込んだっていう新しい機能のおかげかな」

あるいは、ここの機材と自分のI―ブレインとの相性が良いのかも知れない――そんなことを考える錬の前に、月夜は手にした細長い物体を無造作に差し出す。

「はい、これ」

とっさに手を出し、受け取ってからその正体に気づく。

鞘に収まった、新品のサバイバルナイフ。

刀身を少しだけ鞘から引き抜き、驚いて姉の顔をまじまじと見つめる。

「祐一の剣ね、ちょっと使っちゃった」気軽にそう言って月夜は少し笑い「みんな文句言うかも知れないけど、でも良いわよね？　祐一と一番付き合い長かったのは私だし、そもそもみんな雪姉さんには会ったこともないんだから」

ナイフを鞘から残らず引き抜き、昼間照明の淡い光にかざす。

変異銀(ミスリル)で構成された真紅の刀身。

大ぶりのナイフは錬の肘(ひじ)から先ほども長さがあり、どちらかというと短い騎士剣に近い。

「名前は何でもいいんだけど……そうね。『紅蓮改』、ってことにしときましょ」月夜は隣に身を寄せて一緒にナイフを見上げ「前のナイフと一緒で自己領域展開の補助にもなるけど、もう一つ、博士があんたのI－ブレインに書き込んだシステムとあわせて、これは簡単な『合成』の機能を与えてくれる。……真昼がサクラに作った例の『賢者(けんじゃ)の石』と同じ。これであんたは、あの子と同じように『並列』と『合成』の両方の能力が使えるわ」

うなずき、ナイフを鞘にしまって腰に取り付ける。

夜間照明の闇に閉ざされていく町を、ぼんやりと見下ろす。

自分の考えを元にした作戦は、全員が協力して具体案にまとめてくれた。必要な機材の準備もすでに終わり、今は格納庫のフライヤーに積み込まれている。やるべきことは全てやった。

もう後戻り（あともど）は出来ない。

シティ連合と賢人会議の、人類と魔法士の決戦は明日。

その前、今日の夜中に、自分はベルリンの戦場に向かって旅立つ。

「それで、どうするか決めたの？」

「え？」

不意に投げかけられる声。顔を上げると、目の前には首を傾げて覗き込む姉の姿がある。

「どうする、って？」

「だから、ベルリンに行って、戦争を止めて、その後よ」月夜は視線を眼下の町に移し「何か考えがあるんでしょ？　この世界をどうすんのか、人類と魔法士の関係はどうやったら良くなるのか、何か考えてて、それで悩んでるんじゃやないの？」

通りの外れの小さな空き地で、何人かの子供がどこからかかき集めた土をコンクリートのブロックで囲って花壇（かだん）を作っている。倉庫の奥で見つけた種を植えて、たくさんの花を咲（さ）かせるのだという。明日には世界の何もかもが変わって、花を手入れする者もいつか咲いた花を見る者もいなくなるかもしれない。だが、そんなことに意味は無いのかも知れない。大切なのは、いつかこの花を見る誰かのために今日種を植える、そのこと自体なのかも知れない。

ソフィーとメリルが、子供達に種の植え方を指導する。

子供達が元気に手を上げ、掘（ほ）り返（かえ）した土の中に一粒ずつ種を落としていく。

周囲の家屋から顔を出した大人達が、次々に花壇の周りに集まってくる。人々は出来上がった花壇を笑顔で見つめ、やがて誰からとも無く歌い出す。パーフェクトワールド。世界がまだ平和で、光に溢れていた遠い昔の流行歌。重なり合った幾つもの歌声が居住区画の高い天井を流れ去り、やがて凍えた空気に溶けて消える。

「……月姉、ごめん」

無意識に呟く。

月夜は町を見下ろしたまま、こっちの肩に手を回して引き寄せ、

「馬鹿ね、なんで謝るのよ」

無言でうつむき、それから頭上の闇を見上げる。たとえベルリンでの戦いを止め、シティ連合と賢人会議の間で和解が成立したとしても、世界の問題は何も解決しない。空を覆う雲を晴らす手段は南極衛星の雲除去システム以外には存在せず、そうである限り、一時平和が訪れたとしてもそれは次の戦争のための準備期間に過ぎない。止めることは出来ない。人々が生き残ることを望む限り、人類と魔法士のどちらかがいずれ必ず滅びなければならない。

あのシステムが存在する限り、戦争は絶対に終わらない。

答は分かっている。自分がやりたいことはちゃんと分かっている。

だけど——

「本当に、良いのかな」両腕で抱えた膝の間に顔を埋める。「僕が出した答のせいで、世界は

今よりもっと悪くなるかも知れない。『あの時やっぱり人類と魔法士のどっちかだけでも生き残っておいた方が良かった』って思う日が来るかも知れない」

「良いのよ、それで」

ほんのわずかのためらいもない答。

驚いて顔を上げると、月夜は闇の向こうでうなずき、

「本当は良くないのかも知れないけど、でも良いのよ。逆にもし戦争をやって人類と魔法士のどっちかだけが生き残ったって、『あの時もっと話し合っておけば良かった』って後悔する日が来るかも知れない。どっちが正解かなんて誰にもわからない。……きっと、真昼もそうだった。人類に味方するか、魔法士に味方するか、どっちかちゃんと決める方が正解なんだろうなって頭ではわかってて、それでもどっちでも無い方に進んだのよ」

閑散とした終末の町に、歌声が響く。

月夜は錬の頭に頰を寄せ、いつか真昼がしたように髪をくしゃくしゃにかき回し、

「真昼はそうした。私も、たぶんそうしてきた。……だから、錬もそうすればいいのよ」

第十三章　明日の神話　〜Mythology〜

吹き荒れる吹雪のヴェールが、闇に覆われた地平の彼方を覆い隠した。

無数に飛び交う赤と緑の航空灯に照らされて、雲の天蓋に覆われた鉛色の空はいっそう暗く、重く、世界の全てを押し潰そうとするようだった。

四つのシティを象徴する四通りの色彩の外装をまとった巨大な船影がサーチライトの光を次々に遮り、虚空に整然と陣を成す。総勢二一八隻——シティ連合が保有する全ての飛行艦艇によって構成された戦列の周囲には数万の空中戦車と数十万の軍用フライヤーの編隊が雲霞のごとく飛び交い、あらゆる方角に絶えず荷電粒子砲の砲口を向けている。

見渡す限りの空を埋め尽くす、人類の命脈の残り火。

それを少し離れた場所から見上げ、錬は雪原の上に立ち上がる。

緩やかな幾何学模様で闇を鮮やかに染める無数の航空灯の向こうに、文字通り雲を衝く巨大な塔がそびえる。かつて三千万の人々が暮らしたシティ・ベルリンの廃墟の上、サーチライトの強い光に照らされて「塔」はただ静かに地上と雲の向こうの衛星を繋ぐ。

人類と魔法士、どちらかを滅ぼし、どちらかを生かすために。

空の彼方で審判の時を待ち続ける裁定のシステムと、そこにいる少女のことを少しだけ思う。

防刃防爆仕様の服についた雪を丁寧に払い、振り返って「塔」とは逆の方角、雪原の彼方に目を凝らす。I-ブレインによって補正された視界の正確に百五十キロ先、闇の中に幾筋もの光の尾を引いて輸送用フライヤーが次々に降下する。

降り立つのは、黒と銀の儀典正装を纏った魔法士達。

無傷に見える者、体に包帯を巻いた者、片足を失ったまま傍らの仲間に支えられる者。総数はおよそ二千。賢人会議に属する魔法士のほぼ全てが、地平線の先で整然と列を成す。

一度だけ深呼吸し、顔を上げる。

時刻は間もなく夜明け。

周囲を覆い隠していた吹雪が少しずつ勢いを失い、やがて完全に止まる。

降り注ぐ強い光。飛び交う軍用フライヤーの一機が放つサーチライトの光が闇の向こうから錬を捉える。シティ連合と賢人会議、双方の動きに小さな変化が生まれる。彼方の空に静止する飛行艦艇の戦列から次々に新たなライトの光が走り、錬の周囲を眩く照らし出す。それとは逆の方向、視界の遙か彼方で賢人会議の魔法士達が足を止め、戸惑ったように錬を指さして何事かを囁きあう。

その双方の動きに、ゆっくりと視線を巡らせる。

腰の鞘からナイフを引き抜き、真紅の刀身をライトの光にかざす。

静かだな、という場違いな思考。光の眩しさに少しだけ目を細め、変異銀の輝きの向こうに世界を覆う一面の闇空を見る。自分がただ一人であることを今さらのように思う。準備は終わった。もう誰も手を貸すことは出来ない。ここから先は自分だけ。自分一人で最後までやり遂げなければならない。

もう一度だけ、深く息を吸い込み、吐き出す。

凍り付いた吐息がライトの光に煌めき、初めて、少し寒いなと思う。

四つのシティの全戦力をかき集めて束ねた軍隊と、それに匹敵する力を備えた魔法士の集団。これほどの力を持った敵を同時に相手取ったことなどもちろん一度も無い。気休め程度の準備はした。いや、気休め以上の準備は出来なかった。勝てる見込みは無い。成し遂げられる見込みも、生きて帰れる見込みも無い。

右手のナイフを強く握りしめる。

降り注ぐ光の向こうに、生命維持槽で今も眠り続ける少女の姿を視る。

あの子もこんな気持ちだったのだろうかと、そんなことをふと考える。自分を動かしている物が何なのか本当は自分でもよく分からない。勇気ではないと思う。責任感や義務感、使命感でも無い。ただこうあって欲しいと願う世界の姿があって、そうではない世界のことが悲しくて、どうしても立ち止まっていられなくてここに来た。いつかのあの日と同じ、マザーコアとして死んでいく少女のことが悲しくて、そうでは無い世界が欲しくて、何の答も持たないままただ走り始めた。

そうやって始めた道は今も続いていて、自分はまだその途中にいる。

だから――

……行こう。

だから、錬は前を向いた。

自分の、為すべきことを為すために。

＊

立体映像ディスプレイに映し出された闇の地平線の彼方、ゆっくりと降下していく数百の輸送用フライヤーの姿を、司令部の戦術解析システムが捉えた。

吹雪の向こうに集結する賢人会議の魔法士の姿を前に、士官達は無言で拳を握りしめた。

モスクワ自治軍所属、四百メートル級戦艦『クズネツォフ9』第一司令室。ディスプレイを凝視する士官の頭上で、通信画面が中央司令部の指示を繰り返す。作戦計画によれば、敵は間もなく前進を開始する。目標は自分達の後方に位置する「塔」と周辺の雲除去システム制御施設。それを防衛しつつ敵の総数を半分以下に減らすことが出来れば、その瞬間にシステムは起動し人類側の勝利が確定する。

たとえ艦が沈んでも、一人でも多くの魔法士を道連れにする。

司令部から明確な指示は無かったが、その認識は作戦に参加する全ての兵士が共有していた。

「……聞きました？　あの噂」

通信席に座ったオペレーターの一人が、隣席の分析官に囁く。

胸から下げたペンダントを眺めていた分析官が顔を上げ、

「何の話だ？」

「幻影No.17の話ですよ」一年前に士官学校を卒業したばかりのオペレーターはまだ少女と言っても通りそうな顔を曇らせ「……本当はまだ生きてて、お偉方はそれを隠してるって」

分析官の顔色が変わる。

オペレーターより幾らか年上の分析官が精悍な顔を困惑に歪め、うつむき加減に声を潜めて、

「……どこでそんな話を」

「士官学校の同期からです。結構な噂になってて、実際に証拠のデータを見た人もいるって」

分析官が無言で息を吐き、胸のペンダントを手のひらに乗せる。

小さな立体映像が、分析官と、隣に立つ女性の姿を映し出す。

「前に話したことありましたっけ。私、一度だけ幻影No.17に助けられたことがあるんです」オペレーターはその映像を横目に唇を噛み「軍事演習で使ってた地下施設が崩落して、訓

練生全員で閉じ込められて……彼が助けに来なかったら私は今ここには」

「忘れろ」

鋭く、突き刺すような声。

え、と言葉に詰まるオペレーターの前で分析官はペンダントを上着の中に押し込み、

「今さら幻影No.17が見つかったところで作戦には何の影響も無い。魔法士を全て滅ぼす。それ以外に人類が生きる道は無い。……だから忘れろ。仮に幻影No.17が本当に生きていて、ここに現れたとしたら、我々は彼を撃たねばならん」

「……わかってます」オペレーターはタッチパネルを叩いて目の前に出現した幾つかのデータを処理し「けど、上手くやれる自信はありません。……先輩もそうじゃないんですか？　知ってますよ。先輩が奥さんと知り合ったのって三年前のテロ事件の時で、そのとき占拠されたプラント施設に一人で突っ込んで人質を救出したのって……」

言いかけた言葉が止まる。オペレーターの視線が周囲に展開された複数の立体映像ディスプレイの一つに留まる。なんだあれは、という誰かの呟き。司令室の正面に展開されたメインディスプレイの表示が切り替わり、雪原の中央の一点を映し出す。

闇を切り取るサーチライトの光。

吹雪が止み、静寂を取り戻したベルリン南部の平原。悠然と佇む小さな人影を複数の艦の観測データが捉える。

分析官が困惑した様子でタッチパネルを叩き、賢人会議の状況を確認する。この艦から南方に三百キロ、問題の人影を挟んだちょうど反対の位置で、魔法士達がこちらと同じく困惑したように動きを止める。

戦術解析システムがデータベースを照合し、人影が賢人会議に所属しない魔法士であることを教える。

「……天樹錬……特級、賢人会議の代表と同型の能力者……？」

独り言のようなオペレーターの声。

真紅のナイフを手に身構える黒髪の少年の姿を、全ての兵士が凝視した。

＊

I－ブレインの仮想視界が、雪原の中心にたった一人で佇む少年を捉えた。

その姿を一万数千キロの距離を隔てた通信回線の彼方に見つめ、サクラは一度だけ小さく息を吐いた。

「……状況は理解した」

脳内に構築された仮想の通信回線の向こう、数人の魔法士が困惑した様子で問うような視線を向ける。その中の一人、人形使いの青年カスパルにサクラは意識の焦点を合わせ、

「我々に協力する可能性は？」

『当然、そのつもりだろう』カスパルはうなずき『と言うより、そうでないならここに現れた理由が説明できない。この期に及んでシティ連合に協力するつもりは無いだろうし、万に一つそうだとしてもそれなら最初から軍に投降しているはずだ』

そうだなと呟き、振り返る。柔らかな陽光に照らされた衛星内部の庭園の中央。生命維持槽の羊水に浮かぶ母、アリス・リステルは今日も下界の嘆きなど何一つ知らないように穏やかに微笑む。

外套の裏から小さな携帯端末を取り出し、そっと開く。

あの日、真昼が最期に残したメッセージ。

それをしばし無言で見つめ、端末を閉じて頭上を遮る木々の梢を見上げる。

……これが結末か……

人類が滅びるのでも、魔法士が滅びるのでもない別な道。かつて青年が望み、青年の弟である少年が探し続けた道。だが、やはりそんな物はどこにも無かった。少年は最後に現実を受け入れ、魔法士としてあるべき道に立ち返った。

喜ぶべきことだと、自分に言い聞かせる。

ノイズにまみれた通信回線の向こう、地上の同胞に向かって語りかける。

「——皆、これが我々にとって、いや、この星にとって最後の戦いだ」指導者らしく毅然と顔を上げ「どうか我らに勝利を。戦いの中で倒れた多くの同胞のために、戦うことすら出来ずに人類に殺されていった子供達のために、青空に包まれた新たな世界と、永劫に続く我らの新たな歴史を――」

雲を介して構築された仮想の視界の向こうで、二千人の魔法士達が敬礼する。

サクラは敬礼を返し、その右手を目の前の虚空に振り下ろし、

「――攻撃開始」

脳内に描き出された複数のディスプレイの向こうで、魔法士達が一斉に動き出す。第一級の騎士で構成された三部隊十八名の先行突撃部隊を先頭に、十数名の小隊に分かれた魔法士達が東西の広範囲に分散する半包囲体勢を構築しながら北方三百キロ、シティ・ベルリン跡地の「塔」を目指して突撃する。

地表から生えだした無数の腕に運ばれて、人形使いの一群が空中戦車の数倍の速度で雪原を疾走する。サーチライトの光に無数の超音速の雲を引いて、炎使いの集団が闇の空を飛翔する。それらの全てを従えて自己領域をまとった騎士が宙を駆ける。先陣を切るのは二振りの騎士剣を両手に携えた純白の騎士。ミラーシェードで両目を隠した少年は亜光速の運動で戦場を満たす闇を点々と切り取り、百五十キロの距離を瞬時に渡って雪原の中央、佇む黒髪の少年の目前にまで迫る
瞬間、少年――錬の右腕が動く。

虚空から出現した数百の空気結晶の槍が、直前までディーが存在していた空間をあらゆる角度から縦横に刺し貫く。

全ての魔法士がほんの一瞬、動きを止める。困惑と驚愕が全員の思考を瞬時に伝播してサクラにまで伝わる。真っ先に反応するのはディーの後を追ってたどり着いた三人の騎士。雄叫びと共に振り下ろされた三条の斬撃が正面と左右、三つの方向から同時に錬を襲い——

光の尾を引いて、跳ね返る変異銀の刀身。

少年を取り囲むように出現した数百の空気結晶の盾が、直前まで迫った攻撃のことごとくを受け止め、弾き返す。

悠然と佇む少年の遥か後方、ようやく状況を理解したらしいシティ連合の艦隊が前進を開始する。荷電粒子砲の砲口の叫びが数値化された轟音として脳内に幾つもの波紋を描く。迫り来る賢人会議の軍勢めがけて放たれた光は闇の空を貫いて少年の頭上を飛び越え——

弾ける光。

少年の頭上高く、虚空に突如として出現した巨大な空気結晶の盾が、直径数メートルの荷電粒子の槍を正面から受け止める。

発生した膨大な熱が空気結晶の盾を瞬時に昇華させ、淡青色の盾は気体に戻った端から再生する。飛び散った光の粉が周囲を眩く照らし、やがて全ての光が絶えて闇空が静寂を取り戻す。

最も前線に近い位置を飛ぶ炎使いの一団が数十の巨大な空気結晶の槍を生成し、数百キロ彼方の敵軍めがけて撃ち放つ。砲撃艦のレールガンの弾体に倍する巨大な結晶が音速の十数倍の速度で大気を貫通し、戦場の中心、黒髪の少年が立つラインを飛び越える。瞬間、闇を稲妻のように走る無数の黒い線。雪原を突き破って地下から突き出た無数の細い土塊の腕が、頭上数百メートルの位置を走り抜ける巨大な結晶を正確に刺し貫き、粉みじんに打ち砕く。

何だこれは、という誰かの呟き。

サクラは息を呑み、仮想の視界の中心に佇む少年の姿を凝視する。

さらに三度の砲撃が自治軍の艦隊から放たれ、その全てが空中に出現した空気結晶の盾に受け止められる。炎使い達が空気結晶の砲弾を次々に撃ち放ち、そのことごとくがゴーストの腕に、あるいは空気結晶の槍に撃ち落とされる。騎士達が次々に少年に襲いかかり、地下から出現した新たな腕がその攻撃を阻む。騎士の運動加速に匹敵する速度で斬撃を捌き続ける土塊の腕。それが自分の『踊る人形』と同じく仮想精神体制御と運動係数制御の合成によって生み出された物であることにサクラはようやく気づく。

……だが、これは……

頭上を飛び交う双方の軍の砲撃を撃ち落としながら、同時に地上の攻撃を受け止め続ける。そんな膨大な量の情報制御演算を全て行うような能力を魔法士は持っていない。サクラには出来ない。もちろん、少年にも不可能なはずだ。

少年の周囲に他に味方となる魔法士はいない。少なくともそんな気配は無い。

ならば、少年はたった一人で、どうやってこんな芸当を――

『どうなってんのこいつ！　なんでこんなめちゃくちゃな！』

『わからん！　だがとにかく攻撃だ！　こいつを無力化出来なければ、「塔」を攻めるどころではないぞ！』

少年を迂回して後方のシティ連合軍に向かおうとした数十の部隊が、ゴーストの腕と空気結晶の砲撃に行く手を阻まれてやむなく少年の方に進路を変更する。東西およそ百キロに展開してベルリンの「塔」に対して半包囲体勢を敷こうとしていた賢人会議の全軍の配置が、次第に戦場の中央、一人の少年の周囲へと収斂していく。

それに呼応するようにシティ連合の艦隊が動きを見せる。空中戦車と軍用フライヤーの大編隊――雲霞のごとく空を埋め尽くす数十万の機体が、雪原の中心に立つ一人の少年と、その周囲の魔法士達めがけて殺到する。

海中の大渦に飲まれる難破船のように。二千の魔法士と数十万機の大編隊、その双方が少年を中心に出現した巨大な虚へと引きずり込まれていく。

……そんな……馬鹿なことが……

ここに至ってようやく、サクラは少年の意図を理解する。

シティ・ベルリン跡地南方の広大な雪原に展開された戦場は、今や完全に二つの領域に分断されている。北側の半分にはベルリンの「塔」を守るように展開されたシティ連合の大艦隊。南の半分にはそれを攻める賢人会議の大部隊。互いが互いを目指して突き進んだ二つの軍勢は雪原をちょうど二分する位置で東西に一直線に引かれた境界線によって完全に隔てられ、互いに一撃も交えることが出来ないままそれぞれの領域に押し込められている。

その意味するところ――少年の意図は明白。

……天樹錬、貴方は……

止めようというのだ。

たった一人で、この戦争そのものを。

……貴方は本当に、本気でそんなことを……？

無数の光が乱舞し、無数の爆発が空を覆う。数え切れないほどの砲撃が、斬撃が、荷電粒子の光が、ゴーストの腕による殴打が少年めがけて降り注ぎ、その全てが少年の周囲に出現した無数の淡青色の盾と高速で運動する土塊の腕に阻まれる。

返す刀で放たれた数千の空気結晶の弾丸が、上空を漂う炎使いの一団めがけて叩きつけられる。

同時に無数の土塊の腕がより合わさって一つの巨大な腕を形成し、地上すれすれの位置を突撃してきた空中戦車の編隊を横薙ぎに払う。

寸前で弾丸を受け止めた炎使い達がわずかに後方に下がる。

空中戦車の編隊がかろうじて腕の一撃をかいくぐって大きく後方へと進路を変える。

ベルリン南方の広大な戦場には今や、歪な同心円を幾つも連ねたような不可解な状況が発生している。最前線に位置する賢人会議の騎士とシティ連合の空中戦車部隊は戦場の中心に立つ一人の少年に対してそれぞれが南と北から半包囲体勢を敷き、間断の無い攻撃を繰り返している。その外側には双方の軍勢の残る戦力が半円形の陣形を幾重にも連ねて少年に対してそれぞれの矛先を向けているが、多くの者は効果的な攻撃の機会を見出すことができずにただ周囲を漂っている。

当然の話。

これはこの世界に残された全ての戦力を二分した大戦争。たった一人の少年、戦場の広大さから考えれば極小の点に過ぎないたった一つの目標に攻撃を集中するような状況は最初から想定されていない。

戦場の混乱に飲まれた兵士と魔法士は、ただ闇雲に少年に襲いかかり、あるいは少年が定めた境界線を踏み越えようとしては撥ね除けられる。そんな試みを際限なく繰り返すうちに、双方の軍勢の動きに次第に変化が生まれる。最初の突撃の勢いを失った部隊はいつしか自分達の本来の目的を見失い、少年の反撃を受け止めるうちに少しずつ、少しずつ境界線から互いの領域へと押し下げられていく。

『下がるな！　とにかく攻撃を続けろ！』

『ルッツもリーンもカスパルも集まって！　全員で同時に仕掛ける！』

仲間達の必死の叫びを脳内の通信回線の向こうに聞く。指示を与えようとのばしかけた仮想の手が止まる。

外套の裏の携帯端末を握りしめる。

自分でも理解できない衝動に突き動かされ、サクラはため息と共に頭上に広がる青空を仰ぐ。

戦場を覆い尽くそうとしていた混沌の波に、不意に新たな動きが生まれる。必死の形相で攻撃の機会をうかがう魔法士達の頭上を飛び越え、白一色の儀典正装をまとった影が飛翔する。二振りの騎士剣が闇に弧を描いて翻る。一振りは騎士の本来の物、もう一振りはあり合わせの剣を借り受けた物。少年が振り返りざま真紅のナイフを振り上げ、喉元目がけて迫る二条の斬撃を諸共に受け止める。かすかな火花を散らして三つの刃が跳ね返る。サーチライトの強い光の下、瞬時に翻った刃が瞬く間に数百の剣戟を奏でる。真紅のナイフと白の騎士剣、双方の切っ先が互いの喉元をかすめ、緩やかな弧を描いて胸の前で再び打ち合わされる。

透き通るような金属音。

いまだに一歩たりとも動かない少年の前、賢人会議の白騎士は左右の剣を翼のように広げて地を蹴った。

＊

最後に一人だけ残っていた兵士が目をむき、足下に崩れ落ちた。

月夜は床にたたきつけられそうになったその体を寸前で支え、その場に丁寧に転がした。

「これで全部、よね？」

「間違いありません。協力していただいた部隊からの情報とも合致します」

答える一ノ瀬少尉の背後から、モスクワ自治軍の軍服をまとった兵士が数人駆け寄る。兵士達は周囲に転がる自分と同じ格好の兵士を少し不安そうに見回し、問うような視線を月夜に向ける。

「誰も死んでないわ。すぐに目を覚ますと思うから、ちゃんと拘束しといて」麻酔銃をホルスターに収めて兵士に近寄り「それでシスター……トルスタヤ中将は？」

こちらです、と言う兵士の後を追って駆け出す。シティ・モスクワ第二十階層、軍用の特殊刑務所。本来なら常に厳戒態勢で近づくことすら難しい施設にやすやすと侵入できたのは、自治軍のほとんどがベルリン跡地の戦場にいてシティ内の警備が空も同然だったことと、協力者の存在があってのことだ。

『――調子はどうだ？』

襟元の通信素子から響くヴィドの声。走りながらポケットの中の携帯端末を操作すると、目の前に立体映像の画面が出現する。

「制圧完了。今からシスター助けに行くとこよ」ディスプレイの男にうなずき、改めてノイズ混じりの画面に映る姿をしげしげと眺め「それにしても、ヴィドさんって似合うのね、軍服」

『いちおう元軍人だからな』けっこう偉かったんだぞ、とヴィドは笑い『軍用ポートの制圧は完了した。こっちには警備兵もほとんどいなかったからな。飛行艦艇は残らず持っていかれちまったが、輸送フライヤーは何機か確保できた』

　答える男の背後をスーツ姿のフェイが通り過ぎ、周囲の兵士達に簡潔な指示を与える。数十人の兵士がうなずき、管制塔へと駆け上がっていく。そこから少し離れた場所ではセラが魔法士の子供達と共にフライヤーの一機に乗り込み、発進の準備をすでに整えている。ポートに残されていた中では最もステルス能力の高い、特殊仕様の偵察機。彼女らにはベルリンの戦場を大きく迂回して南から賢人会議に近づき、しかるべきタイミングで仲間達の前に姿を現すという重要な役目がある。

『急いでね。通信兵の人に話聞いたけど、錬ちゃんの方は何かとんでもないことになってるみたいだから』

　横合いから顔を突き出した弥生が軽く手を上げる。その隣では東洋人の女の子が唇を毅然と引き結んで周囲の兵士達を見つめている。

沙耶という名前の、元神戸市民の女の子。

かつて神戸崩壊の際に出会い、シンガポールでは真昼と最後に言葉を交わしたこの子がどうして弥生やヴィドと一緒にいるのか、一通りの説明を受けた今でもまるで信じられない。

「大丈夫。すぐ行くから発進の準備お願い」早口に言って通信を切ろうとし、ふと携帯端末を操作する手を止めて「……弥生、フィアのことは」

『わかってる……』白衣の代わりに丈夫な防弾ジャケットを着込んだ弥生がディスプレイの向こうでうなずき『まだ生きてるんでしょ？　なら私は大丈夫。だから……』

わかった、と言って今度こそディスプレイを消去する。ライトの強い光に照らされた通路を兵士に従って駆け抜け、何度か角を曲がって階段を飛び降りる。

「……不思議なものですね」

一ノ瀬少尉の声。

意味がわからず振り返ると、神戸自治軍の軍服をまとった女性は何故か口元に小さな笑みを浮かべる。

「何よ、気持ち悪い」

「ああ、申し訳ありません」少尉は視線をかすかに伏せ「覚えていませんか？　二十年ほど前、あなたが着ぐるみを着て軍の射撃大会に潜り込み、優勝してしまった時のことを」

わけのわからない問い。

確かに、世界がまだ平和だった幼い頃、そんな事件を起こしたことはあるが、

「はぁ？　そりゃ覚えてるけど――」

「あの時、僅差で二位だったスナイパー部隊のエースが私です」

とっさに足をつんのめらせそうになる。

慌てて体勢を立て直す月夜の隣を少尉は並んで走り、

「本当に大変でした。訓練教官はその日のうちに退官を願い出るし、同僚は次々に他の部隊に転属していくしで、三ヶ月後には私を残して部隊の人員が全て入れ替わってしまって」

「……それは、悪かったわね、何か」

「ああ、勘違いしないでください」少尉はさっきよりもう少しだけはっきりと笑い「あれは本当に良い経験でした。いくら一つの技術を極めたところで必ず上を行く誰かが現れる。一つの技術に頼る者はその支えを失った瞬間に倒れる。……おかしな話に聞こえるかもしれませんが、私が今日まで生き残ってこられたのはあなたのおかげです。だから、いつかあなたに会うことがあったら、その時はお礼を言いたいと思っていました」

「そっか……」

小さく呟き、うなずく。

それ以上は互いに一つの言葉も無いまま、道は唐突に終着点にたどり着く。

長い通路の突き当たり、先頭を行く兵士が壁に浮かぶ半透明のタッチパネルを素早く叩き、

扉のロックが解除される。部屋の中央、簡素な囚人着姿で椅子に拘束された女性が顔を上げ、唖然とした様子で目を見開く。

「……何を……やっているのですか？」シスター・ケイトは月夜がこれまで見た中で一番驚いた様子でその場の全員に順に視線を巡らせ、

「月夜さんまで……それにあなたは……？」

「お迎えに上がりました。『計画者』ケイト・トルスタヤ中将」

視線を向けられた一ノ瀬少尉が敬礼して椅子に駆け寄り、手錠と足かせを次々に外す。

ケイトは少し疲れた様子でそれでもまっすぐ立ち上がり、その場の全員を見回して息を吐く。

「説明、いる？」

「……大筋は想像できました。細かい点はまた後ほど」月夜の問いにケイトは小さく笑い、瞬時に表情を改めて背後の兵士達に視線を向け「この場の指揮官は？」

「自分であります！」ここまで月夜を先導してくれた兵士が進み出て最敬礼の姿勢を取り「第七師団第六航空隊隊長アレクセイ・サハロフ少佐以下隊員十六名、これより閣下をモスクワ軍本隊へお連れします！」

「よろしく頼みます」ケイトは完全に軍人の顔で略礼を返し「今さらあなたがたの覚悟は問いません。こちらの協力者の数と、主な構成は？」

「モスクワ自治軍内、一万二千百八十六名が今回の作戦に同意していますサハロフ少佐と名乗った兵士は少しだけ誇らしげに胸を張り「構成は参謀本部以下、軍組織内のほぼ全て。情報部のワシリー中佐をはじめ、幾人かの方から言伝も預かっています」

一万……とさすがに少し驚いた様子でケイトが目を見開く。

兵士はうなずき、月夜の右隣に立つ少年に向き直ってもう一度敬礼し、

「――ではお願いします、イル。我々に命じてください。ベルリン跡地の戦場に、この世界の中心に向かえと。人類と魔法士の争いを止め、全ての者を救えと」

「な……」

この建物に、いやシティ・モスクワに突入してから初めて、イルが声を上げる。

ここまでただ無言で付き従ってきた少年はその顔に激しい苦悶の表情を浮かべ、

「ほんまに、ええんですか……？」周囲の兵士達に順に視線を向け「もちろん、おれもみなさんにそういうことを頼むつもりでここに来ました。せやけど、もし上手く行ってもみなさんは二度とモスクワに帰られへんかもしれへん。そうやなくても、いつか戦争を止めたことを後悔する日が来るかもしれへん。それでも――」

「わかりません」

少佐が朗らかに笑う。

いや、少佐だけでは無い。その場にいるモスクワ自治軍の兵士全員が駆け寄って少年の手を取り、

「わかりませんが、後悔だけはしません。上手く言えませんが、あなたがまだ生きていると、生きて我々の助けを必要としていると聞かされた時、胸に火が灯るのを感じました。この火を絶やさずにいられるのなら、たとえ逆賊のそしりを受けようと、たとえ明日人類が滅びるとしても悔いはありません」

少年がうつむき、兵士達に背を向ける。

数秒。

サングラスを外して両目を手の甲でぐいと拭い、振り返った少年は兵士達にうなずき、

「――行きましょう、戦争を止めに。そのためにみなさんの力を貸してください」

月夜は微笑み、イルの鋼のような背中を強く叩く。

少年は唇の端をつり上げて笑い、先陣を切って走り出した。

*

降り注ぐ無数の荷電粒子の槍が、闇の虚空を塗り潰した。

視界を眩く染める一面の光を頭上に、錬はさらに数百、数千の空気結晶の盾を周囲数百メートルの広範囲に展開した。

(複合演算、動作正常。補助演算装置三～二十八、出力臨界)

膨大な量の情報が脳内を駆け巡り、周囲の空間の物理法則を片っ端から書き換える。運動係数制御と仮想精神体制御の合成によって生み出された高速運動するゴーストの腕が地中から同時に数十出現し、襲い来る無数の騎士剣の斬撃を一つ残らず撃ち落とす。

もちろんこれは錬一人のI―ブレインが行っていることでは無い。いくら新しい機能を書き足し、『並列』と『合成』を同時に操ることが出来るようになったと言っても、記憶容量と演算速度の上限は変わらない。

本来なら自分があと何人、いや何十人かいなければ到底実現出来ない規模の演算。

その不可能を可能にする『魔法』の種は、この戦場の地下深くに隠されている。

今日の戦いが始まる直前、ヨーロッパ地方にたどり着いた錬はまずゴーストハックで地下に幾つもの坑道を形成した。シティ連合に気づかれないように戦場から遠く離れた場所を起点に、情報制御を察知されないように慎重な隠蔽を施して。

そうやって地下数百メートルを掘り進んだ坑道は枝分かれして戦場の全体を覆う。

そこには、昨日まで暮らしていた地下施設から運び出したありったけの演算機関が互いをケーブルで接続されて限界まで敷き詰められている。

一つ一つの演算機関には仮想精神体制御をベースに幾つかの機能を合成したゴーストがあらかじめ書き込まれている。演算機関は無線接続を介して錬自身の脳と常にリンクを確立し、I―ブレインの『操作』能力の助けを借りることで情報制御演算の補助回路の役割を果たしてくれる。

これが『魔法』の正体。

錬のI—ブレインは今、合計三二八七台の演算機関に直結し、その機能の全てを使って戦場全体に能力を行使している。

シティ連合と賢人会議は自分以外に別な魔法士が潜んでいると考えて周囲を索敵するだろうが、残念ながらそれには意味が無い。地下の演算機関の周囲に入念な隠蔽工作を張り巡らせているのはもちろんだが、そもそも実際に物理法則操作の起点となるのはリンク先である「天樹錬のI—ブレイン」であり、演算機関の周辺ではいかなる情報改変も発生していない。リチャード博士とサティが短い時間に組み上げた、錬には理解できないシステムの賜物。説明されてもよくわからなかったが、ともかく今の自分は、外から観測する限り「異常な能力を持った一人の魔法士」以外の何物でも無い。

もちろん、こんな戦い方を永遠に続けられるはずは無い。でたらめな出力を要求された演算機関は戦いが始まった時点ですでに性能限界を超えており、いつ過負荷で焼き切れてもおかしくはない。それに、焼き切れる寸前なのは自分も同じ。通常では有り得ない能力の連続行使はI—ブレインに経験したことが無い性質の異常な負担をかけ、脳内にはすさまじい速度で蓄積疲労が積み上がっていく。

だが、それでももうしばらく、少なくともあと一時間は保つ。

そのわずかな時間で戦局を動かし、逆転の一手を打つための状況を作り上げる。

これはとんでもなく無茶な作戦だが、それでも何の勝算も無く突っ込むほど無謀ではない。

自分が双方の軍の動きを完全に押し戻して戦場に空白を作った瞬間、イルとシスター・ケイトを乗せたフライヤーがシティ連合の艦隊に、セラと子供達を乗せた機体が賢人会議の軍勢に、同時に飛び込む。

出たとこ勝負と言われれば、その通り。

だが、それでも可能性は間違いなく残されている。

(攻撃感知。正面。危険度、低)

眼前に振り下ろされる騎士剣の斬撃を身を捻って紙一重でかわす。足下数センチ、ほとんど肌と肌が触れ合う距離に着地したディーが続けざまにもう片方の剣を水平に薙ぎ払う。だが、その攻撃もこちらが回避可能なように計算された物。

錬は知っている。

少年の両目を隠すミラーシェードが仲間であるはずの賢人会議の魔法士達に思考を悟らせないための物であることを。

——人類を滅ぼすのに反対してる人達に、内々で声をかけてるんだ——

戦いの前に、少年はそう言っていた。声をかけてどうなるかはわからなかった。具体的に戦争を止める手立ては思いつかなかった。だけど、君の話を聞いて、ほんの少しだけど希望が出てきたと。

——もしシティ連合の中に何か動きがあって、自治軍が幾らかでも錬くんを守る動きを見せたら、こっちも呼応して協力する側に回る。何人がついてきてくれるかはその時にならないとわからないけど、出来るだけやってみる。だから——

だから、その時まで時間を稼ぐ。

あらゆる方向から降り注ぐあらゆる攻撃を、ほとんど自動的な動作でただただ防ぎ止め続ける。

脳内の負荷が密度を増す。こんな戦いをいつまで続けられるかはわからない。過去に同じ事を試みた者など誰一人いないだろう。この無茶な能力の行使が後でI—ブレインにどんな後遺症を残すか、本当のところは試してみなければわからない。

それでもやる。

互いが互いを傷つけないように、この戦場で誰一人として死なないように。そのために自分が盾となって全てを止めてみせる。

頭上から降り注ぐ新たな光。

錬は広げた両腕の先に空気結晶の盾を張り巡らせ、立て続けに襲い来る数百の砲撃を一つ残らず弾き飛ばした。

＊

『――何者ですか、あれは――！』

立体映像で描かれた仮想の円卓に、甲高い怒声が響いた。

シンガポール第二十階層、自治軍司令部作戦室。リン・リーは通信回線の向こうで肩を震わせるサリー首相の半透明の映像を無言で見つめ、その視線を円卓の上のディスプレイに映し出される戦場へと移した。

……どのような絡繰りだ、小僧……

天樹錬。天樹真昼の弟であり、賢人会議の代表と同じく複数の能力を制御可能な魔法士。だが、リーがシンガポールで出会った少年にはここまでのでたらめな能力は無かった。特異な状況に助けられているとはいえ、シティ連合の全軍と賢人会議の全軍をたった一人で同時に相手取るなど尋常では無い。

『一人のはずがありません。周囲に仲間が、それも複数人潜んでいるはずです。すぐに索敵を』

『すでに行っている』

円卓の隣の席、立体映像で描かれたセルゲイ元帥が巌のような顔に刻まれたしわを一層深く

する。今回の作戦に際して全軍の指揮権を委ねられた男は周囲に浮かぶ無数のディスプレイを次々に操作し、

『だが、それらしき者は幾ら探しても見つからぬ。わかったのは、あの魔法士から暗号化された微弱な無線通信が絶えず発せられていることだけだ』

『ではその通信の行く先を』

『残念ながら、通信は指向性も無くあらゆる方向に絶えずまき散らされている』サリーの言葉にセルゲイは首を振り『どこかにある何か、あるいは誰かがあの魔法士をサポートしている。それは間違いない。だが、我々にはその痕跡を見つけ出すことが出来ん』

『……まずい状況ですね』隣席のルジュナが呟き『あの少年との交戦に時間を費やしている場合ではありません。今からでも、少年を無視して賢人会議に攻撃目標を切り替えることは出来ないのですか』

『それが不可能なのはご存じのはずだ』セルゲイは苛立たしげに拳を震わせ『あの魔法士の戦力の限界値がどれほどのものか我々は知らぬのだ。あれを無視して後方に向かえば、背後から撃たれるやもしれぬ。そうなれば今度こそ戦線は崩壊だ』

そうですね、とうつむくルジュナの姿に、リーはふと疑問を覚える。ルジュナ主席執政官は軍事の素人では無い。セルゲイ元帥が今話した程度のことは当然理解しているはずだ。

何か、あるのか。

天樹錬というあの少年の能力から意識を逸らしたい、何かが……

「……地下か」

半ば無意識の呟き。

ルジュナが驚いたように顔を向け、他の二人もすぐにそれに倣う。

『リー首相、何と』

「地下、だ」セルゲイの問いに答えてリーはディスプレイを見上げ「正体は不明だが、小僧……あの魔法士は確かにどこかにある何かと通信している。通信の出力を考えれば戦場から離れた場所であるはずが無い。だが、地上にも空にもそれらしき物は見当たらぬ。ならば――」

ルジュナの顔に一瞬だけ、恐怖に似た表情が浮かぶ。

隣席のセルゲイがうなずき、通信画面に手をのばした。

＊

新たに放たれた荷電粒子がまた一つ、戦場の闇に光を散らした。

その光景をディスプレイの向こうに見つめ、ファンメイは無意識に両手を握りしめた。

傍らに座るエドが、大丈夫、と言うように背中を撫でる。その隣ではクレアとヘイズ、さらにソフィーとペンウッド教室の研究員達が食い入るようにディスプレイを凝視している。

背後で、生命維持槽のかすかな駆動音。

フィアは今日も目を閉じたまま、ただ静かに、曖昧な笑みを浮かべている。

クレアが両手を胸の前で祈るように組み合わせ、ヘイズがその手に無言で自分の手を重ねる。

青年の肩に頰をすり寄せる少女を横目に、ファンメイも同じように両手を組む。

そうして、心の中でただ思う。

どうか、全てが上手く行きますように。

世界にまだ、ほんの少しでも希望が残っていますように。

今日まで自分達がやってきたこと、信じた物が、どうか無意味ではありませんように。誰かが犠牲になるとか、何かを捨てるとか、そんなことばかりではない世界を信じて命を賭けた人達の祈りがもう少しだけ先に繫がりますように——

「……あ……」

ソフィーの声。メリルも同じ声を上げ、すぐにファンメイも気づく。エドが驚いたように立ち上がり、転げるようにしてディスプレイに駆け寄る。

ノイズにまみれた画面の向こうで巻き起こる幾つもの爆発。

降り注ぐ無数の荷電粒子の光が、少年の防御をすり抜けて次々に地表の雪原に突き刺さる。少年が立つ場所もそうでない場所もお構いなしに、生じた膨大な量の熱が地表に堆積した分厚い凍土を吹き飛ばし、その下の岩盤を抉る。少年を中心にした戦場の一帯に瞬時に無数のクレーターが出現する。あぁ、というエドの声。目を見開いて叫びを上げる男の子の前で、地表の一箇所がとうとう崩落する。

サーチライトの強い光。

地下に穿たれた巨大な穴の底、埋設された幾つもの演算機関の存在が、闇の中に露わになった。

＊

跳ね返った剣を手に身を翻したディーが、唐突に視線を上に向けた。

つられて頭上を見上げ、錬は思わず小さな呻き声を漏らす。

シティ連合の艦隊から放たれる、数千の荷電粒子の光。これまでのように自分を狙った砲撃ではない。賢人会議の魔法士がいる場所もいない場所もお構いなしに、周囲数百キロの戦場のありとあらゆる場所に光の槍が同時に降り注ぐ。防御など到底追いつかない。無数に展開した空気結晶の盾の間をすり抜けて、膨大な熱量と運動量の塊が次々に地表に突き刺さる。

地鳴りのような激しい振動。砲撃の着弾による物では無い、もっと大きな、長く続く不気味な揺れが地下深くから足を伝う。止めなければと考えた時にはすでに遅く、戦場のそこかしこで地面が崩落を始める。

サーチライトの光の下、巨大な穴の底に整然と並ぶ演算機関の冷たい光。

空中戦車とフライヤーの編隊が一瞬だけ動きを止め、次の瞬間、全ての砲撃がその穴に集中する。

防ぎ止めようと展開した空気結晶の盾の防御をすり抜け、紫電をまとった光の槍が地表の穴に吸い込まれる。脳内をすさまじい量のノイズが駆け巡り、補助演算装置が一つ、認識の中から消失する。

一つ、また一つ。砲撃が地表に突き刺さる度、演算機関がリンク回線の向こうから消えていく。装置を一つ失う度に演算能力が一つ失われ、追いつかなくなった防御の隙間を縫ってまた別な砲撃が別な演算機関を吹き飛ばす。崩壊は止められない。周囲で攻撃を防ぎ止めていた膨大な数の空気結晶の盾が、ゴーストの腕が、次々に姿を失ってI−ブレインの知覚から消滅していく。

「——錬くん——！」

ディーの叫び。

少年はほとんど体当たりのように左右の騎士剣を同時に振り下ろし、防御に掲げたナイフごと錬を数メートル後方に弾き飛ばす。

返す刀で地を蹴って跳躍する少年の直下、一瞬前まで錬が立っていた場所に荷電粒子の光が突き刺さる。弾け飛んだ地表が錬を呑み込み、さらに数十メートルの距離を吹き飛ばされる。

衝撃に一瞬、呼吸が止まる。額にぬるりとした血の感触。うつぶせのまま首だけを起こして見上げた先、数機の軍用フライヤーが地表の大穴から地下の坑道へと飛び込む。

……ダメだ……

脳内にすさまじい痛み。リンク回線の向こうで自分を支えてくれていた残りの演算機関の大部分が膨大な量のノイズと共にまとめて消し飛ぶ。血にまみれた手で土を掻き、必死に前に進もうとする目の前で無数の爆発が戦場を埋め尽くす。地下深くから立て続けに衝撃。演算機関の反応が瞬く間に一つ、また一つと消滅していき、とうとう最後の一つが沈黙する。

『魔法』が、解ける。

空気結晶の盾が、槍が、弾丸が、土塊の腕が、足が、戦場の中心に境界線を設定し、二つの軍の侵攻を阻み続けていたあらゆる情報制御がかき消える。

賢人会議の魔法士達が驚いたように動きを止め、互いにうなずき合って前進を始める。それに呼応するように空中戦車と軍用フライヤーの編隊が隊列を整える。飛行艦艇の主砲が立て続けに光を放つ。朦朧とした意識で見上げた視界の先、二つの軍勢は倒れ伏す少年の存在を完全に無視して今度こそ正面から相対する。

次々に噴き上がる爆発の衝撃波と雪煙の向こうで、ディーが何かを叫んで駆け寄ろうとする。その目の前に数百の質量弾体が雪崩を打って突き刺さり、少年は圧力に抗しきれずに一歩退く。間断の無い攻撃に少年との距離が次第に遠退く。無数の荷電粒子と空気結晶とゴーストの腕と騎士剣の斬撃が戦場の全てを瞬時に満たし、あふれ出た混沌が今度こそ少年の姿を呑み込む。

……やめて……

絶え間なく響く衝撃音と、魔法士達の鬨の声。

それを最後に、意識が途切れた。

*

地に倒れ伏した少年が、動くことを止めた。

それを仮想視界の先に見下ろし、サクラは息を吐いた。

……ここまでか……

陽光に照らされた庭園の中央、大樹の幹に背中をあずけて風に揺れる色とりどりの花々を見つめる。脳内に描かれた仮想の雪原の中、赤と青の二色に塗り分けられた二つの軍勢が接触し、互いの先端部分が融け合う。仮想の数式に分解された戦場を無数の数値で表現された爆発が埋め尽くす。少年一人を置き去りにしたまま、あらゆる物が戦争の渦に呑み込まれていく。

もう一度、ため息。

自分はいったい何を期待していたのだろうと、ふと思う。

……愚かなことだ……

おそらく少年は悪魔使いの能力を応用し、地下に敷設した演算機関を自分の情報制御の補助に使っていたのだろう。見事なアイディアだ。自分も機会があれば試してみようと思う。だが、それでも現実は覆らない。戦争という濁流をたった一人で防ぎ止めようとした少年は虚しく地に落ち、人類と魔法士の戦いは少し時間を引き延ばされただけで、結局はあるべき結末へと突き進んでいく。

そう。何も変わらない。

だというのに、どうしてこの胸はこんなにも軋むのだろう。

「……本当に愚かだな、私は……」

もしかすると自分は、本当に期待していたのかも知れない。少年が何かを変えることを。遠い昔に読んだ絵物語に現れる英雄や天の御使いのように全てを救うことを。そんなことは有り得ないのは知っている。人類か魔法士か、どちらかが滅びなければこの世界はもうどうにもならないことは知っている。

それでも、あの少年がただ一人で戦場に現れた時に自分は何かを期待したのではないか。

あるいは彼が、真昼がかつて望んだ夢の続きを運んで来たのではないかと——

「……未練だな」

呟き、携帯端末を握りしめる。

仮想視界に描かれた戦場の先、闇の空を埋め尽くして、無数の爆発と閃光が花開く。

永遠の闇に閉ざされた地上を陽光のごとくに照らす熱と質量と衝撃の連鎖。数千の荷電粒子の光と数千の空気結晶の砲弾が空中に交差し、吹き飛ばされた数人の魔法士と数千の軍用フライヤーの機体が同時に雪原に叩きつけられる。動きを止めた同胞の頭上を踏み越えて、双方の軍が留まること無く前に進む。剣を翻した騎士が襲い来る荷電粒子と質量弾体の隙間を縫って空を疾駆する。数百の空中戦車からなる編隊が緩やかな螺旋の軌道を描いてその正面に回り込む。振り下ろされる剣の一撃をおそらく運動予測と操縦者の卓越した技量によって回避し、旋回した砲塔が眩く輝く光の槍で虚空を穿つ。

頭上を覆う木々の梢を見上げ、目を閉じた。

地獄は、もうすぐそこに、口を開けていた。

*

絶え間なく放たれる巨大な空気結晶の弾体の一つが、とうとう砲撃艦の一隻を直撃した。

推力を失って地上に降下していく船影を立体映像の向こうに見つめ、ルジュナは両手を強く握りしめた。

……ここまで、なのですね……

戦場の中央――いや、今や主戦場から遠く離れた雪原の端、倒れ伏したまま動かない少年に視線を向ける。計画は失敗した。望みは潰えた。ならば自分は本来の役目に立ち返らなければならない。人類の代表者の一人として魔法士を滅ぼし、未来に道をつなげなければならない。

円卓の上に淀んだ闇が密度を増したような錯覚。

遠い日、マザーコアとして死にゆく兄を看取った時の事を思い出す。

『……奇妙な話だな』

不意に、隣席から声。

驚いて顔を向けると、リン・リーは円卓の上に両手を組んで深く息を吐き、

『小僧は……あの魔法士は我々と賢人会議のどちらにも与せず、全ての戦いを食い止めようとしていた。最後には失敗したとはいえ、あの者は確かに双方の軍に一切の損害を出すこと無くあらゆる攻撃を防ぎ続けた。それが倒れ、今まさに多くの兵士が死に行こうとしていることを我々は喜んでいる。……何なのだろうな、我々のやっていることは』

『感傷はおやめください。リン・リー首相』円卓の向かいのサリーがディスプレイの向こうの戦場を凝視したまま『これは人類の生き残りをかけた決戦です。勝たねば私共に明日はありません。未来のために死に行くのは軍人の責務。そして、彼らに命を賭せと命じるのは私共の責務です』

片時も視線を逸らすことなく戦場を見つめ続けるサリーの姿に、ルジュナは耐えきれずにと

うとう視線を逸らす。絶望的な思考が頭を満たしていく。こんなことのために自分は今日まで走って来たのか。人類も魔法士も、敵も味方も一切合切を暖炉の薪のように火にくべて。そうまでして生き残らなければならないのか。そうまでして生き残った世界に、本当に意味はあるのか。

答は無い。

見上げた戦場の空にまた一つ、巨大な船影が流星のように墜ちた。

＊

爆発と砲撃の光が、ディスプレイの向こうの戦場を照らした。

ファンメイは身じろぎ一つ出来ないまま、その光景を呆然と見つめた。

少年は戦場の端に倒れ伏したまま、指一本動かそうとしない。どこかで爆発が起こる度に、噴き上がった雪と土砂が少年の上に被さり、その体を少しずつ覆い隠していく。

錬は動かない。

生きているのか死んでいるのかもわからない状態でうつぶせになったまま、時折衝撃に吹き飛ばされて数メートル先に転がっていく。

エドが床に跪いて目を見開いたまま、うわごとのように、いいえ、と繰り返す。床を這うようにしてどうにか傍に近寄り、小さな体を背中から抱きしめる。誰も、何も言わない。ヘイズも、クレアも、ソフィーも、研究員達も、その場の全員が目を見開いたままディスプレイの向こうの少年を為す術無く見つめている。

わかっている。

使えるカードは、もう残っていない。

少年にも、他の誰にも、もう何をどうすることも出来ない。

賢人会議の魔法士達が鬨の声を上げ、次々に敵陣へと突撃する。手にした剣を、空気結晶の槍を、土塊の腕を高く頭上に掲げて、黒と銀の軍服に身を包んだ青年が、少女が、小さな子供が空中戦車の編隊へと襲いかかる。倒れ伏す少年を顧みる者はいない。自分達を守ろうと、人類も魔法士も全てを守ってこの戦争を止めようと、必死に走り続けた少年に手をさしのべる者は誰もいない。

……もう、ダメなのかな……

そんな光景に耐えきれなくなり、逃げるように背後の生命維持槽を振り返る。羊水に浮かぶ少女は曖昧な笑みを浮かべたまま、ただ変わらず、金糸のような髪を光の中に漂わせる。

うつむき、腕の中の男の子を強く抱きしめる。

心の中で少女に語りかける。

……これで終わりで、もう、ほんとにどうしようも……

『——大丈夫ですよ——』

驚いて顔を上げる。両目を手のひらで何度もこすり、生命維持槽の少女を見上げる。

フィアはただ静かに曖昧な笑みを浮かべたまま。

その穏やかな顔を呆然と見つめるうちに、ふと、口元に小さな笑みが浮かぶのを感じる。

……そっか……

自分が出来ることは全部やった。それで、後のことを全てあの少年に託した。勝ち目なんて最初から無かった。失敗して、結局何もかも無意味になって、そうなるかもしれないのは最初からわかっていて、それでも最後まで戦うことを選んだ。

だから、何があっても絶対に下を向いてはいけない。

だって——

「どうせ、ダメで元々なんだから」

腕の中のエドが、驚いたように顔を上げる。その顔にすぐに小さな笑みが浮かび、二人はそろってディスプレイの向こうの戦場を見上げる。

そうして祈る。少年のために誰よりも祈りたかったはずの親友の代わりに、ただ祈り続ける。

がんばれ。

無理でも、無茶でも、どうにもならなくても、それでも最後の最後までがんばれ。

＊

空から舞(ま)い落ちた雪の粒(つぶ)が、ディスプレイの向こうに広がる戦場に幾つもの小さな染(し)みを残した。

ぶつかり合う二つの軍勢から遠く、雪原の端にただ一人打ち捨てられた少年の姿を見上げ、月夜は一度だけ深く息を吸い込み、吐き出した。

ベルリン跡地の戦場へと急行するフライヤーの機内、弥生が青ざめた顔で座席の上に身を縮こまらせる。ヴィドが慌ててその体を支え、沙耶が震える手をのばして何度も背中を撫でる。一ノ瀬少尉が食い入るようにディスプレイを睨(にら)む。同乗するモスクワ自治軍の兵士達が小声で何かを囁き合い、問うような視線をイルに向ける。イルはその視線には応えず、ただ歯を食いしばって前を見つめ続ける。

「……ここまで、か」

フェイの声。

機内の全員の視線が集中する中、男は束(つか)の間(ま)目を閉じ、窓の向こうに広がる闇を見つめ、

「世界再生機構の暫定(ざんてい)的なリーダーとして、作戦の中止を命令……いや、提言する」

「何を言いますか！」モスクワ自治軍の兵士の一人が血相を変えて男に詰め寄り

「ここまで来たのです、我々だけでも計画を進めましょう！　ここにはトルスタヤ中将がいる。何より彼が、幻影No.17がいる！　あの少年が動けずとも我々の力だけで――」

「……不可能です」

静かな、何かを決意したようなケイトの声。

呆然と見つめる兵士の前で、軍服に着替えたシスターは首を左右に振り、

「この作戦の要は、たとえ一瞬でも双方の軍を退かせることにありました。戦場に……いえ、戦場にいる兵士と魔法士一人一人の心にわずかでも空白を作り、その隙間に飛び込む。それが叶わない以上、たとえ我々が乗り込んでも戦局を変えることは出来ません」

「しかし……ならば、我々はどうすれば……！」

「みなさんは、おれらがおった地下施設に行ってください」

イルの声。

目を見開く兵士達を前に少年は穏やかな笑顔で立ち上がり、

「こうなった以上、みなさんもただモスクワに帰るいうわけにはいかんでしょう。それに、この先人類と魔法士のどっちが勝ってどっちが生き残るにせよ、あそこにはまだたくさんの人がいてる。もしかしたら、みなさんの力が必要になるかもしれません。……そっちの三人にも、行くところが要りますし」

弥生達に顔を向けてうなずき、再び兵士達に向き直る。

モスクワ自治軍の兵士達は困惑した様子で互いに顔を見合わせ、

「では、イル。あなたも」

「いえ」少年は照れたように笑い「おれは、軍に戻ります」

輸送用フライヤーの機内に降りる沈黙。

とっさに口を開こうとする兵士に少年は首を振り、

「あそこにはまだおれのために何かしてくれよう、いう人らがたくさんいてるんですよね？」

窓の向こうの闇にしばし目を凝らし「その人らに、もう終わったから、ここからはおれのためやなく自分のために戦ってくださいて誰かが言いにいかなあかんのです」

しばしの沈黙。

イルはケイトをまっすぐに振り返り、

「シスターも付き合うてくれるやろ？」

「……仕方のない子ですね」ケイトは少し疲れたように笑い「フェイさん、月夜さん。わざわざ助けていただいたのにすみませんが、後のことをお願いします」

不意に、全員の目の前に出現する通信画面。ノイズ混じりの回線の向こうに現れたリチャードが機内の全員を見渡し、何かを察した様子で息を吐き、

『そちらもかね……』背後のセラと子供達を振り返り『こちらは予定通り賢人会議に突っ込む。

全員、覚悟は出来ているそうだ』

『戦うんじゃなくて、お話しするだけですから』隣に近寄って顔を突き出したセラが唇の端をほんの少しだけ動かして笑みを作り『みんなで決めたです。ここで逃げたって良いことなんか何もない。だから、最後までちゃんと出来ることをやろうって』

そう言って少女は操縦席の男を見上げ、

『あ、でも博士はちゃんと逃げてくださいです。ファンメイさんに叱られるですから』

リチャードが沈痛な面持ちで視線を逸らす。フェイが息を吐き、機体操作用のタッチパネルを呼び出す。

数秒。

男は目を閉じ、意を決した様子で着陸の指示を――

「――待って」

ゆっくりと、フェイが振り返る。

男の腕を掴む月夜の手を、機内の全員が凝視する。

「何をしている？　天樹月夜」

「待って、って言ってんのよ」月夜は真っ直ぐに機体の正面、闇の彼方の戦場を見つめ「イルも、シスターも、博士もセラも他のみんなも。進路はこのまま真っ直ぐ。作戦を続けるわよ」

「お前……」呟いたイルがすぐに血相を変えてこっちの襟首を掴み「アホかお前は――！　今

の話聞いてへんかったんか？　今さら何もどないもならへん。おれらみんな失敗したんや！　それを……！」

「――立つわ」

はっきりと、その場の全員に聞こえるように言い放つ。

何を、と呟く少年の手を掴み、襟首にかかった指を一本一本引きはがす。

「根拠は無いわ。でも、無いけど私は知ってるの。あの子は絶対にもう一度立つって。どんなに大変で、どうしようもなくて、みんなが諦めるしかないような時でも、それでも立ち上がる。あの子はそういう子だって」

機内の全員が、呆然と視線を向ける。

月夜は真っ直ぐに顔を上げ、闇の向こうの戦場を指さした。

「みんな、きっと信じられないと思う。……それでもいい。でも、あと少し、ほんの少しだけで良いから、このまま前に進んで」

＊

絶え間なく繰り返す砲撃の音と、戦場の喧噪が、闇の彼方に幾重にも残響した。

錬は凍り付いた大地に倒れ伏したまま、その音を為す術無く聞いた。

投げ出された手足はとうに力をなくして、指一本動かすことさえもままならない。あらゆる感覚が希薄で、自分の体が本当にまだあるのかもわからない。痛みは感じない。ただ冷たい。意識は霞がかかったようで、今感じているものが現実なのか、死にゆく意識が見せている幻なのかもわからない。

地平の遠くで、無数の砲火の光と、鬨の声。

その輝きと喧噪に、遠い昔に兄と姉と一緒に歩いた小さな町の明かりを思い出す。

……フィア……ごめん……

闇の中に横たわったまま、生命維持槽の羊水の中で眠り続ける少女のことを思う。最後に言葉を交わしたあの日に投げられた問い。自分が望む世界のあり方。それを探してここまで来たけれど、得られた物は何も無かった。ただ、時計の針を少し遅らせただけ。再び舞い落ち始めた雪のヴェールの向こう、二つの軍勢はぶつかり合い、血を流し、互いに自分にとって邪魔な存在である目の前の敵を挽き潰して生き残る術を手に入れようともがき苦しんでいる。

遠い日、全ての人々が手を取り合う世界を信じて命を賭けた少女のことを思う。

とうに凍り付いて感覚を失った瞳に、涙があふれる。

……月姉……みんな……ごめん……

いったい自分は何を間違えたのだろう。どうすれば良かったのだろう。人類のために魔法士が滅びる世界にはいられなくて、魔法士のために人類が滅びる世界にもいられなくて、もう一度みんなが手を取り合う姿が見たくて、そのためにここまで来た。たくさんの人を巻き込んで、全てを敵に回して、一人で無謀な戦いを挑んで――

違う、と力無く笑う。

本当は最初からわかっている。

決めるべきだったのだ。

魔法士に味方するか、人類に味方するか、どちらか一方の道を。

何もかもが上手く行ってみんなが幸せになる道などどこにも無かったのだ。ならば、自分は選ばなければならなかった。誰を味方とし、誰を敵とするかを。それは天樹博士が望んだように全ての魔法士を導く者として人類と戦う道であったかもしれない。あるいは、自分が消え去るのを承知で姉や自分を助けてくれた多くの人達のために人類を守る道であったかも知れない。どちらでもいい。だが、どちらかを選ばなければならなかった。多くの人が、多くの魔法士がそうしてきたように、何かを捨てて何かを得なければならなかった。

その選択を拒絶し、全てを手に入れようとしたこの手には何が残ったか。

何も残らなかった。

それが、答だ。

こんな簡単な、馬鹿みたいなことにどうして気づかなかったのだろう。自分の能力に驕ったのだろうか。誰とも違う能力を持って生み出された自分は、誰にも出来ないことが出来るはずだと勘違いしたのだろうか。その勘違いの結果この有様だ。何にもならない。誰も救えない。望めば人類か魔法士か、自分が選んだ方を確実に守ることが出来たかも知れないのに、与えられた力を無意味な挑戦に徒に費やし、誰からも顧みられることなく、今こうして、戦場の片隅で一人虚しく消え去ろうとしている。

胸の奥から溢れた闇が、意識を塗り潰す。

体に残っていたわずかな力が抜け落ちる。

もう、風の音も聞こえない。

錬は目を閉じ、考えることを止めようとして、

——何をしている？

不意に、頭上から声。

しばらく迷ってから、ほんの少しだけ視線を上に向ける。

闇の中に佇む小さな黒い影が、霞がかかったような視界に映り込む。自分と同じくらいの背丈で、自分と同じような髪型で、自分と同じような服を着て、自分と同じ形のナイフを手にした……

自分によく似た姿の、真っ黒な影法師。

それが、足下に無様に倒れ伏す少年を無表情に見下ろす。

——立て。

無理だよ、と心の中で呟く。もう何の力も残っていない。指一本だって動かせない。いや、たとえ動かせたとしても出来ることなど何も無い。『魔法』の種は尽きた。今の自分はただの一人の魔法士。少し人より優れた力を持っていても、少し人と違うことが出来ても、小舟では嵐を鎮めることは出来ない。

だから、こんなことは最初から諦めれば良かったのだ。

僕は馬鹿だ。

本当に、救いようがないくらい大馬鹿だ。

──その通りだ。

うなずく声に、視線をもう少しだけ上に向ける。

影法師は微動だにしない。

真っ暗闇の、表情などうかがい知ることも出来ない顔の奥で、ただ唇だけを動かして淡々と言葉を続ける。

こんな策が本当に上手く行くか、少し考えればわかったはずだ。どうしても何かを選ぶのが嫌なら、あの地下施設で全てが終わるのを待っていれば良かったのだ。お前はただ死にに来ただけ。何も選ぶことが出来ず、かといって一人でうずくまっていることも出来ず、ただ考えることを止めて走ってきただけだ。

──とても、とても愚かな選択だ。

その通りだと息を吐く。凍り付いた大地に頬を押し当てる。
と、影法師がゆっくりと頭の傍に片膝をつく気配。
真っ黒な顔は首を傾げて錬の顔を覗き込み、
心の底から不思議そうに問うた。

――けれど、それは、最初からわかっていたことではないのか？


思考が止まる。

無意識に力を込めた腕が大地を強く押し、体が少しだけ持ち上がる。

見上げた先には自分にそっくりの影法師。

その胸に、小さな火が燃えている。

――お前は、本当に勝てると思っていたのか？

作戦は用意した。周到な準備もした。だけど、それはただの気休めで、気休め以上の準備はとうとう出来なかった。相手は賢人会議の全軍とシティ連合の全軍、つまりはこの世界に存在する戦力の全て。人類も魔法士も何もかもを敵にした、一人対世界の戦い。自分はおとぎ話の主人公ではない。都合良く奇跡を起こす力なんか持っていない。上手く行く自信なんてなかった。姉にも、生命維持槽で眠り続ける少女にも、他の友人達にももう二度と会えないかも知

れないと心のどこかで覚悟はしていた。

——そうだろうとも。

勝てる見込みも成し遂げられる見込みも何一つ無かった。

行けば死ぬと最初から分かっていた。

それでもお前はここに来た。

お前は、どうして、ここに来た？

「……僕は……」

——それでも、夢が見たいから来たのだろう？

震える両腕を支えに、強引に体を起こす。

それを見下ろし、影法師が笑う。

——それでも、泣きたくないからここに来たのだろう？

——嘘でも夢物語でも、誰も泣かない世界が欲しいからここに来たのだろう？

——そのために、誰に嘲笑われようとも最後まで戦い抜くと決めたのだろう？

——賢く、正しく在ることを、お前は棄てたのだろう？

ならば立て、と声がする。

（I—ブレイン、戦闘起動）

動く。

この体はまだ動く。

この脳はまだ動く。

血まみれの足で、強く大地を踏みしめる。

幻のように消えていく影法師の向こう、無数の荷電粒子の光と空気結晶の輝きと、それらを切り取る土塊の腕と閃く刃に果てしなく塗り潰された戦場を見る。

（蓄積疲労、限界まで残り三パーセント。戦闘行動の即時停止を推奨）

後方の飛行艦艇から際限なく放たれる砲撃の隙間を縫うようにして、数万の空中戦車と数十万のフライヤーの大編隊が闇の空に流麗な軌跡を描く。複雑に絡み合う織り糸のようなその戦闘軌道に無数の巨大な淡青色の槍を鉤針のように突き立て、千人近い炎使いの大軍が輪舞する。

雪崩を打って放たれる槍の攻撃に耐えきれず、フライヤーの一機が編隊を離れて錬の頭上を通り過ぎる。追いすがる炎使いの一人が巨大な槍を音速の数十倍の速度で解き放ち、フライヤーの機体とほぼ同サイズの空気結晶の塊が操縦席の寸前にまで迫る。

考えるよりも、体が動くよりも先に、I－ブレインが反応する。

空中に出現した小さな空気結晶の盾が、槍の切っ先を受け止め、わずかに逸らす。

間一髪で攻撃を逃れたフライヤーが、仲間の編隊へと戻っていく。炎使いがこっちに一瞥をくれ、すぐに戦場へと戻る。そこかしこで幾つもの光が爆ぜる。幾人かの魔法士が力を失ったように地に落ち、その数百、数千倍の数の機体から火の手が上がる。

くじけそうになる心を叱咤する。

たった一つ。それでも一つ。

今、誰かの目の前に迫っていた死が、自分の手でほんの少しだけ遠退いた。

停止寸前の脳を限界まで酷使し、次々に新たな空気結晶を生み出す。空の星のように世界を覆う無数の砲火の輝きの中に淡青色の小さな盾を飛び込ませ、空中戦車の操縦席に突き刺さろうとした土塊の腕を、炎使いの少女を貫こうとした荷電粒子の光を、双方の軍から放たれたあらゆる攻撃を無我夢中で防ぎ止める。

数百と生み出した盾が瞬きする間に一つ残らず打ち砕かれ、燃える空に溶けて消える。

演算速度が足りない。

記憶容量も並列機能も何もかもが足りない。

膨大な量の負荷が脳内に積み上がる。

この負荷を今すぐどこかに追い出さなければならない。

地下の演算機関は一つ残らず失われてしまった。だから代わりになる何かが要る。そんな物はどこにも無い。それでも要る。届かない場所に手をのばすために、叶わぬ願いを叶えるために。不可能を不可能で無くするために。

頭上を貫く飛行艦艇の砲撃の光。とっさに空気結晶の盾を展開しようとして、脳内のステータス表示をエラーが埋め尽くす。半ば無意識にI―ブレインを操作し、簡易的な合成を起動。空気結晶の生成を司る分子運動制御に仮想精神体制御の機能を押し込む。ゴーストハックによって独立した情報構造を獲得した淡青色の盾が脳の支配を離れて自律的に空中に出現し、軍用フライヤーを丸ごと呑み込む規模の荷電粒子の奔流をかろうじて受け流す。

融け落ちた結晶が、光の粉のように無数の小さな欠片を撒いて目の前に落ちる。

とっさに払いのけようと伸ばした右手の上で、欠片の一つ一つが静止する。

空気分子わずか数十個、肉眼はもちろんI―ブレインによって補正された視界でも存在を確認できないほどの極微の結晶が手のひらの上に整然と列を成す。結晶を構成していた分子運動制御がまだ情報の海の中で構造を維持していることにようやく気づく。仮想精神体制御によって生み出されたゴーストの腕や足は、I―ブレインの制御を離れても情報が拡散して消滅するまでのごく短い時間なら自身の構造を単体で維持し続けることが出来る。それを合成された目の前の結晶もまた、脳に一切の負荷を与えること無く存在を維持し続けている。

天啓のような思考。

少しずつ情報を拡散して存在を失っていく結晶の周りに、同じ数だけの別な結晶を生み出して等間隔に配置する。

小さな、針の先はおろかナノマシンよりも小さな極微の結晶が、I―ブレインの認識の中に幾何学模様を描いて整然と並ぶ。これでも足りない。まだ大きすぎる。小さく、もっと小さく。

必要なのは大きさではなく数。ゴーストを構成する情報量を限界まで圧縮し、目には見えない無数の結晶を手のひらの上で操作し――

情報の海に描き出される一筋の光。

……ああ、そうか。

両腕を大きく広げ、闇の空に掲げた。

必要な物は最初から目の前に、手を伸ばせば届く場所にあった。

＊

砲火に埋め尽くされた雪原の片隅に、かすかな光が瞬いた。

その姿を仮想視界の彼方に見下ろし、サクラは息を呑んだ。

周囲の戦場では無数の荷電粒子の砲撃とそれに匹敵する数の空気結晶の質量弾体が飛び交い、その間隙を縫うように数十万の機影と幾つもの土塊の腕と騎士剣の閃きが輪舞する。数百の飛行艦艇の数万の砲口が放つ閃光の奔流が眼下の戦場を眩く照らし、それに呼応するように雪原の光が明滅を繰り返す。

夜の闇に消えゆく家々の明かりのように、頼りなく揺らめく淡い光。

それを背後に従えて、黒髪の少年がゆっくりと前進を始める。

傷だらけの足が一歩進むたびに、光が少しずつ強く、確かな物になっていく。仮想視界を限界まで拡大し、すぐにその正体に気づく。翼のように、あるいは玉座のように、淡青色な空気結晶の集合体が少年の背に広がる。分子運動制御によって生み出される盾や槍のような単一の結晶体では無い。一つ一つが砂粒（すなつぶ）よりも遙かに小さな極微の結晶が幾何学模様を描いて空中に整列し、微細（びさい）な密度の違いによって複雑な紋様（もんよう）を描き出しているのがわかる。

絶え間なく空を染める荷電粒子の光が少年の周囲を照らし、その度に結晶は光を乱反射して一瞬だけ虹色（にじいろ）の波紋を描く。淡く輝く結晶の紋様を背後に従えて、少年が少しずつ、けれども確かな足取りで前に進む。傷だらけの足が雪原を強く踏みしめる度に空中に新たな結晶が出現し、紋様はその結晶を取り込んで拡大する。少年の身長の五倍、十倍、いやそれ以上。際限なく成長を続ける虹色の紋様は大きさと共に密度を増し、いつしか堅牢（けんろう）な氷の壁となって少年の背後にそびえる。

直線と曲線と円を未知の論理に従って整然と組み上げた、幾何学模様の集合体。

一つの微細な構造を繰り返してタイルのように敷き詰め、出来上がった一回り大きな構造をまた繰り返してタイルのように敷き詰める――そのループを無限に連ねたフラクタル構造が屈（くっ）折（せつ）率の微細な濃淡（のうたん）によって周囲の光を乱反射し、取り込まれた光が結晶の内部を複雑な軌跡を描いて流れ去る。

目を凝らしてよく見れば、全体では一つの堅牢な結晶のような集合体は、細部では絶えず構造を変化させ続けていることがわかる。結晶一つ、いや、おそらくは結晶を構成する空気分子一つの単位。微細な変化が際限なく組み合わさることで紋様は全体で一つの精巧な機械のようにめまぐるしく姿を変え、その度に闇の中に淡い虹色の光を散らす。

爆発と閃光と剣戟にまみれた戦場の中、一人の炎使いの少女が足を止め、はじめて少年をまともに見る。周囲の魔法士達が少しずつそれにならい、黒髪の少年と、その背後に広がる巨大な氷の紋様を凝視する。上空を飛ぶ無数の空中戦車と軍用フライヤーの編隊が同じように動きを止める。飛行艦艇から絶え間なく響いていた砲撃の音が途絶える。

戦場の全体を満たす一瞬の静寂。

炎使いの少女が自分の身長の十倍を上回る巨大な空気結晶の槍を生成し、雪原の彼方の少年めがけて撃ち放つ。

少年の背に広がる氷の紋様の内部を、幾筋もの光が走る。水面に浮かぶ波紋のように、あるいは演算機関を流れる電子の光のきらめきのように。炎使いの少女と少年を隔てるちょうど中間の位置で地表が隆起する。凍土を割いて突き出た数百、数千の土塊の腕が空気結晶の槍に絡みついてその運動量を残らず分散し、地に叩きつけて粉々に打ち砕く。

二千の魔法士の軍勢が、一人残らず身構える。

数十万の機影の数十万の砲口が、一つ残らず雪原の彼方の少年を照準する。

放たれた無数の荷電粒子の光が闇に閉ざされた地上を陽光よりもなお明るく照らし出す。数万の空気結晶の砲弾と数十万の紫電の奔流が少年めがけて降り注ぐ。瞬間、少年の背にそびえる氷の紋様に幾筋もの光が走る。すさまじい情報量に仮想視界が一瞬歪んだような錯覚。おびただしい数の空気結晶の盾と土塊の腕が少年の周囲数百メートルの領域を半球型に取り囲み、雪原その物を消し去るほどの衝撃を備えた攻撃の嵐を一つ残らず打ち払う。

地下の演算機関を失う前に少年が見せた大規模な情報制御演算——いや、その比では無い。いったいどれほどの数の並列処理が同時に行われているのか、同じく『並列』の能力を手に入れたサクラにもまるで判別することが出来ない。

数千、数万と出現した淡青色の盾と暗色の腕はそれぞれが完全に不規則の独立した運動で少年の周囲を間断なく旋回し、降り注ぐ全ての攻撃を一つたりとも余すこと無く防ぎ止める。人形使いの一団が見上げんばかりの巨大な腕を数十同時に生成し、数千の空気結晶の盾を力任せに叩きつぶす。砕けた全ての盾が瞬時に再生成して同じ数の淡青色の槍に姿を変え、巨大な腕をあらゆる角度から滅多刺しに刺し貫く。氷の紋様の内部に光が走る。それを危険と見て取ったのか、数十人の騎士が剣を構えて一斉に地を蹴る。

自己領域の球形の揺らぎに包まれた騎士の姿が戦場の各所で同時に消失。ほんのわずかのタイムラグも無く少年の頭上、そびえる淡青色の巨大な壁の前に出現し——

完全にタイミングを合わせて響く数十の金属音。

虚空に突如として生成された数十の空気結晶がそれぞれの騎士が手にした剣と同一の形状に

姿を変え、振り下ろされる刃の一撃を正面から受け止める。

騎士達が驚愕の表情と共に再び半透明な球形の揺らぎをまとい、眼下の少年目がけて跳躍しようとする。同時に氷の紋様を走り抜ける幾筋もの光。騎士達を包み込もうとしていた自己領域が空気結晶の刃の周囲に展開された自己領域によって相殺され、重力制御の支えを失った体が雪原に向かってゆっくりと落下を開始する。

……なんだ、これは……

I―ブレインのデータ処理と南極衛星内部の膨大な演算リソースを併用し、サクラは地上で展開される不可解な現象の解析を試みる。少年が地下に敷設した演算機関は連合側の攻撃によって残らず破壊された。もはや『魔法』の種は尽きた。情報制御の補助となる物はどこにもない。にもかかわらず、現に少年は通常の魔法士の数十、数百人規模の膨大な量の情報制御を同時並列に行使し、戦場その物を消し飛ばさんばかりに降り注ぐ膨大な熱と衝撃と運動量を地表に開いた大穴のように呑み込み続ける。

少年の背後、そびえる巨大な空気結晶の壁はいよいよ高く、歪に突き出た頂上部分は上空三百メートル付近を飛ぶ空中戦車と同高度にまで達する。壊れて砕けたシリコン基板をつなぎ合わせて城壁に見立てたような、秩序と混沌を一つのフラクタル構造の中に閉じ込めた前衛芸術のようなその偉容。際限なく拡大を続ける広大な紋様を無数の光が絶えず駆け巡り、樹枝の先端のように突き出た結晶の端点に到達した光がまた新たな結晶を空間に生成し――

「……まさか……」

小さな呟き。

仮想の視界の向こうで行われている途方もない作業、少年の背に広がる巨大な氷の紋様の正体に、サクラはようやく気付いた。

*

――分子運動制御に仮想精神体を付加し、「自立稼働するマクスウェルの悪魔」を作成する。このプログラムを極小サイズ――空気分子一個を特定の空間座標に固定するだけの機能しか持たない限界の最小容量で起動する。

デーモンが分子を保持している状態を「1」、していない状態を「0」と定義すれば、これは数学的に一ビットの記憶素子と同値となる。二つで二ビット、八つで一バイト、一立方メートルの空間に存在する全ての空気分子に同じ能力を与えればおよそ四百万エクサバイトの記憶素子。その容量は一人の魔法士がI―ブレインの中に保持することが可能な情報量の理論上の限界値を容易く凌駕する。

隣接するデーモン同士で互いに手をつなぎ合わせ、「自分の隣のデーモンの状態」に応じて1と0を切り替えるように指示を与えれば、これは最も単純な論理ゲートとして機能する。分子の存在と非存在を確率密度の揺らぎとして重ね合わせ状態に分割すれば、これは量子コンピュータを構成する最小要素と見なすことが出来る。論理和、論理積、否定、排他的論理和。あらゆる数値演算の基本となる構造を無限に組み合わせ、あるべき論理に従って拡張する。

中枢となる演算領域、長期記憶領域、短期記憶領域、信号の伝達を司る制御領域、それを情報の海につなぎ合わせる接続領域。幾つもの機能に細分化され、モジュール化されたパーツを繰り返しの基本単位とし、それを並列接続することで演算速度を指数関数的に増大させる。

空気分子わずか一つの有無を制御する極小のデーモン。

その無数の集合体によって仮想的な演算装置を構築し、本来なら脳内で行われるべき情報制御演算を脳の外側に取り出し、肩代わりさせる。

単純に考えれば、そんな処理は何の意味も持たない。デーモン一つの存在を維持するために必要な情報は空気分子一つが保持することが可能な情報の一兆のさらに一兆倍。分子一つを制御下に置く度に脳には膨大な量の負荷が蓄積し、収支は常にマイナスの方向に転がり続ける。

だが、この極小のデーモンは、演算結果を保存する。

仮想精神体がI－ブレインのサポート無しに存在できる時間、およそ十秒——その間、このデーモンは脳の本来の演算速度や記憶容量を一切消費すること無しに、脳が行うべきであった処理を引き受け、継続させることができる。

複数のデーモンによって構成されたクラスターはあるサイズを超えた瞬間から自身の演算速

度だけで自身の構造を維持することが可能となり、あるサイズを超えた瞬間から自律的に自身の構造を拡張し始める。それはあるサイズを超えた瞬間から演算結果を情報の海に出力することが可能なだけの演算速度を獲得し、あるサイズを超えた瞬間から本体たる魔法士のI―ブレインの外部拡張端末として任意の情報制御を行使し始める。

（――疑似演算機関、展開完了）

情報の海を満たす、無限の光。

錬は真紅の刃を目の前に掲げ、降り注ぐ砲火の彼方、世界の全てを呑み込む「戦争」その物に向かって突きつけた。

（――情報制御演算制御デーモン『アルフレッド・ウィッテン』、起動）

＊

地平の果てまでを覆い尽くす闇の戦場を、不可視の楔が穿った。

仮想視界の先で展開されるその壮絶な光景を、サクラは庭園に立ち尽くしたまま呆然と見つめた。

視界の中心、砲弾と砲撃の雨とおびただしい量の瓦礫を従えて、黒髪の少年が一歩、また一歩と足を進める。少年が一つ進むたびに背後にそびえる氷の紋様――いや、空気分子によって構成された超高密度の演算機関の内部を光が走り、新たな情報制御が周囲の空間に発現する。

　飛行艦艇に匹敵するサイズの空気結晶の盾が数十層を連ねて空中に析出し、照準を重ね合わせて同時に放たれた数千の荷電粒子の砲撃を残らず受け流す。衝撃に噴き上がった無数の瓦礫が瞬時に同じ数の灰色の腕に姿を変え、地を這うようにして迫る人形使い達の巨大な『腕』を受け止める。雨あられと降り注ぐ空気結晶の砲弾が膨大な熱量にさらされて瞬きする間もなく昇華する。空間曲率制御によって生まれた重力の歪みが水蒸気爆発の衝撃を呑み込み、虚空の彼方へと弾き飛ばす。

　無数の瓦礫の腕が、無数の空気結晶の盾が、二つの軍勢を北と南に——それぞれの本来あるべき場所へと押し戻す。

　吹雪の平原を一直線に東西に裂いて、戦場を正確に二分する形で境界面が設定されていく。

　砲撃を続ける飛行艦艇の戦列の後方から、十二隻のノイズメイカー搭載艦が進み出る。艦艇それ自体と同サイズにまで展開された巨大なアンテナパネルがかすかな唸りを上げ、特異なノイズ構造を伴った電磁波が眼下の少年めがけて照射される。同時に少年の背後の論理回路に光が走り、現れた十二本の巨大な空気結晶の槍が十二隻の飛行艦艇めがけて放たれる。

　アンテナパネルが出力を増し、情報構造を乱された槍が表面から崩壊を始める。が、次の瞬間空中に巻き起こる大爆発。後方から熱量を叩き込まれた空気結晶の槍が瞬時に膨張拡散し、衝撃波と共に内部に封入されていた金属粒子を周囲の大気にまき散らす。

高速で飛散する金属が電磁波の構造をかき乱し、ノイズの影響を減衰させる。その後方、新たに撃ち出された十二本の槍が表面を崩壊させながらそれぞれの目標の艦艇に到達し、ノイズ照射用のアンテナパネルだけを正確に破壊する。

あらゆる防御をかいくぐってとうとう少年の目の前にまで到達した五人の騎士が、手にした剣を次々に振り下ろす。少年の手に光る真紅のナイフが翻り、体の五箇所を狙って放たれた五筋の斬撃を同時に弾き返す。第一級の騎士によって放たれる通常の五十倍速の斬撃より、ナイフの閃きはなお速い。その間にも空気結晶の盾は少年と背後の論理回路を取り囲んで旋回を続ける。数千と折り重なった盾は今やそれ自体が重厚な壁となり、賢人会議とシティ連合、二つの勢力の間に物理的な空白を生み出していく。

双方の軍勢はもはや互いを攻撃することを忘れ、持てる戦力の全てを一人の少年へと叩きつける。数千、数万、それ以上。少年どころか足下の平原その物を破壊しかねない威力の攻撃がたった一つの目標めがけて片時も止まることなく降り注ぎ続ける。

その全てが、少年にかすり傷一つ付けることすら敵わない。

それはもはや一つの要塞、一つの城。

全ての攻撃を受け止め、消し去りながら、少年は戦場の中心を目指してただ真っ直ぐに進軍を続ける。

……なんという……

自分が両手を握りしめていることにサクラはようやく気付く。少年が行っているのがどれほど困難でどれほど途方もない作業か、他の誰にわからずとも同じ悪魔使いであるサクラにはわかる。少年の背に広がる論理回路は確かに情報制御を肩代わりしてくれるだろうが、「論理回路自体を生み出す負荷」までは背負ってくれない。あれほどの規模の論理回路を生み出す作業自体がどれほど繊細でどれほど気力を削るか、考えただけで気が遠くなる。

それに、現在の少年のI―ブレインはあの巨大な論理回路と――自分よりも遥かに高密度の情報構造体と常に接続された状態にある。暴走したマザーコアを制御しようとしたあの少女と同じ。ほんのわずかでも操作を誤れば論理回路の情報は「天樹錬」の情報を容易く呑み込み、良くても人格の消失、下手をすれば脳それ自体が過負荷によって壊死しかねない。

そもそもあの論理回路にしたところで、あれほどのサイズに成長しなければ脅威とはなり得ない。論理回路が自身の構造を維持しつつ外部に情報制御を行うためには相応の演算速度が必要であり、そのためには十分な演算速度を実現可能な規模にまで空気結晶のクラスターを成長させなければならない。

要は、それまでにあの結晶を物理的に破壊するなり、ノイズメイカーによって情報制御を阻害するなりしてしまえばいい。論理回路の構築に能力を振り向けている少年は、外部から加えられる攻撃に対して本来の性能を発揮することが出来ない。決して万能の能力では無い。あの論理回路のサイズが一定値を超える前なら、擬似的に構築された演算機関の処理速度が臨界に達する前なら、対処法など掃いて捨てるほどある。

――だが、既に展開は為された。

立体映像ディスプレイの向こうにそびえる巨大な空気結晶の紋様――そこに秘められた演算能力が果たして天樹錬自身の何百人分に匹敵するのか、同じ悪魔使いであるサクラにも推算することすら敵わない。

……天樹錬、貴方は……

無意識にサクラは前へと歩き出す。色とりどりの花々に彩られた衛星内部の庭園。透明な天蓋の向こうで陽光が輝く。柔らかな人工の風に吹かれて、木々の梢がざわめきを立てる。

「……見ろ、真昼」

少女の口元に浮かぶのは、賞賛の笑み。

サクラは携帯端末をそっと取り出し、両腕で胸に抱きしめた。

「貴方の弟が、奇跡を起こしにやって来たぞ」

＊

果てしなく広がる淡青色のきらめきが、闇と焦熱に閉ざされた戦場を天の星々のように満たした。

錬は周囲三百六十度を取り囲むように展開した二十三万八千枚の空気結晶の盾を幾重にも重ねて旋回させ、あらゆる方角から間断なく叩きつけられる膨大な熱と衝撃を一つ残らず防ぎ止めた。

数百の砲弾を放った炎使いの少年が、地表に下りたって憔悴したように息を吐く。その方角に左手を巡らせ、空気結晶の壁を少しだけ前進させる。少年が気圧されるように一歩後ずさる。その前に滑り込んだ人形使いの青年が数百の土塊の腕を地中から出現させ、目の前の壁に振り下ろす。衝撃がノイズとなって視界に二重映しのステータス表示を走り抜ける。

東西におよそ百キロ、歪な半球型に展開した防御陣形のあらゆる場所にあらゆる種類の攻撃が絶え間なく激突し、その度に膨大なエラーメッセージが視界を満たす。

脳内には嵐のような情報の奔流。背後の論理回路からもたらされる常軌を逸した量のデータはシナプス神経を濁流のように襲い、ほんの少しでも気を逸らせば意識を根こそぎ抉り取られそうになる。

その嵐を束ね、論理演算によって絡め取り、しかるべき場所へと押し流す。

雲霞のごとく押し寄せる攻撃を一つ残らず防ぎ止め、割り裂き、自分を中心にして戦場に生まれた緩衝地帯を少しずつ押し広げていく。

北には飛行艦艇を中心に数十万の航空戦力を束ねたシティ連合の艦隊。南には一人一人が一騎当千の戦力を備えた二千人の魔法士の大部隊。双方の軍勢は持てる戦力の全てを目の前を遮る戦場の空白に叩きつけ、境界線を食い破ろうと死に物狂いで襲い来る。

その向こうに待ち受ける自分達の本来の敵を打ち倒し、友の、家族の、子供達の未来を切り開くために。

この戦場に集った全ての者達が、絶望にまみれたこの世界に一筋の光を繋ごうと足掻き続けている。

彼らの行いの正しさを、押し寄せる情報に翻弄され続ける意識の端に思う。人類も魔法士も、どちらも同じ。彼らにとってこの戦いは命をかけるに値する聖戦であり、それを妨害する自分は許されざる大罪人であるのだろう。

……だけど、それでも。

それでも、全ての人の幸福を願った誰かがいる。

それでも、誰もが手を取り合う世界を祈った誰かがいる。

あるいはそれは、この戦場に集う者達にとっては一笑にすら値しない妄想であるのかも知れない。世界にはもはや選択の余地などない。何かを得るためには何かを犠牲にしなければならない。何もかも上手くいって、誰も傷つかなくて、みんなが幸せになるような都合のいい答などこの世界には用意されていないのだと彼らは嘆くのかも知れない。

それはあり得ない答。

幼い子供が見る、砂糖菓子のような甘い夢。

――けれど。

けれど、その夢を見る者が本当に一人もいなくなったら、世界はどこに向かうのだろう。

……そうだ、僕は……

夢を見に、ここに来た。

遠いあの日、アルフレッド・ウィッテンが、アリス・リステルが、アニル・ジュレが、天樹真昼が描いた夢の続きを見に、この最果ての戦場まで来た。

わかっている。ここで戦争を止めたとしても、世界の置かれた状況は何も変わらない。空には全ての人々の未来を閉ざす雲があり、その向こうには青空を取り戻すためのシステムがある。I―ブレインを持つ魔法士と持たない人類の間に和解など永遠に成立し得ないのかもしれない。生き続けることが生物としての第一の行動原則ならば、誰かを押しのけなければ明日を手に入れることが出来ないのなら、ためらわずに引き金を引くのがこの世に生を受けた者の義務なのかも知れない。

だが、と胸の奥の火が叫ぶ。

だが、それなら何故、人は祈るのか。

人は何故、見も知らぬ誰かに手をさしのべるその行いを、美しいと感じるのか。

ここにあるのは究極の選択。あなたが死ぬか私が死ぬか。その問いの前にあらゆる感傷は無意味なのかも知れない。用意された椅子が最初から一つしか存在しないなら、手を取り合う道など決して存在し得ないのかも知れない。だが、それでもこの足は走り続ける。多くの死を見て、多くの嘆きを見て、それでもなお胸の奥の火は叫び続ける。

誰もが手を取り合う世界を作ることが出来ないのなら――

せめて「誰もが手を取り合えないことを誰もが嘆く」世界を作れと。

日々の幸せを甘受しながらも、同時に「今幸せではない」誰かのことを心の片隅に思い描く。時には名も知らぬその誰かのために涙を流し、平等ではない世界に憤る。

マザーコアとして死にゆく少女の運命に抗ったかつての神戸の指導者のように。

人々の安寧を願ってその身を捧げた天使の少女のように。

きっと、多くの人がその行いを偽善と嗤うだろう。正しく、合理的に、自分の生存に最適な選択をするよう諭す者がいるだろう。だが、それでもこの世界には祈りがあり、この体には涙を流す機能がある。ならば、この体を動かすのはそんな正しさばかりでは無いはずだ。世界をここまで進めてきたものは、祈りや、願いや、誰かのほんの小さな夢であったはずだ。

そんな祈りを、夢を、砂糖菓子のような願いを守るために。

今ここで、「人類」と「魔法士」を互いの敵とすることは許されない。

数十隻の飛行艦艇がとうとう船体を加速し、立ち塞がる空気結晶の壁に対して突撃を開始する。すさまじい量のノイズが脳内を駆け巡り、音速を遥かに上回る大質量の物体が情報制御によって編まれた壁に正面から激突する。折り重なった数千の結晶の盾が次々に砕け散る。砕けた盾を片っ端から再生成し、押し寄せる膨大な運動エネルギーを残らず受け止める。

接触した装甲の表面を介して、シティ連合軍の通信回線と接続が確立する。

無数に飛び交う情報の中に、誰かが放った叫びを聞く。

『なぜ突破できん！　相手はたった一人の魔法士だぞ！』

小さな笑みが口元に浮かぶのを感じる。今の自分は確かに一人。だが一人でここまで来たのでは無い。地下施設の培養槽の羊水の中で生まれ、兄と姉に拾われて育てられた。神戸を巡る事件で少女に出会い、それから幾つもの出会いがあって幾つもの別れがあった。多くの場所に行き、多くの人に会った。その全てが自分を動かし、この場所まで連れてきた。

……世界中の人間が助かるような都合の良い答があるなら言ってみろ！

それは、滅び行く神戸の街で立ち塞がった黒衣の騎士の言葉。

男は自分に、この世界で何かを選択する意思を問うた。

……覚えておいてください。最後に人々を動かすのは、理を越えた、その先にある物です。

それは、マザーコアとして人々のために命を捧げた炎使いの男の言葉。

男は自分に、自らの選択に対する覚悟と責任を問うた。

……人間は何かを犠牲にしないと幸せになれないのか、そんなにつまらないものなのか、僕らは今、その瀬戸際にいるんだ。

それは、志半ばで凶弾に倒れた兄の言葉。

青年は自分に未来を、明日を夢見るのを諦めないことを教えた。

それらの全てを抱えて、自分はこの場所に立っている。

たくさんの手が、たくさんの言葉が、この背中を支えている。

一人だけど、一人では無い。

一人では無いから、倒れない。

際限なく生成を繰り返す空気結晶の盾が、とうとう飛行艦艇の動きを完全に押しとどめる。全長数百メートル質量数十万トンの巨大な鋼鉄とチタン合金の塊が、圧力に抗しきれなくなったように少しずつ自分達の領域へと退いていく。荷電粒子の砲撃の光が空を眩く染める。雲霞のごとく押し寄せる空中戦車とフライヤーの数十万の機影。それに呼応するように、南方の賢人会議の軍勢が再び進軍を始める。

錬は目を閉じた。

真紅のナイフを高く頭上に掲げ、I－ブレインの処理に意識の全てを集中した。

＊

視界を覆う淡青色な光のきらめきが、降り注ぐ荷電粒子の光のことごとくを受け流した。

メインディスプレイに映し出されるその光景を、オペレーターは呆然と見つめた。

モスクワ自治軍所属、四百メートル級戦艦『クズネツォフ9』第一司令室。隣席の分析官をはじめ、艦内の他のクルーは必死の形相で目の前の操作端末を叩き続ける。その姿にゆっくりと視線を巡らせ、もう一度メインディスプレイを見上げる。眼下に広がる戦場の中心、複雑な紋様が描かれた淡青色の巨大な壁を従えて、黒髪の少年が悠然と頭上の艦隊を見上げる。少年が両手を軽く動かすたびに周囲を取り巻くおびただしい数の空気結晶とゴーストの腕が高速で旋回し、あらゆる攻撃を防ぎ止め続ける。

「——状況報告——！」

司令室の中央、一段高い席から艦長の怒声が飛ぶ。慌てて中央司令部からもたらされる戦況報告に目を通し、愕然として艦長を振り返る。

「どうした！　報告を！」

「……戦場はあの魔法士——識別名『天樹錬』によって完全に分断されています。我が軍も賢人会議側も共に突破を試みていますが今のところ戦果は無し。当該魔法士の再起動以降、当方の損害状況は……」

言い淀む。

艦長に視線で叱責され、オペレーターは意を決して、

「我が軍の損害は空中戦車の中破一、小破三のみ。死者及び負傷者はゼロ。賢人会議側も同様であると思われます」

ゼロ、という言葉に司令室内の士官達が戸惑ったように顔を見合わせる。

オペレーターは立ち上がり、今度こそ真っ直ぐ艦長に向き直る。

「作戦士官の一人として、戦闘行動の一時停止と当艦の後退を進言します」

「……後退、だと？」

呟く艦長の声が怒気を孕む。隣席の分析官がやめろというように腕を引く。

それを無視して、一歩前に進み出る。

自分でも理解できない衝動が、体を突き動かす。

「あの魔法士の再起動以降、両軍にほぼ損害は発生していません。彼は攻撃行動を一切行っていない。ただあの場所にいて、全ての攻撃を受け止め続けているだけです」

メインディスプレイの向こう、闇空を貫いて、荷電粒子の光が走る。

その閃光を背景に、オペレーターは司令室内の一同をぐるりと見回し、

「小官には判断できません。……あれは、本当に私達の『敵』なのですか？」

艦長が座席を蹴って立ち上がり、青ざめた顔で大股にオペレーターに近寄る。が、怒りと共に開かれた口が言葉を発するより早く、司令室の後方、通路につながる隔壁の向こうから複数の足音が響く。

音も無くスライドする三重の隔壁の向こうから飛び込む、数十人のモスクワ自治軍の将兵。

その半数がこの艦のクルーで、残りの半数が別の部隊に所属しているはずの兵士であること

を、オペレーターは瞬時に理解する。

何事だと叫ぶ艦長の前で、兵士の一団が大きく二つにわかれる。整然と列を為す兵士達の回廊の向こうから、白いジャケットを羽織った白髪の少年が進み出る。

その姿に、その場の全員が息を呑む。

少年はどこか照れたような笑みを浮かべて士官達を見回し、

「勝手に乗り込んですんません。――幻影No.17、現時刻をもってモスクワ自治軍本隊に復帰します」

艦長が反射的に最敬礼の姿勢を取り、自分の行動に驚いたようにその手を振り下ろす。すでに初老の域に達したその顔にあらゆる感情が一瞬のうちに浮かび、艦長は傍らの机に手をついてかろうじて体を支える。

少年がその姿に何か言いかけ、無言でただ一度だけうなずく。

幻影No.17は司令室の中央まで歩を進め、メインディスプレイの向こうの戦場を背景に振り返り、

「ここにおる人の半分くらいは、おれが生きてるかも知れんいう話を聞いてたと思います」幾人かの士官に目配せし「そのうちの何人かの人には、実は前からお願いしてた、て聞いてます。おれを助けて欲しい、この戦争を止めるんに力を貸して欲しい、て」

合図を送られた士官が立ち上がり、持ち場を離れて司令室の入り口付近で銃を構える一団に

加わる。今度こそ目を見開く艦長と他の士官達を幻影(イリュージョン) No.17はもう一度見回し、

「何が正しいんか、これで上手くいくんかはおれにもわかりません。けど、おれはみなさんに恩を着せに来ました。おれがこれまで皆さんを助けてきたこと。もしそれを覚えててくれるんやったら、一度だけ力を貸してくれませんか。世界がどうとか人類がどうとかそんな大層な話やなくて、おれも皆さんもどっちも生き残るように……そのために、戦(たたこ)うてくれませんか」

砲撃の光に幾度(いくど)も照らされるメインディスプレイを背景に深々と頭を下げる少年。

と、自席で呆然とうつむいていた分析官が、幽鬼(ゆうき)のような形相で立ち上がる。

男は震える手でホルスターから小銃(しょうじゅう)を引き抜き、司令室の中央の少年に突きつける。入り口付近の兵士達が瞬時に顔色を青ざめさせ、手にした全ての銃を分析官に照準する。囁き合う兵士達の言葉から、今の幻影(イリュージョン) No.17が蓄積疲労の限界であり情報制御が使えないことを察する。とっさに駆け寄ろうとする手を誰かの細い手が掴む。振り返った先、見覚えのある女性の将校が大丈夫というふうに首を左右に振る。

思考が一瞬空転し、すぐに目の前の女性の正体に思い至る。

『計画者(プランナー)』ケイト・トルスタヤ中将。

国家反逆の容疑で軍刑務所に囚(とら)われていると噂されていた女性が、手の動きで背後の兵士達に銃を下ろすよう促(うなが)す。

全員の視線の向かう先、幻影(イリュージョン) No.17は突きつけられた銃口(じゅうこう)の輝きとそれを手にする男の

顔を静かに見比べ、

「お久しぶりです、キリル少尉」

「……今は大尉だ」

何かを堪えるような表情で、分析官が短く答える。

少年は、そうですか、と笑い、

「あの時助けた、テロリストの人質になってた女の人、どないしてますか？」

愕然とした顔で、分析官が引き金を引く指を止める。

覚えていたのか、と呟く男の手が小刻みに震えだし、

「元気にしている。……あれからしばらくして、結婚した」

「知ってます。……すんません。結婚式の招待状もろたのに、任務が忙しくて」

良いんだ、と男が視線をうつむかせ、

「……来月、子供が生まれる」

「そうですか」

「……医者の話では、男の子だそうだ……」

「そら、良かったですね」

ああ、とうなずいた分析官の手が、力無く垂れ下がる。

安全装置をかけた小銃を机の上に置き、分析官が崩れるように椅子に座り込む。

少年が慌てた様子で駆け寄り、男にねぎらいの言葉をかける。代わって司令室の中央に進み出るのはトルスタヤ中将。明滅を繰り返す荷電粒子の光の中、すらりとした軍服のシルエットがいまだに動けずにいる艦長の前で立ち止まる。

静かに差し出される、白く細い手。

艦長はその手をしばし呆然と見つめ、諦めたような、けれどもどこか晴れやかな顔で、艦の最終意思決定権を表す立体映像の認証コードを差し出す。

メインディスプレイの向こうでは、激しさを増し続ける戦火の光。

トルスタヤ中将は右手を真っ直ぐ掲げ、戦場の彼方、境界線にただ一人で立ち続ける魔法士の少年を示した。

「従えぬ者は速やかに艦を下りてください。——これより、当艦はシティ連合の指揮系統を離れ、停戦に向けた独自の作戦行動を開始します」

＊

絶え間なく砲撃を繰り返していたシティ連合の艦隊に、変化が生まれた。

その姿をI—ブレインによって補正された視界の彼方に見上げ、ディーは両手の剣を強く握りしめた。

闇空に整然と並ぶ二一八隻の飛行艦艇の戦列の右翼側、一隻の飛行艦艇が陣形を離脱して前進を開始する。周囲を飛び交う空中戦車の編隊に混乱が生じる。飛行艦艇は友軍のあらゆる制止の行動を無視して直進を続け、そのまま、立ち塞がる空気結晶の壁の中央に生じた穴を通過する。

全長四百メートルの鋼鉄とチタン合金の塊が、黒髪の少年の頭上で一八〇度回頭する。

数分前まで少年に向けられていた二三七門の荷電粒子砲の砲口が、彼方に浮かぶシティ連合の艦隊を照準する。

その動きに呼応するように、さらに数隻の飛行艦艇が戦列を離れて前進を開始する。数千の空中戦車と数万のフライヤーの編隊がその周囲に付き従って共に同じ方向を目指して進む。動きが加速する。為す術無く見送る僚艦の砲口の前を悠々と横切り、モスクワ自治軍の飛行艦艇が次々に離脱していく。

全部で二十七隻――モスクワが擁する飛行艦艇全体のおよそ五割。

少年の頭上で円形の防御陣形を組んだ暗緑色の艦艇が、砲口の半数を後方の賢人会議に向け、残る半数を前方、かつての友軍に照準する。

「……なに？……どうなってんのよ、これ……」

後方に立つ人形使いの一人が呆然と呟く。状況が理解出来ない様子の仲間達を置き去りに、左右の剣を鞘に収めてディーは走り出す。

見上げた先、砲火の光の隙間を縫って降下する一機の輸送用フライヤー。

頭上を飛び交う空気結晶の盾がその周囲を取り囲み、機体を流れ弾から守る。

雪原に降り立ったフライヤーの側面のドアがスライドする。絶え間なく繰り返す砲撃音の中に小さな足音を響かせ、金髪をポニーテールに結わえた少女が今にも泣き出しそうな顔で飛び出す。

「ディーくん――!」

少女の叫び。

駆け寄る小さなその体を、ディーは強く抱きしめる。

「……お帰り、セラ」

「ただいま……ただいまです、ディーくん!」

少女は細い両腕を精一杯のばし、飛びつくようにして首に抱きつく。柔らかい小さな唇が、戦場の熱気に乾いた唇に不器用に押しつけられる。息をすることを忘れる。数十秒。少女はゆっくりと唇を離し、急に恥ずかしくなった様子で視線を逸らす。

と、フライヤーから幾つもの拍手の音。

少女の後に続いて降り立った魔法士の子供達が笑顔で手を叩いて口笛を吹く。

『――何をしている、ディー』

不意に、脳内に怒気を孕んだ声。

仮想視界の向こうから険しい表情で見下ろすサクラに、ディーはイメージの中で真っ直ぐに向き直り、

「……ここまでだよサクラ。ぼくはもうこの作戦には、組織の方針には従えない。ぼくは、この戦争を止める方に回るよ」

決然と放った言葉に応えるように、周囲で戦いを繰り広げる賢人会議の魔法士達の中から幾つかの人影が飛び出す。子供達を中心に全部で三十二人。集まった魔法士達はディーとセラを中心に円陣を組み、守るようにそれぞれの武器を構え、あるいは生み出す。

『……愚かなことだ』サクラは傲然とディーを見据え『その選択の先に何がある？　人類を滅ぼし青空を取り戻す、その道を拒絶してどんな未来が得られる。仮に人類と和解が成ったとしてもそんな物はただの仮初めの安寧だ。必ず再び、貴方は彼らと争うことになる。後悔する日が来るぞ』

「そうだね」

うなずき、腕の中のセラをそっと地面に降ろす。

少女の青い瞳をまっすぐに見つめ、柔らかな金髪を手のひらで撫で、

「でも、それは今日じゃない。……今、ぼくの前にセラがいること。それに代えられる物なんてこの世界には何も無いんだ」

ようやく状況を察したらしい賢人会議の魔法士達が戸惑うように表情を歪め、それでも覚悟

を決めた様子で高速で迫る。先頭に立つのは人形使いの青年、カスパル。地表から突き出た幾本もの土塊の腕がのたうつ蛇のように身を翻し、頭上から雪崩を打って叩きつけられ——

その目の前に出現する空気結晶の盾と、一本の巨大な氷塊の腕。

駆け寄る二つの人影に、セラが驚いたような声を上げる。

「ソニアさん？　それにサラさんも……」

少女の問うような視線に、ディーは首を左右に振る。共に戦ってくれそうな仲間の何人かに協力を要請はしたが、その中に二人は含まれていない。特にサラは、人類を滅ぼすこと自体には同意していたはずだ。

「どうして……」

「だって、こっちの方が面白そうなんだもの」ディーの無意識の呟きに答えて炎使いの女性、ソニアが笑い「サクラには悪いけど、やっぱり何人殺すとか誰かを滅ぼすとかそういうのって気分が乗らなくって。だからちょっとだけお手伝い。ね？」

「これが正しい選択なのか、私には分かりません」その隣で人形使いの少女、サラがため息を吐き「ですが、これほどの数の仲間が戦争に反対するというなら、それは賢人会議の総意とは言えません。……これでは戦えない。セラ、あなたが私達のもとを去った時に、私達はもっとよく話し合うべきだったのです」

空気結晶の盾と氷塊の腕が、無数に叩きつけられる攻撃を次々に弾き飛ばす。第一級の魔法十二人が寝返ったことで、賢人会議の動きにさらなる動揺が広がる。

人形使いの青年カスパルが動きを止め、土塊の腕を構えたまま為す術無く立ち尽くす。

『何をしている。彼らは今や我らの敵となった。――攻撃を、進軍を。戦争はまだ始まってすらいないのだぞ』

脳内で響くサクラの叫びに応える者はいない。

吹雪の戦場を風が吹き抜ける。

ディーとセラはどちらからともなく腕をのばし、互いの手を強く握り合わせた。

*

闇空を焦がす砲火の光が、急速に薄らぎ始めた。

四つのシティの指導者が見つめる先、連合軍の艦船は次第に攻撃の手を止め、背後のベルリン跡地の「塔」へと少しずつ後退を始めた。

立体映像ディスプレイの向こうに広がるその光景を前に、ルジュナは椅子の肘掛けを強く摑んで今にも立ち上がろうとする体をかろうじて引き留める。たった今、目の前で起こったことが信じられない。いや、事前に少年から作戦案は聞かされていた。ニューデリー自治軍に後退の指示を出したのもルジュナ自身だ。それでもこんなことが本当に起こりうるとは想像すらしていなかった。ただ、何かを為そうと足掻く少年の姿に出来る限りの敬意と誠意を示したに過ぎなかった。

胸が苦しくて、ただ座っていることが出来ない。

得体の知れない衝動が、早く動き出せと全身を突き動かしている。

『――小僧め、やりおったわ！』

力強い拍手の音が仮想の円卓に響く。リン・リー首相が興奮した様子で両手を何度も強く打ち合わせる。

数秒。

男はルジュナの視線に気付いた様子で急に動きを止め、咳払(せきばら)いして一同を見回し、

『さて、こうなってしまった今、我らは決断せねばならん。諦めて一度兵を引くか、すでに制御を失ったこの戦争をあくまでも継続するか』

男の視線が円卓の向かい、モスクワのセルゲイ元帥を捉える。

『是非(ぜひ)もあるまい』この戦争の総指揮官を務める初老の軍人は深く息を吐き『情けない話だが、我が栄えあるモスクワ自治軍はすでに軍隊としての体を成しておらん。二十万の将兵の半数以上が命令を無視し、一人の英雄に従って我らの前に立ち塞がっている。……果たして、このような状況を何と呼ぶべきであろうな』

『心中お察しする』リン・リーがうなずいて円卓の上に両手を組み『どうやら選択の余地は無

いようだ。ただちに全軍に通達を――』

『お待ちください！』

円卓の向こうから遮る声。

ロンドンのサリー首相が端正なその顔に怒りと失望をみなぎらせ、首相専用らしき簡素な装飾の椅子を蹴って立ち上がり、

『みなさま、いったい何をおっしゃっているのです！　多くの裏切り者を出したとはいえ、連合軍はいまだ一兵も損なってはいません。戦争はまだ始まってすらいない。すぐに総攻撃の再開の指示を』

『いや、終わりだ。サリー首相』セルゲイ元帥が巌のような顔を左右に振り『単純な戦力や兵站の問題では無い。この有様ではもはや兵員の士気を立て直すことは出来ん。軍は人あっての物。戦争がまだ始まっていないと言うのなら、我らは戦う前に敗北したのだ』

『何を弱気な――！』

『このような物を見せられては、認めざるを得まい』なおも言い募ろうとするサリー首相をリン・リーが遮り『我らは奇跡を見た。彼らは確かに奇跡を成して見せた。ならば、我らはそれに応えねばならん。たとえ朝には露と消える儚い幻であろうとも、奇跡を目の当たりにした者はそれにふさわしい行いを示さねばならん』

『世迷い言を！』サリー首相が拳を円卓に叩きつけ『多くの兵が死に、多くの無辜の人々が死

んだのです！　このような安っぽいヒロイズムに惑わされて一時とはいえ矛を収めて、彼らの魂に何と詫びるおつもりでしょう！』

「では、ロンドンはあくまでも戦闘を継続すると？」ルジュナは必死の形相で髪を振り乱す女性を静かに見上げ「ニューデリーはすでに戦闘行動を中断しました。この戦争の大義は人類の存続。寝返ったとはいえ敵が同じ人類であるモスクワ自治軍の兵士達では、軍の統制が維持できません」

『いつから世界はそのようなことを言っていられる状況になったのですか！』立体映像で描かれたロンドン自治政府の代表が円卓に身を乗り出してルジュナに詰め寄り『我々にはもはや引き返すべき道など無い。マサチューセッツに残された三千万の難民をどうなさるおつもりですか！』

その言葉を引き金にしたように、椅子を蹴った体が立ち上がる。

ルジュナはサリー首相の射殺すような視線を受け流し、両隣のリン・リーとセルゲイを順に見下ろし、

「マサチューセッツの問題は、ニューデリーが責任をもって対処いたします」

『対処、とは？』リン・リーが訝しげに眉をひそめ『我が国にも貴国にも余剰の生産力は無い。仮に全ての兵器生産を停止したとしても、マサチューセッツに配分出来るだけの資源は……』

「承知しています」

口元に笑みが浮かぶのを感じる。

遠い日、自分に未来を託した兄の姿を思い出す。

「これよりニューデリーは独自の行動を取ります。……サリー首相には意に沿わぬ結果となりましょうが、どうぞご容赦を」

＊

空を埋め尽くしていた砲火の光が、とうとう完全に消えた。

その光景を頭上の遠くに見上げ、錬は小さく一つうなずいた。

すさまじい疲労感が全身を襲い、力を無くした足ががくりと折れる。凍り付いた雪原に倒れるようにして座り込み、呆然と目を見開いたまま一面の闇を見上げる。

ゆっくりと首だけを動かし、振り返る。

背後にそびえる巨大な空気結晶の論理回路が、頂上から崩壊を始める。

淡青色な結晶体がさざ波のように崩れ去り、崩れた端から大気に溶けて消えていく。脳内に積み上がった膨大な量のエラーメッセージを前に仮想の視界の中で途方に暮れる。停止の危険を必死に叫んでいたI－ブレインが、膨大な処理にまみれてとうとうその声を発することすら出来なくなる。

もう、小さなゴースト一つだって生み出すことが出来ない。

空を見上げたまま、頬を撫でる冷たい風の感触に意識をたゆたわせる。

「……やった、のかな……」

呟く声に応えるように、頭上を飛ぶ飛行艦艇の一隻がゆっくりと降下する。地表に降り立った艦艇の側面のハッチが開き、大勢の軍人を従えたイルとシスター・ケイトが姿を現す。

白髪の少年が強くうなずき、親指を立てて見せる。

その姿にうなずき返し、視線を反対の方向に向ける。

ゆっくりと後方に退いていく魔法士達の姿を背景に、ディーとセラが近寄って来るのが見える。互いに手をつなぎ合わせ、うなずき合いながら、銀髪(ぎんぱつ)の少年とポニーテールの少女が並んで錬の前に立つ。

「やったね」

「……うん」

少年の言葉に応えて、もう一度空を見上げる。

頭上を飛び交うモスクワ自治軍の航空灯に照らされて、舞い落ちる雪が繰り返し赤と緑に輝く。

「大変だったね。気分はどう?」

「……ちょっと、良いかな」

　そう、と小さな笑みを返し、ディーが隣に腰を下ろす。その隣にセラが並んで座り、少年の肩に頭を預ける。

「――錬――！」

　不意に遠くで名を呼ぶ声。振り返った先、イルとシスター・ケイトの後方で兵士達のどよめく声があって、ハッチを飛び出した月夜がそのまま地表めがけて数メートルの距離を飛び降りる。今にも泣き出しそうな顔で駆け寄る姉の姿に軽く手を振り、ようやく落ち着いて周囲を見回す。

　飛行艦艇から続々と降り立つ、モスクワ自治軍の兵士達。

　その前に、賢人会議の魔法士達が歩み寄る。

　先頭を行く赤毛の人形使いの少女が、シスター・ケイトと幾つか言葉を交わす。兵士達の中から将校らしき数人が進み出て、ためらいながら少女に手を差し出す。

　交わされる固い握手。

　それを遠くに見つめ、少しの間だけ目を閉じる。

　……やったよ、フィア……

　この道にどんな意味があるのか、どんな結果をもたらすのかはわからない。もしかすると自分がやったことは完全な間違いで、いつか世界中の全ての人が自分を責める日があるのかもしれない。未来は誰にも見えない。良いでも悪いでもなく、ただ選ぶこと。その先に何が待つのかは道を進んでみなければわからない。

だから、今日の自分の行いを誇ることは出来ない。

……だけど、それでも。

錬は息を吐き、ゆっくりと目を開けた。

鉛色の雲に閉ざされた闇の空は、それでも、確かに美しかった。

終章　起動　～Ignition～

照明が絶えた闇の通路に、高い足音が木霊した。

シティ・ニューデリー地下階層。魔法士専用に作られた監獄の静寂を破って、ルジュナは施設の中心、収容区画へと飛び込んだ。

汗で貼り付いた髪を払うこともせず、操作用の端末に駆け寄る。異変に気付いた魔法士達が顔を上げ、次々に収容室の扉に近づく。と、不意に響き渡る甲高い警告音。全ての扉の強制開放を告げるメッセージに、魔法士達は驚いて動きを止める。

次々に開け放たれていく、三百と六枚の扉。

全ての魔法士が通路に進み出て、収容区画の中央、端末の前に佇むルジュナを見下ろす。

「ご無沙汰しています、皆さま」

深く頭を下げるニューデリーの指導者の姿に、その場の全員が顔を見合わせる。

どういうことかと視線で問う魔法士達を、ルジュナは顔を上げてまっすぐに見返し、

「シティ連合と賢人会議の決戦は、両者共に大きな損害の無いまま幕引きとなりました。話し

合いや停戦合意などはまだ何もなされていませんが、ともかく両軍はともに兵を引き、戦いは終わりました」

理解不能な言葉に、魔法士達が目を見開く。

その視線の見つめる先、ルジュナは両手を大きく広げ、

「今日は皆さまにお願いがあって参りました。……ご存じの通り、マサチューセッツは現在ファクトリーシステムを失い、危機的な状況にあります。この問題を解決しない限り和平の道など到底実現し得ない。そこで、皆さまにはマサチューセッツに赴き、難民の生活を支援していただきたいのです」

言葉の意味が浸透するにつれ、魔法士達の顔に戸惑いの色が浮かぶ。

物問いたげな視線を受けて、ルジュナは胸を張り、

「言うまでも無く、この行動はシティ連合の方針を大きく逸脱します。賢人会議との停戦は成立していない。雲除去システムの問題も解決していない。この状況で魔法士である皆さまを自由にし、あまつさえマサチューセッツに送るなど、後に外交問題の引き金となるかも知れません」

小さく一つ、息を吐く。

手のひらを胸に押し当て、言葉を紡ぐ。

「ですが私は……我がニューデリーは、可能性を信じたいと思います。人類と魔法士が再び手

を取り合う世界。皆さまの力でマサチューセッツの人々が救済されることは、その大きな助けとなると信じています」

長い黒髪が、ライトの照明の下に揺れる。

ルジュナは旧い儀礼に則ってもう一度深く頭を下げ、

「身勝手を承知でお願いいたします。……この世界の未来のために、かつてアニル・ジュレが描いた夢のために、どうか皆さまの力をお貸しください」

＊

空から舞い落ちた雪の欠片が、飛行艦艇の外装に落ちて小さな花を咲かせた。

雪は次々に降り積もり、戦火に抉られた地表を覆い隠すかのようだった。

シティ連合と賢人会議の総力を結集した決戦から五日が経って、ベルリン南方の戦場は静寂を取り戻していた。矛先を失った連合の艦隊はそれぞれのシティとベルリン跡地の施設周辺の防衛へと戻り、魔法士達もまたそれぞれの拠点へと帰還した。決戦の機会を失ったことで両軍はすでに継戦能力を失いつつあったが、それでも停戦合意に向けての動きは無かった。互いに対話のチャンネルを見いだせないまま、徒にただ時間だけが過ぎ去っていた。

ただ一人で戦争を止めた魔法士の少年は、その後も戦場の中心に留まり続けた。シティ連合を離脱したモスクワ自治軍の艦艇と賢人会議を離れた魔法士の一団は少年に従い、その場所にはいつしか軍の駐屯地のような、小さな町のような空間が形成されていた。決戦の翌日には各国の軍を離反した兵士と新たに組織を離脱した魔法士が加わり、町の規模はさらに膨れあがった。どこかから流れ着いた難民の一団が、その集団に加わった。人類と魔法士が共存するその場所は、今や賢人会議にとっても、シティの指導者にとっても無視できない存在になりつつあった。

状況が飲み込めないシティの市民達は、息を潜めて政府の発表を待った。戦争はどうなるのか。人類はどこに向かうのか。空を覆う雲が晴れる日は本当にやって来るのか。押し寄せる数多の疑問の声を呑み込んで、自治政府は沈黙を保ち続けた。ただ一つ、ニューデリーが積極的な停戦への意向と、マサチューセッツの難民に対する支援を表明した。

決戦への不安に戦いていた人々は、今度は「何も起こらない」不安に怯える日々を過ごすようになった。いずれのシティでも抗議デモの類いは起こらなかった。自分達の行いが悪い未来を呼び寄せることを怖れるように、人々はただ身をすくめて次の動きを待った。

そうして全てが静止したまま五日が過ぎたその日——

地上のありとあらゆる回線に向けて、その放送は突然始まった。

『……みんな、はじめまして。僕は天樹錬。シンガポールで死んだ賢人会議の参謀、天樹真昼の弟だ』

立体映像ディスプレイに映し出される黒髪の少年を、世界中の全ての人々が同時に見た。

無数の航空機と、数十万の兵士と、数十人の魔法士を背後に、少年は緊張した面持ちで語り始めた。

『知っている人もいると思うけど、シティ連合と賢人会議の戦争を止めたのは僕だ。僕は人類と魔法士がお互いに滅ぼし合う未来を認めない。それはここにいる人達も同じだ。僕らはみんなが手を取り合う世界を望む。……だけど、そのためには空にある、あの雲除去システムが邪魔だ』

静かに、当たり前の事実のように、少年が言葉を紡ぐ。

舞い落ちた雪が一粒、黒髪に小さな花を散らす。

『あのシステムがある限り、戦争は絶対に終わらない。相手を滅ぼせば自分達が生き残れるっていう事実がある限り、戦いを望む人が必ず出てくる。僕はそれを認めない。――だから、僕はその夢を絶ち切る』

少年の手が腰の鞘からナイフを抜き放つ。

真紅の刃の切っ先が、高く、空を覆う雲の天蓋を捉える。

『今日から三日後、十二月二十四日の午前零時ちょうどに、僕はここから飛び立つ。南極衛星に乗り込んで、雲除去システムを破壊する。……それを許せない、人類と魔法士は殺し合ってどちらか片方が生き残るべきだって思う人はここに来て僕を止めると良い。でも、青空を取り戻す方法が無くなっても、いつかみんなで滅びるしかないかもしれなくても、それでも戦争をやめる方が良いって思う人はここに来て僕を助けて欲しい』

天から降る雪が、いよいよ激しさを増す。

少年は世界の全てを前に毅然と胸を張り、最後の言葉を口にした。

『僕は逃げも隠れもしない。ただここで、みんなの答を待ってる』

*

陽光に照らされた南極衛星内部の庭園にも、その放送は届いていた。

サクラは母が眠る生命維持槽に背中を預けたまま、人工の風に揺れる木々の梢を見つめた。

地上からは指示を請う同胞達の呼びかけが繰り返し届けられる。ノイズにまみれた通信回線の向こうで、魔法士達は自分の為すべき事を、進むべき道を見失って戸惑っている。

それを意識の端に、歩き出す。

色とりどりの花が揺らめく花壇の片隅に腰を下ろし、淡い紫色の花びらにそっと指を触れる。

「……そうか。やはり貴方が立ち塞がるのか。天樹錬」

呟き、携帯端末を取り出してスイッチを入れる。小さな立体映像の画面が目の前に浮かび、真昼の遺言を、青年が最期に残した言葉を映し出す。

降り注ぐ陽光に照らされて、木々の梢が揺れる。

この光景を、あの青年も見ることが出来たら、どんなに良かっただろうとふと思う。

「……ならば、私も自分の役割を果たすとしよう」

携帯端末に指を触れ、通信画面を呼び出す。ノイズにまみれた回線の向こう、地上に残された魔法士達がサクラと名を呼び、安堵の声を上げる。

「聞け、賢人会議に集う同胞達よ」

自分は、彼らに道を示さなければならない。

従うにせよ、離れるにせよ、その境界線を示してあげなければならない。

「天樹錬の演説は私も見た。取るに足らぬ妄言であり、到底許される物ではない。彼に付き従う者たちも同様だ。……残念ながら、二重No.33とセレスティ・E・クラインをはじめ、多くの者たちが我らと袂を分かった。悲しいことではあるが、まだ希望は残されている。雲除去システムを破壊するという彼らの企みを阻止し、再び青空を取り戻すための行動を始めれば、あるいは彼らの目を覚ますことが出来るかも知れない」

振り返った先、生命維持槽の中で、アリス・リステルは今日もただ曖昧に微笑む。

サクラは携帯端末を握りしめ、仮想視界の中で両腕を大きく広げた。

「あのような世迷い言に耳を貸してはならない。人類と魔法士の間には憎しみしか存在し得ない。――天樹錬を止めろ。雲除去システムを、我らの未来を守り抜け」

あとがき

（近況）色んな人に勧められて「じゃ、じゃあ爪先だけ」と手を出したミニチュアゲームに見事にドハマリし、順調に沼底深くに沈んでいる真っ最中です。いやヤバイですね。自分で作ったプラモに自分で色塗ってゲームのコマに使うという遊びがこんなに業の深い物だとは。ち、違うんだ、僕の本業はボードゲーマーなんだ。まだプレイしてないゲームとか買わないといけないゲームとか、あれやこれやが山のように助けてくれああ――――っ（その後、彼を見た者はいない）。


みなさまお待たせしました、三枝です。

ウィザーズ・ブレイン９「破滅の星」下巻、お届けします。

一ヶ月ぶりにお届けします（ドヤァ）。

え？　お前その前に九年空いてるんだから割ったら四年半に一冊だろって、良いんだよ。二ヶ月連続で本が出るとか僕の人生でたぶんこの先二度と無いから良いんだよ。そういうことにしておこうよ。めでたい日なんだからさあ。

まあ、それはさておき。

9中のあの終り方からどうする気なのかとストレスがマッハ（古い）で過ごされた方もたくさんいらっしゃると思いますが、こうなりました。物語は最初の約束通り主人公に収束し、世界には進むべき一つの方向性が示されました。このエピソード9は上中下通してシリーズの中でも一番振れ幅が大きい話だったんじゃないかと思いますが、お楽しみいただけたなら幸いです。今から読むんだよという方は出来るだけ怒ったり泣いたり感情のジェットコースターに身を任せて下さい。良いですよねジェットコースター。そうだ遊園地に行こう。

以下、ちょっとだけ真面目な話。

この話の物語としての結末はもちろん次のエピソード10なのですが、この9下はある意味でテーマ的な部分の結論というべき巻になります。

二十数年前にこの物語を書き始めた自分に対する、これが答え合わせです。

錬がたどり着いた結論を読者の皆様はどう評価されたでしょうか。自由に感じて、考えて下さい。物語はもう僕の手を離れてしまいました。後は受け取ったあなた次第です。

ってことで、あとがきはこの辺で。
次回の舞台は地球上の全て、そして南極衛星。
少年は飛び立ち、少女は戦い、世界に審判が下される。
ウィザーズ・ブレイン、完結の時です。

二月某日自宅にて。「M八七」を聞きながら。

三枝零一

本作執筆中のBGM：「カイネ／救済」「龍の尾」「虚空を斬る」「THE UNSUNG WAR」

ウィザーズ・ブレイン
wizard's brain

最終X巻『光の空』
2023年秋、刊行予定!

◀◀◀ 詳細は次ページへ!

次回予告

「考えておこう。
他ならぬ、
貴方の言う
ことだからな」

「……少し、寒いな」

「ようこそ天樹錬。ここが、私達の旅の終着点だ」

『ではな、小僧。
……互いに、
武運を』

「──決着の時だ」

「私達にはね、わからないんだ」

「……やはり、ここは少し寒いよ。真昼」

「世界の命運が
決するまでのひととき、
共に語り合いましょう」

『──みんな、はじめまして。僕は天樹錬──』

2023年秋
刊行予定!

◉三枝零一著作リスト

「ウィザーズ・ブレイン」（電撃文庫）
「ウィザーズ・ブレインII 楽園の子供たち」（同）
「ウィザーズ・ブレインIII 光使いの詩」（同）
「ウィザーズ・ブレインIV 世界樹の街〈上〉」（同）
「ウィザーズ・ブレインIV 世界樹の街〈下〉」（同）
「ウィザーズ・ブレインV 賢人の庭〈上〉」（同）
「ウィザーズ・ブレインV 賢人の庭〈下〉」（同）
「ウィザーズ・ブレインVI 再会の天地〈上〉」（同）
「ウィザーズ・ブレインVI 再会の天地〈中〉」（同）
「ウィザーズ・ブレインVI 再会の天地〈下〉」（同）
「ウィザーズ・ブレインVII 天の回廊〈上〉」（同）
「ウィザーズ・ブレインVII 天の回廊〈中〉」（同）
「ウィザーズ・ブレインVII 天の回廊〈下〉」（同）

「ウィザーズ・ブレインⅧ　落日の都〈上〉」（同）
「ウィザーズ・ブレインⅧ　落日の都〈中〉」（同）
「ウィザーズ・ブレインⅧ　落日の都〈下〉」（同）
「ウィザーズ・ブレインⅨ　破滅の星〈上〉」（同）
「ウィザーズ・ブレインⅨ　破滅の星〈中〉」（同）
「ウィザーズ・ブレインⅨ　破滅の星〈下〉」（同）

本書に対するご意見、ご感想をお寄せください。

ファンレターあて先
〒102-8177　東京都千代田区富士見2-13-3
電撃文庫編集部
「三枝零一先生」係
「純 珪一先生」係

本書は書き下ろしです。

電撃文庫

ウィザーズ・ブレインIX
破滅の星〈下〉

三枝零一

◇◇◇

2023年５月10日　初版発行
2023年６月15日　再版発行

発行者　山下直久
発行　株式会社KADOKAWA
〒102-8177　東京都千代田区富士見2-13-3
0570-002-301（ナビダイヤル）
装丁者　荻窪裕司（META＋MANIERA）
印刷　株式会社暁印刷
製本　株式会社暁印刷

●お問い合わせ
https://www.kadokawa.co.jp/（「お問い合わせ」へお進みください）
※内容によっては、お答えできない場合があります。
※サポートは日本国内のみとさせていただきます。
※ Japanese text only

※定価はカバーに表示してあります。

ISBN978-4-04-914399-7　C0193　Printed in Japan

電撃文庫　https://dengekibunko.jp/

電撃文庫創刊に際して

文庫は、我が国にとどまらず、世界の書籍の流れのなかで〝小さな巨人〟としての地位を築いてきた。古今東西の名著を、廉価で手に入りやすい形で提供してきたからこそ、人は文庫を自分の師として、また青春の想い出として、語りついできたのである。

その源を、文化的にはドイツのレクラム文庫に求めるにせよ、規模の上でイギリスのペンギンブックスに求めるにせよ、いま文庫は知識人の層の多様化に従って、ますますその意義を大きくしていると言ってよい。

文庫出版の意味するものは、激動の現代のみならず将来にわたって、大きくなることはあっても、小さくなることはないだろう。

「電撃文庫」は、そのように多様化した対象に応え、歴史に耐えうる作品を収録するのはもちろん、新しい世紀を迎えるにあたって、既成の枠をこえる新鮮で強烈なアイ・オープナーたりたい。

その特異さ故に、この存在は、かつて文庫がはじめて出版世界に登場したときと、同じ戸惑いを読書人に与えるかもしれない。

しかし、〈Changing Times,Changing Publishing〉時代は変わって、出版も変わる。時を重ねるなかで、精神の糧として、心の一隅を占めるものとして、次なる文化の担い手の若者たちに確かな評価を得られると信じて、ここに「電撃文庫」を出版する。

1993年6月10日
角川歴彦

電撃文庫DIGEST　5月の新刊

発売日2023年5月10日

続・魔法科高校の劣等生
メイジアン・カンパニー⑥
著／佐島 勤　イラスト／石田可奈

IPUで新たな遺物を見つけた達也たち。遺物をシャンバラへの『鍵』と考える達也は、この白い石板と新たに見つけた青、黄色の石板の3つの『鍵』をヒントに次なる目的地、IPU連邦魔法大学へ向かうのだが——。

創約　とある魔術の禁書目録（インデックス）⑧
著／鎌池和馬　イラスト／はいむらきよたか

『悪意の化身』アンナをうっかり庇ってしまった上条。当然の如く未曾有のピンチに見舞われる。彼らを追うのは、『橋架結社』の暗殺者ムト＝テーベ……だけでなく、アレイスターや一方通行勢力までもが参戦し……！

魔王学院の不適合者13〈下〉
～史上最強の魔王の始祖、転生して子孫たちの学校へ通う～
著／秋　イラスト／しずまよしのり

《災淵世界》と《聖剣世界》の戦いを止める鍵——両世界の元首が交わした「約束」を受け継ぐのは聖剣の勇者と異端の狩人——!?　第十三章《聖剣世界》編、完結!!

ウィザーズ・ブレインⅨ
破滅の星〈下〉
著／三枝零一　イラスト／純 珪一

衛星を巡って、人類と魔法士の激戦は続いていた。戦争も新たな局面を迎えるも、天樹錬は大切なものを失った衝撃で動けないでいた。そんな中、ファンメイとヘイズは人類側の暴挙を止めるため、無謀な戦いへと向かう。

楽園ノイズ6
著／杉井 光　イラスト／春夏冬ゆう

伽耶も同じ高校に進学し、ますます騒がしくなる真琴の日常。病気から復帰した華園先生と何故か凛子がピアノ対決することに？　そして、夏のライブに向けて練習するPNOだが、ライブの予定がダブルブッキング!?

妹はカノジョにできないのに 4
著／鏡 遊　イラスト／三九呂

家庭の大事件をきっかけに、傷心の晶穂が春太の家に居候することに。一方、雪季はついに受験の追い込み時期へ突入！　二人の「妹」の転機を前にして、春太がとるべき行動とは……。

新作 **命短し恋せよ男女**
著／比嘉智康　イラスト／間明田

恋に恋するぽんこつ娘に、毒舌クールを装う元カノ、金持ちヘタレ男子とお人好し主人公——こいつら全員余命宣告済！？　命短い男女４人による前代未聞な多角関係ラブコメが動き出す——！

新作 **魔導人形（ホムンクルス）に二度目の眠りを**
著／ケンノジ　イラスト／kakao

操蟲と呼ばれる敵寄生虫に対抗するため作られた魔導人形。彼らの活躍で操蟲駆逐に成功するが、戦後彼らは封印されることに。200年後、魔導人形の一人エルガが封印から目覚めると世界は操蟲が支配しており——。

新作 **終末世界のプレアデス**
星屑少女と星斬少年
著／谷山走太　イラスト／刀 彼方

空から落ちてきた星屑獣によって人類は空へと追いやられた。地上を取り戻すと息巻くが、星屑獣と戦うために必要な才能が無いリュートと、空から降ってきた少女カリナ。二人の出会いを境に世界の運命が動き出す。